HEYNE

SATU RÄMÖ

HILDUR

DIE TOTEN AM MEER

KRIMINALROMAN

Aus dem Finnischen von
Gabriele Schrey-Vasara

WILHELM HEYNE VERLAG
MÜNCHEN

Die Originalausgabe *Rakel* erschien erstmals 2024
bei Werner Söderström Ltd (WSOY), Helsinki.

Die Verse auf den Seiten 7 und 365 sind dem von Tapio Koivukari
übersetzten Buch *Kalakämppä* (Atrain & Nord, 2024) entnommen.
Der Originaltext ist Teil des 1980 veröffentlichten Liedes »Stál og hnífur«
des isländischen Musikers Bubbi Morthens.

Der Vers auf S. 300 entstammt der Lieder-Edda (Der Codex Regius),
genauer gesagt dem Gedicht »Hávamál«.

Trotz intensiver Recherche konnte der Verlag nicht alle Rechtegeber ermitteln.
Bitte wenden Sie sich gegebenenfalls an den Wilhelm Heyne Verlag
in der Penguin Random House Verlagsgruppe GmbH.

Die Übersetzung wurde gefördert von

FILI
FINNISH
LITERATURE
EXCHANGE

MIX
Papier | Fördert
gute Waldnutzung
FSC® C014496
FSC
www.fsc.org

Penguin Random House Verlagsgruppe FSC® N001967

Deutsche Erstausgabe 08/2025

in der Penguin Random House Verlagsgruppe GmbH,
Neumarkter Str. 28, 81673 München
produktsicherheit@penguinrandomhouse.de
(Vorstehende Angaben sind zugleich Pflichtinformationen nach GPSR)

Redaktion: Sibylle Klöcker
Printed in Germany
Umschlaggestaltung: www.buerosued.de unter Verwendung von
iStockphoto (tawatchaiprakobkit), www.buerosued.de
Satz: satz-bau Leingärtner, Nabburg
Druck und Bindung: GGP Media GmbH, Pößneck
ISBN: 978-3-453-44289-4

www.heyne.de

Für Oma Sirkku 1933–2024

Ertrinke ich, ertrink' ich heute Nacht.
Und sollte man mich finden,
so komm doch an mein Grab.
Das wollt' ich dir noch sagen.

Aus dem Song *»Stál og hnífur«* (1980)
des isländischen Musikers Bubbi Morthens

PROLOG

MÄRZ 1995 KOTSDALUR, WESTFJORDE

Rúnar war sich gleich geblieben. Ob er sich irgendwann verändert hätte, bleibt ein Rätsel, denn dies war sein letzter Tag.

Rúnar hackte mit dem Spaten den vereisten Boden seines Gehöfts auf und murrte vor sich hin. Wenn Arbeit anfiel, musste man sie erledigen. Der Hinterhof war leer, nur hier und da lagen Steinhaufen herum. Die Jahreszeiten kamen, die Jahreszeiten gingen. Der Schnee fiel, der Schnee schmolz. Der Wind peitschte täglich, so auch heute. Die Sonnenstrahlen des Spätwinters reichten schon bis ins Tal Kotsdalur, doch Rúnar sah sie nicht.

Rúnar war arbeitsam und gab nicht so leicht auf. Wenn er nicht auf dem Fischtrawler unterwegs war, übernahm er Gelegenheitsarbeiten. Pflügte, schleppte, stapelte, grub. Jetzt schmerzten seine Schultern, sodass er eine Pause einlegen musste. Er hatte an derselben Stelle schon oft gegraben, auch im Winter, aber jetzt raubte die Erde ihm die Kraft. In den letzten zwei Wochen hatte im Tal zwar Tauwetter geherrscht, doch unter der Oberfläche war der Boden festgefroren.

Rúnar ließ den Blick über sein Grundstück schweifen. Der Zaun rund um das Haus müsste im Sommer gestrichen werden. Der feuchte Wind vom Meer hatte das Holz aufgeweicht und die Farbe in großen Streifen abblättern lassen. An der Wohnzimmerdecke hatten sich nach den Herbstregen Feuchtigkeitsflecken gebildet. Auch das verrostete Dach müsste bald erneuert werden. Verdammt. Immer gab es etwas, das Geld verschlang.

Rúnar war heute vom Meer zurückgekommen, und nun stand er hier auf dem Hof und dachte an die vielen anstehenden Arbeiten. Er senkte den Blick auf die Leiche, die im nassen Gras lag, und holte eine kleine Schnapsflasche aus der Tasche. Der Verschluss war schnell aufgeschraubt. Das Getränk brannte in der Kehle, dann breitete sich eine tröstliche Wärme in seinem Inneren aus.

Wenn man auf dieser Welt etwas zustande bringen wollte, musste man es selbst tun. Rúnar hatte immer alles auf seine Art erledigen wollen. Wer könnte die Schwierigkeiten im Leben eines Mannes denn besser verstehen als der Mann selbst? Eine Frau jedenfalls ganz sicher nicht. Frauen hatten immer nur Schwierigkeiten gemacht. Mit Ausnahme seiner Mutter, die allerdings schon seit vielen Jahren tot war. Sie war würdevoll an Altersschwäche gestorben.

Dagegen war der Mensch, der hier neben dem Haus lag, Arme und Beine von sich gestreckt, an Dummheit gestorben. Er hätte den Mund halten und seinen Teil erledigen sollen, ohne zu klagen, dann bräuchte Rúnar jetzt nicht den vereisten Boden aufzuhacken.

Nach einer Stunde Plackerei sah er sich gezwungen, eine längere Pause einzulegen. Rúnar schob Heu über die halb fertige Grube. Er überließ nichts dem Zufall, ließ sein Werkzeug nie irgendwo liegen. Und er führte immer alles zu Ende.

Rúnar ging ins Haus, klopfte die Schuhe an der Fußmatte im Flur ab und marschierte in die Küche. Bald darauf brodelte die Kaffeemaschine.

Rúnar holte ein Stück fettes Schaffleisch aus dem Kühlschrank, bestrich ein Fladenbrot mit Butter und schnitt eine dicke Scheibe Fleisch ab. Die Küche war dreckig. Brotkrümel auf dem Esstisch, das Spülbecken voll von schmutzigem Geschirr. Im Kühlschrank hatte außer dem Schaffleisch und dem Brot, das er selbst mitgebracht hatte, nur ein Paket Butter gelegen.

Rúnar wunderte sich über die Abwesenheit seiner Frau. Seit Rósa und Björk im letzten Herbst verschwunden waren, war Rakel noch unnahbarer geworden als zuvor. Wo mochte sie jetzt wieder stecken? Das Haus sah aus, als hätte sich seit Tagen niemand darin aufgehalten. Heute war ein Werktag. Hildur müsste in der Schule sein. Rúnar nahm sich vor, Tinna anzurufen und sie zu fragen, wo seine Frau und seine Tochter waren. Aber zuerst trank er seinen Kaffee und schaltete die Maschine aus.

Plötzlich waren draußen Geräusche zu hören. Rúnar trat auf den Hof und griff nach seiner spitz zulaufenden Schaufel. Rakel stieg mit betont langsamen Bewegungen aus dem Auto.

»Hallo. Du bist ja schon zu Hause«, sagte sie leise.

Rúnars Fingerspitzen prickelten. Ein roter pochender Juckreiz stieg in Wellen von den Beinen bis zu seinem Nacken hoch.

»Wo zum Teufel warst du?«, fragte er und warf die Schaufel auf die Erde.

Rakel erzählte, sie sei bei ihrer Therapie gewesen. Das habe sie doch vorher auch gesagt, sie habe ihre Therapeutin in Reykjavík aufsuchen müssen. So versuche sie das Trauma zu überwinden, das durch das Verschwinden der Kinder ausgelöst worden war.

»Hildur war währenddessen bei Tinna«, sagte Rakel und erklärte, in ihrer Abwesenheit hätten die Nachbarn die Pferde gefüttert. Ihre Stimme war betont ruhig, aber die Worte klangen abgehackt und verrieten ihre aufsteigende Panik.

»Lüg mich nicht an!« Rúnar spuckte aus und versetzte Rakel einen Stoß. »Du warst bei den Nachbarn, bei Hallgrímur.«

Das bestritt Rakel, obwohl sie aus Erfahrung wusste, dass ihre Worte zwecklos waren. Ihr Mann war in einer gefährlichen Stimmung. Er hatte sich in seine eigene Wirklichkeit zurückgezogen. Worte konnten die Wand seiner Wut nicht durchdringen.

Rakel ahnte allerdings nicht, wie schlimm die Situation diesmal werden würde.

Rúnar riss die Autotür auf. Er zerrte die Reisetasche vom Rücksitz und begann, den Inhalt auf die Erde zu schleudern. Unterwäsche, Hausschuhe und eine Dose mit Rakels selbst angerührter Hautcreme. Eine Plastiktüte mit schmutziger Wäsche, die Rúnar aufriss wie ein Rabe, um den Inhalt über den Hof zu verstreuen. Aus der Seitentasche zog er ein zusammengefaltetes Stück Papier. Nachdem er einen Blick darauf geworfen hatte, breitete sich ein siegessicherer Zug in seinem Gesicht aus. Er hatte den Beweis dafür gefunden, dass Rakel log. Das Papier war eine Bordkarte für ein Kreuzfahrtschiff der Smyril Line. Rakel hatte eine Kreuzfahrt gemacht! Rúnar nahm Anlauf und trat seiner Frau in die Rippen.

»Auf den Färöern warst du also!«

Dann schwieg Rúnar einen Augenblick. Sein Bierbauch bewegte sich im Takt seiner Atemzüge. Er schnaubte vor Wut. Rúnar hob die Schaufel vom Boden auf, packte sie mit beiden Händen und hob sie in die Luft. Ein dumpfes Krachen ertönte, als der Rand der Schaufel Rakel an der Schulter traf. Rakel kauerte sich zusammen und versuchte ihren Kopf zu schützen, bevor sie der nächste Schlag im Gesicht traf.

Sie spuckte Blut und stammelte etwas, was Rúnar nicht verstand. Er trat seine Frau. Das wirkte.

Rakel bat um Verzeihung, weil sie eine so schlechte Ehefrau gewesen war. Rúnar fasste sie an beiden Schultern und zwang sie, ihm in die Augen zu sehen. Rakel stöhnte auf.

»Ich verstehe jetzt, dass du mir eine Lehre erteilen musstest. Es geschieht mir ganz recht. Ich hätte dich nicht unter Druck setzen dürfen. Ich weiß, dass du dein Bestes versucht hast.«

Rakel ächzte vor Schmerz. Das Blut, das ihr von der Stirn herunterfloss, erreichte das Kinn und lief am Hals entlang unter ihr Seidentuch. Rakel erzählte, sie habe Rósa und Björk auf den Färöern in Sicherheit gebracht, sehe jetzt aber ein, dass sie falsch gehandelt hatte, und wolle ihren Fehler wiedergutmachen.

»Ich möchte, dass du mitkommst. Wenn wir sofort losfahren, schaffen wir es auf das Schiff, das morgen ablegt.«

Am nächsten Tag fuhr kein Schiff. Das wusste Rakel, aber Rúnar kannte die Fahrpläne des Kreuzfahrtschiffs nicht. Die Lüge war ihr einziger Ausweg aus der Situation. Sie durfte nicht zulassen, dass Rúnar die Kinder fand.

Rúnar stand eine Weile still da und sah seine wimmernde Frau verwirrt an. Ihre Geschichte klang so absurd, dass er sich unbedingt vergewissern musste, ob sie stimmte. Er ließ jedoch nie etwas unvollendet, was er angefangen hatte. Außerdem durfte er keine Beweise auf seinem eigenen Hof zurücklassen. Er musste die Leiche loswerden. Rúnar kommandierte seine Frau ins Auto.

Die Plane mit der Leiche und der Schaufel passte gut auf die Rückbank. Er würde die Sache irgendwo unterwegs zu Ende führen.

Rúnar öffnete die Beifahrertür und ließ sich auf den Sitz fallen. Rakel starrte mit glasigen Augen vor sich hin. Erst als Rúnar mit der flachen Hand auf das Armaturenbrett schlug, schrak sie auf und fuhr los. Auf der holprigen Einfahrt wurde der Wagen durchgerüttelt.

Rakel war von Abscheu erfüllt. Sie hasste ihren Mann. Sie hasste sich selbst, weil sie einen derart schlechten Partner gewählt hatte. Einen von Wut zerfressenen Mann – einer Wut, die aus Enttäuschungen entstanden war –, der den Verdacht hatte, nicht er, sondern der Nachbar sei der Vater der beiden jüngsten Kinder. Rakels Gesicht war blutüberströmt, und einer ihrer Zähne war durch den Tritt abgebrochen, aber sie wirkte trotzdem selbstsicher. Sie hatte einen Plan.

Der Wagen fuhr schneller. Die Straße führte bergauf, und

Rakel gab Gas. Oben auf dem Hügel wartete eine Rechtskurve. Rakels Selbstsicherheit und Trotz wuchsen im selben Maß, wie das Tempo zunahm. Als sie sprach, klang ihre Stimme honigsüß, was Rúnar verwirrte.

»Es sind deine Kinder, aber ich war nie dein. Ich habe *sie* geliebt. Sie hat heimlich alles geheilt, was du immer wieder zerschlagen hast. Wir wollten Hallgrímur nicht wehtun, deshalb haben wir alles geheim gehalten.« Rakel sah ihren Mann an. Seine verdatterte Miene verriet, dass ihre Worte in sein Bewusstsein gedrungen waren. Rakel genoss die Situation.

»Helga war für mich das, was du nie gewesen bist. Ich habe sie wirklich geliebt.«

Im Radio ertönte eine sanfte Männerstimme, einer von Rakels Lieblingssongs. Als hätte das Schicksal ihn noch einmal für sie spielen wollen.

Die Kurve näherte sich. Rakel machte keine Anstalten, das Lenkrad zu drehen, sondern trat noch fester aufs Gaspedal. Am Horizont schimmerte das Meer. Rakel steigerte das Tempo und umklammerte das Lenkrad noch einen Moment mit beiden Händen, bevor sie endgültig losließ.

Im Übergang zwischen Winter und Frühling schlug das Wetter oft um. In der nächsten Nacht herrschten Frost und leichter Schneefall. Ein Landwirt, der am frühen Morgen an der Unfallstelle vorbeifuhr, sah die zum Meer führenden Reifenspuren und rief vom nächsten Haus aus den Notruf an.

Die Männer vom Rettungsdienst trafen nach gut einer Stunde ein. Sie entdeckten ein Auto, das drei Meter unter Wasser lag. Zwei Schutzpolizisten schlotterten am Rand des Abgrunds und verfolgten in der feuchtkalten Luft die Bergung. Das Motorengeräusch des Kranwagens mischte sich in das Tosen des Meeres.

Als das Autodach endlich an der Oberfläche erschien, verwandelte sich die brodelnde dunkelblaue See in weißen Schaum.

Der vordere Teil des Fahrzeugs war zertrümmert. Die linke Seite war nach innen gedrückt, und die offene Vordertür auf der Fahrerseite hing nur noch an einer Angel. Der Anblick erinnerte an einen flügellahmen Vogel.

Die Schutzpolizisten gingen vom Rand des Felsenriffs zu ihrem Streifenwagen, neben dem das Autowrack abgesetzt wurde. Die Reifen landeten auf dem schneebedeckten Boden und die Hebetrossen wurden gelöst. Die Polizisten traten näher heran und blickten ins Wageninnere. Sie sahen zwei schlimm zugerichtete Leichen. Die Leiche des Mannes war unter dem zerdrückten Vorderteil des Wagens eingeklemmt. Das zweite Opfer war so zerschmettert, dass sein Anblick fast unerträglich war. Wo das Gesicht sein sollte, war eine blutige Masse, in die sich die rotbraunen Haare mischten wie Tang.

1

Hallo!

Gestern bin ich endlich angekommen. Die Fahrt ist gut verlaufen.

Es ist ein gutes Gefühl, dass mich hier niemand kennt. Ich komme mir vor wie eine Leinwand, auf der noch kein Pinselstrich zu sehen ist. Am Beginn von etwas Neuem.

Meine Adresse steht auf der Rückseite. Schreib mir, wenn deine Pläne sich ändern und du mich sehen willst.

P.S. Es tut mir wirklich leid, dass ich keine Zeit hatte, mich zu verabschieden.

Grüße vom Meer
R.

2

JUNI 2022 ÍSAFJÖRÐUR

Die Kriminalermittlerin Hildur Rúnarsdóttir hatte den Alarm um fünf Uhr fünfunddreißig erhalten. Sie wusste den genauen Zeitpunkt, denn als das Telefon klingelte, war sie wach gewesen und hatte auf die roten Ziffern des Radioweckers gestarrt. Gegen fünf Uhr hatte die Sommersonne den Weg ins Schlafzimmer gefunden. Hildur hatte ohnehin schlecht geschlafen. Am Abend hatte sie sich stundenlang im Bett gewälzt, bevor sie endlich eingenickt war.

Hildurs Kollege, der Kriminalpolizist Jakob Johanson, wohnte mit seiner Familie nebenan, in der zweiten Wohnung des Doppelhauses, das Hildur gehörte. Nach dem Alarm hatte Hildur Jakob angerufen, sich schnell angezogen und ihr Gesicht mit kaltem Wasser gewaschen. Ein Pfefferminzkaugummi hatte den unangenehmen Geschmack aus ihrem Mund vertrieben. Sie waren schnell aufgebrochen und um fünf vor sechs bei der Adresse angekommen.

Jakob hatte einen Dreitagebart, und seine Augen waren vom Schlaf noch geschwollen. Sie standen vor einem Reihenhaus am Dorfrand.

»Hattest du schon mal so einen Einsatz?«, fragte Hildur und fasste nach dem Tor, das sich knarrend öffnete. Der aus flachen Natursteinen angelegte Gartenweg gabelte sich in drei Richtungen.

Jakob antwortete, für ihn sei es das erste Mal.

»Ich habe schon zwei hinter mir. Zum Glück passiert so etwas selten«, sagte Hildur und vereinbarte mit Jakob, dass sie das Reden übernehmen würde.

Hildur wusste, dass sie auf vier Erwachsene treffen würden: die Besitzer des Hauses und ihre Gäste, eine befreundete Familie aus Reykjavík.

Die Mutter dieser Familie war um Viertel nach fünf aufgewacht und hatte ins Reisebett geschaut, um zu sehen, ob ihr drei Monate altes Baby hungrig war. Ihren Worten nach hatte das Baby zuletzt um zehn Uhr am Abend getrunken, als die Familie schlafen ging. Die Mutter hatte den Rücken des auf dem Bauch liegenden Säuglings gestreichelt und sich erschreckt, weil der Körper sich kalt anfühlte. Mehr hatte die diensthabende Kollegin der Notrufzentrale nicht berichten können, denn der Vater hatte gegen Ende des Anrufs nur noch zwei Worte herausgebracht: »kalt« und »leblos«.

Die geräumige Eingangshalle lag im Halbdunkel. In der Mitte des Raums stand eine Frau in einem langen weißen T-Shirt und knielangen Shorts. Sie hielt ihre Ellbogen umklammert. Ihre wirren dunklen Haare verdeckten ihr Gesicht. Hildur hörte, dass sie weinte. Ein großer magerer Mann hatte die Arme um die Frau gelegt und sah Hildur geradewegs in die Augen. Er hatte es geschafft, vor der Ankunft der Polizei einen weiten Pullover über seinen Schlafanzug zu ziehen. Man hätte seine Miene als hasserfüllt deuten können, doch Hildur wusste es besser. Hinter dem stechenden Blick lag Trauer.

»Kristína und Óskar, nehme ich an?«

»Ja.«

»Mein Beileid«, sagte Hildur leise.

Aus dem Mund des Mannes drang ein leises undefinierbares Geräusch. Das Weinen der Frau wurde lauter. Ihre Schultern hoben und senkten sich. Auf und ab wie eine pulsierende Welle.

Die Tür am Ende der Eingangshalle stand einen Spaltbreit

offen. Hildur nickte mit fragendem Gesichtsausdruck zur Tür hin, und der Mann nickte zurück. Hildur und Jakob zogen ihre Schuhe nicht aus. Es war für alle das Beste, wenn die Polizei möglichst schnell wieder ging.

Der Weg durch die Eingangshalle war lang. Hildur fühlte sich bleischwer. Zum ersten Mal seit Monaten spürte sie einen wachsenden Druck im Brustkorb. Das Frühjahr war gut verlaufen. Mit ihrem finnischen Freund Anton hatte Hildur einen ausgedehnten Urlaub auf Hawaii verbracht. Sie hatten gesurft, am Strand gelegen und Drinks mit bunten Papierschirmchen getrunken. Sie hatten die gemeinsame Zeit genossen, auch wenn sie beide keine Vorliebe für Hitze und brennende Sonne hatten. Nach dem Urlaub waren sie in Verbindung geblieben. Auch bei der Arbeit war es friedlich zugegangen. Einige betrunkene Fahrer waren festgenommen worden, aber ansonsten war an den Westfjorden seit Monaten nichts Besonderes passiert.

Ein Tag war auf den anderen gefolgt, und Hildur hatte ohne Bedrückung dahingelebt. Sie hatte sich unbeschwert gefühlt, obwohl sie die Sommermonate eigentlich nicht mochte. Die überall eindringende Helligkeit, die selbst nachts nicht nachließ, störte sie. Trotzdem hatte sie jede Nacht geschlafen wie ein Murmeltier – außer letzte Nacht, als sie viel zu spät eingeschlafen und zu früh aufgewacht war.

Im Schlafzimmer lag ein schwerer Geruch. Es war nicht der übliche Todesgeruch, an den Hildur sich bei ihrer Arbeit als Kriminalermittlerin gewöhnt hatte. Eine Leiche, die erst nach langer Zeit gefunden wurde, verströmte einen intensiven Geruch. Doch das Baby war gerade erst gestorben. Im Zimmer roch es nach Entsetzen und nach Schweiß. Ihr wurde übel.

Die Schlafcouch war ungemacht, auf dem Fußboden lag ein Koffer und daneben stand ein Kinderwagen. Rechts von der Couch befand sich das Reisebett.

»Die Babyschale lässt sich vom Gestell lösen, nehmen wir die?«, fragte Jakob.

Hildur nickte.

Jakob hob die Schale, die zugleich ein Autositz war, auf die Schlafcouch.

Hildur zog die getüpfelte kleine Decke von den Beinen des Babys und nahm es in die Arme, um es in die Schale zu legen. Als sie den kleinen Körper an sich drückte, wurde ihr bewusst, dass sie sich nicht einmal erinnerte, wann sie zuletzt ein lebendes Baby in den Armen gehalten hatte. Es musste Jahre her sein.

Jakob wandte den Blick ab, und Hildur verstand, warum. Auf dem Gesicht des Kindes hatten sich fingerkuppengroße blaue Verfärbungen gebildet, Totenflecke, weil das Kind in Bauchlage gestorben war. Die Eltern hätten nichts tun können, selbst wenn sie einige Stunden früher aufgewacht wären. Ein plötzlicher Kindstod kündigte sich nicht an. Er schlug überraschend zu. Hildur bemerkte keine Spuren von Gewalt. Der Rechtsmediziner würde den kleinen Leichnam noch genauer untersuchen. Hildur legte die getüpfelte Decke über das Kind und nahm eine rasche Überprüfung des Schlafzimmers vor. Als Polizistin musste sie sich vergewissern, dass kein Verbrechen vorlag.

Der plötzliche Kindstod war heutzutage selten. Doch diese Seltenheit war nun ein Teil des Lebens dieser Familie geworden, dachte Hildur und griff nach der Babyschale. In der Eingangshalle wartete neben den Eltern ein etwa gleichaltriges Paar, schätzungsweise um die dreißig. Die kurzhaarige Frau im roten Morgenmantel stellte sich als Elín vor. Sie arbeitete in der Dorfapotheke, ihr Mann Páll im Sozialamt der Kommune. Sie erzählten, Kristína und Óskar seien bei ihnen zu Besuch.

»Wir sind nach fünf von dem Schrei wachgeworden … Ich verstehe einfach nicht … Ich kann nicht begreifen, dass so etwas passiert«, sagte Elín.

Hildur bemerkte, dass Kristínas T-Shirt an den Brüsten feucht geworden war.

»Ein Team von Sozialarbeitern ist unterwegs. Sie helfen Ihnen in dieser schwierigen Situation. Sie können auch mit einem Arzt sprechen, wenn Sie möchten«, erklärte Hildur.

Sie wusste, dass die Frau auf jeden Fall ein Medikament brauchte, das die Muttermilch stoppte.

»Wohin wird unser Kind gebracht?«, fragte Óskar und drückte seine Frau, die zusammengekrümmt neben ihm stand, fester an sich.

Hildur wusste, dass es in einer Situation wie dieser wichtig war, klar und offen zu antworten. Ohne Umschweife.

»Ins Dorfkrankenhaus. Später am Tag wird der Leichnam mit dem Flugzeug nach Reykjavík gebracht. Nach den rechtsmedizinischen Untersuchungen wird die Erlaubnis zur Bestattung erteilt.«

Kristína ließ weiterhin den Kopf hängen und sah niemandem in die Augen, aber ihr Weinen brach kurz ab. Ihre Stimme klang ruhig, aber bestimmt:

»Mein Kind kommt nicht zu den Koffern im Laderaum.«

Leichen wurden in der Regel in einem provisorischen Sarg im Laderaum des Flugzeugs transportiert. Hildur verstand gut, dass der Gedanke an einen kleinen Sarg zwischen Reisekoffern entsetzlich war. Die Leiche konnte jedoch erst zur Bestattung freigegeben werden, nachdem der Rechtsmediziner sie untersucht hatte. Zudem würde die Beerdigung wohl in Reykjavík stattfinden, wo Kristína und Óskar wohnten. Hildur sah Jakob fragend an. Er nickte.

»Ich glaube nicht, dass Sie fahrtüchtig sind. Wir können es so machen, dass mein Kollege Ihren Wagen nach Reykjavík bringt, und ich übernehme das Kind. Sie können bei ihm oder bei mir mitfahren.«

3

Das Thermometer zeigte nur fünfzehn Grad, doch auf der Insel war das bereits viel. Der Sommer in Island war kühl und hell. Sonnenschein und Windstille schufen eine schläfrige Stimmung im Hafen von Ísafjörður. Die Meeresoberfläche erschien wie eine dicke unbewegliche Flüssigkeit. Völlige Windstille und sonnige Sommertage waren an den Westfjorden eine Seltenheit. Hier war es oft windig, und der Südwind brachte Regen, während es bei Nordwind sogar im Juni kalt wurde.

Heute schlossen einige Läden früher, damit die Angestellten das schöne Wetter genießen konnten. Die Kinder planschten am Sandstrand des Dorfs im Wasser, und die Erwachsenen plauderten über das Wetter. Alle wiesen sich selbst und die anderen darauf hin, dass man diesen seltenen Genuss bis zum Abend voll auskosten musste.

Vom Meer her waren die Schreie hungriger Möwen zu hören. Sie umkreisten einen kleinen Fischtrawler, der auf dem Weg zum Heimathafen war. Es war üblich, ungeeignete oder beim Transport beschädigte Fische über Bord zu werfen. Ein Festmahl für die Möwen.

In den Hafen des Küstendorfs glitt an diesem schönen Sommermorgen die *Diamond Adventure of the Seas*, ein Kreuzfahrtschiff für zweitausend Passagiere. Das weiße Schiff hatte zwölf

Etagen und war mehr als zweihundert Meter lang. Die Länge des Dorfzentrums vom nördlichen bis zum südlichen Ende betrug knapp einen Kilometer. Im Verhältnis dazu wirkte das Kreuzfahrtschiff unglaublich groß. Die Landungsbrücke wurde ausgefahren, die Türen wurden geöffnet. Etwa eine Stunde lang drängten amerikanische, kanadische und mitteleuropäische Touristen von Bord. Sie suchten ihre Guides, die an der Farbe ihrer Infoschilder zu identifizieren waren, und sahen sich begeistert um.

Die Fremdenführer mit ihren Basecaps dirigierten die Scharen zu den Bussen. Die grünen Busse fuhren zu dem eindrucksvollen Wasserfall Dynjandi und anschließend zu einem ländlichen Restaurant, wo Fischsuppe serviert wurde, während die gelben Busse die Passagiere zu einem Fischereimuseum an einem etwas weiter westlich gelegenen Fjord brachten.

Als der letzte Touristenbus das Dorf verlassen hatte, kehrte die Stille zurück. Im Hafen war nur noch das leise Kreischen der Möwen zu hören. Das Dorf wollte in den wachsenden Kreuzfahrttourismus investieren. Der Hafen wurde gerade tiefer ausgehoben, damit er größere Schiffe aufnehmen und auch den Wünschen anspruchsvollerer Kreuzfahrttouristen gerecht werden konnte. Die Hafenerweiterung würde zwar erst in ein paar Jahren fertig sein, aber mit einigen kleinen Veränderungen hatte man schon augenfällige Verbesserungen erreicht. Die vom wechselhaften Wetter in Mitleidenschaft gezogenen Gebäude waren frisch gestrichen und im Hafengebiet waren öffentliche Toiletten errichtet worden. Außerdem hatte man unmittelbar am Hafenbecken mehrere große Betonkübel aufgestellt und mit Petunien bepflanzt. Petunien wuchsen und blühten auch im nördlichen Sommer. Einige Bienen summten um die Blüten herum.

Plötzlich ertönten von der Landungsbrücke des Kreuzfahrtschiffs her seltsame Geräusche. Zuerst ein zweimaliges dumpfes Dröhnen, dann eine schrille Stimme, die im menschenleeren

Hafengebiet widerhallte. Ein dunkelhaariger, schmächtiger junger Mann hinkte über die Brücke. Der Mann stieß gegen das Geländer und brummte tief. Er ging gekrümmt und hielt die Hände schützend vor das Gesicht.

Wenn man genauer hinsah, merkte man, dass der Mann sein Gesicht mit den Händen nicht nur schützte, sondern es vielmehr am Platz hielt. Die rote Flüssigkeit, die zwischen seinen Fingern hervorquoll, lief auf sein weißes Hemd und weiter auf die hellblaue Hose. Sein ganzer Oberkörper war von Blut bedeckt.

Der Mann stolperte von der Brücke auf das Hafengelände und stieß gegen eine junge Frau mit einem Pferdeschwanz. Sie hatte über das Jugendarbeitsprogramm des Dorfs einen Sommerjob bekommen und war gerade dabei, verwelkte Petunienblüten abzuzupfen. Die Frau sah den Mann an und kreischte auf. Der schrille Schrei hallte einen Augenblick nach.

Der Mann fiel vor der Frau zu Boden und wimmerte, doch seine Worte waren nicht zu verstehen. Sie verschwanden in dem Brei aus strömendem Blut und Schleim, der ihm aus dem Mund lief.

Die junge Frau suchte an dem Blumenkübel Halt und holte tief Luft, um sich zu beruhigen. Sie wusste, dass sie den Notruf alarmieren musste, war aber zunächst nur zu einem einzigen Gedanken imstande: Wie konnte in einen so schmächtigen jungen Mann so viel Blut passen?

4

JUNI 2022 HÓLMAVÍK

Die an der Küste entlangführende Straße stieg an bis zu einer Kuppe, danach folgte eine scharfe Kurve nach rechts. Da der Gegenverkehr erst am höchsten Punkt der Straße in Sicht kam, musste Hildur vorsichtig fahren. Ihr Toyota Land Cruiser, den sie Brenda getauft hatte, kroch mit dreißig Stundenkilometern den Hügel hinauf. Der Asphalt hatte hier und da kleine Löcher. Das Straßenbauamt ließ die Straßenarbeiten zuerst in der Hauptstadtregion und auf der Landstraße 1 durchführen, der Ringstraße, die rund um die Insel verlief. Weniger befahrene Straßen wurden erst später im Sommer ausgebessert. Hildur spürte, dass ihr Wagen in den kleinen Schlaglöchern eine Spur zu heftig ruckelte. Sie musste die Federung an der rechten Seite bald auswechseln.

Plötzlich bewegte sich etwas Weißes am rechten Rand ihres Blickfelds. Hildur trat blitzschnell auf die Bremse und brachte den Wagen gerade noch zum Stehen, bevor ein Schaf auf die Straße sprang. Bald darauf hüpften zwei kleine Lämmer dem Muttertier nach. Die Tiere tollten zum anderen Straßenrand und liefen weiter den Hügel hinunter, um auf die grüne Wiese in Ufernähe zu gelangen.

Die frei laufenden Schafe machten den Sommer zu einer gefährlichen Zeit im Straßenverkehr. Mehr als eine Million Schafe wurden auf der Insel zu Beginn des Sommers freigelassen und weideten bis Ende September, wo es ihnen gefiel. Sie verursachten vor allem auf den schmalen kurvenreichen Straßen in den ländlichen Gebieten Verkehrsunfälle.

Hildur blickte rasch in den Rückspiegel. Zum Glück war der Transportsarg, den das Krankenhaus zur Verfügung gestellt hatte, bei der Vollbremsung nicht verrutscht. Hildur stützte sich auf das Lenkrad und wartete, bis sich ihr Atem beruhigt hatte. Dann fuhr sie weiter. Durch diese Kurve war sie zur Waise geworden, als damals das Auto ihrer Eltern ins Meer gestürzt war. Hildur spürte keine Trauer mehr, denn das Leben war weitergegangen. Das Gefühl der Einsamkeit war dagegen nicht geschwunden, aber vielleicht hatte es immer schon in ihr gesteckt. Andererseits war eben alles so, wie es nun mal war, und damit hatte es sich.

Jakob hatte keinen großen Vorsprung. Die Eltern hatten nebeneinander im Fond ihres eigenen Wagens sitzen wollen. Durch das Rückfenster konnten sie Blickkontakt zu dem Auto mit dem Sarg halten.

Hildur fand es wichtig, den Eltern in ihrer schlimmen Situation zu helfen. Auf unerklärliche und angesichts des traurigen Ereignisses sogar ein wenig unangemessene Art fühlte sie sich tatkräftig und energiegeladen. Sie konnte etwas tun, das war wichtig. Überhaupt war ihr Inneres in letzter Zeit auffallend in der Balance. Die übersteigerte Wachsamkeit, die quälenden Visionen und die intensiver werdenden Empfindungen, die ihr oft zu schaffen gemacht hatten, waren schon seit einigen Monaten ausgeblieben – außer in der letzten Nacht, als das Baby starb. Das ganze Frühjahr über hatte sie keine Beklemmung verspürt, sondern fast so etwas wie Ruhe. Sie hatte seit Monaten nicht von kommenden Unglücksfällen geträumt.

Hildur hatte die Gabe des Sehens von ihrer Familie mütterlicherseits geerbt. Eine ihrer Vorfahrinnen war in ihrer Heimat als Seherin bekannt gewesen, die über die Zukunft berichten und ihren Mitmenschen zu den richtigen Lebensentscheidungen raten konnte. In früheren Zeiten war es üblich gewesen, sich an eine Seherin oder einen Seher zu wenden. Die Bauern hatten nach den Wetteraussichten für den Sommer gefragt, die Fischer nach den Bewegungen der Fischbestände. Auch in Liebesangelegenheiten hatte man bei Sehern Rat gesucht. Hildur hatte künftige Ereignisse nie deutlich vorhergesehen, aber schon als Teenager hatte sie Unfälle und schwere Verbrechen im Voraus gespürt. Diese Vorahnungen waren bedrückend, denn sie wusste zwar, dass bald etwas Schlimmes passieren würde, ahnte aber nicht, wem oder wann. Es war ein Fluch, zu viel und doch zu wenig zu wissen.

Obwohl sich im letzten Jahr mehr ereignet hatte als durchschnittlich während eines ganzen Menschenlebens, hatte die Beklemmung nachgelassen. Vielleicht kam Hildur allmählich mit ihrer Vergangenheit ins Reine.

Mutter und Vater waren tot. Hildurs Schwestern, die vor langer Zeit verschwunden waren, waren wieder aufgetaucht. Rósa, die jahrelang als Außenseiterin am Rande der Gesellschaft gelebt und sich mit dem Verkauf von Stutenblut über Wasser gehalten hatte, hatte diese Tätigkeit aufgegeben und eine Stelle bei einem großen Telekommunikationsunternehmen bekommen. Da sie im Homeoffice arbeiten konnte, war sie an die Westfjorde gezogen, in Hildurs Nähe. Sie kam mit wenig Geld aus. Mit dem, was von ihrem Gehalt übrig blieb, zahlte sie ihre Schulden ab, hatte sie erklärt. Hildur wusste nicht, bei wem Rósa Schulden hatte. Sie hatte zwar gefragt, aber Rósa hatte die Auskunft verweigert. Hildur hatte nicht nachgehakt. Es war, wie es war.

Rósa hatte den Hof in Kotsdalur übernommen, auf dem sie ihre Kindheit verbracht hatten. Das Anwesen war im Lauf der Jahrzehnte heruntergekommen, aber Rósa war handwerklich geschickt und hatte sich gefreut, in die vertraute Umgebung und in Hildurs Nähe zurückzukehren. Rósa war verschlossener als Hildur, aber vielleicht kamen sie gerade deshalb so gut miteinander aus.

Björk wiederum, die sensibelste, stillste und jüngste der drei Schwestern, war im Frühjahr wegen zahlreicher Körperverletzungen zu einer Gefängnisstrafe verurteilt worden. Sie hatte ausgesagt, sie habe Rósa beschützt, als diese Islandstuten Blut zum Verkauf abgezapft hatte. Dem Staatsanwalt zufolge hatte Björk die Tierschützer, die Rósas Lebensunterhalt gefährdeten, eingeschüchtert, was schlimme Folgen gehabt hatte. Björk war wegen schwerer Körperverletzung verurteilt worden. Zwei Tierschützer waren ums Leben gekommen, aber das Gericht war zu der Auffassung gelangt, dass es sich in dem einen Fall um Grabschändung und in dem anderen nicht um Mord, sondern um Körperverletzung mit Todesfolge handelte, was das Strafmaß verringert hatte.

Hildur hatte keine Sekunde lang an Björks Schuld geglaubt, aber was sie glaubte, spielte keine Rolle. Björk hatte an ihrer Aussage festgehalten und die Schuld auf sich genommen. Jetzt saß sie ihre Strafe in einem Frauengefängnis in der Nähe von Reykjavík ab. Später am Abend würde Hildur sie dort besuchen, obwohl sie wusste, dass ihre kleine Schwester im Besuchsraum der Haftanstalt kaum ein Wort von sich geben würde. Wer zu nah an einem Berg wohnt, verwandelt sich selbst in einen. Vermutlich war es Björk, die im Gebirge der Färöer aufgewachsen war, so ergangen.

Die ersten drei Stunden der Fahrt hatten von der Küste auf Bergstraßen und in grüne Täler geführt. Nach der Abfahrt aus Ísafjörður waren sie an einem kleinen Dorf und etwa zehn abgeschieden liegenden Bauernhöfen vorbeigekommen. Die Westfjorde waren eine dünn besiedelte Region. Die erste Tankstelle befand sich im Dorf Hólmavík, das nur ein paar hundert Einwohner hatte, auf dessen Straßen sich jedoch im Sommer die

Touristen drängten. Außer einer kleinen Badeanstalt und einem Restaurant gab es in Hólmavík noch ein Museum über die Geschichte der Hexerei. Die Hexenverfolgungen im Island des 18. Jahrhunderts hatten hauptsächlich an den Westfjorden stattgefunden. Der Grund für die Hexenjagd war simpel: In dieser Gegend lebten damals einflussreiche und wohlhabende Familien, die ihr Eigentum und ihre Machtstellung schützten, indem sie Menschen, die ihnen unbequem waren, öffentlich der Hexerei beschuldigten. Hildur hatte das Museum vor einigen Jahren besucht, und es hatte ihr gefallen, dass dort ein etwas anderes Licht auf die Geschichte des Landes geworfen wurde. Heute aber würden sie nur wegen der Tankstelle im Dorf einen Stopp einlegen.

Hildur hielt neben Jakobs Wagen auf dem Parkplatz und stellte den Motor ab. Jakob stieg aus und ging in das Tankstellengebäude, um Kaffee zu holen.

Die Eltern stiegen langsam aus dem Wagen. Der Mann legte einen Arm um die Schulter seiner Frau. Eng aneinandergedrängt lehnten sie sich an die hintere Stoßstange und schlossen die Augen. Die Sonnenstrahlen fielen auf ihre Gesichter. Sie wirkten wie ein ganz normales Paar, das im sommerlichen Island herumfuhr und nach schönem Urlaubswetter suchte.

Hildur lehnte sich an die Stoßstange ihres eigenen Wagens und warf einen Blick auf die Eltern.

»Kann ich Ihnen etwas mitbringen, wenn ich in den Laden gehe?«, fragte sie.

Die Frau blinzelte ein paarmal und wandte ihr Gesicht Hildur zu.

»Sehr freundlich, aber nicht nötig. Trotzdem vielen Dank.«

Hildur nickte schweigend. Sie zeichnete mit der Fußspitze kleine Muster in den Sand und sann über die Ruhe der Eltern nach. Keiner der beiden schrie, wütete oder weinte. Im Auge des Sturms war es ungewöhnlich friedvoll.

Die Frau schob ihre Haare hinter die Ohren und blickte in die Ferne.

»Es kommt Ihnen vielleicht seltsam vor, aber …« Sie verstummte.

Hildur unterbrach die Bewegung ihrer Fußspitze und ließ das Muster unvollendet.

»Ich kann Ihnen versichern, dass mir nichts seltsam vorkommt. Sprechen Sie ruhig weiter.«

Auf das Gesicht der Frau legte sich ein verhaltenes Lächeln, das jedoch kein bisschen Freude ausstrahlte.

»Wenn das Schlimmste passiert ist, fürchtet man sich nicht mehr.«

Hildur nickte. Sie wusste, was die Frau meinte.

Die Frau und der Mann lehnten sich immer noch aneinander. Hildur betrachtete sie noch eine Weile aus den Augenwinkeln. Plötzlich war sie sich ganz sicher, dass sie den Mann früher schon einmal gesehen hatte.

5

JUNI 2022 REYKJAVÍK

Die Sonne stand immer noch hoch am Himmel. Es ging auf vier Uhr zu. Hildur schob die Sonnenbrille von der Stirn vor die Augen und schaltete das Autoradio ein. Die Ergebnisse der Leichtathletikmeisterschaften interessierten sie zwar nicht, aber die monotone Männerstimme entführte sie für einen Augenblick in eine andere Wirklichkeit. Sie brauchte Ablenkung von ihren Gedanken.

Es war ein sehr langer Tag gewesen. Nach ihrer Ankunft in Reykjavík hatten sie die trauernden Eltern zu ihrem Haus gebracht. Dort hatten Hildur und Jakob gewartet, bis die Schwester der Mutter kam. Sie hatten die Eltern in ihrer schwierigen Lage nicht allein lassen wollen. Hildur hatte der Schwester die Kontaktdaten der Krisenhilfe gegeben, wo die verwaisten Eltern Unterstützung bekommen konnten.

Das Zuhause der Familie befand sich in einem Vorort, nicht weit vom Ufer des Sees Elliðavatn. Die Gegend war Hildur bekannt: Als sie vor Jahren als Polizistin in Reykjavík gearbeitet hatte, war sie an den Wochenenden hergekommen, um Sport zu treiben. Rund um den See gab es gute Joggingpfade. Damals war das Gebiet nur spärlich besiedelt gewesen, inzwischen aber waren in Ufernähe geräumige Einfamilienhäuser entstanden. Etwas weiter oben standen Reihenhäuser und dahinter einige niedrige Etagenhäuser. Das Gelände um den See war schön. Es war kein Wunder, dass die ständig wachsende Hauptstadtregion ihre Straßen samt Straßenbeleuchtung und Busnetz bis dorthin ausgedehnt hatte. Nachdem Jakob und Hildur sich von den Eltern verabschiedet hatten, waren sie zum Pathologischen Institut im Stadtzentrum gefahren und hatten die Leiche dem Rechtsmediziner übergeben.

Dann hatte Hildur Jakob zum Flughafen gebracht. Jakob würde noch am selben Nachmittag zurückfliegen, um vor dem Abend wieder bei seinem Sohn zu sein. Zwar konnte Matias sich nach der Schule und dem Sport die Zeit an seinem iPad vertreiben, aber Jakob wollte nicht, dass er stundenlang allein war. Hildur verstand ihn. Matias hatte ohnehin Eingewöhnungsschwierigkeiten gehabt, und das war kein Wunder. Der Junge hatte im letzten Winter seine Mutter verloren und wieder einmal das Land, die Sprache und die Schule wechseln müssen, als er zu seinem Vater nach Island gezogen war. Es war sicher besser, dass Jakob noch heute nach Hause flog.

Hildur würde erst morgen zurückfahren. Sie wollte ihren freien Abend für einen Besuch bei ihrer Schwester im Gefängnis von Hólmsheiði am Stadtrand von Reykjavík nutzen. Dort wurden während der Untersuchungshaft auch Männer untergebracht, aber die Langzeitplätze waren ausschließlich Frauen vorbehalten. Die Eröffnung des Gefängnisses hatte die Haftbedingungen der Frauen erheblich verbessert, denn in gemischten Gefängnissen waren die weiblichen Häftlinge oft belästigt und auch sonst benachteiligt worden.

Im Gefängnis verbüßten momentan etwa vierzig Frauen in zwei Abteilungen längere Haftstrafen. Die Abteilungen waren anhand der Nationalitäten gebildet worden. Die Isländerinnen saßen ihre Strafe in dem einen Trakt ab, die Ausländerinnen in dem anderen. Es gab drei eingezäunte Freiluftbereiche, außerdem gut ausgestattete Sporthallen, und das Gefängnis bot Möglichkeiten, zu studieren und zu arbeiten. Björk machte wie die anderen Häftlinge Handarbeiten und kleine Holzarbeiten, die im Webshop der Haftanstalt verkauft wurden.

Hildur warf einen Blick auf ihr Handy, während sie zum Haupteingang des rostbraunen Gebäudes ging. Anton hatte eine Textnachricht geschickt.

Hallo, schöne Lady! Wie geht's? Bei uns werden bald die Rentierkälber markiert. Die Mückenzeit hat begonnen.

Es amüsierte Hildur, dass Anton sie in seinen kurzen englischsprachigen Textnachrichten immer *Lady* nannte. Und er schrieb praktisch nur über seine Rentiere. Hildur steckte das Handy ein. Sie würde später antworten.

Die Häftlinge mussten den Wächtern eine Liste der Personen vorlegen, deren Besuch sie akzeptierten. Björk hatte nur zwei Namen angegeben: Rósas und Hildurs. Hildur erkannte den Wächter am Empfangsschalter. Kári trieb Kraftsport und hatte oft einen Proteinriegel oder einen Proteinshake vor sich stehen. Diesmal sogar beides. Der stiernackige Mann nickte kurz zum Zeichen, dass er Hildur erkannt hatte. Trotzdem zeigte sie der Form halber ihren Personalausweis.

Anschließend ging sie zur Sicherheitskontrolle, wo der nächste Wächter die Tüte mit ihren Mitbringseln überprüfte. Sie hatte ihrer Schwester etwas zum Lesen mitgebracht. Der Wächter blätterte in den vier Büchern, um sich zu vergewissern, dass zwischen den Seiten nichts Verbotenes steckte. Auch Besucherinnen, die selbst bei der Polizei arbeiteten, bekamen keine Sonderbehandlung.

Im Zimmer setzte Hildur sich hin, und bald kam Björk herein. Der Wächter nickte Hildur grüßend zu und ging hinaus. Den Gefängnisregeln nach fanden die ersten drei Besuche in einem Besuchsraum statt, in dem Häftlinge und Besucher durch Panzerglas getrennt waren. Da alles gut verlaufen war, durften sie sich jetzt in einem privaten Zimmer treffen.

»Hallo, Schwesterchen. Wie geht's?«, fragte Hildur und beugte sich über den Tisch, um Björk über die Schulter zu streichen.

Björk schüttelte die Hand ab und zog ihren Stuhl ein paar Zentimeter zurück.

»Ich mag keine Umarmung.«

Hildur erkundigte sich, wie es mit den anderen inhaftierten Frauen lief. Bei ihrem vorigen Besuch hatte Björk erzählt, sie sei am liebsten für sich allein.

»Hier gibt es nur eins, was uns verbindet.«

Die Wanduhr knackte, als der Minutenzeiger vorrückte. Hildur sah ihre Schwester fragend an.

»Jede von uns ist wegen einem Mann hier. Ansonsten haben wir nichts gemeinsam. Es gibt keinen Gesprächsstoff.«

Hildur ließ die Sache auf sich beruhen. Sie holte die Bücher hervor und legte sie auf den Tisch.

Björk wirkte erfreut.

»Das sind die neuesten von Arnaldur, Yrsa und Ragnar.«

Hildur hatte die Bücher in einer Buchhandlung im Zentrum von Reykjavík gekauft. Björk liebte Kriminalromane und Fernsehkrimis. Im Gefängnis hatte sie keinen eigenen Fernseher, aber Bücher durfte sie frei lesen.

»Danke«, sagte sie, zog den Stapel näher heran und begann zufrieden nickend in den Büchern zu blättern.

Hildurs Verhältnis zu Björk und Rósa war immer noch nicht ganz unkompliziert. Bei den jüngeren Schwestern kochte gelegentlich Verbitterung auf, weil sie in ein fremdes Land zu einer fremden Verwandten gebracht worden waren, während Hildur in der Nähe ihres Zuhauses bei Tante Tinna hatte bleiben dürfen. Keine von ihnen verstand, weshalb die beiden Jüngsten auf die Färöer verfrachtet worden waren. Was hatte ihre Mutter sich dabei gedacht? Wieso war alles so gekommen?

Nun waren sie endlich auf derselben Insel, aber es war nicht leicht, die Verbindung zwischen ihnen wieder aufzubauen. Alle drei waren irgendwie verloren.

»Coole Sommerfrisur«, versuchte Hildur ein Gespräch zu beginnen.

»Ach, das ist nichts Besonderes«, sagte Björk und fuhr sich über die millimeterkurzen Stoppeln.

Björk war ein schweigsamer Mensch. Oder war sie nur bockig?

»Wie steht es mit der Ausbildung, hast du schon angefangen?«

Auf den Färöern hatte Björk eine Ausbildung zur Krankenschwester gemacht. Nachdem sie ins Gefängnis gekommen war, hatte sie sich für eine Spezialausbildung in der Arbeit mit psychisch Kranken und Drogenabhängigen beworben. Sie räusperte sich und drehte die Bücher hin und her.

»Ganz okay. In einem Jahr habe ich den Abschluss.«

Sie sah sich das oberste Buch auf dem Stapel genauer an und las den Text auf dem hinteren Einband. Es war Yrsa Sigurðardóttirs Roman *Nacht*.

»Am abgelegenen Walfjord kommen die grauenvollen Geheimnisse einer Familie ans Licht«, las Björk vor und lachte trocken. »Genau wie bei uns«, sagte sie und ließ das Buch auf den Tisch fallen.

Verdammt, dachte Hildur. Sie hatte überhaupt nicht darauf geachtet, welche Themen die Bücher behandelten, sondern einfach alle Neuerscheinungen gekauft, von denen sie wusste, dass Björk sie gern lesen würde. Björk zwang eine Art Lächeln auf ihr Gesicht. Hildur hatte schon gelernt, es als ein Zeichen für Versöhnungsbereitschaft zu erkennen.

»Yrsa ist gut. Ich war im letzten Winter bei ihrem Krimi-Stadtrundgang in Reykjavík dabei«, erklärte Björk und bedankte sich für die Bücher. Ihre aufrichtige Begeisterung freute Hildur.

Sie wollte Björk erzählen, wie es Rósa ging.

»Rósa mag ihren neuen Job bei der Telefongesellschaft. Sie kann im Homeoffice arbeiten.«

Björk zog die linke Augenbraue hoch.

»Sie kommt nächstes Mal mit. Diesmal musste sie in Kotsdalur bleiben, um die Grabungsarbeiten zu überwachen. Die Klärgrube soll diese Woche fertig werden«, fuhr Hildur fort.

Björk nickte, sagte aber kein Wort.

»Ich soll dir aber liebe Grüße ausrichten«, fügte Hildur noch hinzu.

Björk wandte den Blick ab und konzentrierte sich darauf, ihre Nagelhäute zu mustern.

»Lüg mich nicht an. Rósa ist nicht der Typ, der Grüße ausrichten lässt«, sagte Björk trocken.

Hildur betrachtete die Kreuzsticharbeiten an den Wänden. Über der Tür hing eine helle Stickerei mit dem Text *Gott segne dieses Haus*. So eine Handarbeit hing in fast jedem isländischen Haus.

»Hey, ich möchte jetzt wieder in mein Zimmer«, verkündete Björk mit lauter Stimme, stand auf und klopfte an die Tür.

Hildur ärgerte sich. Ihre Besuchszeit war noch nicht abgelaufen.

»Ich bin doch gerade erst gekommen.«

Björk trommelte mit dem Fuß leicht auf den Boden. Das bedeutete, dass sie ihre Entscheidung getroffen hatte. Da der Moment des Abschieds also ohnehin näher rückte, beschloss Hildur, noch schnell dieselbe Frage zu stellen wie jedes Mal:

»Ich glaube nicht, dass du die Taten begangen hast. Warum kannst du mir nicht erzählen, was wirklich passiert ist?«

Björk klemmte sich den Bücherstapel unter den Arm und blickte zur Tür.

»Überlass es mir, mich um meine Angelegenheiten zu kümmern.«

Björk wirkte erleichtert, als der Gefängniswärter die Tür öffnete.

»Ich studiere. Schlage die Zeit tot. Ich lese. Es könnte mir nicht besser gehen. Kümmere du dich ruhig um anderer Leute Angelegenheiten. Mir reicht es, dass ich mich zum Essen an den gedeckten Tisch setzen kann.«

Sechs ganze Sätze, zählte Hildur in Gedanken. Am redseligsten war Björk, wenn sie ihre eigenen Ansichten verteidigte. Hildur ging durch die Besuchertür hinaus. Das Verhalten ihrer kleinen Schwester war und blieb ihr unverständlich. Aber wer verstand letzten Endes schon alle Motive anderer Menschen?

Draußen marschierte Hildur direkt zu ihrem Wagen. Sie würde sich am nächsten Tankstellenimbiss etwas zu essen holen, zu einem Hotel in Borgarnes fahren und eine Runde joggen, um die Trübsal zu lindern, die der hektische Tag mit sich gebracht hatte. Bevor sie den Motor anließ, schrieb sie eine Antwort an Anton.

Hallo, du Prachtkerl. Hier läuft alles gut. Wann sehen wir uns wieder?

Die am Horizont schimmernden blauen Berge von Bláfjöll wurden ihrem Namen gerade jetzt nicht gerecht. Die im Westen scheinende Sonne färbte die Berghänge orange. Hildur rümpfte die Nase. Die langweilig warmen Farbtöne des Sommers fand sie unerträglich. Sie stand den Sommer durch, weil sie wusste, dass er kurz war und dass bald der lange Herbst und danach der noch längere Winter anbrechen würde. Hildur schnallte sich an und setzte aus der Parklücke zurück. Etwas an dem, was Björk gesagt hatte, irritierte sie: Jede Frau, die im Gefängnis saß, war wegen irgendeinem Mann dort. Wegen wem war Björk im Gefängnis?

6

JUNI 2022 ÍSAFJÖRÐUR

Jakob schnupperte an der braunen Flüssigkeit in der Kaffeekanne. Der Geruch verriet, dass der Kaffee nicht mehr genießbar war.

»Soll ich frischen kochen?«, fragte er mit lauter Stimme. Die Frage galt seiner Chefin Elísabet »Beta« Baldursdóttir.

»Nein danke, ich muss bald zur Tanzstunde.«

Beta hatte nach ihrer Scheidung mit dem Tanzen angefangen und wollte an ihrem Hobby festhalten. Ihre Tanzstunde fand jede Woche um diese Zeit statt.

Beta hatte jahrelang als Polizeichefin in Ísafjörður gearbeitet, war im letzten Jahr aber aus familiären Gründen nach Reykjavík gezogen und hatte eine befristete Stelle bei der Drogenpolizei angenommen. Als die Stelle des Polizeichefs der Westfjorde in diesem Winter erneut ausgeschrieben wurde, hatte sich anfangs niemand beworben. Es war schwierig, kompetente Arbeitskräfte in die abgelegene und spärlich besiedelte Region zu locken. Auf einer Fläche von gut 22 000 Quadratmetern gab es einige Dörfer mit insgesamt rund siebentausend Einwohnern.

Im Winter war Jakob und Hildur eine Idee gekommen. Sie hatten Beta vorgeschlagen, für ein Jahr an die Westfjorde zurückzukommen. Jakob wollte sich eine Polizeikarriere in Island aufbauen. Er fühlte sich in der kargen, gebirgigen Landschaft der Westfjorde wohl. Außerdem hatte er hier inzwischen auch

Familie: seinen Sohn Matias und seine Lebensgefährtin Guðrún. Auch eine leitende Funktion interessierte ihn sehr, aber er konnte sich noch nicht um die offene Stelle bewerben, weil er die Kriterien nicht erfüllte. Jakob studierte neben seiner Arbeit Jura an der Universität von Island. Damit hatte er vor zwei Jahren begonnen, weil sich das Fernstudium flexibel mit seiner Arbeit verbinden ließ. Anfangs hatte er niemandem davon erzählt. Erst als sein Traum von einer Leitungsposition immer konkreter geworden war, hatte er sich Hildur anvertraut. In Island wurde von Polizeichefs ein Studienabschluss in Rechtswissenschaften gefordert, und den wollte Jakob schaffen. Er verstand Isländisch inzwischen fast perfekt, aber Schreiben war schwieriger. Zum Glück hatte Hildur ihm bei den Aufgaben geholfen. Dafür würde er ihr ewig dankbar sein.

Im Lauf des nächsten Jahres würde Jakob sein Jurastudium vorantreiben. Er würde bald die isländische Staatsbürgerschaft erhalten, denn er hatte die Sprachprüfung bestanden und konnte demnächst auch die geforderte Mindestansässigkeit von vier Jahren vorweisen. Zudem hatte er in Finnland die Polizeischule besucht und an den Westfjorden Erfahrung im Polizeialltag gesammelt. Jakob glaubte, dass er die Stelle als Polizeichef bekommen würde, selbst wenn ihm zum Zeitpunkt der Bewerbung noch ein paar Studienpunkte fehlten. Während seiner Zeit in Island hatte Jakob gelernt, dass die Regeln bei Bedarf flexibel waren.

Beta, die gerade nach Reykjavík gezogen war, hatte die Idee zum Glück interessant gefunden und war bereit gewesen, für eine Weile zurückzukommen. Aber nur für ein Jahr, hatte sie gesagt.

Beta hatte Zwillingssöhne, die abwechselnd bei ihr in den Westfjorden und bei ihrem Vater in Reykjavík wohnten. Sie wollte nicht, dass die Jungen länger als ein Jahr zwischen zwei Wohnorten pendeln mussten, die immerhin weit über vierhundert Kilometer auseinander lagen. Die Kinder gingen in wöchentlichem Wechsel in Reykjavík und in den Westfjorden zur Schule. Diese Regelung erforderte ein wenig Mühe, war aber keineswegs ungewöhnlich. Viele isländische Kinder wohnten abwechselnd beim einen und beim anderen Elternteil, und manche wechselten die Schule auch über weite Entfernungen hinweg. Alles ließ sich regeln, wenn man es wollte. Betas Entscheidung wurde auch dadurch erleichtert, dass ihre Stelle bei der Polizei in Reykjavík auslief. Sie hätte somit ohnehin eine neue Stelle suchen müssen. Man half sich also gegenseitig, und alle profitierten. Auch die Ortsbewohner.

Jakob mochte seine Chefin. Es war Beta gewesen, die ihn damals als Praktikant in die Polizeistation von Ísafjörður aufgenommen hatte. Sie war eine faire Vorgesetzte, die sich nicht aufspielte und sich nicht in die Einzelheiten der Arbeit ihrer Untergebenen einmischte. Sie vertraute ihnen und ließ sie frei arbeiten.

Jakob schüttelte die Maus auf seinem Schreibtisch, um den Bildschirm zu aktivieren. Als Nächstes musste er den Ermittlungsbericht über das Baby fertigstellen, das in Ísafjörður gestorben war. Danach würde er sich mit einer Reihe von Einbrüchen in Sommerhäuser befassen, die seit Anfang Mai auf dem Land geschehen waren. Die Ermittlungen standen noch am Anfang. Man hatte nur wenige Spuren gefunden, und über die Täter wusste man noch gar nichts. Er musste die Besitzer der zuletzt heimgesuchten Sommerhäuser befragen.

Bevor Jakob mit seiner Arbeit beginnen konnte, klingelte das Telefon. Er meldete sich mit seinem vollen Namen, obwohl in Island die meisten am Telefon auch bei der Arbeit nur ihren Vornamen nannten.

»Hier ist Hilmir von der Notaufnahme im Krankenhaus, hallo.«

Hilmir räusperte sich. Nach typisch isländischer Art sprach er einen Teil der Worte beim Einatmen. Es klang, als wäre er äußerst besorgt.

»Unser Schichtleiter hat gestern vergessen, euch anzurufen. Das ist verflixt ärgerlich. Es war der letzte Tag vor seinem Sommerurlaub, da hatte er bloß noch Bier und Fußball im Kopf.«

Jakob hoffte, dass Hilmir bald zur Sache kam.

»Okay. Worum geht es?«

Hilmir wurde ernst und berichtete, gestern früh sei ein Patient aus dem Kreuzfahrthafen eingeliefert worden.

Jakob brummte zum Zeichen, dass er zuhörte. An den Westfjorden hatte er die Grundlagen des Kreuzfahrttourismus kennengelernt. Die großen Schiffe fuhren rund um Island herum. Die Passagiere schliefen in ihren eigenen Kabinen und speisten auf dem Schiff. Tagsüber machten die Schiffe in den Küstendörfern Halt. Von Mai bis September füllte sich auch das Zentrum von Ísafjörður jeden Morgen mit Kreuzfahrttouristen. An den betriebsamsten Tagen lagen sogar drei Kreuzfahrtschiffe gleichzeitig im Hafen.

»Die *Diamond Adventure of the Seas* ist eins von den mittelgroßen Schiffen. Sie konnte in den Hafen fahren, brauchte nicht draußen in der Bucht zu ankern«, erzählte Hilmir.

Die größten Kreuzfahrtschiffe passten nicht in den kleinen Hafen des Dorfs, weshalb deren Passagiere mit kleineren Wasserfahrzeugen an Land gebracht wurden.

Jakob fürchtete, dass Hilmir den Grund für seinen Anruf bald vergessen würde.

»Was für ein Patient wurde denn bei euch eingeliefert?«, fragte er.

»Ein gesichtsloser Mann. Die Visage völlig zerfetzt.«

Jakob bat um nähere Auskünfte. War der Mann ein Passagier oder jemand aus dem Dorf? Vielleicht hatte es auf irgendeinem Fischtrawler einen Unfall gegeben.

»Der Typ ist aus dem Kreuzfahrtschiff rausgetaumelt gekommen. Aus dem Logo der Reederei auf seinem Hemd haben wir geschlossen, dass er zur Besatzung gehört.«

Hilmir erzählte, die Sanitäter hätten zuerst geglaubt, der Mann sei betrunken, denn er röchelte, zitterte und brachte kein Wort heraus.

»Aber nein, der Mann war in sehr schlechter Verfassung. Lebensgefährliche Schnittwunden im Gesicht und viele Rippenbrüche. Englisch verstand er nicht, jedenfalls nicht in seinem Schockzustand«, erklärte Hilmir und fügte hinzu, der Mann habe seiner Meinung nach Spanisch gesprochen.

»Ist er in eine Prügelei geraten?« Das war das Erste, was Jakob in den Sinn kam.

»Die Wunden waren so gleichmäßig, dass ich auf eine Stichwaffe tippe. Wir haben viele Stunden gebraucht, um das Gesicht zusammenzuflicken.«

Seltsam, dass die Polizei nicht sofort informiert worden war. Normalerweise meldeten die Notrufzentralen lebensgefährliche Fälle sofort der Polizei. Ein ärgerlicher Fehler. Jakob strich mit der freien Hand über seinen Haarknoten. Es fuchste ihn, wenn vermeintlich einfache Dinge nicht funktionierten. Er musste das Opfer möglichst bald befragen.

»Ist er jetzt bei Bewusstsein?«

Hilmir antwortete, der Mann schlafe und werde seiner Schätzung nach frühestens am Nachmittag aufwachen.

»Es ist wirklich ein seltsamer Fall. Solche Gesichtsverletzungen habe ich noch nie gesehen.«

Jakob verabschiedete sich und legte auf. Er wollte sein Dienstzimmer gerade verlassen, als das Telefon erneut klingelte.

»Hier ist Birkir, Matias' Klassenlehrer«, ertönte eine hektisch klingende Männerstimme.

Jakob spürte, wie ihm kalter Schweiß in den Nacken und auf die Stirn stieg. Was war jetzt schon wieder?

»Ist mit Matias alles …?« Jakob ließ die Frage in der Luft hängen und drückte das Handy fester ans Ohr.

Birkir seufzte auf eine Art, die nichts Gutes verhieß.

»Wir hatten wieder einen schwierigen Vormittag.«

Wir. Also Matias. Das hörte Jakob aus der Stimme des Lehrers heraus. Und es war nicht der erste Anruf dieser Art.

»Matias hat ein Mädchen aus seiner Klasse in eine Klokabine gestoßen und gedroht, die Kabine anzuzünden. Als ich ihm das Feuerzeug abgenommen und ihn zurechtgewiesen habe, hat er gesagt …« Birkir machte eine kurze Pause, als suche er nach den richtigen Worten. »Er hat gesagt, ich solle chillen und Onlyfans anklicken.«

Jakob hätte beinahe das Handy fallen lassen. Onlyfans? Wie konnte ein siebenjähriger Junge wissen, dass es so etwas gab? Jakob atmete tief ein und stieß die Luft geräuschvoll aus. Das Frühjahr war eine schwierige Zeit für Matias gewesen. Kein Wunder, denn sein Leben hatte sich völlig verändert. Jakob war anfangs vielleicht ein wenig blauäugig gewesen und hatte geglaubt, Matias würde sich schon leicht in Island einleben: Ein kleines Dorf, eine kleine Schule, eine sichere Umgebung, ein vernünftiger Vater, und bei ihnen wohnte Guðrún, die äußerst geduldig und überhaupt eine Seele von einem Menschen war. Aber die ersten Symptome waren schon zu Schulbeginn aufgetreten. Der Junge konnte nicht still sitzen, störte ständig andere Kinder und mobbte sie in den Pausen. Woher in aller Welt hatte er das Feuerzeug? Zum Glück fingen die Sommerferien bald an. Dann würden sich die Schwierigkeiten vielleicht legen, dachte Jakob. Das hoffte er jedenfalls.

7

Hildur drehte den Kopf. In ihrem Nacken knirschte es leise. Zehnmal nach links und zehnmal nach rechts. Die gezielte kleine Bewegung half gegen den Schmerz in den Schultern, der sie oft plagte, wenn sie lange am Steuer gesessen hatte.

»Der Mann hat also nichts gesagt?«, vergewisserte sich Jakob. Seine Hände hielten nicht still, als er Beta und Hildur ansah. Die Bewegung der Stricknadeln war hypnotisierend. Hildur hatte längst den Überblick darüber verloren, wie viele Pullover Jakob allein in diesem Frühjahr und Frühsommer gestrickt hatte.

Die drei hatten sich für einen schnellen Lagebericht in der Küche der Polizeistation versammelt. Es war bald vier Uhr nachmittags.

Beta war mit einem Spanischdolmetscher im Krankenhaus gewesen, aber der verletzte Mann war zu benommen, um zu sprechen. Da sein Kopf verbunden war, wäre es ihm ohnehin schwergefallen, zu reden. Der behandelnde Arzt hatte Beta geraten, später wiederzukommen.

Der Mann hieß Manuel Pérez und stammte aus Venezuela. Er war zweiundzwanzig Jahre alt. Name und Nationalität hatten sie dem Pass entnommen, der in der Gesäßtasche seiner Hose steckte. Wo er arbeitete, hatten sie aus seiner Kleidung geschlossen. An seiner Hose war dasselbe Logo der Reederei wie am Hemd. Beta berichtete, die Kleidung habe so sehr nach Fett gerochen, dass sie annahm, der Mann habe in der Schiffsküche gearbeitet.

»Der Arzt will ihn mindestens ein paar Tage zur Beobachtung dabehalten«, fügte sie hinzu.

Hildur schmierte sich ein Brot, denn auf der Fahrt war sie hungrig geworden. Sie dachte über die Fragen nach, die beantwortet werden mussten. Das fragliche Kreuzfahrtschiff würde in der nächsten Woche wieder im Hafen anlegen. Sie hatten also reichlich Zeit, mit dem Mann zu sprechen. Wer hatte Manuel so zugerichtet? Mit was für einer Waffe? Mit einem Küchenmesser? Warum war der Mann misshandelt worden?

Es gab praktisch in jeder Woche Anzeigen wegen Körperverletzung. Oft ging es um Schlägereien unter Betrunkenen nach Schankschluss. Die meisten Misshandlungen geschahen im häuslichen Umfeld, und viele wurden der Polizei nie gemeldet. Hildur hatte in ihrem Beruf allerhand gesehen und gehört, aber eine solche Attacke mit einem Messer war ihr noch nicht untergekommen. In Manuels Fall gab es einen Punkt, der sie besonders irritierte:

»Findet ihr es nicht seltsam, dass sich niemand gemeldet und nach dem Mann erkundigt hat? Zum Beispiel der Arbeitgeber?«

Jakobs Stricknadeln standen zum ersten Mal seit Beginn der Besprechung still.

»Jetzt, wo du es sagst … Man sollte meinen, dass Fragen aufkommen, wenn ein Mitarbeiter nicht zur Schicht erscheint.«

Das Schiff war am selben Abend zur Stadt Akureyri im Norden der Insel weitergefahren. Hildur überlegte bei sich, wie es möglich war, dass niemand etwas bemerkt hatte. Vielleicht hatte Manuel einen freien Tag gehabt.

Beta packte ihr T-Shirt auf Brusthöhe und schüttelte den Stoff, damit die Luft zirkulierte. Das Shirt hatte bereits Schweißflecke unter den Achseln, in der fensterlosen Küche war es drückend heiß.

»Der Arbeitgeber muss informiert werden. Ich setze mich mit dem Schiff in Verbindung«, sagte sie und warf einen Blick auf ihr Notizbuch, in dem sie die ärztlichen Befunde aufgeschrieben hatte.

Vier Rippen waren gebrochen. Die längste Schnittwunde reichte vom Haaransatz bis zur Kinnspitze. Der Mann hatte noch Glück gehabt: Der Schnitt war um das Auge herumgegangen und hatte nicht bis zum Hals gereicht. Alles in allem hatte er ungefähr zehn Wunden im Gesicht.

»Ist der Mann in einen Häcksler gefallen, oder was?«, schnaubte Hildur. Die Spuren zeugten von so heftiger Gewalt, dass die Tat den Menschen in der näheren Umgebung nicht unbemerkt geblieben sein konnte. Außerdem war so viel Blut geflossen, dass das Opfer bestimmt viele sichtbare Blutspuren hinterlassen hatte. Auch der Täter hatte höchstwahrscheinlich Spritzer abbekommen. Irgendwer musste etwas gesehen oder gehört haben.

»Jemand hat den Mann wirklich fertigmachen wollen. Solche Wunden entstehen nicht, wenn man in einem Wutanfall einmal das Messer schwingt«, sagte Jakob und zog mehr Garn vom Knäuel. »Vielleicht hat Manuel seine freie Zeit mit seinen Freunden verbracht, und einige in der Clique haben ein bisschen zu viel getrunken, und dann sind sie über irgendwas in Streit geraten.«

»Party oder nicht, aber Alkohol wurde im Blut nicht gefunden. Auf die Ergebnisse des Drogentests warten wir noch«, seufzte Beta.

Der Dolmetscher hatte versprochen, morgen wiederzukommen. Dann würden sie erneut versuchen, Manuel zu befragen.

»Sollten wir die Leute auf dem Schiff vernehmen? Wir könnten bestimmt Kollegen um Hilfe bitten, damit wir das möglichst bald im nächsten Hafen tun können«, schlug Jakob vor.

Das Schiff umkreiste Island und würde in den nächsten Tagen in Hafendörfern im Norden und Osten der Insel anlegen. Beta wies den Vorschlag zurück und stand auf als Zeichen, dass sie für heute fertig waren. Sie sagte, sie werde sich bald mit dem Schiff in Verbindung setzen. Aber an Bord könnten sie nicht einfach so gehen.

»Dafür brauchen wir die Genehmigung des Kapitäns, und ich weiß aus Erfahrung, dass die nicht leicht zu bekommen ist. Wir haben nicht die Befugnis, aus eigener Initiative das Schiff zu betreten.«

Beta verabschiedete sich und ging nach Hause. Jakob strickte immer noch. Hildur fand es erstaunlich, dass jemand seine Hände so schnell bewegen konnte, ohne ständig Fehler zu machen.

»Hildur, darf ich dich was fragen?«

Hildur brummte zustimmend.

»Ich bin als Kind viele Male umgezogen. Mein erstes Zuhause in Helsinki habe ich nie wiedergesehen. Wie war es für dich, nach so langer Zeit nach Kotsdalur zurückzukehren? Ich denke an Matias … Er wird sein erstes Zuhause in Oslo bestimmt nie mehr sehen. Wird ihm etwas fehlen?«

»Ich wage zu behaupten, dass ihm nichts fehlt. Und niemand sollte sein Herz an etwas hängen, was sowieso irgendwann verrottet.«

Jakob lachte zum ersten Mal an diesem Tag.

»Man kann dir jedenfalls nicht vorwerfen, dass deine Lebensphilosophie toxisch positiv ist.«

Hildur wischte noch die Spüle ab. Sie fand es schön, dass Rósa in der Nähe wohnte und solchen Gefallen an dem Renovierungsprojekt fand. Sie erklärte Jakob, das sei wichtiger als das Haus an sich.

»Wenn man sich die ganze Zeit an einen Ort zurücksehnt, wo man irgendwann einmal war, wird man unbeweglich. Und dann kommt ein Erdrutsch, der einen mit sich reißt.«

8

Hildur befestigte das Surfbrett auf dem Autodach und öffnete den Kofferraum. Sie tastete nach dem Reißverschluss im Rücken, um den Nassanzug zu öffnen.

Sie verwendete das ganze Jahr über denselben Anzug. So hoch im Norden blieb das Meer auch mitten im Sommer kalt. Eigentlich bestand der einzige Unterschied zwischen Sommer- und Wintersurfen darin, dass das Meer im Sommer viel langweiliger war. Im Winter brachten die Stürme über der Grönlandsee lange Wellen an die Küsten der Westfjorde. Im Juni bot das Meer nur selten Herausforderungen.

Hildur nahm das Handtuch, das neben dem Müllsack lag. Während sie sich die Haare trocken rubbelte, beschloss sie, zum Seniorenheim zu fahren. Da der Surfausflug wegen der lahmen Wellen kurz geblieben war, hatte sie Zeit, bei Helga vorbeizuschauen, bevor es Abend wurde. Helga hatte vor langer Zeit in dem Tal, in dem Hildurs Familie gewohnt hatte, mit ihrem Mann eine Schaffarm betrieben.

Erst als Erwachsene hatte Hildur erfahren, dass ihre Mutter Rakel und Helga ein Liebespaar gewesen waren. Helga hatte ihr erzählt, dass Rakel bereit gewesen war, sich von ihrem Mann zu trennen und mit den Kindern und Helga ein neues Leben zu beginnen. Doch Helgas Mut hatte dafür nicht gereicht. Sie hatte Hildur mehrmals gesagt, wie sehr sie ihr Zögern bedauerte.

Im letzten Winter war Helga aus ihrer betreuten Wohnung für ältere Menschen in das nahe gelegene Seniorenheim neben der Klinik gezogen. Sie war zuletzt so gebrechlich gewesen, dass sie nicht mehr selbst aufräumen und Besorgungen machen konnte. Auch wenn sie nur auf die andere Straßenseite gezogen war, so war es für sie ein großer Schritt gewesen. Die letzte Adresse, bevor man mir den Holzmantel anlegt, hatte sie gesagt, als sie ihr neues Zimmer zum ersten Mal sah.

Hildur hatte sich angewöhnt, Helga mindestens einmal wöchentlich zu besuchen, manchmal auch öfter. Sie hatte von ihren Schwestern erzählt und davon, wie es ihnen ergangen war. Die alte Frau hatte sie kein einziges Mal unterbrochen, selbst dann nicht, als Hildur ihr von Björks Geständnis und der Haftstrafe berichtet hatte. Helga hatte ruhig an ihrem Küchentisch gesessen und mit ihren schmalen Fingern über die Fransen an der Tischdecke gestrichen. *Jæjja. So ist das Leben heute.* Dieser Satz war der Beginn ihrer tieferen Freundschaft gewesen. Helga hatte recht: Selbst die Handlung der spannendsten Filme fiel hinter dem normalen Alltag zurück. In ihrem Beruf hatte Hildur oft erlebt, dass im wirklichen Leben Dinge passierten, die man nicht hätte erfinden können.

An den Wänden im Flur hingen Landkarten von den Westfjorden sowie alte Fotos vom Dorf und seinen Einwohnern. Ein großer heller Raum am Flur diente des Hausbewohnern als gemeinsames Wohnzimmer. Die östliche Wand bestand ganz aus Glas. Durch die bodentiefen Fenster fiel der Blick auf die prächtige Gebirgslandschaft. Die Bewohner verbrachten viel Zeit im Wohnzimmer.

»Da kommt das Polizeihäschen ja wieder. Hast du Neuigkeiten für uns?«

Der Gruß kam von einer redseligen alten Frau, die Hildur schon oft gesehen hatte. Sie saß immer auf demselben Stuhl und strickte Fäustlinge.

Die Oma betrachtete sie durch ihre runde Brille und lächelte neugierig.

»Die Helga ist wirklich ein Glückskind, sie bekommt so oft Besuch.«

Hildur blieb kurz bei der Bewohnerin stehen und fragte, für wen sie die Fäustlinge stricke.

Die Oma sah sie verschmitzt an und senkte die Stimme.

»Für die Prachtkerle da drüben. Für den nächsten Winter. Vier Paar sind schon fertig.«

Hildur betrachtete die Gruppe, die sich am Fenstertisch versammelt hatte. Zwei bebrillte, sehnige ältere Herren spielten Schach. Der größere der beiden dehnte gerade den Nacken wie ein Athlet, der sich auf eine sportliche Leistung vorbereitete. Vier weitere Männer verfolgten das Spiel wortlos. Hildur verabschiedete sich von der Oma und ging an der Gruppe vorbei.

Der Nackendehner, der eine Brille mit klobigem Gestell trug, pfiff ihr hinterher; seine Freunde grinsten und brummten zustimmend.

»Vollblütige Schenkel hat das Fräulein«, erklärte einer von ihnen.

Hildur lächelte immer noch über das Gerede der alten Männer, als sie an die Tür des Zimmers zwölf klopfte. Bald darauf hörte sie eine frische Stimme:

»Immer rein.«

Helgas Stimme war kräftig, obwohl ihre Gestalt zerbrechlich geworden war. Sie saß im Sessel, eine Decke über den Beinen, und las Zeitung. Die beiden umarmten sich und tauschten Wangenküsse.

»Schieb den Rollator beiseite und hol dir einen Hocker«, sagte Helga. »In der Schublade sind Sahnetoffees.«

Hildur wusste, wie wichtig es Helga war, dass man nahm, was sie anbot. Sie holte zwei Toffees aus der Nachttischschublade und steckte sie in den Mund.

»Wie geht es Tinna? Sind sie schon abgereist?«

Hildur nickte und schob die Sahnetoffees in die Backe, damit sie sprechen konnte.

»Sobald Ívars Sommerurlaub anfing. Sie kommen erst im Herbst zurück.«

Hildurs Tante Tinna hatte ein Haus in Ísafjörður. Sie war seit einiger Zeit mit Ívar liiert, der als Monteur in Aluminiumhütten arbeitete. In diesem Sommer reisten die beiden mit seinem Wohnwagen durch Island. Für Hildur war Tinnas Abwesenheit seltsam. Sie war seit Jahren nicht für so lange Zeit von ihrer Tante getrennt gewesen. Nun würden sie sich wahrscheinlich erst Ende August wiedersehen.

Helga legte die Zeitung zusammen und faltete die Hände. Hildur sah die Trauer in ihren Augen.

»Bald ist der siebzehnte Juni«, seufzte Helga.

Das war der Unabhängigkeitstag Islands und Rakels Geburtstag.

»Deine Mutter hätte an keinem passenderen Tag zur Welt kommen können.«

Hildur nickte. Sie wusste schon, was Helga als Nächstes sagen würde: *Deine Mutter war unabhängiger als Bjartur Sumarhus.*

Bjartur Sumarhus war der Protagonist des Romans *Sein eigener Herr* von Halldór Laxness, dem Nobelpreisträger. Bjartur kämpfte hartnäckig, um ein besseres Leben zu erreichen, und lehnte die Hilfe anderer Menschen ab.

»Aber deine Mutter hatte bessere Absichten. Sie wollte sich nicht völlig von anderen Menschen loslösen, sondern eine vernünftige Unabhängigkeit erreichen. Das ist ein ziemlich großer Unterschied, weißt du?«

Hildur nickte und spürte, dass das klebrige Toffee an ihren Backenzähnen haftete. Sie bewegte das Kinn hin und her, damit es sich löste. Da sie wusste, dass Helga sich gern an Rakel erinnerte, fragte sie bei ihren Besuchen immer nach ihrer Mutter.

»Erzähl mir etwas über meine Mutter. Etwas, was ich noch nicht weiß.«

Helga strich sich über die spärlich gewordenen Haare und versank in ihren Erinnerungen.

»Rakel hat sich vor unseren Treffen immer die Lippen geschminkt.«

An diese Einzelheit erinnerte sich auch Hildur.

»Mutter hat sonst nie Lippenstift benutzt. Nur dann, wenn wir euch besucht haben.«

Helga zwinkerte Hildur zu und legte die Zeitung auf den Boden.

»Sie war so schön. Wenn sie ins Zimmer kam, wirkte gleich alles viel freundlicher.«

Helga setzte sich in ihrem Sessel zurecht und strich die Fransen der Wolldecke mit ihren knöchrigen Fingern glatt.

»Sie war ein richtiger Nagel.«

Das war ein isländisches Lob für fleißige Pferde und Menschen.

»Sie hat sich nie beklagt und nicht an leichtherzige Versprechen geglaubt. Unermüdlich hat sie ihre Salben verkauft.«

Hildur erinnerte sich nicht an viele Einzelheiten aus ihrer Kindheit, aber die rauen, die Haut aufreibenden Jutesäcke und der Duft der pflegenden Salbe waren ihr im Gedächtnis geblieben. In den Säcken hatte ihre Mutter Bärentraube, Weide, Schafgarbe und Thymian aufbewahrt, die sie auf der Hochebene gepflückt hatte. Manchmal waren sie gemeinsam zum Pflücken gegangen. Viele der Pflanzen erkannte Hildur immer noch. Der Anblick der kleinen, weiß blühenden Hühnerbisse in den Feuchtgebieten der Täler wärmte ihr bis heute das Herz.

»Das Rezept für die Salbe wurde seit Hrafntinnas Zeiten in eurer Familie weitergegeben«, sagte Helga und strich sich mit dem Zeigefinger über die faltige Wange.

Das wusste Hildur. Tinna hatte ihr von Hrafntinna erzählt, die die Seherin ihrer Familie gewesen war und viel über Naturkräuter gewusst hatte. Hildur erinnerte sich an den herben Geruch der grünlichen Salbe. Ihre Mutter hatte die Kräuter gesammelt, zu Hause auf dem Hof gesäubert, in den Säcken verwahrt und in die Salbe aus Bienenwachs gemischt.

»Was glaubst du, war sie mit meinem Vater glücklich?«

Helga schüttelte den Kopf.

»Rakel hat nie ein böses Wort über deinen Vater gesagt. Aber auch kein gutes.«

Sie unterhielten sich noch eine Weile über Rakel, über das Wetter der letzten Tage, über das Essen im Seniorenheim und natürlich über die Touristen. Helgas zarter Körper bebte vor Lachen, als sie von ihrer gestrigen Begegnung mit neugierigen Kreuzfahrttouristen erzählte, die sich auf den Hof des Seniorenheims verirrt hatten.

»Sie haben durch die Fenster geguckt. Dummerweise habe ich ihnen zugewinkt, und da sind sie völlig übergeschnappt. Haben ihre Handys an die Fensterscheibe gehalten und Fotos gemacht.«

Hildur warf einen Blick auf ihre Sportuhr. Sie musste bald gehen. Matias würde am Abend zu Besuch kommen.

»Deine Mutter kann auch richtig gut schummeln«, flüsterte Helga.

Hildur zuckte innerlich ein wenig zusammen. Sie hatte gelernt, diesen Ton in Helgas Stimme zu erkennen.

»Sie führt abends die Nachtschwester an der Nase herum und kommt zu mir. Und niemand merkt, dass wir zu zweit im Bett liegen!«

Helgas Augen waren die eines alten Menschen und zugleich

die eines jungen Mädchens. Sie dachte meistens völlig klar. Aber manchmal, urplötzlich, fiel sie für einen Moment in eine andere Wirklichkeit.

»Ich höre sie kommen. Ich erkenne immer ihre Schritte auf dem Flur«, sagte Helga und zwinkerte Hildur wieder zu.

Hildur lächelte wohlwollend. Sie verhielt sich, als würde Helga über ganz normale Dinge sprechen.

9

Hildur war gerade aus der Dusche gekommen, als es an der Haustür klopfte. Sie zog den Bademantel an und ging zur Tür. Ihre Fußsohlen hinterließen nasse Abdrücke auf dem Flur.

»Komm rein«, sagte sie. »Hast du schon gegessen?«

Matias schüttelte lächelnd den Kopf. Er spazierte ins Wohnzimmer, holte ein Comicheft aus dem Zeitungskorb und setzte sich zum Lesen an den Küchentisch. Die kurzen Sätze der *Batman*-Comics machten es leichter, sich die fremde Sprache anzueignen.

Hildur schob inzwischen die Pizza in den Ofen und stellte zwei Teller auf den Tisch. Sie dachte über die neueste Textnachricht von Anton nach, in der er sie wieder einmal bat, zu ihm zu kommen. Warum kam er nicht selbst hierher? Sie lebten so weit voneinander entfernt, dass jedes Treffen ein Riesenaufwand war. Es war schön, Nachrichten von Anton zu bekommen, aber letzten Endes würde die Sache wohl im Sande verlaufen.

Was wusste sie eigentlich über den Mann? Anton war Jakobs Freund aus seiner Kindheit in Finnland. Ein kinderloser Rentierzüchter, dessen Frau vor Jahren an Krebs gestorben war.

Im Frühjahr hatten Hildur und Anton gemeinsam eine lange Reise nach Hawaii gemacht. Auf dieser Reise hatte Hildur ziemlich bald gemerkt, dass Anton innerlich aufgerieben war.

Wahrscheinlich waren die verwundeten Gespenster, die jahrelang in ihnen beiden gesteckt hatten, aus ihren Verstecken gekrochen. Zwei angeschlagene Menschen hatten sich gefunden. Das war sicher einer der Gründe, weshalb in den gemeinsamen Wochen eine tiefe Verbindung zwischen ihnen entstanden war. Und jetzt baumelte diese Verbindung im dünnen Netz der Textnachrichten.

Hildur merkte, dass sie in eine Situation geraten war, die sie nicht gewollt hatte. Sie wollte keinen anderen Menschen in ihrem Alltag: Wenn man allein lebte, war man nur für sich selbst verantwortlich. Man tat einfach jeden Tag dasselbe und war zufrieden. Hildur hatte sich immer schon auf das Schlimmste eingestellt, und das tat sie am liebsten allein. Trotzdem wartete sie auf Antons Textnachrichten. Es war absurd.

Hildur versuchte die fruchtlosen Gedanken aus ihrem Kopf zu vertreiben. Sie schaltete den Ofen aus, zog das Pizzablech heraus und setzte es auf die Topflappen auf der Spüle. Dann schnitt sie zwei gleich große Stücke von der Salamipizza ab und stellte Knoblauchöl auf den Tisch. Zu trinken gab es Orangenlimonade und Wasser. Matias wählte Limonade. Nach einigen Bissen brach Hildur die Stille.

»Gefällt es dir in der Schule?«

»Nicht besonders.«

Hildur betrachtete die knappe Antwort als Sieg. Matias sprach nicht gern über die Schule.

»Was stinkt dir da am meisten?«

»Alle sind blöd, und keiner kapiert was.«

Hildur lachte auf.

»Das Gefühl habe ich auch manchmal.«

Matias lachte auch. Die Verbindung zwischen ihnen war dünn, aber wohlwollend.

»Trotzdem versuche ich nicht, meine Kollegen anzuzünden.«

Hildur erklärte, dass sie von Jakob gehört hatte, was in der Schule vorgefallen war.

»Weißt du überhaupt, was Onlyfans ist?«, fragte sie.

Matias wand sich verlegen auf seinem Stuhl und schob sein Pizzastück auf dem Teller hin und her.

»Da laden Erwachsene Videos für Erwachsene hoch. Die haben was mit Sex zu tun.«

Matias starrte Hildur aus großen Augen an. Er konzentrierte sich voll auf das, was er hörte. Also sprach sie weiter.

»Wenn du irgendwelche Fragen hast, frag mich und deinen Vater. Oder Guðrún. Aber sprich in der Schule nicht über diese Sexgeschichten. Okay?«

Matias überlegte eine Weile, zuckte dann die Achseln und aß weiter.

»Und man darf kein Feuerzeug in die Schule mitnehmen.«

Nach dem Essen vertiefte Matias sich wieder in seinen Batman-Comic. Hildur lehnte sich an die Spüle und starrte durch das Fenster in den Sommerabend. Ein paar kleine Vögel hüpften unter einem Busch auf dem Hof herum. Hildur verbannte Anton aus ihrem Kopf und dachte an Manuel, der im Krankenhaus lag. Vor ihrem Besuch bei Helga war sie im Krankenhaus gewesen und hatte sich erkundigt, wie es dem Venezolaner ging. Die Klinik und das Seniorenheim waren durch einen Gang verbunden, sodass man schnell von einem Gebäude ins andere kam. Manuel hatte immer noch geschlafen; er hatte schmächtig und schwach ausgesehen. Warum hatte ihn jemand so sehr gehasst, dass er ihm beinahe das Gesicht abgeschnitten hatte? Warum schien ihn niemand zu vermissen? Was war Manuels Geheimnis?

10

Eine dünne Wolkenschicht dämpfte die blendende Helligkeit der Morgensonne. Es ging auf acht Uhr zu, und das Dorf war schon wach. Das Schuljahr näherte sich seinem Ende. Bald würden die Sommerferien beginnen.

Hildur und Jakob waren auf dem Weg zum Krankenhaus, um Manuel zu befragen.

»Auf dem Schiff wird niemand mit diesem Namen vermisst«, sagte Hildur und kickte einen Stein, der gegen eine Mauer aus Natursteinen prallte und zurückgeschleudert wurde. Sie berichtete Jakob, was Beta ihr gestern Abend am Telefon erzählt hatte. Zum Personal gehörte kein einziger Manuel. Auch auf der Passagierliste tauchte der Name nicht auf. Das hatte der PR- und Kommunikationsmanager des Schiffes, oder wie auch immer sein Titel nun lautete, jedenfalls gesagt.

Jakob überlegte, ob Manuel vielleicht als blinder Passagier auf dem Schiff gewesen war und die Personalkleidung gestohlen hatte.

»Auf so einem Schiff gibt es Hunderte Mitarbeiter und Tausende Touristen, da kann man sich leicht verstecken.«

Jakobs Theorie war nicht von der Hand zu weisen. Hildur blickte aufs Meer. In der Bucht hatte gerade ein großes Kreuzfahrtschiff Anker geworfen. Kleinere Fährboote fuhren zu ihm hin. Die hohen Berge spiegelten sich auf der glatten Meeresfläche.

Der Spanischdolmetscher hatte heute zum Glück Zeit, sie zu begleiten. Es war nicht immer leicht, einen Dolmetscher zu bekommen. In Ísafjörður und der näheren Umgebung wohnten ein paar Menschen, die Spanisch sprachen und für die Polizei dolmetschen konnten. Im Sommer waren die meisten jedoch in der Tourismusbranche beschäftigt und sicher auch heute mit Reisegruppen unterwegs.

»Ich habe die Fahrpläne der Kreuzfahrtschiffe überprüft. Das Schiff, von dem Manuel gekommen ist, dreht bis Ende Juli seine Runden um Island, legt also auch hier im Hafen noch einige Male an.«

Im August würde das Schiff auf einer längeren Route eingesetzt, die von Grönland nach Island und dann auf die Färöer und nach Dänemark führte. Auch im nördlichen Meeresgebiet gab es viele Alternativen für Kreuzfahrten.

Die Sonne schien nun in ihrem Rücken. Sie bogen am Fischereihafen nach links ab und gingen am alten Friedhof vorbei zum Krankenhaus.

In den vergangenen Jahrzehnten hatten abgelegene kleine Dörfer wie Ísafjörður von der Fischerei gelebt. Als sich die Fischwirtschaft auf einige große Häfen konzentrierte und die Arbeitgeber abwanderten, waren die ländlichen Regionen verödet. Der Kreuzfahrttourismus hatte die Lage verändert. In den Häfen herrschte wieder Leben.

»Ich frage mich, wie die Infrastruktur solchen Menschenmengen standhält«, überlegte Hildur.

»Die Kreuzfahrten schaffen Arbeitsplätze und bringen dadurch Geld ins Land. Damit wird die Infrastruktur ja aufgebaut«, sagte Jakob und blickte nach links und rechts, bevor er den Zebrastreifen betrat.

Hildur sah, dass der Dolmetscher sie am Haupteingang der Klinik erwartete. Finnur Bogason hatte dichte rötliche Haare, viele Sommersprossen und einen deutlich hervortretenden Adamsapfel. Er arbeitete in Teilzeit als Spanischlehrer am Gymnasium. Neben seiner Lehrtätigkeit übersetzte er spanische Literatur ins Isländische und war als Dolmetscher tätig. Da Beta bei ihrem vorigen Besuch einen anderen Dolmetscher bei sich gehabt hatte, fasste Hildur kurz für Finnur zusammen, worum es ging.

»Die Venezolaner haben im Spanischen eine leicht andere Aussprache als die Europäer. Aber ich komme bestimmt damit klar«, sagte der Dolmetscher. Sein Adamsapfel bewegte sich beim Sprechen lebhaft auf und ab.

Im Krankenhaus roch es nach Desinfektionsmittel und abgestandenem Kaffee. Hildur grüßte die Angestellte am Empfang und erklärte, sie würden Manuel besuchen.

Manuel lag in einem Bett, dessen Kopfteil höhergestellt worden war. Sein Gesicht war immer noch verbunden. Nur die Augen, der Mund und die zerschnittene Nasenspitze waren zu sehen. Im Fernsehen lief eine Wiederholung der Comedy-Serie *Die Nachtschicht*. Manuel sah zu den Ankömmlingen hin, richtete den Blick aber schnell wieder auf den Fernseher. Hildur stellte sich selbst, Jakob und den Dolmetscher vor und erklärte, sie seien gekommen, um Genaueres über Manuels Verletzungen zu erfahren.

»Schaffen Sie es, zu sprechen?«, fragte sie, und der Dolmetscher übersetzte. Manuel sah stur auf den Bildschirm.

Der Dolmetscher brauchte die Antwort nicht zu übersetzen, denn Manuel sagte nichts. Hildur beschloss, trotzdem weiterzumachen.

»Was haben Sie auf dem Schiff gemacht? Arbeiten Sie dort?«

Manuel blickte weiter unbeirrt auf den Fernseher.

»Waren Sie ohne Ticket an Bord?«, übernahm Jakob das Gespräch, aber das Ergebnis war ebenso mager.

»Es geht uns nicht darum, ob Sie als blinder Passagier gereist sind. Wir wollen nur klären, was Ihnen zugestoßen ist und ob wir Ihnen helfen können«, fuhr Jakob fort.

Hildur sah sich um und versuchte, die Lage einzuschätzen. Manuel lag allein im Krankenzimmer. Er war Anfang zwanzig, wirkte aber sehr jung. Die verschossene Krankenhauskleidung betonte seine Zerbrechlichkeit.

»Ist die Sendung überhaupt lustig, wenn man die Sprache nicht versteht?«, fragte Hildur.

Der Dolmetscher nahm den einzigen Stuhl, setzte sich neben Manuel und übersetzte.

»Soll das denn eine Komödie sein? Es ist ja traurig wie nur was«, entgegnete Manuel.

Hildur freute sich. Manuel hatte mit mehr als einem Wort auf ihre Frage geantwortet. Vielleicht würden sie doch ins Gespräch kommen. *Die Nachtschicht* handelte von drei Arbeitskräften, die nachts an einer Tankstelle Dienst taten.

»Der da, der den aufgeblasenen Chef spielt, war jahrelang Stadtdirektor in Reykjavík«, sagte sie und wartete gespannt, ob Manuel darauf eingehen würde.

»Wohnen hier so wenig Menschen, dass ein Politiker in Fernsehserien auftreten muss? Oder, na ja, vielleicht ist es nur gut für einen Politiker, wenn er schauspielern kann. Auch bei uns zu Hause …«

Hildur lächelte. Sie wusste sehr wenig über die politische Lage in Venezuela. Der Name des vor Jahren verstorbenen Hugo Chávez war ihr bekannt, aber damit hatte es sich auch schon.

»Wir möchten etwas über Ihre Verletzungen wissen«, sagte sie und strich sich über die Wange. »Sie waren in ziemlich schlechter Verfassung, als Sie hierhergebracht wurden. Was ist passiert?«

Manuel zog sich wieder in sich selbst zurück. Er setzte sich ein wenig auf und versuchte, die Arme vor dem Oberkörper zu verschränken.

»Sie wurden aus dem Hafen hierhergebracht. Einer Augenzeugin nach sind Sie blutend vom Schiff gelaufen. Seitdem wurden Sie hier behandelt. Das Schiff ist weitergefahren und kommt in einer Woche wieder zurück. Bis dahin haben Sie sich wahrscheinlich so weit erholt, dass Sie wieder an Bord gehen und sich dort weiter ausruhen können.«

Als der Dolmetscher Hildurs Worte übersetzt hatte, hoben sich Manuels buschige Augenbrauen, die unter dem Verband gerade noch sichtbar waren, die Unterlider strafften sich und der Mund öffnete sich halb. Als würde jemand an seinem Gesicht ziehen und er würde dagegen ankämpfen. Hildur schloss aus seiner Mikromimik, dass er Angst hatte. Sie hörte, wie sein Atem sich beschleunigte.

»Nein«, sagte Manuel.

Hildur sah Jakob an. Vielleicht würde er Manuel zum Reden bringen.

»Hören Sie mal. Wenn wir nicht wissen, warum Sie nicht an Bord wollen, können wir Ihnen nicht helfen. Sie hatten nur Ihren Pass bei sich. Alles andere ist wohl auf dem Schiff. Dort scheint Sie niemand zu vermissen, aber Sie hatten trotzdem die Personaluniform an. Das ist doch merkwürdig.«

Es klopfte. Eine Krankenschwester kam herein, um nachzusehen, wie es Manuel ging. Sie schob den Gesichtsverband vorsichtig beiseite. Hildur fiel auf, dass sie mit Manuel Spanisch sprach und dass nur ihr einer Arm richtig funktionierte. Der andere lag reglos an der Seite.

»Die Medikamente werden bald ausgegeben«, sagte die Krankenschwester und sah Hildur bedeutsam an. Hildur nickte. Bis dahin waren sie sicher fertig.

Manuel schwieg immer noch. Jakob trat ans Fenster und

schloss die Jalousie. Er zog seinen Haarknoten im Nacken straffer.

»Müssen wir Sie dann doch als blinden Passagier verhaften?«, seufzte er verdrossen.

Die kühne Frage ihres Kollegen überraschte Hildur.

»Nicht in den Knast«, heulte Manuel auf.

»Mein Kollege übertreibt ein bisschen«, sagte Hildur beschwichtigend. »Wir wollen erst mal nur wissen, was passiert ist.«

Manuel bewegte sich ein wenig. Er drehte einen Zipfel des Lakens zwischen den Fingern und schien seine Alternativen abzuwägen. Ein leiser Seufzer ertönte.

»Ich arbeite in der Schiffsküche«, sagte er schließlich leise.

»War das also ein Arbeitsunfall?«, fragte Jakob und strich sich über das Gesicht.

Manuel nickte scheu. Sein Kinn zitterte.

»Ich hatte schon mehr als hundert Hühner zerteilt. Ich war sehr müde. Ich habe einfach einen Moment nicht aufgepasst und bin gestolpert. Das Messer lag unter mir.«

Hildur war skeptisch. Wenn das Messer versehentlich das Gesicht getroffen hätte, wäre dabei höchstens eine einzige Schnittwunde entstanden, keine solche Verstümmelung. Sie wollte Manuels Worte aber nicht sofort anzweifeln.

»Sie sagen, Sie waren müde. Hatten Sie eine lange Schicht hinter sich?«

»Eine ganz normale«, antwortete Manuel, legte den Kopf auf das Kissen und schloss kurz die Augen.

»Wir gehen bald, dann können Sie sich ausruhen«, sagte Hildur versöhnlich. Das schien zu helfen.

»Dreißig Stunden Arbeit, dazwischen drei Stunden Schlaf.«

Hildur sah Jakob an. Die Antwort hatte sie beide schockiert.

»Sind solche Schichten normal?«, fragte Jakob und schob gleich eine zweite Frage hinterher: »Wie halten Sie sich denn wach?«

Manuel öffnete vorsichtig die Augen und befühlte den Verband. Er überlegte kurz, bevor er antwortete:

»Ich schlafe in den Pausen.«

Jakob ließ nicht locker.

»Warum kennt Sie dann niemand auf dem Schiff?«

Manuels Schultern zitterten, aber er gab keine Antwort. Mit Hilfe des Dolmetschers erklärte er, dass er müde sei und schlafen wolle. Dann schloss er die Augen wieder und wandte das Gesicht ab.

Hildur versuchte das Gespräch fortzusetzen, aber allem Anschein nach war aus Manuel nicht mehr herauszuholen. Sie mussten gehen, aber sie würden wiederkommen. Auf dem Flur begegnete ihnen die Krankenschwester, die vorhin im Zimmer gewesen war und nun mit einer Hand den Wagen mit den Arzneimitteln schob. Jakob und der Dolmetscher gingen weiter, aber Hildur wollte ein paar Worte mit der Pflegerin wechseln.

Die Krankenschwester sagte, sie heiße Lára, und erzählte, sie habe als Austauschschülerin ein Jahr in Argentinien gewohnt und viele Reisen in Lateinamerika gemacht. Deshalb sprach sie so gut Spanisch. Hildur fragte Lára, ob Manuel ihr irgendetwas erzählt habe, das ihnen helfen könnte, herauszufinden, was ihm zugestoßen war.

»Er ist ein netter Junge, wenn auch sehr still. Er spricht nicht viel, aber ich erkenne den venezolanischen Humor«, sagte Lára. »Er hat mir einen Spitznamen gegeben: Ich bin die Armlose.« Lára lachte vergnügt. Hildur dagegen war verlegen.

Lára klopfte Hildur mit der gesunden Hand belustigt auf den Rücken und sagte, das sei völlig normal.

»An den venezolanischen Humor muss man sich erst gewöhnen. Es ist ein Zeichen der Zuneigung, einem Menschen einen bissigen Spitznamen zu geben.«

Lára wollte ihre Karre gerade weiterschieben, hielt aber plötzlich inne.

»Vielleicht hat es nichts zu bedeuten, aber ganz früh am Morgen war etwas«, sagte sie. Hildurs Interesse erwachte.

»Da war jemand. Bei dem Jungen. Vor der Besuchszeit.«

»Jemand vom Personal?«

Lára schüttelte den Kopf. Sie sagte, die Morgenrunde sei hektisch gewesen und sie habe keine Zeit gehabt nachzufragen.

»Ich bin mir aber sicher, dass die Frau nicht zum Klinikpersonal gehört. Sie hatte die rote Arbeitskleidung der Post an und trug eine Posttasche über der Schulter. Und lange silberblonde Haare hatte sie, die reichten ihr bis zum Hintern.«

11

Eine Viertelstunde später standen Hildur und Jakob vor der Glastür des Postamts. Hildur hatte Jakob auf dem Weg dorthin von der Beobachtung der Krankenschwester erzählt. Die Post öffnete um halb zehn, in einigen Minuten.

»Übrigens, danke für gestern. Matias war viel besser gelaunt, als er zurückkam«, sagte Jakob.

Das Lob tat Hildur gut.

Jakobs Handy piepte. Er nahm es aus der Tasche und warf einen Blick darauf. Hildur merkte, dass seine Miene erstarrte.

»Etwas Wichtiges?«

»Nichts weiter«, antwortete Jakob hastig und steckte das Handy wieder ein.

Hildur sah ihn unzufrieden an. Jakob reagierte in letzter Zeit merkwürdig auf den Signalton für Textnachrichten.

»Das glaube ich dir nicht. Mir ist aufgefallen, dass du öfter richtig irritiert wirkst, wenn du Nachrichten bekommst. Worum geht es denn?«

Jakob bat sie, die Sache auf sich beruhen zu lassen. Er versuchte an ihr vorbeizusehen, aber Hildur gab nicht auf. Sie hängte sich an seinen Blick wie eine Klette.

»Wer ist es?«

»Ich hab mir diese Scheiße nicht ausgesucht!«, brüllte Jakob, zog das Handy wieder hervor und schwenkte es in der Hand. Einen Augenblick lang hätte man meinen können, dass er es auf die Straße werfen wollte.

Beide rissen sich rasch zusammen, als eine ältere Frau die Tür öffnete. Hildur stellte sich selbst und Jakob vor und beschrieb die Frau, die sie suchten.

Die Postbeamtin bat sie herein.

»Bei uns arbeitet keine junge Frau mit so langen blonden Haaren. Sind Sie ganz sicher, dass sie hier zu finden sein sollte?«

Sie holte ein Tuch aus der Tasche und begann ihre Brille zu putzen. Da schien ihr plötzlich etwas einzufallen.

»Da arbeitet ein junger Postbote bei uns, der hat tatsächlich auch sehr lange Haare. Anfang des Sommers hat er sie silbern gefärbt. Aber er ist wie gesagt ein Mann.«

Hildur spitzte die Ohren. Was hatte die Krankenschwester gesagt ... Sie hatte die rot gekleidete Person von hinten gesehen und von silberfarbenen Haaren gesprochen, die bis zum Po reichten. Natürlich, wieso hätte es nicht auch ein Mann sein können?

Die Postbeamtin drehte sich zu der offenen Tür hinter der Theke und rief:

»Andri!«

Dann erzählte sie mit gedämpfter Stimme, Andri Ólafsson arbeite seit rund einem Jahr bei der Post. Er sei schnell und genau und schaffe so viel wie zwei seiner Kollegen zusammen.

Gleich darauf erschien ein langhaariger junger Mann mit einem Bündel Briefe an der Tür.

»Für die finde ich keine Empfänger. Die Adressen sind entweder falsch oder unvollständig«, sagte er und legte den Stapel auf den Tisch. Seine großen blauen Augen blickten neugierig.

Hildur fragte den jungen Mann, ob sie sich irgendwo ungestört unterhalten könnten. Sie gingen durch das Hinterzimmer in einen Lagerraum für Pakete, die auf ihre Empfänger warteten.

Hildur stellte sich vor und erzählte von ihrem Besuch im Krankenhaus. Als sie Manuels Namen erwähnte, veränderte sich Andris Miene.

»Ich weiß nichts davon«, versuchte er sich herauszureden, aber Hildur durchschaute ihn. Er war kein besonders guter Lügner. Sein Blick wanderte über die Wände, und sein Kinn zuckte. Seine eine Hand lag auf einem leeren Regalbrett. Die dunkelblau lackierten Fingernägel klopften auf die Aluminiumplatte.

»Sie wurden dort gesehen. Wir können es auch anhand der Überwachungskameras nachprüfen«, erklärte Hildur, obwohl sie nicht mit Sicherheit wusste, ob die Flure der Klinik mit Kameras überwacht wurden. »Am besten erzählen Sie einfach alles. Sie stehen unter keinerlei Verdacht. Wir versuchen nur, uns ein Bild von Manuels Lage zu machen. Es geht ihm nämlich sehr schlecht.«

Andri lehnte sich an das Paketregal und musterte das Regal gegenüber, als ob er dort etwas suchte.

»Der Stoff war nicht von mir«, sagte er, den Blick immer noch auf das Regal geheftet.

Seine Worte überraschten Hildur, doch sie ließ es sich nicht anmerken.

»Es interessiert uns nicht, wem er gehört. Wir möchten nur klären, was Manuel passiert ist.«

Sie bat Andri fortzufahren. Er zog seine langen Haare über die linke Schulter nach vorn und fummelte unsicher an den Haarspitzen. Andri begann langsam zu erzählen, er fing mit lange zurückliegenden Einzelheiten an. Hildur und Jakob hörten zu, ohne ihn zu unterbrechen. Andri berichtete, er habe vor knapp zwei Jahren auf dem Kreuzfahrtschiff als Unterhaltungskünstler gearbeitet.

»Ich spiele Saxofon«, erklärte er.

Auf dem Schiff hatte er Manuel kennengelernt, der in der Küche arbeitete.

»Aber das Kreuzfahrtleben war too much für mich, ich hab das nur ein paar Monate ausgehalten. Dann bin ich auf die Insel zurückgekommen und habe hier einen Job gefunden«, sagte Andri.

Als er in Fahrt kam, wurden seine Sätze länger. Manuel hatte auf dem Schiff geschuftet und schuftete immer noch dort, und weil er aus einem außereuropäischen Land kam, konnte er nicht einfach so nach Europa ziehen. Da das Kreuzfahrtschiff jetzt im Sommer Island umkreiste, hatten sie sich getroffen und zusammen gefeiert. Andri hatte versucht, immer dann einen freien Tag zu bekommen, wenn das Schiff in Ísafjörður Halt machte.

»Wir sind gute Freunde, und wir hatten uns verabredet. Ich habe im Hafen gewartet, aber Manuel ließ sich nicht blicken. Er hat sich nicht am Handy gemeldet und nicht mal meine Textnachrichten gelesen. Das war seltsam, denn sonst hat er immer schnell geantwortet und ist als einer der Ersten vom Schiff gekommen«, sagte Andri und machte eine kleine Pause.

»Ich wollte gerade weggehen, als ich sah, wie er vom Schiff taumelte. Dann hat die Frau, die da im Hafen war, einen Krankenwagen gerufen. Ich ... Ich konnte nichts tun. Ich war so erschrocken und bin einfach nach Hause gerannt. Total feige.«

Andri schluchzte auf und kämpfte mit den Tränen.

»Und deshalb sind Sie am Morgen in die Klinik gegangen?«, spornte Hildur ihn zum Weiterreden an. Andri nickte. Er holte ein zerknittertes Stück Küchenkrepp aus der Tasche und trocknete sich die Augen. Die Wimperntusche war verwischt.

»Sie haben irgendeinen Stoff erwähnt, was war damit?«, fragte Jakob.

Andri putzte sich die Nase, steckte den Papierfetzen ein und sah Jakob trostlos an. Dann erzählte er, Manuel habe am Morgen kaum sprechen können, weil er so starke Schmerzen hatte.

»Mit letzter Kraft hat er mich gebeten, einen Beutel aus der kleinen Innentasche seiner Hose zu nehmen und ihn verschwinden zu lassen, für den Fall, dass die Polizei käme.«

Andri sah Hildur und Jakob reuevoll an und fischte einen kleinen Plastikbeutel aus der Tasche seiner Diensthose. Hildur nahm ihn entgegen. Er enthielt eine kleine Menge helles Pulver. Das Rauschgift musste im Kriminallabor in Reykjavík untersucht werden. Sie fragte Andri, ob er wisse, was der Beutel enthielt.

»Wahrscheinlich Speed. Das nehmen auf dem Schiff viele, vor allem während der langen Schichten. Es hilft ihnen durchzuhalten.«

Hildur zog eine Visitenkarte aus der Tasche und gab sie Andri.

»Rufen Sie an, wenn Ihnen noch etwas einfällt.«

Andri nahm die Karte und betrachtete sie eine Weile.

»Was ist Manuel denn bloß passiert?«, fragte er. In seiner Stimme mischten sich Panik und Verwirrung.

Hildur klopfte ihm auf die Schulter.

»Das werden wir herausfinden.«

12

ANFANG DER 1990ER JAHRE AN DEN WESTFJORDEN

RAKEL

Ein überraschender Windstoß erfasste die Wagentür und riss sie auf. Rúnar reckte sich auf dem Fahrersitz zur Seite und hielt die Tür mit beiden Händen fest, damit sie nicht aus den Angeln flog. Dann stieg er aus, stieß die Tür mit aller Kraft zu und lief mit langen Schritten über den Hof zur Haustür, wobei er seine Schirmmütze festhielt.

Rakel hatte die Ankunft ihres Mannes vom Küchenfenster aus beobachtet. Eigentlich hatte sie gehofft, dass er etwas länger unterwegs sein würde. Zu Hause war es friedlicher, wenn Rúnar nicht da war. Bald hörte sie ihn aus der Diele brüllen:

»Setz Kaffee auf. Ich hab gute Nachrichten!«

Ohne in der Diele Halt zu machen, um die Schuhe auszuziehen, marschierte Rúnar in die Küche.

Rakel hatte in der Küche gerade gefegt. Sie sah zuerst die schlammigen Stiefel an, dann ihren Mann. Ihr lag eine Bemerkung auf der Zunge, doch sie schwieg und löffelte Kaffeepulver in den Filter.

Rakel stellte Tassen auf den Tisch, Rúnar setzte sich hin.

Die Kaffeemaschine brodelte. Im Radio lief der Seewetterbericht. Rakel hatte am Morgen eine frische Portion Hautcreme in Dosen abgefüllt, die sie morgen zu ihren Kunden bringen würde.

»Ein fantastisches Geschäft«, sagte Rúnar lächelnd. Er pfiff gut gelaunt und schob seine Schirmmütze zurecht.

Rakels Magen krampfte sich zusammen.

»Was für ein Geschäft?«, fragte sie betont unbekümmert.

»Na, ich werde die *Herdís* verkaufen.« Rúnar grinste.

Rakel trocknete sich die Hände an der Schürze ab und drehte sich zu Rúnar um.

»Das darf nicht wahr sein. Das kannst du nicht tun.«

Rúnar lachte auf.

»Natürlich kann ich! Das Angebot ist heute um fast ein Drittel gestiegen.«

Rakel wandte sich ab und tat, als würde sie den Kaffeefilter zurechtrücken. In Wahrheit sah sie zum Fenster hinaus und bemühte sich, Ruhe zu bewahren. In ihre Enttäuschung mischten sich Machtlosigkeit und auch ein wenig Wut. Rakel griff nach der Kaffeekanne und füllte die Tassen.

»Es geht nicht gut aus, wenn du sie verkaufst.«

Rúnar fuhr auf und drohte Rakel mit dem Zeigefinger, um sie zum Schweigen zu bringen. Er sprach immer laut, aber nun brüllte er beinahe.

»Eine hohe Pauschalsumme und eine feste Stelle mit Monatsgehalt. Obendrein ein Bonus je nach Ausbeute. Ich wäre doch ein kompletter Idiot, wenn ich so ein Angebot ablehne!«

Rakel stellte die Kaffeekanne zurück und warf wieder einen Blick durch das Fenster. Hildur spielte immer noch am Strand. Sie hatte trockene Brotreste für die Vögel mitgenommen. Die jüngeren Mädchen hielten Mittagsschlaf. Rakel atmete tief ein und setzte sich an den Tisch.

Rúnar wedelte ungeduldig mit der Hand.

»Es ist mein Boot. Ich habe mich schon entschieden. Ich verkaufe. Das Angebot ist hervorragend.«

Rakel schloss kurz die Augen. Es verletzte sie, dass Rúnar ihr nicht zugehört hatte. Was war der Mann für ein Dummkopf, dass er die Wahrheit nicht sah, obwohl sie mit dem Finger darauf gezeigt hatte? Die *Herdís* war ein kleines hölzernes und von den Jahren angenagtes Fischerboot, benannt nach der Göttin des Krieges. Viel wert war es nicht, jedenfalls nicht zig Millionen Kronen. Wieso wollte Rúnar nicht einsehen, was er in Wirklichkeit verkaufte?

Rakel nahm einen kleinen Keks und tauchte ihn in ihren Kaffee, den sie schwarz trank.

»Er will nicht das alte Boot, sondern die daran gebundenen Fangquoten. Begreifst du das nicht?«

Rakel war in Gesellschaft ihres Mannes meist wortkarg, weil ihre Gespräche so oft zu Streit führten. Aber jetzt ging es um ein Thema, das ihr wichtig war und über das sie viel wusste. Während sie sprach, klopfte sie mit dem Zeigefinger auf den Küchentisch.

»Die Fische gehören dem Volk. Das steht sogar in unserem Grundgesetz. Aber jetzt plant die Elite, die Fische an einige wenige zu verteilen. Die Fangquoten werden einmal richtig viel wert sein, das sage ich dir. Und dann hast du denen einen Haufen Perlen in den Schoß geworfen und dafür den Preis von Köteln bekommen.«

Rúnar knallte seine Tasse so fest auf den Tisch, dass der Kaffee überschwappte. Speicheltropfen flogen aus seinem Mund, als er brüllte:

»In meinem Haus hältst du keine verdammte Kommunistenpredigt!«

Er schob seine Schirmmütze zurecht und beugte sich zu Rakel vor. Sie wich instinktiv ein paar Zentimeter zurück.

»Du willst mir finanzielle Ratschläge geben? Im Ernst? Vergiss nicht, wer in dieser Familie arbeiten geht und das Essen auf den Tisch bringt!«

Rakel stand auf, um ein Putztuch von der Spüle zu holen. Sie wischte die Kaffeeflecken vom Tisch und brachte das Tuch zum Spülbecken zurück, blieb an der Spüle stehen und betrachtete das Profil ihres Mannes. Seine kräftigen Schultern und das vorgeschobene Kinn.

»Der Fischer will nicht die *Herdís*. Er will die Fangquote, die daran gebunden ist. Wenn du jetzt verkaufst, bekommst du sie nie mehr zurück.«

»Na und? Dafür habe ich immerhin einen festen Job und ein regelmäßiges Einkommen«, fuhr Rúnar seine Frau an.

Rakel beschloss, sich noch ein Stück weiter vorzuwagen. Sie sagte, sie sei sich ganz sicher, dass die örtliche Bindung der Fangquoten bald aufgehoben würde und dass der Besitzer sie dann beliebig weiterverkaufen könne. Der Mann, der die *Herdís* kaufen wollte, war ein gerissener Hund. Rakel kannte ihn. Er war Fischer in der dritten Generation und besaß den größten Trawler im nördlichen Teil der Westfjorde. Es war ein prächtiges Schiff, das ein Schleppnetz zog und regelmäßig Tausende Kilos an Meeresfrüchten erbeutete: Schellfisch, Dorsch, Hering. Wenn man eine solche Goldgrube besaß, hatte man keinen Bedarf an kleinen Holzbooten.

Rakel zog mit ihren Natursalben von Haus zu Haus, denn sie hatte viele Stammkundinnen. Bei diesen Begegnungen wurde viel geredet. Sie unterhielt sich mit ihrer Kundschaft über alltägliche Dinge wie das Wetter oder den Heupreis, aber auch über Politik und Gesellschaft. Das Fangquotensystem war ein heißes Gesprächsthema, seit das Parlament begonnen hatte, eine gesetzliche Regelung zu erarbeiten. Vor einigen Jahren hatte man angefangen, den Fischfang zu beschränken. Man wollte die ausgedehnten

Hoheitsgewässer des Inselstaates vor Überfischung schützen. Das Fischereiministerium legte aufgrund der wissenschaftlichen Untersuchungen über den Fischbestand die Größe der Quoten jährlich fest.

Die Quoten waren an Fischer vergeben worden, die ein eigenes Boot besaßen. Jedes Boot erhielt eine bestimmte Quote, die bestimmte, wie viel Fisch man mit ihm fangen durfte. Nicht alle waren mit den neuen Regeln zufrieden. Das Fischfanggesetz war vor allem bei denjenigen auf Kritik gestoßen, die keine Quote bekommen hatten.

Der Trawler des fraglichen Fischers war so groß, dass er eine hohe Fangquote erhalten hatte. Die Quote sicherte ihm und seiner Familie ein sehr gutes Einkommen. Nach allem, was Rakel im Dorf hörte, hatte dieser Fischer jedoch etwas begriffen, was vielen anderen noch nicht aufgegangen war.

Rakel wusste, dass die alte Volksweisheit zutraf: Wer losruderte, bekam Fisch. Fische wurden gefangen, an Land gebracht und verkauft. Die Arbeit auf den Fischtrawlern war schwer, und es gab viel zu tun. Auf See wurden die Arbeitsstunden nicht gezählt. Das grenzenlose Meer stellte den Kopf auf die Probe, die Stürme setzten dem Magen zu, und Schlaf bekam man ohnehin zu wenig. Bei schwerem Sturm konnte das Schiff beschädigt werden. Der Fischerberuf war gefährlich. Nicht jeder, der hinausfuhr, kehrte an Land zurück. Welcher Fischer hätte nicht von einem etwas leichteren Leben geträumt? Gerade nach diesem Traum warfen nun viele kleine Fischer ihre Netze aus.

Rakel erinnerte sich gut an ihren Besuch in dem blauen Holzhaus am Rand des Nachbardorfs, wo sie im vorigen Sommer ihre Salbe verkauft hatte. Dort wohnten ein an Gelenkrheuma leidender Mann, der zum Vorstand des Ortsverbandes der Arbeiterbewegung gehörte, und seine Frau. Die Frau hatte Rakels Salbe gekauft, um die Knieschmerzen ihres Mannes zu behandeln. Der am Stock gehende Mann hatte Rakel aufgefordert, in die Partei einzutreten, aber Rakel hatte höflich abgelehnt, obwohl sie Sympathie für die Arbeiterbewegung empfand. Rúnar war Anhänger der Bauernpartei und wäre ausgeflippt, wenn seine Frau sich den Roten angeschlossen hätte. Rakel wollte nicht noch mehr Streit in ihrem Leben. Der kniekranke Mann hatte jedoch etwas sehr Interessantes gesagt: Er war überzeugt, dass man die Fangquoten bald in Wertpapiere umwandeln würde. Seinen Worten nach rafften die großen Fischereiunternehmen jetzt Boote an sich, um die Quoten dauerhaft in ihren Besitz zu bringen. Bald würden die Banken für die Quoten Kredite bewilligen. Die isländische Wirtschaft würde sich öffnen und dem europäischen Wirtschaftsgebiet anschließen. Das bot denjenigen, die etwas Wertvolles in der Hand hatten, märchenhafte Chancen, reich zu werden.

Es machte Rakel wütend, dass Rúnar das nicht begreifen wollte. Er musterte sie aus schmalen Augen.

»Red keinen Scheiß«, sagte er mit harter Stimme.

Rakel antwortete im gleichen Ton.

»Er versucht dich übers Ohr zu hauen. Lass dich nicht verarschen.«

Das war zu viel für Rúnar. Er sprang so heftig auf, dass der Tisch wackelte und die Kaffeetasse umkippte. Die hellbraune Pfütze breitete sich schnell auf dem Tisch aus und tröpfelte auf den Boden.

Rúnar schob sein Gesicht ganz dicht an das seiner Frau. Der Geruch nach Tabak, Kaffee und ungeputzten Zähnen bereitete Rakel Übelkeit. Rúnar schlug mit Zeige- und Mittelfinger auf Rakels Stirnbein.

»Du hockst den ganzen Tag zu Hause rum. Kochst deine blöden Salben wie eine verrückte alte Hexe. Du gehst nicht mal arbeiten. Mir scheint, du hast zu viel Zeit, um über irgendwelchen Blödsinn nachzudenken!«

Rúnar zog die Schirmmütze tiefer in die Stirn und stürmte aus der Küche. Rakel legte die Hände an die Schläfen und massierte sie mit kreisenden Bewegungen. Irgendwie musste sie die nahende Katastrophe aufhalten, aber wie?

Rakel wusste, dass letztlich alles zum Kauf stand, wenn der richtige Preis geboten wurde. Absolut alles. Und das bereitete ihr Sorgen.

13

2. Mai

Hallo!

Danke für den Brief. Es freut mich, dass du mir nicht böse bist. Ich verstehe, dass du dich gewundert hast und vielleicht auch ein wenig beleidigt warst. Entschuldige, dass ich dir Kummer bereitet habe. Meine Lage hat sich so schnell verändert, dass ich keine andere Wahl hatte, als ohne ein Wort wegzugehen.

Ich glaube, dass irgendwann alles gut wird. Jetzt bin ich gezwungen, meinen Träumen nachzujagen. Ich möchte allein zurechtkommen. Ich habe zu lange getan, was andere von mir verlangten. Ich habe mich nach den Erwartungen der anderen gerichtet und mich selbst vergessen. Das darf nicht noch einmal passieren.

Ich glaube, dass du verstehst, auch wenn du anders lebst als ich. Du möchtest Stabilität. Eine vertraute Umgebung gibt dir Sicherheit. Daran ist nichts Falsches. Mit der Zeit ändern sich die Menschen. Vielleicht werden auch wir anders, wenn wir alt sind? Vielleicht kreuzen unsere Wege sich eines Tages wieder.

Meine Anschrift steht auf der Rückseite.

Frühlingsgrüße

R.

14

JUNI 2022 ÍSAFJÖRÐUR

Jakob ließ sein Buch und seine Notizen auf den Boden fallen. Er legte die Beine auf den Sofatisch und schloss kurz die Augen. Er hatte das Gesetz über Schadensersatz so lange gebüffelt, dass ihm der Kopf wehtat. Jetzt konnte er nicht mehr. Ab und zu beschlich ihn der Verdacht, dass er vielleicht doch nicht das Zeug hatte, die Prüfung abzulegen.

Das anspruchsvolle Studium in einer fremden Sprache verlangte ihm viel ab. Er musste ständig mehr arbeiten als die anderen, weil sämtliche Gesetzbücher Islands sowie alle Kommentare zur Gesetzgebung auf Isländisch verfasst waren. Zuerst musste er die Texte übersetzen, erst dann konnte er versuchen, sie zu verstehen und auswendig zu lernen. Eine zusätzliche Belastung war, dass er einen Ganztagsjob und ein Kind im Grundschulalter hatte.

Jakob öffnete die Augen und beugte sich vor, um das Studienmaterial vom Fußboden aufzuheben. Die Situation war nicht aussichtslos, sie forderte nur mehr Anstrengung. Das Amt des Polizeichefs lockte ihn. Er wollte etwas erreichen, was schwierig erschien. Hildur hatte ihn von Anfang an unterstützt und ihm über die schlimmsten Klippen hinweggeholfen.

Hildur war heute ganz klar beleidigt gewesen, weil Jakob nicht über die unangenehmen Textnachrichten sprechen wollte, die er bekam. Er hatte nicht etwa geschwiegen, weil er Hildur nicht vertraut hätte. Er hatte nur einfach keine Kraft mehr gehabt. Jakob wusste, dass Hildur nicht nachtragend war. Bestimmt würden sie sich morgen die Paragrafen über das Durchschnittseinkommen im Schadensersatzgesetz gemeinsam ansehen können.

Jakob stand auf und ging in Matias' Zimmer. Der Junge war gerade eben vom Fußballtraining nach Hause gekommen. Sie hatten abgemacht, dass er nach dem Training eine Stunde Bildschirmzeit hatte. Matias saß auf seinem Bett und sah sich auf seinem Tablet irgendeine Kindersendung an.

Jakob betrachtete seinen Sohn, der noch klein war, mit seiner neuen Frisur aber so groß wirkte. Die im Frühjahrslicht heller gewordenen Haare hatten bis fast ans Kinn gereicht, aber vor ein paar Wochen hatte Matias sich gewünscht, dass sie an den Seiten kurzgeschoren und auf dem Scheitel wirr sein sollten. Sie waren zum Friseur gegangen, und dort hatte Matias sein Handy aus der Tasche geholt und ein Foto von Neymar gezeigt. Nun hatte Jakob also ein Kind, das wie ein brasilianischer Fußballer aussehen wollte. Es war irgendwie rührend.

Jakob setzte sich auf den Stuhl neben Matias und fragte, was er sich gerade ansah. Untereinander sprachen die beiden immer Finnisch.

»PAW Patrol.«

»Auf Isländisch?«

Matias nickte.

Das freute Jakob. Auch er hatte seine Sprachkenntnisse aufgebaut, indem er Kindersendungen schaute.

»Matias, gibst du mir mal kurz dein Tablet?«

Der Junge blickte nicht einmal auf, sondern erklärte nur, er habe noch Bildschirmzeit übrig.

Jakob sah sich im Zimmer um. An den Wänden Poster von Fußballern, ein Regal mit Kinderbüchern, Legoschachteln und ein paar Schulbücher auf dem Schreibtisch. Besonders froh war er über die regelmäßig wechselnden Fußball-Sammelkarten. Matias hatte Freunde.

»Gib mir das Ding trotzdem, es ist wichtig. Ich installiere eine Kindersicherung.«

Matias wurde wütend und warf das Tablet aufs Bett.

»Ich hab aber noch zehn Minuten Bildschirmzeit!«

Jakob blieb ruhig und erklärte, er wolle nur helfen. Das Programm würde Matias schützen.

»Ich installiere ein Programm, mit dem ich dafür sorgen kann, dass du im Internet nichts siehst, was Kinder in deinem Alter nicht sehen sollten.«

In der Sekunde sprang Matias auf und ballte die Hände zu Fäusten. Sein ganzer Körper spannte sich wie ein Bogen.

»Du bist selbst böse. Das kannst du mit mir nicht machen!«

Er schnappte sich das Tablet vom Bett und stürmte aus dem Zimmer.

»Ich hasse dich! Ich hasse dich!«

Jakob hörte, wie Matias in der Diele die Schuhe anzog, die Tür öffnete und sie hinter sich so fest zuschlug, dass die Schlüssel, die am Schlüsselbrett hingen, klirrend gegeneinanderstießen.

15

Das Vibrieren des Akkuschraubers war im ganzen Körper zu spüren. Die Schrauben fielen eine nach der anderen in Hildurs Hand. Sie stützte den rechten Ellbogen an die Wand, als sie die Halterung des Verdunklungsrollos abnahm. Die Halterung musste ein paar Zentimeter verschoben werden, damit das neue, das ganze Fenster abdeckende Rollo hineinpasste. Schließlich saß das Rollo exakt an seinem Platz, und Hildur musterte das Ergebnis ihrer Arbeit zufrieden.

Sie hörte ein Geräusch an der Haustür. Im selben Moment piepte ihr Handy. Hildur angelte es vom Boden. Eine Nachricht von Jakob:

Matias kommt wohl zu dir.

Hildur antwortete mit einem erhobenen Daumen. Es war allmählich zur Gewohnheit geworden: Wenn Matias und Jakob sich stritten, wechselte Matias in die andere Hälfte des Doppelhauses zu Hildur, um sich zu beruhigen. Nach ein oder zwei Stunden ging er wieder nach Hause und war dann fast immer besser gelaunt.

Matias ging von der Diele aus direkt zum Sofa im Wohnzimmer. Sie grüßten sich kurz. Aus den Augenwinkeln sah Hildur, wie Matias den Batman-Comic aus dem Zeitungsständer nahm und da weiterlas, wo er beim letzten Mal aufgehört hatte.

Hildur setzte Kaffee auf und bestrich ein Toastbrot mit Schokocreme. Sie legte Wert darauf, dass bei ihr alles immer gleich blieb. Bei ihr durfte Matias nicht auf dem Handy oder dem Tablet scrollen und den Fernseher nicht zu laut stellen. Und nicht auf dem Sofa oder dem Bett hüpfen. Alles andere war erlaubt. Hildur wollte Matias die gleiche Stabilität geben, die sie bei ihrer Tante Tinna erlebt hatte. Außerdem fand sie es schön, dass sie Jakob so helfen konnte.

Für sich selbst holte Hildur einen Becher Skyr und Sahne aus dem Kühlschrank und nahm eine Banane aus der Obstschale. Sie steckte sich ein Stück Banane in den Mund, aber der Geschmack war irgendwie seltsam. Die Banane schien jedoch auch bei näherem Hinsehen völlig in Ordnung zu sein. Sie aß ihre Portion schnell auf und spülte mit Kaffee nach.

Das Diensthandy auf der Spüle vibrierte.

»Hallo, Hildur. Ich habe deine Rückrufbitte bekommen. Worum geht es? Ich hätte gerade kurz Zeit.«

Der Anrufer war Smári Vilhjálmsson, einer der vier Ermittler für Menschenhandelsdelikte bei der Polizei Islands. Die Ermittlungen in diesem Bereich wurden in Reykjavík geleitet.

Nach ihrem Besuch auf der Post hatte Hildur nach weiteren Informationen über Manuel gesucht. Sie hatte bei Interpol nachgefragt, ob nach ihm gefahndet wurde, aber dort lagen keinerlei Angaben über ihn vor. Dann hatte sie bei der Botschaft in Oslo angerufen, denn Venezuela besaß in Island keine eigene diplomatische Vertretung. Hildur hatte jemanden erreicht, der etwas zu Manuels Pass sagen konnte. Demnach war alles in Ordnung, der Pass war echt und nicht als gestohlen gemeldet. Allerdings wusste man in der Botschaft nicht, wo sich der Mann derzeit aufhielt. Es lag zum Beispiel keine Reiseanmeldung vor, was der Vertreter der Botschaft jedoch nicht für ungewöhnlich hielt. Heutzutage unterließen viele selbst bei längeren Reisen die Meldung. Der jüngste

Eintrag von Manuels Heimatanschrift war zehn Jahre alt. Hildur hatte die Adresse sicherheitshalber notiert. Auch in der Klinik hatte sie angerufen, aber der Arzt hatte ihr wenig Hoffnung auf eine erneute Befragung gemacht. Manuels Zustand hatte sich wieder verschlechtert. Wegen der starken Schmerzmittel war er müde und benommen und schlief die meiste Zeit. Der Arzt hatte ihr geraten, frühestens morgen Nachmittag wiederzukommen.

Vom Schiff waren keinerlei Auskünfte über Manuel gekommen. Hildur, Jakob und Beta waren sich trotzdem darüber einig, dass er auf dem Schiff angestellt war. Dafür sprachen sowohl seine Arbeitskleidung als auch Andris Aussagen. Hildurs Instinkt sagte ihr, dass Manuel nicht in Sicherheit war, wenn er auf das Schiff zurückkehrte. Manuels Schweigen trug dazu bei, dass sie Gefahr witterte. Manuel fürchtete sich. Hildur hatte den Beutel, den sie von Andri bekommen hatten, an das Kriminallabor in Reykjavík geschickt. Im besten Fall würden die Ergebnisse schon morgen Nachmittag vorliegen.

Hildur hatte den Verdacht, dass es um illegale Arbeitsverhältnisse oder sogar um Menschenhandel ging. Das Thema war in den letzten Jahren häufig zur Sprache gekommen. Die Ausnutzung ausländischer Mietarbeiter war bei großen Bauprojekten leider ein bekanntes Problem. Der Lohn wurde unregelmäßig gezahlt und die Arbeitssicherheit vernachlässigt. Einige Restaurants und einzelne Hotels in Reykjavík hatten mehrfach unter dem Verdacht des Menschenhandels gestanden, aber zu Anklagen und Gerichtsurteilen war es nur selten gekommen.

Smári war einer der trockensten Polizisten, denen Hildur jemals begegnet war. Und das war kein Tadel. Smári nahm seine Arbeit ernst und äußerte sich erst nach reiflicher Überlegung. In seinem Beruf erlebte er so viel Elend, dass er wahrscheinlich sehr schnell am Ende seiner Kraft gewesen wäre, wenn er sich zu sehr in die Lage der Opfer versetzte.

Hildur schlüpfte mit dem Handy ins Wohnzimmer. Matias schien von seinem Toastbrot und Batmans Abenteuern so sehr gefesselt zu sein, dass er Hildur gar nicht wahrnahm. Trotzdem schloss sie die Küchentür hinter sich, um ungestört sprechen zu können. Sie berichtete Smári in Kurzfassung, was sie über Manuel wusste.

»Dieser Manuel hatte also seinen Pass bei sich?«, vergewisserte sich Smári.

Hildur antwortete, sie habe eine Kopie von dem Pass gemacht.

»Wenn er nicht mit Gewalt an Bord festgehalten wurde und im Prinzip frei war, das Schiff zu verlassen, stützt das deinen Verdacht auf Menschenhandel eher nicht.«

»Mich wundert, dass ihn auf dem Schiff keiner vermisst. Offiziell arbeitet er zwar nicht dort, aber faktisch eben doch.«

Nach einer kurzen Pause überlegte Smári, ob es sich um etwas weniger Gravierendes handeln könnte, zum Beispiel um mangelnden Arbeitsschutz oder den Einsatz von Schwarzarbeitern. Oder um beides.

»Falls die Verletzungen des Opfers durch einen Betriebsunfall entstanden sind, könnte die Reederei sich vor einer Entschädigung drücken, indem sie behauptet, unter diesem Namen sei niemand bei ihnen beschäftigt.«

»Wenn Manuel eine untergeordnete Stellung hat und ausgenutzt wird, kann doch alles Mögliche dahinterstecken«, sagte Hildur.

Sie dachte über die Alternativen nach. Manuel lag im Krankenhaus und wollte nicht an seinen Arbeitsplatz zurück. Aber er konnte auch nicht in Island bleiben, denn er hatte kein Visum.

Smári schien einen Schluck zu trinken.

»Du kannst da eigentlich nichts tun.«

Smári erzählte, dass die Polizei in Reykjavík einige Male wegen mutmaßlicher Verbrechen auf Kreuzfahrtschiffen ermittelt hatte, aber jedes Mal klein beigeben musste. Es war allein schon mühsam zu klären, welche nationale Gesetzgebung jeweils gültig war. Wenn ein Verbrechen geschah, während das Schiff im Hafen lag, hatte die isländische Polizei Amtsbefugnis. Wenn die Tat auf See passierte, wirkte sich die Staatsangehörigkeit des Täters und des Opfers unter Umständen darauf aus, nach welchem Recht in dem Fall ermittelt wurde.

»Für die Arbeitskräfte gilt die Gesetzgebung des Landes, unter dessen Flagge das Schiff fährt.«

»Dieses Schiff ist auf Bermuda registriert«, sagte Hildur.

Das überraschte Smári nicht. Wegen der niedrigen Steuern und Lohnkosten oder zum Beispiel, um staatliche Regelungen zu umgehen, fuhren viele Kreuzfahrtschiffe unter der Flagge eines exotischen Landes wie Panama oder den Bahamas. Smári sagte, er halte es für sehr unwahrscheinlich, dass der Kapitän die Polizei eines fremden Landes an Bord lassen würde. Wenn der Kapitän Hildur den Zutritt verweigere, könne sie nichts dagegen tun. Der einzige Mensch, den sie befragen konnte, war Manuel selbst.

»Versteh mich bitte nicht falsch, aber du darfst nicht zu nett sein. Bei diesen Fällen kommt man nicht weiter, wenn man nur Gutes von den Menschen denkt. Sei skeptisch. Wenn ihr Grund habt, diesen Manuel wegen eines Verbrechens zu verdächtigen, das in Island geschehen ist, könnt ihr ihn nur vernehmen, solange er sich auf isländischem Boden befindet.«

Hildur bedankte sich bei ihrem Kollegen und beendete das Gespräch. Sie hatte ja nichts zu verlieren, wenn sie morgen versuchte, mit dem Kapitän zu sprechen. Und wenn Manuels Zustand sich verbesserte, konnte sie den Mann morgen erneut befragen. Womöglich hatte sie am Anfang einen Fehlschluss gezogen. War sie zu blauäugig gewesen und hatte Manuel vorschnell als Opfer eingestuft?

16

JUNI 2022 KOTSDALUR

Als sie sich der T-Kreuzung näherte, blickte Hildur nach links, und da keine Autos kamen, verringerte sie das Tempo nur ein wenig und lenkte ihren Wagen nach rechts. Brenda schaukelte auf dem holprigen Sandweg hin und her. Bei einem größeren Schlagloch erzitterte das Auto regelrecht. Es hatte die Inspektion im Frühjahr bestanden, aber Hildur hatte auch eine Liste von notwendigen Reparaturen bekommen.

Rósa hatte sie gestern am späten Abend angerufen und um Hilfe bei der Installation des Abwassertanks gebeten. Um zehn Uhr stand eine Teambesprechung an, aber vorher hatte Hildur Zeit, ihrer Schwester zu helfen.

Hildur bemerkte die violetten Stiefmütterchen, die in Tontöpfen neben ihrem Elternhaus blühten, und berührte sie im Vorbeigehen. Die weichen Blüten bogen sich unter ihrer Hand. Stiefmütterchen waren wohl die einzigen Sommerblumen, die auf einem so kalten und windigen Hof gediehen.

Rósa stand an dem Hügel hinter dem Haus. Sie trug eine helle Bluse und eine hellblaue Jeans. Ihre Jacke hatte sie sich um die Taille gebunden.

»Verdammter, verfluchter Scheißdreck …«

Nicht einmal der Wind konnte die Flüche vom Hinterhof dämpfen.

Hildur lächelte. Der Schimpfwortcocktail war typisch Rósa. Sie hatte eine scharfe Zunge.

Hildur zog ihren Pullover über, denn auf dem Hof ihres Elternhauses war es immer windig. Rósa hatte in den letzten Monat fleißig gearbeitet. Die Fenster und die Haustür waren ausgewechselt worden. Das alte Dach war repariert und die alte abblätternde Farbschicht an den Holzwänden war abgeschabt worden.

Kotsdalur war vor fast dreißig Jahren zuletzt bewohnt gewesen. Hildur hatte sich nie besonders nach dem Haus zurückgesehnt. Ihrem Empfinden nach war die Stimmung hier irgendwie unheimlich. Genauer konnte sie es nicht erklären. Zum Glück hatte sie die Wahl, sie konnte es sich leisten, im Zentrum des Dorfs in ihrem großen, gut ausgestatteten Doppelhaus zu wohnen. Aber es war großartig, dass Rósa Spaß daran hatte, das Haus zu renovieren, und hier wohnen wollte. Für sie war es eine Chance. Ihr erstes eigenes Zuhause.

Rósa war gerade dabei, die Verpackung von dem Abwassertank zu lösen. Hildur bot an, ihr dabei zu helfen.

»Der Baggerführer hat schon zweimal abgesagt. Wenn der Kerl heute nicht erscheint, schleife ich ihn eigenhändig her«, drohte Rósa.

Auch in Reykjavík herrschte großer Mangel an Bauarbeitern, Installateuren, Elektrikern und anderen Handwerkern, aber in den schwach besiedelten Regionen war es noch viel schwieriger, kompetente Arbeitskräfte zu finden. An den Westfjorden gab es exakt einen Baggerunternehmer.

»Der Typ arbeitet fast den ganzen Sommer im Straßenbau für die Straßenverwaltung. Aber für den Job hier braucht er doch nicht mal eine Stunde«, schnaubte Rósa.

Rósa hatte beschlossen, einen festen Behälter für Schmutzwasser anzuschaffen. Auf dem Land ließen fast alle das Abwasser direkt ins Meer fließen. Da es viel Land und wenig Menschen gab, galt Abwasser nicht als wesentliches Umweltproblem. Aber Rósa, die nun endlich ein eigenes Zuhause hatte, wollte anders handeln: Sie plante, einige Zimmer in dem renovierten Haus an Touristen zu vermieten. Die Pension sollte den höchsten Umweltstandards gerecht werden. Sie hatte vor, umweltfreundliche Farbe zu verwenden, Solaranlagen auf dem Dach anzubringen und den gesamten Abfall zu recyceln.

»Scheiße gehört nicht ins Meer«, sagte sie und warf ihr Messer so geschickt auf den Boden, dass es aufrecht in der Erde stecken blieb.

Hildur und Rósa waren gleich groß und auch sonst ähnlich gebaut. Allerdings waren Rósas Schultern so breit wie eine Tür. Ihren Händen sah man an, dass sie viel im Freien arbeitete, obwohl sie im Kundendienst der Telefongesellschaft auch am Schreibtisch arbeitete.

»Hast du angefangen zu trainieren?«, fragte Hildur.

Rósa lachte auf. »Kein bisschen. Ich arbeite und esse.«

Sie musterte Hildur länger als gewöhnlich.

»Aber du siehst irgendwie komisch aus. Ist alles in Ordnung?«

Hildur wunderte sich über die Frage.

»Es gibt nichts Besonderes. Nach dem ruhigen Frühling ist es im Job gerade ein bisschen hektisch.«

Auf der Straße, die zum Haus führte, war ein Motorengeräusch zu hören. Ein Bagger näherte sich mit höchstens dreißig Stundenkilometern.

Der Fahrer, der verschlissene Jeans und ein T-Shirt mit dem Logo eines Golfclubs trug, hielt bei den beiden Frauen an und sprang von seinem Bagger.

Hildur merkte, dass der Mann, der sich als Frans vorstellte, Rósa einige Sekunden länger ansah, als höflich gewesen wäre. Rósa war jedoch daran gewöhnt, dass die Menschen ihr lädiertes Gesicht anstarrten. Sie ergriff die Hand des Mannes, nannte ihren Namen und fügte hinzu:

»Ich habe als Kind heißes Bratfett ins Gesicht bekommen. Weiter nichts.«

Frans sprach mit Rósa über die Stelle, wo er baggern sollte. Sie war mit Steinen markiert. Frans sagte, er werde von oben her anfangen, damit er mit dem tonnenschweren Bagger nicht so oft über den Rasen fahren musste.

»Zwei Meter tief, stimmt's?«, vergewisserte er sich. Rósa nickte. Wenn man den Tank und die Rohre gut zwei Meter unter der Oberfläche eingrub, brauchte man sie nicht gegen den Bodenfrost zu isolieren.

Ein kühler Wind kam auf. Die Wolkendecke wurde dichter. Der Fjord war schmal und von hohen Bergen umgeben. Wenn die Wolken in den Fjord fanden, blieben sie lange an ihrem Platz.

»Er riecht gut, der Mann«, sagte Rósa und zeigte auf den Bagger, der den Hügel hinauffuhr.

Hildur räusperte sich skeptisch. Der Mann hatte nach Schweiß gerochen.

»Genau den Geruch mag ich«, meinte Rósa und steckte sich eine Zigarette an.

Hildur und Rósa tauschten Neuigkeiten aus. Hildur hatte gerade angefangen, von ihrem Besuch bei Björk im Gefängnis zu erzählen, als oben am Hügel plötzlich ein lautes Knirschen zu hören war und die Bewegung der Baggerschaufel stoppte. Frans schaltete den Motor aus, öffnete die Tür und sprang aus der Kabine.

»Vielleicht habe ich mich getäuscht, seht ihr es euch auch mal an, Mädels«, rief er und winkte die beiden zu sich.

»Mädels?«, feixte Rósa und trat ihre Kippe aus.

Hildur spürte, wie das widerliche Gefühl, das ein paar Tage lang in ihr gewühlt hatte, wieder zurückkam. Sie schluckte es herunter. Die Baggerschaufel hing apathisch in der Luft. Frans trat an den Rand der Grube und hielt sich an der Schaufel fest.

»Das darf nicht wahr sein«, stöhnte er.

Sein Gesicht war blass geworden. Die kleinen Kinnmuskeln traten deutlich hervor.

»Da scheint ein Kopf zu liegen.«

Seine Hände zitterten, als er Zigaretten und Streichhölzer aus der Tasche holte. Er senkte den Kopf, damit die Zigarette Feuer fing.

Hildur machte ein paar schnelle Schritte auf die Grube zu und bat Frans, sie vorbeizulassen. Die weiche, gerade erst aufgerissene Erde war glitschig unter ihren Schuhen. Am Rand der Grube blieb Hildur stehen, blickte nach unten und holte tief Luft. Der Mann hatte richtig gesehen. Die beiden schwarzen Augenhöhlen in dem Schädel starrten sie direkt an. Aus der dunkelbraunen Erdfläche ragten viele weiße Erhebungen hervor.

»Hilfst du mir ein bisschen? Ich gehe unten nachsehen«, sagte Hildur und streckte Rósa die Hand hin. Sie wollte die Ränder der Grube nicht mit den Füßen berühren, damit kein Schotter nach unten fiel. Trotz der Kälte war ihr Gesicht heiß.

»Hat die Schaufel die Knochen getroffen?«, fragte Hildur und sah den Baggerfahrer an, der neben Rósa stand.

Frans schüttelte den Kopf und sagte, er habe sofort aufgehört zu graben, als etwas Weißes zum Vorschein kam. Er erkundigte sich, ob es in früheren Zeiten hier eine alte Gutskirche gegeben hatte.

»Daneben wäre ja dann ein Friedhof.«

Hildur dachte kurz nach. Nein, sie erinnerte sich nicht, je von einer alten Kirche gehört zu haben.

»Rósa, könntest du mir Einmalhandschuhe holen?«, bat Hildur und fügte hinzu, die Handschuhe lägen im Türfach an der Fahrerseite.

Rósa lief zum Auto. Hildur näherte sich vorsichtig der tiefsten Stelle der Grube, möglichst nah bei den Knochen, aber doch so, dass sie nicht versehentlich darauf trat, und bückte sich, um genauer hinzusehen. Sofort spürte sie, wie Übelkeit in ihrer Brust aufwallte und heiße Tränen ihr in die Augen stiegen. Sie wischte sie am Pulloverärmel ab. Der Augenblick erinnerte sie an die jüngste Vergangenheit. Sie hatte eine entsprechende Szene schon einmal erlebt.

Als Hildur vor ein paar Jahren den gewaltsamen Tod ihres Freundes Freysi untersuchte, hatte sie einen Spürhund eingesetzt, um den Verdächtigen aufzuspüren. Die Spuren hatten im Hafen des Dorfs geendet, aber der Hundeführer hatte sich als alter Bekannter erwiesen. Er hatte damals an der Suche nach Rósa und Björk teilgenommen. Auf seinen Rat hin war Hildur zu einem alten, mit dem Auto etwa zwei Stunden von Ísafjörður entfernten Bauernhof gefahren, auf dessen Gelände sie ein altes Grab entdeckt hatte.

»Soll ich irgendwo anrufen?«, fragte Rósa, während sie Hildur ein Paar Einmalhandschuhe reichte.

Hildur streifte die Handschuhe über und bat Rósa, noch einen Moment zu warten. Dann bückte sie sich wieder und wischte vorsichtig den Kies von den Knochen.

Damals, vor ein paar Jahren, hatte sie bei der Untersuchung des Grabs auf dem Bauernhof Knochen gefunden und vermutet, dass sie einem kleinen Menschen gehörten. Genauere Untersuchungen hatten allerdings gezeigt, dass es sich um Stücke vom Schienbein eines Kalbs handelte. Vermutlich war ein bei der Geburt gestorbenes Kalb hinter dem Kuhstall begraben worden. Diesmal waren es mehr Knochen, und sie sahen groß aus. Hildur war sich sicher, dass sie gerade einen toten Menschen berührte.

Nachdem sie den Kies weit genug zur Seite geschoben hatte, ging sie in der Grube vorwärts und steckte die Finger erneut in die Erde. Sie spürte die scharfen Kanten kleiner vulkanischer Steine und achtete darauf, dass ihre Handschuhe nicht zerrissen.

Sie schob Kies beiseite, entfernte kleine Steine mit den Fingern und vermied es, ihre Hände zu kräftig in die Erde zu drücken.

»Na?«, kam Rósas Stimme vom Rand der Grube. Hildur wedelte abwehrend mit der Hand, um noch einen Moment ungestört arbeiten zu können. Eile war jetzt nicht am Platz.

Nach einer Weile richtete Hildur sich auf und überlegte, wie sie ihre Worte wählen sollte. Mit Rósa konnte sie Klartext reden, aber bei dem Baggerfahrer war sie sich nicht sicher.

»Was soll ich sagen«, murmelte sie und strich sich mit dem Arm über die Stirn, auf die ein paar Schweißtropfen getreten waren. Sie passte auf, dass ihre schmutzigen Finger nicht zu nah an die Augen kamen. »Ich muss die Kriminaltechnik alarmieren. Das sind mit Sicherheit Menschenknochen, und hier liegen mindestens zwei vollständige Skelette.«

17

ANFANG DER 1990ER JAHRE AN DEN WESTFJORDEN

RAKEL

Der graue Nissan Sunny stand auf dem Parkplatz am Hafen des Dorfs. Am Himmel hing eine dicke weiße Wolkendecke. Das Sonnenlicht wurde durch die Watteschicht gefiltert und ließ alles silbergrau aussehen. Draußen war es friedlich, aber die Stimmung im Wagen war angespannt.

Rakel nahm einen zerknitterten Geldschein aus der Brusttasche ihres hellen Sommermantels und drehte sich zum Rücksitz um.

»Kauf im Laden Weizenmehl. Dann backe ich uns heute Abend Lummur«, sagte sie und bemühte sich, unbekümmert zu lächeln. Sie hoffte, dass Hildur ihre Beunruhigung nicht spürte.

Die dicken kleinen Pfannkuchen waren die Lieblingsspeise der Kinder. Mit Sirup und Rhabarbergelee waren sie ein echter Leckerbissen. Das Mädchen, das einen leuchtend roten Sommerpulli und eine dünne Baumwollhose trug, nahm den Geldschein und sprang aus dem Wagen. Rakel blickte ihrer Tochter nach, während sie auf den Laden zuhüpfte. Der Pulli war Hildur ein paar Nummern zu groß. Die langen Ärmel schwangen beim Laufen hin und her. Die jüngeren Schwestern warteten mit Tinna zu Hause.

»Sag, dass du lügst«, verlangte Rakel und blickte immer noch auf die Ladentür, durch die Hildur gerade gegangen war.

Auf dem Fahrersitz trommelte Rúnar mit seinen dicken Fingern auf das Lenkrad. *Ta-dam. Ta-dam.* Im Marschrhythmus.

»Es ist so, wie ich gerade gesagt habe. Das Ding ist jetzt verkauft.«

Wie um seine Worte zu unterstreichen, nickte Rúnar zum Hafen hin. Sein kleines Fischerboot, die weiß gestrichene *Herdís*, lag dort. Der Hafen, der sich nach Süden hin öffnete, war voll von solchen Booten. Sie alle hatten einen Innenbordmotor und einen kleinen Laderaum für die Fische.

Runar hatte den kleinen Kahn vor fünfzehn Jahren von seinem Vater geerbt und ihn genutzt, um Kabeljau, Schellfisch und Steinbeißer zu fangen. Vor der Geburt der Kinder hatte Rakel ihn im Sommer auf seinen Fischzügen begleitet. Nach Hildurs Geburt hatte Rúnar mit einem Kumpel gefischt, aber Rakel hatte zusammen mit den Frauen aus dem Nachbardorf dabei geholfen, die Köder an den Langleinen anzubringen. An beiden Enden der Leine befanden sich Gewichte, in Abständen von anderthalb Metern waren Vorleinen und an deren Enden Haken angebracht. An den Haken wurden Makrelen, Miesmuscheln oder Heringe als Köder befestigt.

»Das Geld ist hier«, sagte Rúnar wichtigtuerisch und lüpfte seine linke Hinterbacke. Er holte ein Sparbuch aus der Gesäßtasche seiner Jeans und schlug es auf. Seine beim Fischfang schwielig gewordene Fingerspitze zeigte auf die letzte Kontobewegung. Rúnar hatte die typischen Arbeiterhände: rissige Nagelhäute und hartnäckige Schmutzränder unter den Nägeln.

Rakel warf einen Blick auf die lange Zahlenreihe. Für die Summe hätte man, überschlug sie im Kopf, zwei Wohnungen mit je zweihundert Quadratmetern in der Hauptstadt bekommen, und das Geld hätte auch noch für zwei Autos, einen neuen Fernseher und einen Sparpfennig gereicht, den man zinsbringend anlegen könnte.

»Von jetzt an geht in unserer Familie das Kleingeld nicht aus. Reicht mindestens für die Butter aufs Brot«, sagte Rúnar und stimmte das Lachen eines von seinen Sorgen befreiten Mannes an.

Rakel ließ sich von der Freude ihres Mannes nicht anstecken. Sie seufzte und richtete den Blick vom Sparbuch auf die *Herdís*.

»Was zum Teufel hast du bloß?«, fauchte Rúnar und steckte das Sparbuch wieder ein. »Ich hab das Geschäft meines Lebens gemacht, verdammt noch mal! Wir können jetzt gleich nach Reykjavík fahren, im Hotel übernachten, bei Stella die feinste Strumpfhose und bei Parísartískan den teuersten Rock kaufen, den sie haben. Und was machst du? Verziehst deine Kommunistenvisage zur Pferdefotze!«

Rakel schloss kurz die Augen und tat ihr Bestes, um sich zusammenzureißen. Sie zwang ein Lächeln auf ihr Gesicht. Dann nickte sie zustimmend zu seinen Worten und schlug vor, jetzt nach Hause zu fahren. Rósa und Björk warteten bestimmt schon auf sie. Hildur kam munter aus dem Laden, ein zwei Kilo schweres Paket Weizenmehl im Arm.

»Wir feiern. Ich brate Lummur«, versprach Rakel und klopfte ihrem Mann aufs Bein.

Rakel war äußerlich ruhig, obwohl starke widersprüchliche Gefühle sie plagten. Es war sinnlos, ihre Meinung weiter zu äußern, denn was geschehen war, ließ sich nicht mehr rückgängig machen. Sie konnte das Schicksal des Fischerboots nicht mehr beeinflussen, also musste sie die Fakten akzeptieren.

Die unbefestigte Straße führte aus dem Dorf heraus und an der Küste entlang bis zur innersten Bucht von Önundarfjörður. Sie waren auf dem Weg in ihr heimatliches Tal, nach Kotsdalur. Vielleicht würde ihre Enttäuschung über den Verkauf der *Herdís* sich mit der Zeit legen. Vielleicht würde doch alles gut ausgehen. Vielleicht waren Rakels Zweifel völlig unbegründet.

18

JUNI 2022 KOTSDALUR

Es ging auf sechs Uhr abends zu. Hildur stand am Küchenfenster ihres Elternhauses, lehnte sich an die Spüle und blickte nach draußen. Ihre Beine waren schwer, und in den Händen, mit denen sie den Rand der Spüle umklammerte, spürte sie nicht die übliche Kraft. Als würde sich in ihrem Innern eine kalte Welle bewegen und Salzwasser ihre Eingeweide umspülen.

Hildur dachte bei sich, dass sie heute auch Glück gehabt hatten. Die Kriminaltechniker aus Reykjavík hatten schon knapp drei Stunden nach dem Anruf mit ihren Untersuchungen beginnen können. Das war wohl ein Schnelligkeitsrekord für die Westfjorde. Ein Ambulanzhubschrauber hatte gerade in Reykjavík starten sollen, um in Ísafjörður einen Patienten für eine Operation abzuholen, und hatte das Ermittlerteam mitgenommen.

Die Haustür ging. Der Fußboden in der Diele knarrte. Beta und Jakob zogen die Schuhe aus, kamen in die Küche und setzten sich an den Tisch.

Die beiden hatten die Kriminaltechniker am Flughafen abgeholt. Hildur hatte im Haus die nötigen Telefonate erledigt, während Jakob und Beta die Arbeit der Techniker verfolgten. Die Arbeitsteilung war Hildur recht gewesen. Der Anblick der Knochen auf dem vertrauten Hof hatte ihr die Kräfte geraubt und das Ekelgefühl verstärkt.

Hildur holte eine Schmerztablette aus der Tasche und berichtete über ihr langes Telefongespräch mit einer Sachverständigen vom Museumsamt.

»In diesem Tal hat es keine alte Kirche und keinen Friedhof gegeben. Wenn doch, wüssten sie davon. Ein paar vereinzelte, vor Jahrhunderten entstandene Grabstätten sind möglicherweise unbekannt geblieben, aber sie hielt es nicht für sehr wahrscheinlich, dass die Skelette jahrhundertelang in gutem Zustand geblieben wären. Aber natürlich können sie sich nicht völlig sicher sein.«

Jakob begann zu stricken. Er legte vier verschiedenfarbige Fäden über seinen linken Zeigefinger. Seine Arbeit an dem Pullover war beim Muster angelangt.

»In diesem kühlen Klima können die Knochen wer weiß wie lange erhalten geblieben sein«, sagte er und betrachtete sein Werk prüfend.

Jakob hatte vor seiner Ausbildung zum Polizisten als Biologe gearbeitet, wusste also mehr über Knochen als andere Kollegen, überlegte Hildur.

Jakob fügte hinzu, dass man anhand der Knochen auf das ungefähre Alter des Toten zur Zeit seines Todes schließen, aber nicht unbedingt feststellen konnte, wann er gestorben war.

»Es kann achthundert oder achtzig Jahre her sein. In kalter Erde bleiben die Knochen länger intakt als in warmem Klima. Und auf dieser Insel gibt es keine großen Raubtiere, die auf der Suche nach Nahrung Kadaver ausgraben. Die Leichen konnten ziemlich friedlich in der Erde ruhen.«

Hildur brummte zustimmend. Die Einzelheiten würden sich irgendwann klären.

»Ich glaube, die Knochen gehören Erwachsenen«, sagte Jakob.

Hildur fragte, wieso er sich dessen sicher sein konnte.

»Kinderknochen sind schmaler und kleiner als die von Erwachsenen. Der Rechtsmediziner liefert natürlich genauere

Erkenntnisse über die Knochendichte und so weiter«, erklärte Jakob und zog mehr Garn aus seinem Stoffbeutel.

Nun war Beta an der Reihe, Fragen zu stellen.

»Du bist die Eigentümerin dieses Hofs, stimmt's?«

»Offiziell ja, aber Rósa wohnt hier.«

Beta strich ihre Locken zurück und band sie im Nacken zu einem Knoten.

»Im Moment ist es noch nicht aktuell, aber falls wir Ermittlungen aufnehmen, musst du dich raushalten. Du bist befangen. Du kümmerst dich intensiver um Manuels Fall, Jakob und ich übernehmen diese Sache.«

Hildur stimmte ihrer Chefin zu.

»Warten wir erst mal ab, was die Kriminaltechniker uns zu erzählen haben. Es kann ja sein, dass gar keine polizeiliche Ermittlung eingeleitet wird«, fügte Beta hinzu, erzählte aber trotzdem, wie sie vorgehen würden, falls es dazu käme.

Sie bat Jakob, Informationen über alle Menschen zusammenzustellen, die in den letzten siebzig Jahren in Island verschwunden waren. Damit würden sie anfangen. Bei Bedarf würden sie später entscheiden, ob noch ältere Fälle untersucht werden sollten. Sehr alte Vermisstenfälle hatten für die Polizei keine hohe Priorität, denn wenn ein Verbrechen dahintersteckte, war der Täter höchstwahrscheinlich nicht mehr am Leben.

Die Haustür knarrte. Im Türrahmen erschien eine kleine dunkelhaarige Frau. Neben den beiden Kriminaltechnikern gehörte auch die forensische Anthropologin Emma Bruun zum Team. Emma, die halb dänisch und halb isländisch war, hatte sich jahrelang mit einem UN-Mandat in Krisengebieten aufgehalten und im Rahmen der Ermittlungen über diverse Kriegsverbrechen Menschenknochen untersucht, die in Massengräbern gefunden worden waren. Im letzten Winter war sie nach Island gezogen, da sie eine Professur an der Universität bekommen hatte. Einen Teil ihrer Arbeitszeit nutzte sie, um dem Kriminaltechnischen Labor und dem Rechtsmediziner zu assistieren.

In den letzten Jahren hatte es in Island bei Bauarbeiten vereinzelte Knochenfunde gegeben. Da die Bevölkerung wuchs, wurden in raschem Tempo neue Wohnsiedlungen gebaut. Es war nicht ungewöhnlich, dass bei Tiefbauarbeiten alte Gräber gefunden wurden. Island war seit dem neunten Jahrhundert besiedelt, und nicht alle alten Grabstätten waren den heutigen Einwohnern bekannt. Alle gefundenen Knochen wurden untersucht. Mithilfe von Emmas Sachkenntnis bemühte man sich, das Alter der Toten und vielleicht sogar den Todeszeitpunkt und die Todesursache festzustellen. Nur äußerst selten bestand Verdacht auf ein Verbrechen. Nachdem die Knochen untersucht worden waren, wurden sie auf einem öffentlichen Friedhof bestattet.

Emma bat Beta, Hildur und Jakob, sie nach draußen zu begleiten.

»Wir haben angefangen, die vier Skelette zu verpacken. Ein paar Dinge solltet ihr aber jetzt gleich erfahren.«

Emma sah sie alle der Reihe nach an. Hildur mochte die Frau sofort, sie wirkte äußerst tüchtig und faszinierend selbstsicher.

Die vier gingen in die Nähe der Grabungsstelle. Emma zeigte auf die vier Skelette, die mit dem Rücken nach unten in einer Reihe auf die Erde gelegt worden waren. Hildur gefiel dieser Anblick auf seltsame Art. Die Skelette sahen überraschend vollständig aus. Wie Puzzles, bei denen jeder Knochen am richtigen Platz lag. Hildurs Eindruck war jedoch nicht ganz richtig.

»Seht ihr? Das zweite und dritte von links.«

Hildur wusste nicht, was sie bemerken sollte. Die Knochen hatten möglicherweise sehr lange in der Erde gelegen. Vielleicht waren einige verschwunden.

»Bei diesem fehlt die linke Hand samt Handgelenk, und bei dem anderen fast der ganze linke Unterarm«, sagte Emma und zeigte auf die betreffenden Stellen, ohne die Knochen zu berühren.

»Vielleicht sind sie noch in der Grube?«, meinte Jakob.

Emma schüttelte den Kopf. Die Grube war an dieser Stelle jetzt leer. Die Kriminaltechniker hatten alles herausgeholt.

»Ich glaube, dass die Toten ohne diese Körperteile begraben wurden. Alle anderen Knochen waren leicht zu finden. Ich tippe darauf, dass es sich nicht um alte Knochenbrüche handelt, die lange vor dem Tod passiert waren. Wie ihr seht, ist die Bruchstelle in beiden Fällen ziemlich glatt«, sagte Emma und fasste mit ihrer behandschuhten Hand nach dem Knochenstumpf.

»Was glaubst du, was passiert ist?«, fragte Jakob. Er war einen Schritt näher getreten.

»Ich muss in Reykjavík genauere Untersuchungen anstellen. Aber wenn du meinen ersten Eindruck hören willst, kann ich dir gern sagen, was ich vermute.«

Der Wind fuhr in Emmas blonden Pagenkopf. Sie zog die Kapuze über und erzählte, sie habe ähnliche Spuren gesehen, als sie im Kongo Menschen untersucht hatte, die bei den Auseinandersetzungen zwischen Aufständischen und Soldaten ums Leben gekommen waren. Emma hob den einen der beiden Knochen an, sodass auch die anderen die Schnittstelle sehen konnten.

»Ich glaube, dass die Hand mit einem scharfen Gegenstand abgetrennt wurde.«

19

6. Juni

Hallo!

Danke für deinen Brief. Du hast recht, und du hast die Adresse richtig erkannt. Sowohl mein Arbeitsplatz als auch meine Wohnung sind an der Railway Street, aber mehr brauchst du darüber nicht zu wissen. Ich habe meine eigenen Entscheidungen getroffen, Punkt.

Mir geht es sehr gut. Ich habe mein Leben in die Hand genommen. Ich habe einen Job, nette Kolleginnen (wir arbeiten nicht zusammen, sehen uns aber täglich), und das Gehalt ist ganz okay. Das Geld reicht zum Leben und auch für mehr. Hier sind alle freundlich zu mir. Zum ersten Mal seit Jahren habe ich Geld im Sparstrumpf. Ich war auch endlich mal wieder im Kino. Das war schön.

Wie geht es dir? Hast du in letzter Zeit irgendetwas Besonderes unternommen?

Gruß

R.

20

JUNI 2022 ÍSAFJÖRÐUR

Nachdem sie ihre Muskeln mit ein paar Dehnübungen aufgelockert hatte, lief Hildur neben der Straße los. Das Gras fühlte sich unter den Füßen angenehmer an als der harte Asphalt. Sie lief durch das Wohngebiet am Berghang und in den kleinen Fichtenwald dahinter. Erst bei ihrem Aufenthalt in Finnland im letzten Winter hatte sie begriffen, wie groß Wälder sein konnten. Hier auf ihrer Heimatinsel lief sie in fünf Minuten durch den ganzen Wald des Dorfs.

Nach dem Wald machte sie noch einige Bergsprints zur nahe gelegenen Lawinenbarriere. Der Ort rief viele Erinnerungen wach. Vor gut zwei Jahren war ihr Freund Freysi hier kaltblütig ermordet worden. Die Untersuchung von Freysis Tod war eine der schwierigsten Aufgaben in Hildurs Laufbahn gewesen, aber sie war damit fertiggeworden. Und obwohl die Erinnerung an die Lawinenbarrieren schmerzte, joggte sie auch weiterhin hier. Es war nur ein Ort unter anderen, hatte sie sich immer wieder gesagt. Und wenn sie die Stelle mied, würde sich auch nichts ändern.

Die Bergsprints waren außergewöhnlich anstrengend. Der Schlafmangel machte ihr zusätzlich zu schaffen. In Kotsdalur war es gestern spät geworden, und sie war erst gegen Mitternacht ins Bett gekommen. Um ihren Atem zu beruhigen, wechselte Hildur ins Schritttempo. Zu Hause hatte das Thermometer zehn Grad angezeigt, aber beim Laufen war sie ins Schwitzen gekommen. Hildur schob die Träger ihres Sporthemds zurecht, die an den Schultern unangenehm drückten. Der Stoff hatte seine Elastizität völlig verloren. Hildur warf einen Blick auf ihre Jogginghose. Sie war verschlissen, und an den Beinen begannen sich Löcher zu bilden. Es war wohl an der Zeit, die gesamte Sportkleidung auszurangieren und neue zu kaufen. Seit ihrem letzten Besuch in einem Kleidergeschäft waren schon mehrere Jahre vergangen.

Hildur blickte auf ihre Uhr. Sie hatte vor, Manuel heute zu befragen. Das Kriminallabor in Reykjavík hatte bestätigt, dass es sich bei dem Stoff, den man bei Manuel gefunden hatte, um Amphetamin handelte. Auch in seinem Blut hatte man kleine Mengen derselben Droge festgestellt. Außerdem wollte Hildur in den Hafen gehen, um das Kreuzfahrtschiff, das heute ankam, genauer unter die Lupe zu nehmen. Es gehörte derselben Reederei wie das, auf dem Manuel arbeitete. Ihr Instinkt sagte ihr, dass es möglicherweise auch dort irgendwelche zwielichtigen Aktivitäten gab.

Nach der Sportuhr an ihrem Handgelenk dauerte es bis zur Ankunft des Schiffes noch eine Stunde. Ihr blieb also noch Zeit für einen Besuch im Seniorenheim. Helga wachte morgens meist ziemlich früh auf, und das Seniorenheim lag an Hildurs Joggingstrecke.

Hildur war gerade am Eingang des Heims angekommen, als ihr Handy klingelte. Der Anrufer war Axt-Hákon, Hákon Bjarnason, der einzige Arzt in Island, der sowohl rechtsmedizinische als auch medizinische Obduktionen vornahm.

»Hoffentlich habe ich dich nicht geweckt«, sagte eine ruhige Männerstimme.

Hildur berichtete in groben Zügen über ihren Morgen. Der Rechtsmediziner erklärte, auch er könne im Sommer morgens nicht lange schlafen. Es sei besser, zur Arbeit zu gehen, als sich vergeblich in verschwitzten Laken zu wälzen.

»Es geht um das Baby, das du vor ein paar Tagen hergebracht hast.«

Hildur drückte das Handy fester ans Ohr. Jakob hatte den Papierkrieg erledigt, nur das rechtsmedizinische Gutachten fehlte noch. Hildur hatte gedacht, der Fall sei schon erledigt.

»Um den plötzlichen Kindstod?«, fragte sie. Aus irgendeinem Grund fühlte sie sich mit einem Mal unsicher. Sie hatte geglaubt, alle Einzelheiten würden ihre Einschätzung stützen, dass es sich um den unerklärlichen Tod eines als gesund geltenden Babys handelte.

»Es war kein plötzlicher Kindstod«, sagte der Rechtsmediziner.

Hildur hörte, wie er an seinem Computer tippte.

»Beim Plötzlichen Kindstod lässt sich die Todesursache nicht feststellen. Aber bei diesem Säugling war das anders.«

Hildur spürte einen Druck auf der Brust. Verdammt. Hatte sie an dem Morgen irgendetwas übersehen?

»Eine Gehirnblutung. Ich will dir den Ärztejargon ersparen. Kurz gesagt: Der Tod wurde durch eine geplatzte Ader im Gehirn verursacht.«

»Kann so etwas denn bei einem so kleinen Kind passieren?«, fragte Hildur.

Axt-Hákon schwieg einen Moment.

»Es ist natürlich sehr unwahrscheinlich, aber nicht unmöglich.«

Er berichtete, dass an dem Kind keine äußerlichen Verletzungen zu sehen waren. Keine Blutergüsse, keine Knochenbrüche, nichts. Er hatte auch die Unterlagen der Elternberatung überprüft, wonach das Kind sich völlig normal entwickelt hatte. Die Eltern hatten es zu den regelmäßigen Untersuchungen gebracht, bei denen nichts Besonderes festgestellt worden war. Die Informationen beruhigten Hildur ein wenig.

»Eine traurige statistische Abweichung«, seufzte der Rechtsmediziner.

Er sagte, er werde die Papiere fertigstellen und die Erlaubnis zur Bestattung erteilen, und zwar so schnell wie möglich. Allein schon wegen der Eltern, die ihr Kind verständlicherweise bald beerdigen lassen wollten.

Axt-Hákon und Hildur verabschiedeten sich bedrückt voneinander.

Hildur wusste nicht recht, was sie denken sollte. Es fiel ihr schwer, an Zufälle zu glauben. Sie wollte für alles eine Erklärung, obwohl sie wusste, dass es nicht immer eine gab. War dieses Baby doch ein Gewaltopfer? Doch ihr fiel kein Hinweis darauf ein, dass das Kind misshandelt worden war.

Hildur wurde aus ihren Überlegungen gerissen, als ihr Schweißtropfen von der Stirn liefen und in den Augen brannten. Sie wischte sich das Gesicht am Saum ihres T-Shirts ab. Die Frau am Empfangsschalter des Seniorenheims grüßte sie und sagte, alle seien beim Frühstück.

»Greifen Sie auch gern zu, es ist genug da.«

Hildur bedankte sich und ging in den gemeinsamen Speiseraum. Die Schachspieler grüßten sie überschwänglich. Am Nebentisch las Helga, die einen orangen Pullover und eine helle Hausanzughose trug, in der Zeitung. Offenbar in derselben wie beim letzten Mal.

Hildur füllte zwei Tassen mit Kaffee, gab Sahne dazu und nahm sich ein Brötchen und eine Scheibe Käse. Nach dem Laufen hatte sie immer schrecklichen Hunger.

»Bist du schon so früh hinter einem Räuber hergerannt?«, fragte Helga, als Hildur ihr gegenübersaß.

Hildur erzählte von ihrer morgendlichen Joggingrunde. Helga hob ihre Tasse an den Mund und trank einen Schluck Kaffee. Hildur fiel auf, dass die Hände der alten Frau nie zitterten, wenn sie eine Kaffeetasse hielten.

»Deine Mutter war genauso«, sagte Helga und blickte in die Ferne. »Rakel war tüchtig. Sie hat an Versammlungen teilgenommen, ihre Hautsalben verkauft und sich nie gescheut, mit irgendwem zu reden. Sie war unglaublich mutig.« Helga schwieg einen Moment.

Hildur erinnerte sich wieder einmal daran, dass Helga ihre Mutter länger gekannt hatte als sie selbst.

»Sie war auf eine besondere Art mutig. Sie hatte auch keine Angst davor, um Hilfe zu bitten.«

»Dich auch?«

Helga nickte.

»Worum hat sie dich gebeten?«

Helga nahm die Papierserviette, die unter ihrer Tasse lag, und tupfte sich die Mundwinkel ab.

»Wir haben uns abwechselnd geholfen. Ich habe ihr ab und zu Geld gegeben, und sie hat mir dafür Heu gebracht. Praktische Dinge und so.«

Helga hat so viel Wissen und Erfahrungen, die mir unbekannt sind, dachte Hildur. Die Treffen im Seniorenheim hatten sich als unendlich wichtig erwiesen.

»Ich erinnere mich, dass meine Mutter ziemlich still war. Sie war mit uns immer zu Hause. Wir sind praktisch nie irgendwo hingegangen, außer zu euch.«

Helga betrachtete ihre Kaffeetasse und sah einen Augenblick lang traurig aus.

»Ja. Ich habe auch manchmal überlegt …«

Sie hob die Tasse an den Mund und trank.

»… denn ich habe die Spuren ja gesehen.«

»Die Spuren?«, fragte Hildur mit vollem Mund.

»Rakel wurde stiller, als sie mehr Kinder hatte. Vielleicht ist das Leben mit kleinen Kindern anstrengender. Dazu kann ich nichts sagen, denn Hallgrímur und ich haben nie Kinder bekommen.«

»Von was für Spuren hast du gerade gesprochen?«, versuchte Hildur auf das Thema zurückzukommen.

»Was vorbei ist, ist vorbei«, antwortete Helga lächelnd.

Hildur stand auf, um sich mehr Kaffee zu holen, und fragte Helga, ob sie auch noch welchen wollte.

»Na, vielleicht zehn Tropfen.«

Als Hildur mit den Tassen zurückkam, fragte sie, ob ihre Mutter jemals von Scheidung gesprochen hatte.

»Meine Mutter war nicht glücklich. Warum ist sie nicht weggegangen und hat ein neues Leben angefangen? Wenn sie doch so mutig war.«

Helga dachte eine Weile nach, dann schüttelte sie den Kopf.

»Es wäre nicht leicht gewesen, allein mit dem Salbenhandel drei Kinder zu ernähren.«

Helga zupfte am Ärmel ihres Pullovers und schwieg lange. Der sehnige Schachspieler ging an ihrem Tisch vorbei und nickte. Hildur beantwortete seinen Gruß mit einem raschen Lächeln.

Sie merkte, dass Helgas Augen feucht geworden waren.

»Wenn ich nur … Wenn ich nur den Mut gehabt hätte, mit ihr wegzugehen. Dann wäre vielleicht alles anders gekommen.«

Hildur hatte Mitleid mit Helga, die damals eine Entscheidung getroffen hatte, an deren Folgen sie offensichtlich bis heute schwer trug. Aber Helga war zu streng mit sich. Ein gutes Leben konnte man auf vielerlei Art führen.

»Das können wir ja nicht wissen. Es gibt keine einzelne große Entscheidung, nach der die Dinge entweder in die richtige oder in die falsche Richtung laufen.«

Hildur streichelte über Helgas Handrücken. Mehr Trost wusste sie nicht zu spenden, aber er schien zu genügen. Helga lächelte leicht.

»Du bist ein bisschen so wie deine Mutter. Sie verstand sich auch darauf, Menschen auf ihre Seite zu ziehen. Ich erinnere mich, dass ich einmal mit ihr zu einer Versammlung gegangen bin. Dein Vater war damals auf See und Hallgrímur bei der Feldarbeit, also konnten wir zu zweit hingehen.«

Helga erzählte von der Rede, die Rakel beim Seemannstag der Westfjorde gehalten hatte. Rakel hatte alle Fischer angespornt, ihre Unabhängigkeit zu bewahren und Besitzer ihrer Boote zu bleiben.

»Man sollte nicht für andere arbeiten, wenn man auf eigene Faust zurechtkam. Das Problem war nur, dass nicht alle die Wahl hatten. Damals wurde viel darüber gemunkelt, dass heimlich Frauen hierherkamen. Und die Männer kamen von weither aus ihren Heimatländern, um hier zu arbeiten. Damit verband sich alles Mögliche ... Deine Mutter fand das gar nicht gut. Ihrer Meinung nach war es immer eine schlechte Sache, wenn man nicht allein zurechtkam oder nicht über seine eigenen Angelegenheiten bestimmen konnte.«

»Das war also ihre Meinung, obwohl sie selbst ein Leben führte, mit dem sie nicht zufrieden war?«, fragte Hildur schnell.

Helga zuckte die Schultern.

»Es ist wohl so, dass letzten Endes kaum jemand nach seinen eigenen Grundsätzen leben kann.«

Nachdem sie das gesagt hatte, verschloss sich ihre Miene. Hildur wollte wissen, was sie mit den heimlich gekommenen Frauen gemeint hatte, aber Helga schien die Frage nicht zu hören. Sie blickte in die Ferne und genoss in aller Ruhe ihren Kaffee.

»Bist du aber verschwitzt. Musstest du schon so früh am Morgen hinter Räubern herrennen?«

Hildur stutzte nicht, sondern erzählte von ihrer Joggingrunde wie beim ersten Mal. Helga beugte sich näher zu ihr hin und senkte die Stimme. In ihren Augen lag der schelmische Blick eines jungen Mädchens.

»Du musst die Räuber schnappen. Wenn du wüsstest! Menschen sind verschwunden. So wie deine Schwestern. Sie sind in diesem Tunnel verschwunden, und niemand weiß, was passiert ist. Das müsste auch mal jemand klären.«

Hildur antwortete, als Polizistin tue sie ihr Bestes, um die Räuber festzunehmen. Sie hatte schon oft erzählt, wie es Rósa und Björk ging, aber jetzt schien Helga das alles vergessen zu haben. Meistens funktionierte ihr Gedächtnis bestens, aber wenn sie müde wurde, brachte sie Ereignisse durcheinander und vergaß dies und jenes. Müdigkeit beeinträchtigte die kognitiven Fähigkeiten. Vielleicht hatten sie zu lange über schwierige Themen gesprochen.

»Ja, es gibt ja allerhand«, stimmte Hildur zu. Wenn sie rechtzeitig im Hafen sein wollte, musste sie bald losgehen. Sie begann das Geschirr abzuräumen. Plötzlich legte Helga ihre knochige Hand auf Hildurs Arm und drückte überraschend fest zu.

»Rakel war hier. Ich habe sie wieder gesehen.«

21

Hildur mochte Häfen. Es roch nach Fisch, die Möwen kreischten. Im Hafen spürte man die ständige Bewegung und die Tatsache, dass nichts blieb, wie es war.

Der vergangene Frühling war ein Schwindel gewesen, und sie war darauf hereingefallen. Sie hatte geglaubt, in ihrem Leben sei endlich Frieden eingekehrt. Zuerst war über eine lange Zeit nichts Ungewöhnliches passiert. Dann war alles auf einmal auf sie eingestürzt: Auffällig viele Einbrüche in Sommerhäuser wurden angezeigt. Auf dem Hof hinter ihrem Elternhaus wurden menschliche Knochen gefunden. Jakob bekam seltsame Textnachrichten, die ihn aus der Fassung brachten. Sie selbst spürte wieder die wohlbekannte Beklemmung und fürchtete, dass dieses Gefühl ein schlimmes Ereignis ankündigte. Anton schickte gut gelaunte, aber völlig nichtssagende Textnachrichten. Letzten Endes hatten Worte keine Bedeutung, nur Taten zählten. Helga litt immer häufiger unter vorübergehenden Gedächtnisstörungen. Im Dorfkrankenhaus lag ein brutal misshandelter Mann. Zu viele Sorgen häuften sich. Hildur sehnte sich nicht nach mehr Tempo, Erfahrungen oder Erlebnissen. Im Grunde wollte sie nur in Ruhe leben.

Als sie an der größten Lagerhalle des Hafens vorbeiging, einem schmucklosen grauen Gebäude, merkte sie, dass die Tür zum

Kühllager geöffnet war. Ein Gabelstapler stand in der Mitte der Halle, die Arbeiter machten draußen eine Pause.

»Jetzt geht der Zirkus wieder los«, murrte einer der Männer und spuckte eine Portion Kautabak aus.

Hildur grüßte die Gabelstaplerfahrer, die in ihren Overalls auf den aufgestapelten Paletten saßen. Einer der Männer kam auf sie zu. Der Kautabak wölbte seine Oberlippe unnatürlich hoch.

»Sie müssen hinten um das Gebäude rumgehen, um auf die andere Seite des Schutzzauns zu kommen«, sagte der Mann und zeigte hinter das Fischlager. Hildur bedankte sich für den Rat und machte sich auf den Weg. Um die Sicherheit der Kreuzfahrtpassagiere zu gewährleisten, wurden die Wege im Hafengelände mit Schutzzäunen und Schildern reguliert.

Hildur nahm ihren Polizeiausweis aus der Tasche und hängte ihn sich um den Hals. Sie mischte sich unter die Menschen, die auf das Kreuzfahrtschiff warteten. Im Hafen standen um die dreißig Guides mit ihren Schildern. Alle schienen das gerade eingetroffene Schiff zu betrachten, die *Petit Arctic Princess*, aber Hildur bekam plötzlich das seltsame Gefühl, selbst beobachtet zu werden. Sie ließ den Blick über das Schiff wandern. Es hatte zehn Decks. Auf dem obersten Deck waren eine spiralförmige Wasserrutsche und einige Sonnenschirme zu sehen.

Als Erste kam eine Frau in einem uniformartigen blauen Hosenanzug von Bord, die dem im Hafen wartenden Chef der Guides die Hand gab. Hildur schloss, dass es sich um die Zuständige für die Tagesausflüge handelte. Sie hörte, dass die beiden einige Worte miteinander wechselten. Höflichkeitsfloskeln und ein rascher Informationsaustausch: die Zahl der Passagiere und der Ausflügler, die Zahl der Guides und der Busse. Die Guides hielten ihre nummerierten Schilder hoch, winkten zu den Bussen hin und riefen Anweisungen.

Die Passagiere fotografierten mit ihren Handys die Hafengebäude, den hinter dem Hafen aufragenden Berg und die Möwen, die in der Hoffnung auf Fische um die Fischtrawler kreisten. Hildur überlegte, warum sie das Gefühl gehabt hatte, beobachtet zu werden. Wodurch war es ausgelöst worden?

Sie ging durch die Doppeltür in eines der Hafengebäude. Die Tür zum Dienstzimmer des Hafendirektors stand offen, aber Hildur klopfte trotzdem an den Türrahmen.

Jósef Ragnarsson telefonierte gerade. Er nickte zum Gruß, gab Hildur mit einer Geste zu verstehen, das Gespräch sei gleich beendet, und bat sie, zu warten.

Das Dienstzimmer des Direktors hatte große Fenster, durch die man genau den Teil des Hafens sah, in dem die Kreuzfahrtschiffe anlegten. Auf seinem breiten Schreibtisch standen vier Bildschirme unterschiedlicher Größe; sie zeigten die Aufnahmen der Überwachungskameras im Hafengebiet und detaillierte Informationen über den Verkehr im nahen Meeresgebiet. Am Schreibtisch stand eine schlaffe große Grünpflanze, deren schwere Stängel mit einer Schnur zusammengebunden und an einem Wandhaken befestigt waren. Hildur hob ein abgefallenes Blatt vom Boden auf und warf es in den Papierkorb neben der Tür.

»Die hat meine Schwiegermutter mir zum Sechzigsten geschenkt. Ich warte darauf, dass sie stirbt«, sagte Jósef, nachdem er aufgelegt hatte. »Die Pflanze, meine ich«, fügte er grinsend hinzu.

Hildur warf einen zweiten Blick auf die lebensmüde Grünpflanze und nickte dann zu dem Kreuzfahrtschiff hin, das durch das Fenster zu sehen war.

»Der junge Mann, der vor ein paar Tagen von hier ins Krankenhaus gebracht wurde … Manuel. Wir haben den Verdacht, dass sein Arbeitgeber keine ganz reine Weste hat.«

Der Bürostuhl knarrte, als Jósef sich zurücklehnte und zufrieden auf seinen runden Bauch klopfte.

»Und was geht uns das an?«

Jósefs Haltung überraschte Hildur. Ein misshandelter Mensch hatte sich in den Hafen ihres Dorfs geschleppt und rang nun im Krankenhaus mit dem Tod.

»Er wagt nichts zu sagen und will nicht zurück. Irgendwas liegt da im Argen. Manuel hat ab und zu auch auf dem Schiff gearbeitet, das heute angelegt hat. Ich möchte mich dort ein bisschen umsehen.«

Jósef rollte seinen Stuhl näher an den Tisch, stützte die Ellbogen auf und legte den Kopf auf die Hände.

»Das geht nicht einfach so«, brummte er.

Hildur wurde allmählich sauer.

»Hältst du mich für blöd? Natürlich weiß ich, dass man die Erlaubnis des Kapitäns braucht, um an Bord zu gehen. Deshalb bitte ich dich, ihn zu kontaktieren. Jetzt gleich.«

Jósef schüttelte genervt den Kopf, griff aber zum Telefon.

»Warte draußen«, sagte er und wedelte mit der Hand zur Tür hin.

Hildur zog die Tür möglichst kraftvoll hinter sich zu. Sie setzte sich auf einen unbequemen Plastikstuhl und begann, mit ihrem Taschenmesser den Schmutz unter ihren Fingernägeln zu entfernen. Wenn sie Zeit hatte, würde sie am Abend im Gemeinschaftsgarten des Dorfs die letzten Saatkartoffeln setzen. Dann könnte sie Tante Tinna im Frühherbst selbst gezogene Kartoffeln bringen. Als sie beim kleinen Finger der rechten Hand angelangt war, wurde die Tür geöffnet.

»Der Kapitän gibt keine Erlaubnis. An Bord ist alles in bester Ordnung, sagt er. Sie haben außerdem gerade irgendein neues Qualitätszertifikat bekommen«, erklärte Jósef und wünschte Hildur noch einen schönen Tag.

Hildur seufzte und ging. Die Absage überraschte sie nicht. Immerhin hatte sie es versucht.

Der Argwohn war zurückgekehrt. Wieder hatte Hildur das

Gefühl, beobachtet zu werden. In ihrer Jackentasche steckte das kleine Reisefernglas, das sie fast immer bei sich trug. Wenn sie surfen ging, betrachtete sie damit die Wellen und suchte nach gefährlichen Untiefen. Vor allem an unbekannten Ufern war das Fernglas nützlich.

Hildur richtete das Fernglas auf das Schiffsdeck und stellte es scharf, indem sie das Fokussierrad drehte. Die Putzkräfte reinigten die Decks. Besonders genau beobachtete Hildur den Chef des Putzteams, der eine lange Hose und ein Hemd trug. Er schien auf eine der Frauen einzureden. Die Putzfrau schwieg, während der Mann, der sich zu ihr hin gebeugt hatte, wütend irgendetwas erklärte und mit dem Finger nach unten zeigte. Plötzlich hob der Mann die Hand, holte aus und versetzte der Frau einen Stoß. Hildur zuckte zusammen. Sie bewegte ihr Fernglas ein wenig zur Seite, um zu sehen, ob außer ihr noch jemand den Vorfall beobachtet hatte. Die anderen Putzfrauen waren in der Nähe, mindestens einige von ihnen mussten den Streit gehört haben, aber niemand blickte hin. Alle schienen sich ganz auf ihre Arbeit zu konzentrieren.

Eine Bewegung auf dem obersten Deck weckte Hildurs Aufmerksamkeit. Ein schwarz gekleideter, grauhaariger, aber seinen Bewegungen nach jung wirkender Mann ging mit langsamen Schritten über das Deck und betrachtete das Hafengelände. Sein Sporthemd saß wie angegossen. Die Haltung des Mannes war kerzengerade, fast soldatisch. Der Mann legte die Hände auf die Reling und beobachtete das Geschehen im Hafen. Als Hildur das Fernglas auf sein Gesicht richtete, war sie sich beinahe sicher, dass er sie direkt ansah. Dann sah sie, dass er den Kopf schüttelte. Es durchzuckte sie wie ein Stromschlag. Die Bewegung des Mannes war winzig und unauffällig gewesen, aber Hildur wusste, dass er ihr gerade eine Nachricht geschickt hatte: Halte dich fern.

22

Gegen Mittag war es im Besprechungsraum der Polizeistation drückend heiß. Wenn die Sonne am wolkenlosen Himmel schien, heizte sich das Zimmer im Nu auf. Aber da es im ganzen Jahr nur wenige solche Tage gab, lohnte es sich nicht, eine Klimaanlage anzuschaffen.

»Wir fahren mit Jóhannes und den Jungen für ein paar Tage zum Wandern nach Landmannalaugar«, berichtete Beta über ihre Urlaubspläne.

Betas Sommerurlaub begann Anfang Juli. Jakob hatte seinen Urlaub schon im Mai genommen, um Matias beim Eingewöhnen in der Schule zu unterstützen. Im Juli würde er Beta vertreten. Die Urlaubsvertretung der Polizeichefin war eine gute Berufserfahrung, die ein Pluspunkt sein würde, wenn er sich später um die Stelle bewarb.

»Schaffen es die Kinder, drei Tage lang zu wandern?«, fragte Hildur.

Sie selbst hatte die Strecke zweimal zurückgelegt. Beim ersten Mal hatte sie an einem Trailrunning-Wettbewerb teilgenommen. Der erste Streckenabschnitt hatte über 15 Kilometer fast nur bergauf geführt und war ihr wegen des schwierigen Geländes in Erinnerung geblieben. Betas Kinder waren noch im Grundschulalter, und die beliebte Wanderroute, die in Landmannalaugar begann, maß über fünfzig Kilometer. Man musste auch ein paar große Flüsse zu Fuß überqueren.

»Wir nehmen Zelte und reichlich Proviant mit. Kein Problem, wenn der Trip eine ganze Woche dauert. Jóhannes hat die nötige Ausrüstung«, erklärte Beta.

Beta hatte Jóhannes, einen Filmregisseur aus Reykjavík, bei einem Tanzkurs kennengelernt. Die Beziehung hat sich offenbar vertieft, wenn er mit Betas Kindern Urlaub macht, dachte Hildur und setzte sich neben Jakob an den Besprechungstisch.

»Gibt es in Island keine Schafe mehr?«, fragte sie mit einem Blick auf seine leeren Hände. Jakob sah aus, als wüsste er nicht, was er ohne Stricknadeln mit seinen Händen anfangen sollte.

Er berichtete, dass die Schule heute einen Sporttag auf dem Zeltplatz veranstaltete. Er hatte Matias hinfahren müssen und beim eiligen Aufbruch seinen Strickbeutel zu Hause vergessen.

Beta hüstelte zum Zeichen, dass die Plauderstunde beendet war.

»Beginnen wir mit Manuels Fall?«

Hildur berichtete als Erstes von ihrem morgendlichen Besuch im Hafen. Als sie das abweisende Verhalten des Hafendirektors erwähnte, setzte Beta eine »Hab ich ja gleich gesagt«-Miene auf. Über den schwarz gekleideten kopfschüttelnden Mann schwieg Hildur. Sie war auf dem Weg zu ihrem Arbeitsplatz zu dem Schluss gekommen, dass sie die Gesten des Mannes vermutlich überinterpretiert hatte. Vielleicht war ihr Argwohn dadurch entstanden, dass sie Zeugin der schlechten Behandlung der Putzfrauen geworden war.

Nach dem Besuch im Hafen war Hildur mit dem Dolmetscher ins Krankenhaus gegangen.

»Das Rauschgift, das in Manuels Blutprobe gefunden wurde, ist identisch mit dem Inhalt des Beutels, den Andri uns gegeben hat. Damit habe ich Manuel zum Reden gebracht«, sagte sie.

Sie hatte erklärt, die Polizei interessiere sich nicht für einzelne Konsumenten, aber wenn es nicht nur um Drogenbesitz, sondern auch um Handel ging, würden sie den Fall genauer untersuchen. Zudem war Andri früher bereits zweimal wegen Rauschgiftbesitz verurteilt worden. Das war lange her, und er hatte lediglich Geldstrafen erhalten, aber die Vorstrafen würden das Interesse der Polizei steigern. Das hatte Hildur Manuel jedenfalls zu verstehen gegeben.

»Ich habe gesagt, wenn er nicht redet, würde ich gegen Andri ermitteln. Und er wollte seinem Freund keine Probleme bereiten.«

Manuel hatte erzählt, das Speed sei für die langen Arbeitsschichten da, die er sonst nicht durchgehalten hätte. Es wurde auf dem Schiff verkauft, aber Manuel hatte nicht verraten wollen, von wem er es erworben hatte.

»Und wir können in der Sache ja nicht ermitteln, also habe ich nicht weiter nachgehakt«, sagte Hildur und machte eine kurze Pause. Sie goss Wasser aus der Kanne in ihr Glas und wischte sich den Schweiß von der Stirn.

»Könnte man das Fester öffnen?«, fragte sie. Beta, die am nächsten saß, stand auf.

Dann berichtete Hildur, dass nach Manuels Worten das gesamte Küchenpersonal ständig ungeheuer lange arbeitete. Vierzehn Stunden waren eine kurze Schicht. Die langen Schichten hatten einen simplen Grund:

»Schulden.«

Hildur erzählte, dass Manuel vor gut zwei Jahren ein Stellenangebot von einem Mann bekommen hatte, dessen Namen er nicht nennen wollte. Es war in seiner Heimatstadt in Venezuela gewesen. Der Mann hatte Manuel eine Arbeit angeboten – ordentliche Arbeit angeblich, unter anständigen Bedingungen –, für die er außer Unterkunft und Verpflegung einen Monatslohn bekommen würde, der seinem damaligen Jahreslohn entsprach. Manuel hatte als Hilfskoch in einer Straßenküche gearbeitet.

»An die Stelle war nur eine Bedingung geknüpft«, begann Hildur.

Beta erriet den Rest: »Er musste irgendwen dafür bezahlen.«

Der Fall hatte sich als widerwärtig erwiesen, aber Hildur war zufrieden, weil Manuel in ihren Augen nun wieder als Opfer und nicht als Krimineller erschien. Sie hatte von Anfang an den Wunsch gehabt, ihn zu schützen. Wenn sich herausgestellt hätte, dass er ein Verbrecher war, hätte Hildur sich eingestehen müssen, dass ihre Menschenkenntnis stark eingerostet war.

Manuel hatte diejenigen, die den Arbeitsplatz organisierten, dafür bezahlen müssen. Das war ein Teil der Betriebslogik des Menschenhandels. Jemand versprach unter dubiosen Umständen einen Arbeitsplatz gegen Geld. Dem Arbeitssuchenden wurde die Geldforderung als eine Art Vermittlungsgebühr dargestellt, während es sich in Wahrheit um eine brutale Methode handelte, Menschen der Gnade ihrer Arbeitgeber auszuliefern.

»Wie viel war es?«, fragte Jakob und ließ seine Daumen unruhig über den langen Besprechungstisch wandern.

Hildur erzählte, dass es sich um fünftausend US-Dollar handelte. Manuel hatte einen Teil des Geldes bei Familienmitgliedern und Freunden geliehen, den Rest schuldete er seinem Arbeitgeber. Inzwischen hatte er zwei Jahre auf dem Schiff gearbeitet, hatte aber immer noch mehr als viertausend Dollar Schulden. Auf das Schuldkapital waren ständig Zinsen und andere Unkosten aufgeschlagen worden.

»Die Schulden sollen sich auch gar nicht verringern. Sie sind die Leine, mit der Manuel an seinen Arbeitsplatz gebunden ist«, fügte Hildur hinzu.

Im Prinzip hätte Manuel die Möglichkeit gehabt, seine Stelle aufzugeben. Er war im Besitz seines Passes, und niemand hielt ihn gefangen. Aber wenn er die Arbeit niederlegte, hätte er weiterhin Schulden gehabt, sowohl bei den Kriminellen als auch bei seinen Angehörigen, die ihm Geld geliehen hatten.

»Wurde er misshandelt, weil er gedroht hatte zu gehen?«, fragte Beta.

Hildur wiegte bedächtig den Kopf. Das war der einzige Punkt, zu dem Manuel jede Auskunft verweigert hatte.

»Er hält an seiner Unfallgeschichte fest. Angeblich war er in der Küche hingefallen. Aber das glaube ich nicht«, sagte sie und fügte hinzu, sie vermute, dass Manuel schwieg, weil er seine Kollegen auf dem Schiff schützen wollte.

Beta klopfte mit ihrem Kugelschreiber auf den Tisch.

»Manuel ist also kein Einzelfall?«

Hildur drehte den Kopf hin und her. Ihre Nackenmuskeln waren wieder steif. Manuel hatte ihr erzählt, dass es auf dem Schiff Dutzende Arbeitskräfte gab, die in der gleichen Situation waren. Sie hatten keinen direkten Kontakt zu den Touristen. Putzfrauen, Küchenpersonal, Spüler, Personal in der Wäscherei … Die Liste war lang. Die meisten hatten keine guten Sprachkenntnisse. Das erschwerte ihre Lage.

»Hat er irgendwelche Beweise? Hat er die Namen der Erpresser genannt, oder sonst irgendetwas Konkretes?«, fragte Beta.

Hildur schüttelte den Kopf.

»Er wagt nicht mehr zu sagen, wenn er nicht in das Zeugenschutzprogramm für Menschenhandelsopfer aufgenommen wird.«

Zeugen zu finden war oft das Schwierigste, weil die Opfer nicht zu reden wagten. Sie hatten Angst vor Rache. Beta klopfte auf den Tisch und sah zuerst Jakob, dann Hildur an.

»Ich sage es nicht gern, aber wir müssen der Wahrheit ins Auge sehen.«

Hildur kaute nachdenklich am Nagel ihres kleinen Fingers. Sie ahnte, was ihre Chefin sagen würde.

»Die Sache ist nicht koscher. Irgendwer hätte hier einen verdammt großen Fall zu untersuchen. Aber nicht wir. Wir können nicht mehr Zeit darauf verwenden. Wenn Manuel aus dem Krankenhaus kommt, kehrt er an seinen Arbeitsplatz zurück.«

Hildur ärgerte sich, aber sie verstand Beta. Wenn Manuel Geld hätte, würde er eventuell die Erlaubnis bekommen, wenigstens für einige Zeit in Island zu bleiben. Für Menschen, die von außerhalb des Europäischen Wirtschaftsraums nach Island kamen, galten jedoch strenge Einreisevorschriften. Man brauchte haufenweise Papiere, eine Einladung vom Arbeitgeber und viel Geld auf dem Konto zum Beweis, dass man seinen Lebensunterhalt selbst bestreiten konnte. Und auch dann war es keineswegs sicher, dass man eine Aufenthaltsgenehmigung bekam. Wenn die kriminelle Organisation, die Manuel rekrutiert hatte, Wind davon bekam, dass er mit der Polizei zu tun gehabt hatte, vervielfachten sich seine Probleme. In der Praxis hatte Manuel nur schlechte Alternativen. Es schnitt Hildur ins Herz, dass Manuel sie um Hilfe gebeten hatte. Es wäre schrecklich, ihm sagen zu müssen, dass sie nichts für ihn tun konnte, obwohl er das Opfer eines Verbrechens war.

Beta riss Hildur aus ihren Gedanken.

»Geht es dir nicht gut? Du bist ganz blass.«

Hildur spürte, dass sie etwas zu essen brauchte.

Beta berichtete, dass sie am Morgen mit einem Vertreter des Kriminallabors über die Knochenfunde gesprochen hatte.

»Das Sortieren der Knochen dauert einige Zeit. In der Grube wurden auch einige Gummistücke gefunden, die werden ebenfalls untersucht.«

Die Gummistücke weckten Hildurs Interesse, aber Beta wusste noch nicht mehr darüber zu sagen. Mit weiteren Informationen war frühestens Ende der Woche zu rechnen.

»Hattest du schon Zeit, dir das Vermisstenregister anzusehen?«

Die Frage war an Jakob gerichtet. Er schlug die Plastikmappe auf, die vor ihm lag, und entnahm ihr einige Prints im DIN-A4-Format. Die Liste enthielt alle Menschen, die in den letzten siebzig Jahren als vermisst gemeldet und bisher nicht gefunden worden waren. Da man aus den Knochen hatte schließen können, dass es sich um die Skelette von Erwachsenen handelte, hatte Jakob nur diejenigen berücksichtigt, die als Erwachsene verschwunden waren.

Beta und Hildur hörten sich seine Zusammenfassung an.

Jakobs Dokument enthielt gut zweihundert Namen, größtenteils aus den letzten fünfzig Jahren. Die meisten Verschwundenen waren isländischer Nationalität, aber es waren auch etwa dreißig ausländische Staatsbürger dabei. Zum größten Teil waren die Vermissten zuletzt an der Südküste und in Reykjavík gesehen worden. Das war einleuchtend, denn in diesen Gebieten waren die meisten Isländer und Touristen unterwegs.

»Wenn die forensische Anthropologin mehr Fleisch auf die Knochen kriegt, gehe ich alle Namen genau durch«, sagte Jakob und entschuldigte sich im selben Atemzug für seinen schlechten Witz.

Als Nächstes berichtete er über den neuesten Stand im Fall der Sommerhauseinbrüche. Er hatte mit fast allen Besitzern gesprochen und wartete im Moment auf die Listen der gestohlenen Gegenstände, die sie ihm versprochen hatten. Dann würde er die größten Flohmarktgruppen auf Facebook und die Webseite eines in Island populären Secondhandladens absuchen. Diebesgut ließ sich am schnellsten im Internet verkaufen.

»Wir tauschen mit den anderen Polizeibezirken fast täglich Informationen aus. Es kann sein, dass ein und dieselbe Bande dahintersteckt, denn es sieht so aus, als würden jeweils an einem Ort mehrere Einbrüche stattfinden, und etwas später gibt es dann am nächsten Ort mehrere Fälle. Ich halte euch auf dem Laufenden«, sagte Jakob und berichtete noch, er werde mit einer Sommerhausbesitzerin sprechen, wenn sie an die Westfjorde kam, um ihren Urlaub hier zu verbringen.

»Saga Maríudóttir, eine Kardiologin aus Reykjavík. Sie möchte mich aus irgendeinem Grund persönlich treffen.«

23

Hättest du Zeit, mir eine Pizza zu bringen? Schinken, Zwiebeln und Gorgonzola.

Die Textnachricht kam von Helga. Das Mittagessen im Seniorenheim war vor gut einer Stunde serviert worden. Die zweite Nachricht folgte sofort. Der gebackene Fisch sei sehr wässrig gewesen, sie habe ihn nicht gemocht.

Hildur musste lächeln. Sie stand vom Besprechungstisch auf und sagte, sie gehe sich etwas zu essen holen.

Die Pizzeria des Dorfs befand sich im Gebäude neben der Polizeistation. In der Ecke bearbeitete ein einzelner Mann mit einem breitkrempigen Hut einen Geldspielautomaten. Ansonsten war es im Lokal völlig still.

»Das Handballspiel«, erklärte die sommersprossige Verkäuferin, als sie die Pizzabestellung entgegennahm.

Die Dorfmannschaft spielte gegen eine der vielen Handballmannschaften der Hauptstadtregion.

»Was glauben Sie, wer gewinnt?«, fragte Hildur und hielt ihre Kreditkarte an das Kartenterminal.

»Ist mir so was von egal. Ich finde Handball total langweilig.«

Hildur setzte sich an einen Tisch, um auf die Bestellung zu warten, und warf einen Blick auf ihr Handy. Anton hatte zwei Textnachrichten geschickt. Die erste enthielt ein Foto von einem

Rentier. In der zweiten fragte Anton, ob alles in Ordnung sei. Sie habe auf seine vorige Nachricht ja nicht reagiert. Hildur seufzte und tippte eine Antwort.

Was wollte Anton eigentlich? Einen Besuch plante er jedenfalls nicht. Also was sonst? Über Gefühle schwafeln? Gefühle waren wie Sahne, denn wenn man Sahne zu lange schlug, verwandelte sie sich in Butter. Ein Gefühl verwandelte sich in ein anderes. Der Versuch, einen anderen Menschen zu verstehen, führte fast immer zu einem Chaos aus konfusen Vermutungen.

Das sommersprossige Mädchen brachte die Pizzen in Kartons verpackt und wünschte noch einen schönen Tag. Hildur bedankte sich und tippte ihre Textnachricht zu Ende. Sie entschuldigte sich, es gebe gerade viel Arbeit, und fügte nach kurzem Überlegen ein Emoji mit herzförmigen Augen hinzu. Als sie genauer darüber nachdachte, kam ihr das Emoji albern vor, aber es war zu spät. Sie hatte die Nachricht schon abgeschickt.

Bald darauf betrat Hildur mit den dampfenden Pizzen Helgas Zimmer. Die Luft war ein bisschen stickig. Hildur öffnete ein Fenster und ließ die Tür offen, um für ein wenig Frischluft zu sorgen.

»Legen wir ein Kissen unter die Pizzaschachtel, damit du bequemer essen kannst?«, fragte sie, während sie die Schachtel öffnete.

Helga winkte ab und nahm den Karton auf den Schoß.

»Hier ist keins. Ich hab mir angewöhnt, ohne Kissen zu schlafen, sonst wird der Nacken so steif.«

Sie griff nach einem Pizzastück und biss hinein. Nachdem sie einige Bissen gegessen hatte, lobte sie den Geschmack überschwänglich.

Hildur hob eine Zeitung auf, die neben dem Stuhl lag, und betrachtete sie genauer. *Bæjarins Besta* war die Lokalzeitung der Westfjorde. Allerdings erschien sie schon seit Jahren nur noch im Internet.

Die Ausgabe war dreißig Jahre alt. An der Rückseite war ein Stück abgerissen.

»Warum liest du denn so alte Zeitungen?«

Helga lachte auf.

»Da geht es doch von Jahr zu Jahr um dieselben Geschichten. Der Kilopreis für Schaffleisch, die Größe der Fangquoten und wie viel Tonnen Krebse irgendein Einar in den Hafen bringen darf. Außerdem mag ich alte Nachrichten, denn an die Leute von damals erinnere ich mich viel besser.«

Hildur legte die Zeitung wieder auf den Boden. Helga erzählte, sie habe die alten Zeitungen von zu Hause mitgebracht.

»Die Putzkräfte ärgern sich, weil mein Kleiderschrank davon voll ist. Angeblich haben sie keinen Platz, um Staub zu wischen.«

Eine Weile konzentrierten sie sich darauf, ihre Pizzen zu essen. Helgas Zimmer war gemütlich. An den Wänden hingen einige Gemälde von isländischen Landschaften und eine bunte Kreuzstichstickerei. Auf dem Fensterbrett standen kleine Tierfiguren und zwei gerahmte Fotos. Das eine war ein traditionelles schwarz-weißes Hochzeitbild von Helga und Hallgrímur. Das frisch getraute Paar blickte ernst in die Kamera. Das andere steckte in einem Silberrahmen. Es zeigte Rakel, die einen Overall trug und sich an einen Holzzaun lehnte. Hinter dem Zaun waren Schafe zu sehen.

»Rakel war gestern wieder hier«, sagte Helga plötzlich.

Hildur beschloss, sich auf das Thema einzulassen. Das konnte sicher nichts schaden.

»Woher weißt du das?«

Helga biss wieder von ihrer Pizza ab und richtete den Blick durch die offene Tür auf den Flur.

»Ich höre sie, wenn sie kommt.«

»Woher weißt du, dass es Rakel ist?«

»Wenn die Zehen in den Wollsocken den Boden berühren,

machen sie so ein flüsterndes Geräusch. Deine Mutter ist in ihren letzten Jahren auf die gleiche Art gegangen, ganz vorsichtig.«

Hildur nickte.

»Wenn sie ins Zimmer kommt, erkenne ich sie sofort. Mir wird auf ganz besondere Weise warm, wenn Rakel in der Nähe ist.«

Helga aß noch ein Stück Pizza und bat Hildur, ihr ein Glas Wasser zu bringen. Hildur drehte den Hahn auf und wartete, bis das Wasser kalt wurde. Dann nahm sie ein Glas aus dem Schrank und füllte es.

»Ich kann mich natürlich irren«, sagte Helga, nachdem sie das Glas entgegengenommen hatte. Hildur sah der alten Frau in die Augen, sah in ihrem Blick jedoch ein übermütiges junges Mädchen. Die Augen bewegten sich lebhaft, und die Falten auf der Stirn warfen wilde Muster. Helga atmete eine Weile schwer. »Vielleicht war es auch eine dieser Verschwundenen. Die Fälle wurden nie untersucht«, seufzte sie und leerte ihr Glas.

Plötzlich drang ein kleiner Windstoß durch das offene Fenster und brachte kühle Luft herein. Hildur ging zum Fenster und schloss es.

»Welche Fälle?«, fragte sie in neutralem Ton und nahm Helga das Glas ab. Sie spülte es, legte ein Papierhandtuch auf den Rand des Waschbeckens und stellte das Glas zum Trocknen darauf. Ihr war nicht ganz klar, ob Helga sich wirklich an etwas erinnerte oder ob sie wieder müde wurde und Unsinn redete.

»Diejenigen, die gegangen sind, ohne Spuren zu hinterlassen. Da steht ja etwas über sie, auf Seite drei«, antwortete Helga und zeigte auf die alte Zeitung.

Hildur hob die Zeitung auf. Sie las die Überschrift und die Einleitung auf Seite drei laut vor.

Verschwunden wie ein Tautropfen in der Sonne.

Der in Polen geborene Jan Nowak ist immer noch nicht nach Hause zurückgekehrt. Seine Ehefrau ist mit der Tätigkeit der isländischen Polizei unzufrieden.

Der Artikel berichtete über einen polnischen Gastarbeiter, der seine Arbeit in einer Fischfabrik aufgegeben hatte, weil er nach Polen zurückkehren wollte. Dort war er jedoch nie angekommen, und seine Familie und seine Freunde konnten ihn nicht erreichen. Jan war verschwunden. Die isländischen Behörden waren der Meinung, dass er sich aus freien Stücken abgesetzt hatte. Seine Frau war sich dagegen sicher, dass ihm etwas zugestoßen war.

»Und er war nicht der Einzige«, sagte Helga und kaute mit geschlossenen Augen genüsslich an dem letzten Pizzastück. »Aber Rakel war am wichtigsten. Immer. Deshalb ist sie wohl auch zurückgekommen. Am Ende kommt jeder zurück. Spätestens am letzten Tag.«

24

Jakob saß auf der Tribüne am Fußballplatz. Ungefähr vierzig Jungen im Grundschulalter machten gerade Aufwärmübungen, drei Trainer leiteten sie dabei an. Scherensprünge und Trimm-Trab auf einer mit Plastikkegeln abgegrenzten rechteckigen Fläche. Matias hatte im Spätwinter mit dem Fußballspielen angefangen. Damals hatten die Kinder in der Sporthalle die Ballfertigkeit geübt. Im Sommer fand das Training auf dem Fußballplatz des Dorfs statt. Jakob hatte früher als üblich Feierabend machen können, weil es noch keine neuen Informationen über die Knochenfunde gab und auch im Fall der Sommerhauseinbrüche im Moment nichts zu tun war. Also hatte er sich zu Hause umgezogen und seinen Strickbeutel mitgenommen, den er am Morgen in der Diele vergessen hatte. Er freute sich, dass er endlich wieder einmal beim Fußballtraining seines Sohnes zuschauen konnte.

Jakob nahm ein neues Knäuel aus seinem Stoffbeutel und wechselte die Farbe. Er strickte gerade zum ersten Mal in seinem Leben einen Sommerpulli aus dünner Einband-Wolle. Die zweieinhalb Millimeter dicken Nadeln fühlten sich in seinen Händen dünn wie Zahnstocher an. Der leichte, luftige Pulli sollte ein Geschenk für Guðrún sein. Sie hatte Mitte Juli Geburtstag, also blieben ihm noch einige Wochen Zeit. Jakob hatte sich für einen schnellen Stricker gehalten, aber das dünne Garn kannte keine

Gnade. Er hatte schon vor drei Wochen angefangen, aber bisher waren erst die Ärmel und ein Teil der Passe fertig.

Jakob bemühte sich, das Garn locker zu halten, damit es seine Finger nicht aufkratzte. Stricken war für ihn ein wichtiges Hobby und eine Kraftquelle. Stricken wirkte beruhigend, weil schwierige Gedanken für eine Weile in den Hintergrund traten. Die Nerven entspannten sich, wenn man geduldig immer wieder dieselbe Bewegung wiederholte und ruhig blieb. Je mehr man strickte, desto geschickter wurde man. Trotzdem war jede Strickarbeit anders, und man lernte immer wieder etwas Neues. Außerdem war das Stricken letzten Endes ebenso unvorhersehbar und chaotisch wie das Leben. Auch wenn man die Nadeln und sämtliche Fäden selbst in den Händen hielt und die Anleitung befolgte, war das Resultat nie sicher. Manchmal war es besser, sich an die Anleitung zu halten, manchmal nicht.

Nach dem Aufwärmen hatten die Fußballtrainer die Kinder in drei Gruppen aufgeteilt. Matias' Gruppe spielte unter Anleitung des Trainers Eule und Maus. Da Jakob nicht auf seine Nadeln zu blicken brauchte, konnte er die Übung verfolgen. Die Jungen, die gleichfarbige Spielhemden und Shorts trugen, rannten eifrig über das Feld. Jeder hatte seinen eigenen Ball. Wenn der Trainer die gelbe Karte hob, durften die Kinder den Ball dribbeln. Wenn die Sonne unterging und die Eule kam, wurde es Nacht, und dann mussten die Mäuse reglos stehen bleiben. Bei dem Spiel übte man Dribbeln und Stoppen. Als die Karte gesenkt wurde, stoppte Matias seinen Ball mit dem Fuß und erstarrte. Er sah seinen Vater stolz an. Jakob nickte ihm zu, aber Matias lächelte nur. Er regte sich nicht, denn jetzt war Nacht und die Eule war unterwegs.

Jakob war stolz auf seinen Sohn. Das Glücksgefühl wärmte sein Inneres. Ihr gemeinsamer Anfang war schwierig gewesen, aber Jakob glaubte, dass eine Wende zum Besseren eingetreten war. Gemeinsam würden sie es schaffen. Matias' Anpassungsschwierigkeiten würden sich bestimmt legen, dafür würde er sorgen. Niemand durfte mehr zwischen ihn und seinen Sohn kommen.

Das Handy in seiner Tasche vibrierte. Jakob streckte das Bein vor, um das Gerät herausziehen zu können, und entsperrte es. Eine neue Textnachricht.

Martti und ich finden es traurig, dass du uns nicht vertraust. Du reagierst nicht auf unsere Anrufe und Textnachrichten. Wir haben uns gefreut zu hören, dass du jetzt mit Matias in Island wohnst und einen guten Beruf hast. Wer hätte gedacht, dass du Polizist wirst! Ich verstehe immer noch nicht, warum wir uns nicht endlich treffen können. Wir würden unser einziges Enkelkind nach langer Zeit so gern einmal wiedersehen. Gruß Kaisa.

Jakob seufzte und steckte das Handy wieder ein. Er hatte nicht die Absicht, zu antworten. Das hatte er seit Jahren nicht mehr getan, und er würde es auch jetzt nicht tun. Er wollte nichts mit seinen Eltern zu tun haben.

Mutter und Vater – oder Kaisa und Martti, denn Jakob hatte sie immer beim Vornamen genannt – waren ihm sehr fremd geblieben. Seine Eltern hatten fast ihr ganzes Berufsleben im Ausland verbracht, sodass Jakob oft umziehen musste. Seine Mutter war als Diplomatin im Dienst des Außenministeriums tätig gewesen, sein Vater hatte die Interessen finnischer Unternehmen vertreten und den Export gefördert. Wenn in irgendeinem Winkel der Welt eine bessere Stelle frei wurde oder irgendein Land aus der Perspektive des finnischen Geschäftslebens interessant erschien, waren sie umgezogen. Mitunter sogar in Abständen von weniger als einem Jahr. In der Blütezeit des Mobilfunkkonzerns Nokia waren sie nach Indien gezogen, wo Martti den Vertretern des Unternehmens geholfen hatte, Verträge mit örtlichen Ersatzteillieferanten abzuschließen. Als Nokia Pläne entwickelt hatte, China zu erobern, waren sie nach Shanghai gegangen. Dann wegen einer Stelle des Außenministeriums nach Südamerika, anschließend in die USA, zurück nach Europa …

Jakob war in der Obhut wechselnder Kindermädchen aufgewachsen. Die Sommerferien hatte er bei seiner Oma in Finnland verbracht, im Dorf Äkäslompolo in Westlappland. Seine Eltern hatten immer gearbeitet, und wenn sie doch einmal zu Hause waren, hatten sie Gäste gehabt. Jakob erinnerte sich an keinen einzigen Moment in seiner Kindheit, den er nur mit seinen Eltern verbracht hätte. Sobald er fähig gewesen war, für sich selbst zu sorgen, war er nach Finnland gezogen, hatte sich Arbeit gesucht und begonnen, auf eigenen Füßen zu stehen. Seine Eltern hatten diese Entscheidung mit keinem Wort kommentiert.

Als Jakob nach Oslo gezogen war, ein Kind und eine Stelle an der Universität bekommen hatte, waren Mutter und Vater aktiv geworden. Der Grund lag nach Jakobs Ansicht auf der Hand. Martti und Kaisa interessierten sich für ihr Enkelkind, und gleichzeitig hatte sich ihre berufliche Karriere dem Ende genähert. Ihre Tage waren nicht mehr restlos mit beruflichen Aktivitäten ausgefüllt.

In einer schwachen Stunde, als Vater eines neugeborenen Kindes, hatte Jakob seine Eltern zu Besuch kommen lassen. Danach hatten sie Matias Geschenke geschickt und Jakob nach jedem Geschenk darauf hingewiesen, dass es sich gehörte, einen Dankesbrief zu schreiben. Seine Danksagungen hatten sie jedoch nie zufriedengestellt. Mal war sein Brief zu kurz, mal fanden sie seine Worte nicht aufrichtig genug. Jakob hatte sich grenzenlos über ihre Bevormundungsversuche geärgert. Es stimmte ihn wütend, dass seine Eltern Kontakt zu ihrem Enkelkind halten wollten, während sie sich nie für die Angelegenheiten ihres eigenen Kindes interessiert hatten.

Als Jakobs Ehe mit der Norwegerin Lena zu bröckeln begann und er aus ihrem gemeinsamen Zuhause ausziehen musste, hatten seine Eltern den Kontakt schlagartig abgebrochen. Und als er sie um finanzielle Unterstützung für den Sorgerechtsprozess in Norwegen gebeten hatte, hatten seine Eltern sich rundweg geweigert. Was man vermurkst hatte, musste man selbst in Ordnung bringen. So hatten sie sich ausgedrückt. Damals hatte Jakob beschlossen, nie mehr Verbindung zu seinen Eltern aufzunehmen. Für ihn existierten sie nicht. So einfach war das.

Seine Eltern hatten Mittel und Wege gefunden, seine Kontaktdaten aufzuspüren. Und das war auch nicht besonders schwierig gewesen, denn er hatte immer in einer öffentlichen Funktion gearbeitet. Einmal Googeln reichte, um seinen Arbeitsplatz ausfindig zu machen. Jakob hatte jedoch alle Textnachrichten seiner Eltern systematisch gelöscht und keine einzige beantwortet. Man konnte sich seine Eltern nicht aussuchen, aber man musste ihnen auch nicht automatisch mit Zuneigung und Respekt begegnen. Jedem nach seinem Verdienst, verdammt, dachte Jakob und richtete den Blick wieder auf das Spielfeld.

Matias führte den Ball geschickt über den Platz. Er war schnell und wendig. Hoffentlich würden sich seine Probleme in der Schule lösen. Wenn die Situation auch im Herbst noch nicht besser aussähe, würde Jakob professionelle Hilfe suchen müssen.

Ein kleiner Wolkenflaum schob sich vor die Sonne und warf einen winzigen Schatten auf den Fußballplatz. Jakob dachte über die neueste Textnachricht und über den unerfreulichen Druck nach, den seine Eltern ausübten. Würde er auch so werden? Oder war er es bereits? Matias war erst im Grundschulalter, hatte aber schon in drei verschiedenen Ländern und an vielen verschiedenen Orten wohnen müssen. Wiederholte Jakob mit seinem Sohn das, was er selbst als Kind durchgemacht hatte? Würde auch Matias eines Tages auf einer Tribüne sitzen, seinen eigenen Kindern beim Fußballspielen zuschauen und hoffen, dass das Handy in seiner Tasche stumm blieb? Jakob schauderte. Kummer und Angst machten seine Arme schwer.

25

Irgendwo in der Ferne ertönte ein zartes Blöken, dann ein zweites, lauteres. Die Töne folgten einander wie Wellen. Vielleicht war es eine Sumpfschnepfe, die auf ihrem Balzflug zur Landung ansetzte.

Der harmonische Zustand der Bewusstlosigkeit wurde gestört. Das Licht drang mit Gewalt in die Dunkelheit. Die Bettdecke fiel auf den Boden.

Bald veränderte sich das Geräusch. Aus dem zarten Blöken wurden Wogen, die an ein felsiges Ufer schlugen. Die Wellen schäumten, das schleifende Geräusch wurde lauter. Gleichzeitig näherte sich etwas Starkes. Die Wassermasse weit draußen auf dem Meer hatte ihre Kräfte gesammelt und stürzte sich auf sie. Die Beine begannen einen unsichtbaren Gegner zu treten, und der schwer gewordene Kopf sank unter die Oberfläche. In den Ohren rauschte es. Überall war trübes Wasser. Allmählich, mit einem ruhigen Zug nach dem anderen, ließ die Panik nach. Die Kräfte schwanden, es lohnte sich nicht mehr, zu kämpfen. Wenn man ertrank, war alles still.

Bei diesem Gedanken schreckte Hildur auf. Sie spürte das heftige Pochen ihres Herzens. Nach einigen langsamen tiefen Atemzügen beruhigte sich ihr Puls ein wenig. Im Zimmer war es heiß, aber ihre Haut war kalt und klamm. Hildur hob die Decke vom

Fußboden und setzte sich auf. Sie zog die Knie an und versuchte, sich an den Traum zu erinnern, aus dem sie gerade erwacht war. Sie hatte geglaubt zu sterben. Noch nie hatte sie einen Traum erlebt, in dem die Panik vor dem Ertrinkungstod einem erleichternden Nachgeben gewichen war. Sie legte sich wieder hin.

Das Gefühl, das an ihr nagte, war neu für sie. Es war nicht die altbekannte Beklemmung, die ihr die Brust zuschnürte und es ihr fast unmöglich machte, stillzusitzen – die Beklemmung, die sie befiel, bevor ein Unglück geschah oder jemand eine Tragödie erlebte. Diesem Gefühl entkam sie, indem sie lief oder Gewichte hob. Jetzt half die Bewegung nicht. Hildur kam sich vor wie eine Seekranke auf stürmischem Meer. Die Wellen schaukelten das Boot stundenlang, die Beine wurden schlaff, im Magen stieg Übelkeit auf. Der kalte Metallgeschmack im Mund war ekelhaft, die Kraftlosigkeit der Muskeln wirkte lähmend.

Hildur lag nackt auf ihrem Bett und konzentrierte sich auf ihren Atem. Durch das offene Fenster war der Balzflug der Sumpfschnepfe zu hören. Die Schwanzfedern spielten das Lied der isländischen Sommernacht. Nach einer Weile fand Hildur sich damit ab, dass sie nicht mehr einschlafen konnte. Sie zog sich an, aß eine Schale Cornflakes mit Sauermilch und Honig und flocht ihre Haare zum Zopf. Als sie zum Aufbruch bereit in der Diele stand, klingelte ihr Handy. Die Anruferin, Jódís Grímsdóttir, stellte sich mit schwacher Stimme vor.

»Ich rufe aus dem Seniorenheim an. Entschuldigen Sie die frühe Störung, hoffentlich habe ich Sie nicht geweckt. Es geht um Helga Ingimarsdóttir.«

Es war seltsam, zum ersten Mal seit langer Zeit Helgas Patronym zu hören. Hildur hatte mit anderen immer nur von Helga gesprochen. Wenn man präzisieren musste, nannte man den Namen des Bauernhofs, den Helga und ihr Mann Hallgrímur früher besessen hatten, Kotsdalur Efri.

Hildur warf ihren Zopf auf den Rücken und blieb mitten in der Diele stehen. Ihr Traum hatte nichts Gutes angekündigt. Jódís erzählte, sie habe Hildurs Telefonnummer in Helgas Adressbuch gefunden.

»Es ist die einzige Nummer, die drinsteht«, fügte sie leise hinzu.

Hildur nickte, obwohl sie wusste, dass Jódís es nicht sah. Sie räusperte sich die Kehle frei.

»Ich war gestern bei ihr. Ist etwas ... ist etwas passiert?«

»Leider habe ich schlechte Nachrichten«, sagte Jódís und schluckte. »Helga ist heute Nacht gestorben. Ich rufe an, weil wir dachten, dass Sie vielleicht Abschied von ihr nehmen möchten. Helga hat ja schon seit Jahren von niemand anderem mehr Besuch bekommen.«

Die Uhr über der Tür tickte getreulich. Es war noch nicht einmal halb acht. Hildur musste sich kurz an der Wand abstützen. Sie versuchte zu verinnerlichen, was sie gerade gehört hatte. Den Albtraum und den Anruf. Den Moment, der alles veränderte.

»Ich komme hin. Ich komme, so schnell ich kann.«

26

Jódís erwartete Hildur in der Eingangshalle des Seniorenheims. Sie lutschte ein Hustenbonbon und trat von einem Bein aufs andere. Der Knoten in ihrem Nacken war extrem straff gebunden. Auf ihrer Stirn traten die Adern hervor.

»Wir haben der Toten schon frische Kleider angezogen. Nach Ihrem Besuch verlegen wir sie. Ich dachte mir, dass Sie sich von ihr verabschieden möchten.«

Jódís presste nach jedem Satz die Lippen zusammen und unterstrich ihre Worte, indem sie die Arme schwenkte. Schon an der Tür machte irgendetwas in Helgas Zimmer Hildur wachsam. Der harte saubere Fußboden knarrte lauter als bei ihrem letzten Besuch. Etwas weiter weg schoben zwei Pflegerinnen den Frühstückskarren über den Flur. Die Kaffeetassen klirrten auf der Metallplatte.

»Ich lasse Sie eine Weile allein. Sie finden mich im Pausenraum des Personals am Ende des Flurs, von hier nach rechts«, sagte Jódís und verließ das Zimmer.

Hildur machte ein paar Schritte. Ihr Herz schlug schneller, als sie am Bett stehen blieb. Einen Augenblick lang sah sie nur hin, dann atmete sie schnell ein. Eine Art Quieken drang aus ihrer Kehle.

Sie hatte schon unzählige Tote gesehen, doch man gewöhnte

sich nie ganz an den Tod. Die Begegnung mit dem Tod glich dem Gefühl, zu spät zu kommen. Jemand, der stärker war als sie, war vor ihr hier gewesen und hatte eine Aura des endgültigen Weggangs hinterlassen. Es würde keine Wiedersehensfreude mehr geben, keine Briefe oder Anrufe. Die Leiche war eine leere Schale, aus der der Mensch verschwunden war, wohin auch immer.

Jedes Mal, wenn Hildur mit dem Tod konfrontiert wurde, spürte sie den gleichen Kampf widersprüchlicher Kräfte in ihrem Inneren. Sie war machtlos, wenn sie den letzten Punkt sah, der sich nicht mehr verschieben ließ. Gleichzeitig empfand sie Frieden. Die Erkenntnis der Endgültigkeit verstärkte die Umrisse der Welt. Der Tod war klar und eindeutig.

Helga sah so klein aus. Ihre Augen waren geschlossen, ihre Hände lagen gekreuzt auf der Bettdecke über ihrem Brustkorb. Unter die Hände hatte man eine einzelne gelbe Tulpe gelegt. Sie stammte aus dem Strauß, den Hildur vor einigen Tagen aus dem Blumengeschäft mitgebracht hatte. Die dicken Blätter der Tulpe hatten ihre Farbe verloren.

Hildur berührte Helgas fahl gewordene, kalte Hand. Die Haut fühlte sich dick an, wie die Schale des Todes. Hildur dachte unwillkürlich an ihre Mutter, die einst dieselbe Hand berührt hatte. Helga hatte sie gebeten, das Geheimnis, das Rakel und Helga verband, niemandem zu verraten. Es war immer noch ein wunder Punkt für sie gewesen. Mit der Zeit war das Geheimnis bedrückender geworden, weil Helga ihre Entscheidung bereut hatte. *Alles wäre anders und vielleicht besser, wenn ich gewagt hätte zu gehen.* Das hatte Helga oft gesagt. Hildur hatte zugehört und alles für sich behalten. Sie hatte niemandem von dem Verhältnis zwischen Helga und Rakel erzählt, nicht einmal ihren Schwestern. Solche Versprechen hielt sie. Immer.

Hildur strich die Haarsträhnen, die wirr auf dem Kissen lagen, säuberlich hinter die Ohren, wie Helga sie immer getragen hatte.

Plötzlich erstarrte ihre Hand. Sie trat hastig einen Schritt zurück und betrachtete die auf dem Bett liegende Helga einen Augenblick aus der Entfernung. Mehr brauchte es nicht. Hildur hatte gerade etwas begriffen. Sie musste sofort mit Jódís sprechen.

Die Pflegekräfte tauschten sich gerade über ihre Urlaubspläne aus. Als Hildur an den Türrahmen des Pausenraums klopfte, verstummte das Gespräch. Alle sahen sie an.

»Könnten Sie kurz in Helgas Zimmer kommen?«, wandte Hildur sich an Jódís, die eine mitfühlende Miene aufsetzte und Hildur auf den Flur folgte.

»Der Krankenhauspastor ist ganz in der Nähe, ich kann ihn gern kontaktieren. Er kann meistens gleich herkommen …«, sagte sie auf dem Weg zu Helgas Zimmer.

Hildur bedankte sich, erklärte aber, sie brauche keinen Pastor.

»Könnten Sie mir sagen, wie Helga gefunden wurde?«

Der Kopf der Pflegerin ruckte leicht zurück. Sie sah aus, als hätte sie die Frage nicht verstanden.

»Ich möchte nur etwas über ihre letzte Stunde hören.«

»Ich war kurz vor sieben Uhr hier und habe sie gefunden.«

»Lag sie im Bett?«

Sie betraten das Zimmer.

»Haben Sie sie so im Bett vorgefunden?«, hakte Hildur nach.

Die Pflegerin richtete ihren Blick von der Toten auf Hildur.

»Ja, das habe ich doch schon am Telefon gesagt. Ich habe gleich gemerkt, dass sie tot ist.«

Jódís erzählte, sie habe sofort den Bereitschaftsdienst des Krankenhauses angerufen. Der Arzt war schnell gekommen. Zwar atmete Helga nicht mehr, es war kein Puls festzustellen und ihre Haut fühlte sich kalt an, aber nur ein Arzt durfte offiziell den Tod feststellen. Jódís fügte hinzu, ihrem Eindruck nach sei Helga friedlich entschlafen.

Hildur registrierte kleine Einzelheiten im Zimmer. Die

Zeitung, in der Helga geblättert hatte, lag zusammengefaltet auf dem Boden. Die Fotos von Helgas Mann und von Rakel standen auf dem Fensterbrett wie immer. Auf dem Papierhandtuch am Waschbeckenrand stand immer noch das Glas, das Hildur bei ihrem letzten Besuch zum Trocknen dort hingestellt hatte. Sie spürte ein Prickeln in den Fingerspitzen.

»Und nachdem der Arzt hier war und Sie mich angerufen haben?«

Die Pflegerin berührte ihren Ringfinger. Hildur bemerkte den hellen Streifen auf der Haut. Vor Kurzem geschieden, schloss sie.

»Wir haben die Bettlaken und die Kleidung der Toten gewechselt. Dann haben wir die Blume hingelegt. Auf Wunsch können wir Helga auch etwas anderes anziehen. Wissen Sie, ob sie sich irgendetwas Bestimmtes gewünscht hätte?«

Hildur sagte, das sei nicht nötig. Dieses Kleid sei gut genug.

Irgendwo weiter weg war der Signalton eines zurücksetzenden Lasters zu hören.

»Und dieses Kissen da«, sagte Hildur.

»Was ist damit?«, fragte die Pflegerin und strich immer noch über die Stelle mit dem fehlenden Ring.

»Haben Sie es hingelegt, als Sie die Laken gewechselt haben?«

Die Pflegerin dachte eine Weile nach. Sie legte die Hände auf den Bettrand und schüttelte schließlich den Kopf.

»Es lag neben ihr, als wir sie gefunden haben. Wir haben nur die Bettwäsche gewechselt. Alles andere haben wir gelassen, wie es war.«

Hildur spürte einen kleinen scharfen Stich im Bauch. Helga hatte gesagt, sie habe kein Kissen, weil sie sich angewöhnt habe, ohne zu schlafen.

27

WESTFJORDE, ANFANG DER 1990ER JAHRE

RAKEL

Rakel drehte den Wasserhahn auf, wusch die schmutzigen Suppenteller einzeln ab und stapelte sie auf der Spüle.

Im Spätherbst war das Wetter oft regnerisch. In dieser Woche hatte der feuchte Wind vom Meer schon mehrere Tage geweht. Das Salz, das er mitbrachte, hatte die Fenster verschmiert und ließ die Landschaft draußen schmutzig aussehen.

Als Nächstes hielt sie die Trinkgläser unter das lauwarme Wasser, dann das Besteck, die Kaffeetassen und zum Schluss den großen Suppentopf. Rakel achtete darauf, dass das Geschirr nicht gegen die Ränder des Spülbeckens stieß. Sie stapelte alles langsam und vorsichtig aufeinander, damit nichts klapperte.

Seit dem Verkauf der *Herdís* war gut ein Jahr vergangen. Während des letzten halben Jahres war Rakel zu Hause wie auf rohen Eiern gelaufen.

Rúnar saß am Esstisch. Sein röchelnder Atem füllte die Küche. Seitdem die Spülmaschine vor ein paar Monaten kaputt gegangen war, hatte Rakel nach jeder Mahlzeit reichlich abzuwaschen. Ein Installateur, den sie kannte, hatte gesagt, die alte Maschine sei nicht mehr zu reparieren, und eine neue konnten sie sich nicht leisten.

Rakel drehte ein wenig den Kopf, um Rúnar zu sehen. Er machte immer noch mit dem Kugelschreiber irgendwelche Notizen auf einen alten Briefumschlag. Sie vermutete, dass er sein Geld zählte, das nicht mehr da war.

Rakel drehte den Wasserhahn etwas weiter auf und begann die Gläser zu spülen.

Da krachte Rúnars Faust auf den Tisch, so dass der Salzstreuer umkippte.

»Musst du unbedingt so rumplanschen? Heißes Wasser ist teuer.«

Rakel drehte den Hahn zu und spülte mit dem alten Wasser weiter. Widerworte hätten die Situation nur verschlimmert.

Sie hatten gerade zu Mittag gegessen, aber Rakel war immer noch hungrig. Sie hatte nur eine kleine Portion genommen, damit die Fischsuppe für alle reichte. Geld war erst in der nächsten Woche zu erwarten, wenn Rúnar seinen Lohn bekam. Falls er ihn bekam. Bei der Lohnzahlung waren in den letzten Monaten vielerlei Probleme aufgetreten. Das überraschte Rakel nicht. Sie hatte geahnt, dass es so kommen würde.

Rúnar hatte das Geld, das er für sein Boot erhalten hatte, innerhalb eines halben Jahres restlos aufgebraucht. Er war zum Glücksspiel nach Südisland gefahren und hatte in Reykjavík Geld für die teuersten Hotels und für wer weiß was noch vergeudet. Rúnar behauptete, das Geld sei für die Dachrenovierung im letzten Frühjahr draufgegangen, aber das stimmte nicht. Das Dach war außerdem nur zum Teil repariert worden.

Man hatte Rúnar eine feste Stelle mit festem Monatsgehalt und guten Bonuszahlungen versprochen. Im Kaufvertrag stand davon allerdings nichts. Da die Vereinbarung nicht schriftlich vorlag, war es schwierig, sich zu beschweren.

Rakel griff nach dem Suppentopf und fing an, ihn zu scheuern. Dabei stieß ihr Ellbogen gegen den Gläserstapel auf dem

Spültisch, der prompt umkippte. Das Klirren schreckte Hildur auf, die im Wohnzimmer vor dem Fernseher saß. Sie lief in die Küche.

»Ist was passiert?«

Rakel stapelte die Gläser schnell wieder auf und trocknete sich die Hände am Geschirrtuch ab. Sie ging vor Hildur in die Hocke und rollte die Ärmel an ihrem zu großen Pullover auf.

»Ich hab nur gespült. Geh ruhig wieder ins Wohnzimmer und schau gleich mal nach, ob bei deinen Schwestern alles in Ordnung ist.«

Rósa und Björk spielten in einer Ecke des Wohnzimmers.

Rakel spülte die Gläser, trocknete sie ab und stellte sie ins Regal. Dann widmete sie sich wieder dem Topf.

»Sag mal, hörst du schwer? Heißes Wasser gibt's in diesem Teil der Insel nicht umsonst.«

Rakel drehte den Hahn zu und drückte den Spülschwamm aus. Ihre Fingerspitzen waren beim Spülen schrumplig geworden. Draußen regnete es immer noch.

»Kapiert?«, setzte Rúnar nach. Jetzt schrie er fast.

Rakel nickte. Die Sorge um den morgigen Tag bedrückte sie mehr als Rúnars Gezänk. Sie wollte Helga nicht bitten, ihr Geld zu leihen, aber es blieb ihr wohl nichts anderes übrig. Das Geld war alle, und sie hatte schon alle Hautcremedosen aus ihrem Lager verkauft. Morgen musste sie einkaufen. Im Kühlschrank gab es nur noch einen halben Kohlkopf und einen Liter Milch. Zum Glück würde Rúnar am Abend in See stechen. Sobald er weg war, würde sie zu den Nachbarn gehen. Von dem Geld würde sie außer Lebensmitteln auch Bienenwachs kaufen, damit sie neue Salbe herstellen konnte. Wenn sie zehn Dosen verkauft hatte, konnte sie ihre Schulden bei Helga begleichen. Rakel drückte den Spülschwamm so fest, dass ihre Fingerknöchel weiß wurden. Wenn das verdammte Boot auch nur zur Hälfte auf ihren

Namen registriert gewesen wäre, hätte sie es nie im Leben verkauft. Wenn etwas zu gut klang, um wahr zu sein, war es in aller Regel auch nicht wahr.

Neben Wut, Frustration und Angst vor der Zukunft empfand Rakel – zu ihrer eigenen Überraschung – auch Mitleid mit Rúnar. Seine Arbeitstage auf dem Meer waren lang, aber sein hartes Schuften schlug sich nicht in der Lohntüte nieder. Er steuerte sein altes Boot, das ihm nicht mehr gehörte. Zog mit seinen Netzen Fische aus dem Wasser, die nicht mehr ihm gehörten. Rúnar hatte alles verloren.

Rakel legte den Schwamm beiseite und ließ den Topf vorläufig im Spülbecken stehen. Bald würde Rúnar, wie nach jeder Mahlzeit, zum Rauchen nach draußen gehen. Sie beschloss, bis dahin zu warten.

Die Bank scharrte knarrend über den Holzfußboden, als Rúnar aufstand. Er warf den Kugelschreiber auf den Tisch, dann den zerknüllten Briefumschlag, der über die Tischkante auf den Boden rollte. Rakel warf einen verstohlenen Blick ins Wohnzimmer. Hildur saß starr wie eine Salzsäule auf dem Sofa vor dem Fernseher, blickte aber immer wieder in die Küche.

Rakel hoffte, dass dieser Moment bald vorbei war. Warum verging die Zeit nicht schneller? Sie schloss die Augen und presste die Lippen zusammen. Rúnar trat dicht neben sie, sodass er die Sicht ins Wohnzimmer versperrte. Dort stand er eine Weile und atmete rasselnd. Dann marschierte er in die Diele und zog die Haustür hinter sich zu.

In den nächsten Wochen regnete es immer weiter.

28

JUNI 2022 ÍSAFJÖRÐUR

Das Zuschlagen der Wagentür war bis nach drinnen zu hören. An Betas ruckartigen, schnellen Schritten erkannte Hildur, dass ihre Chefin sauer war. Jakob folgte ihr halb laufend.

»Lass hören, Hildur. Ich hoffe, du hast eine verdammt gute Erklärung«, fauchte Beta, als sie die Eingangshalle des Seniorenheims betrat. Auch wenn sie leise sprach, ließ ihr Tonfall keinen Zweifel aufkommen.

Hildur hatte sich gezwungen gesehen, Beta und Jakob ins Seniorenheim zu rufen. Ein Verdacht entstand selten aus dem Nichts. Beim Anblick des Kissens in Helgas Bett hatten die Alarmglocken laut geläutet.

Sie erzählte Beta von dem Kissen. Die Kinnmuskeln der Chefin spannten sich noch mehr an. Jakob war etwas weiter weg stehen geblieben.

»Hildur, du bewegst dich auf ziemlich dünnem Eis. Das hier ist ein Seniorenheim. Hier stirbt im Schnitt alle drei Wochen ein alter Mensch. Und dass jemand beim Schlafen ein Kissen benutzt, ist nicht gerade …«

Beta führte den Satz nicht zu Ende. Sie rieb sich das Gesicht und schnaubte etwas über Zeitverschwendung und den nahenden Sommerurlaub.

Hildur sagte nichts. Sie hatte das Gefühl, dass nicht alles in

Ordnung war, und sie war sicher, dass sie bald auch Beweise haben würde.

»Kommt und seht selbst«, sagte sie und ging zu dem Flur, an dem Helgas Zimmer lag.

Auf dem Flur war es zum Glück ruhig und menschenleer.

»Bald taucht hier bestimmt die Presse auf, wenn sich die Sache rumspricht«, sagte Beta.

Die Reporterin der Lokalzeitung würde garantiert angelaufen kommen, wenn sie hörte, dass im Seniorenheim Polizisten ein mögliches Kapitalverbrechen untersuchten. Beta und Jakob waren absichtlich mit einem Zivilfahrzeug gekommen.

»Über die lokalen Medien verbreitet sich das Ganze in Windeseile zu den landesweiten. Hier hat sicher schon jemand der Reporterin einen Wink gegeben«, meckerte Beta weiter.

Hildur hielt die Tür zu Helgas Zimmer auf und ließ Beta und Jakob zuerst eintreten. Auf Hildurs Bitte hatte Jakob die Spurensicherungstasche mitgebracht.

Hildur fasste die Ereignisse des Morgens noch einmal zusammen und betonte, dass Helga nie mit einem Kissen geschlafen habe.

»In ihrem Zimmer gab es gar kein Kissen. Ich habe gestern eins gesucht.«

»Deine Theorie ist also, dass jemand sie umgebracht hat?« Beta drehte sich um und betrachtete Helga, die mit der verwelkten Tulpe unter den Händen auf dem Bett lag.

»Das weiß ich natürlich noch nicht. Wir müssten es untersuchen.«

Beta seufzte.

»Dein Verdacht scheint mir weit hergeholt. Außerdem haben wir viel zu tun mit den laufenden Ermittlungen, für die Streifenpolizisten beginnen bald die Sommerferien, und die Touristensaison fängt auch gerade erst an.«

Das alles wusste Hildur.

»Du möchtest hier also anfangen zu ermitteln«, sagte Beta mit einem Blick auf Helga. Ihre Miene war ein wenig weicher geworden. Auch aus ihrer Stimme glaubte Hildur Verständnis herauszuhören.

»Ja.«

Hildur nahm die Kamera, die Jakob ihr hinhielt, und begann Aufnahmen zu machen. Wenn es sich um einen Tatort handelte, musste er fotografiert werden. Als Erstes fotografierte sie das Zimmer von der Tür aus. Sie musterte den Bildschirm der Kamera kritisch und machte noch ein Foto.

»Bei meinen letzten Besuchen hat Helga erzählt, dass nachts jemand in ihrem Zimmer war. Da gibt es womöglich eine Verbindung«, sagte Hildur und fotografierte das Zimmer von der anderen Seite aus, zur Tür hin.

»Sie hat sich also bedroht gefühlt?«, schlussfolgerte Beta.

Hildur schüttelte den Kopf.

»Sie hat nur erzählt, dass sie Schritte auf dem Flur gehört hat und dass … ab und zu jemand ins Zimmer gekommen ist. Ich dachte, das wären Hirngespinste, aber jetzt bin ich mir nicht mehr sicher.«

Hildur behielt für sich, dass Helga geglaubt hatte, Rakel käme nachts in ihr Zimmer. Das hätte sich zu seltsam angehört.

»Der Fall sollte trotzdem untersucht werden. Es dauert nur ein paar Stunden, die Indizien zu sammeln und zu registrieren, und falls sich bei der Obduktion etwas ergibt, können wir weitermachen. Okay?«

Beta sah Hildur lange in die Augen und atmete ein paarmal tief ein und aus.

»Okay. Du bekommst diesen Tag dafür, aber die Kriminaltechniker werden nicht gerufen.«

Hildur nickte. Das war auch gar nicht nötig. Hildur war durchaus fähig, eine einfache Tatortuntersuchung selbst zu leiten. Jakob holte Kohlepuder und Glasfaserpinsel aus der Spurensicherungstasche. Er begann nach Fingerabdrücken zu suchen. Hildur fotografierte weiter.

»Aber wenn sich nichts findet, was deinen Verdacht untermauert, lässt du die Sache fallen. Wir brauchen dich bei der Aufklärung der Sommerhauseinbrüche.«

Das versprach Hildur. Vor Betas und Jakobs Ankunft hatte sie mit der Nachtpflegerin gesprochen. Die Pflegerin hatte um zehn Uhr abends ihre Runde gemacht. Um diese Zeit hatte Helga friedlich geschlafen. Die Pflegerin hatte ihr leises Schnarchen gehört.

Jakob zog Einmalhandschuhe an und begann die Oberflächen zu untersuchen. Da das Zimmer hell eingerichtet war, wählte er schwarzen Puder. Er begann mit dem Bettgestell aus Aluminium.

»Hildur, komm fotografieren«, bat er.

Auf den harten Oberflächen des Betts waren viele Fingerabdrücke. Hildur fotografierte sie alle. Es war eine Vorsichtsmaßnahme. Falls die Abdrücke in der nächsten Arbeitsphase zerstört würden, blieben ihnen wenigstens die Fotos.

»Tut mir leid, dass ich dich vorhin angeschnauzt habe. Ich weiß, dass ihr euch gekannt habt«, sagte Beta versöhnlich.

Hildur sah sie über die Kamera hinweg an und nickte. Kleine Meinungsverschiedenheiten hatten ihr Verhältnis noch nie getrübt.

»Vielleicht gibt es eine natürliche Erklärung für das Kissen«, murmelte Beta.

Vielleicht ja, vielleicht nein, dachte Hildur. Sie fokussierte auf den nächsten Fingerabdruck und drückte auf den Auslöser. Die Fotos konnten ihnen helfen, den Täter zu identifizieren und andere Personen auszuschließen.

Faserproben würden sie nicht sammeln können, aber das war

auch nicht nötig. Kleidung und Bettwäsche waren ohnehin gleich nach dem Tod gewechselt worden, wie immer, wenn im Seniorenheim jemand starb. Alle Textilien steckten schon in der Waschmaschine, und im Zimmer waren außer dem Arzt mindestens drei Pflegerinnen gewesen, um nach der Toten zu sehen.

»Die Putzfrau hatte die Fußböden schon gewischt, bevor ich hier angekommen bin«, erklärte Hildur.

Jakob drückte die Folie vorsichtig auf den nächsten Abdruck. Er strich mit dem vom Handschuh geschützten Zeigefinger die Luftblasen weg, entfernte die Folie von der Oberfläche und klebte sie auf eine Fingerabdruckkarte, auf der er die laufende Nummer und den Fundort vermerkte.

Bei Menschen, die im Seniorenheim starben, wurde nicht automatisch eine Obduktion vorgenommen. Normalerweise wurde die Leiche in der Kühlkammer der Klinik aufbewahrt und von dort zur Beerdigung in die Kapelle gebracht.

»Bestellst du eine rechtsmedizinische Obduktion?«, wandte sich Hildur an Beta, während sie Jakob bei seiner Arbeit beobachtete.

»Natürlich. Sonst wäre es ja völlig sinnlos, Fingerabdrücke zu sammeln«, antwortete Beta.

Helgas Leiche konnte dem Rechtsmediziner vielleicht etwas verraten, was sie mit bloßem Auge nicht gesehen hatten. Möglicherweise ließen sich fremde DNA unter den Fingernägeln, innere Blutungen oder andere Spuren von Gewalt feststellen.

Beta würde den Transport der Leiche nach Reykjavík organisieren.

»Lassen wir einen der Streifenpolizisten mitfliegen, Gylfi zum Beispiel. Ich gehe jetzt und kümmere mich um den Papierkram«, sagte sie, schaltete ihr Handy ein und ging zurück zur Polizeistation.

Zwei Stunden später standen Jakob und Hildur in der Eingangshalle des Seniorenwohnheims. Hildur hatte mit allen Bewohnern kurz gesprochen, aber die Ergebnisse waren mager. Mit Ausnahme der Nachtpflegerin hatten alle geschlafen, niemand hatte etwas gehört oder gesehen. Auch die Nachtpflegerin hatte nichts Ungewöhnliches bemerkt.

Nun warteten sie auf den Sicherheitschef der Klinik, der versprochen hatte, ihnen die Aufzeichnungen der Überwachungskameras aus den letzten vierundzwanzig Stunden zu bringen.

In das Seniorenheim gelangte man über den Verbindungsflur der Klinik oder durch den Haupteingang. Hildur hatte bereits erfahren, dass der Empfangsschalter und die Eingangstür um sechs Uhr abends geschlossen wurden.

Jakob warf einen Blick auf die Uhr an seinem Handy und steckte es in die Tasche.

»Nach dem Abendessen kommt man also nur durch die Klinik in das Gebäude des Seniorenheims. Aber alle Zimmer sind ebenerdig, und jede Wohnung hat ihre eigene kleine Terrasse …«

Hildur hatte sich schon nach den Außentüren der Zimmer erkundigt und von allen Seiten dasselbe gehört.

»Die Außentüren der Wohnungen werden bei der letzten Runde am Abend überprüft und gegebenenfalls abgeschlossen. So war es auch gestern. Auf dem Weg kommt man nicht unbemerkt ins Haus.«

Da kam der Sicherheitschef in die Eingangshalle. Breite Schultern, ein langer, dichter Bart und schulterlange Naturlocken.

»Aron«, stellte er sich vor und streckte die Hand aus. Die Arme, die unter seinem kurzärmligen Hemd hervorschauten, waren bis zu den Handgelenken tätowiert. »Wer von Ihnen beiden möchte das hier?« Die jungenhafte Stimme des Mannes stand im Widerspruch zu seiner maskulinen Erscheinung. In seiner Pranke wirkte der USB-Stick winzig.

Hildur steckte den Stick in die Tasche.

Die Mundwinkel des Mannes hingen unter dem Bart ein wenig nach unten.

»Ich habe mir das Material gerade im Schnelldurchlauf angesehen. Da tut sich bis zum Morgen praktisch nichts. Die Aufnahmen aus dem Verbindungsgang sind in einem eigenen Ordner. Gehen Sie zur Sicherheit alles noch einmal durch«, sagte der Mann und reichte beiden seine Visitenkarte.

Hildur und Jakob hatten niemandem erzählt, dass sie Helgas Tod im Hinblick auf ein mögliches Verbrechen untersuchten. Es war für alle Beteiligten besser, wenn dieser Verdacht erst später zur Sprache kam. Sie wollten bei den alten Leuten keine Verunsicherung und Sorge aufkommen lassen. Aron hatten sie gesagt, dass sie die Aufnahmen der Überwachungskameras sehen wollten, um festzustellen, ob Helga in der Nacht ihr Zimmer unbemerkt verlassen und sich zum Beispiel verletzt hatte.

Die Eingangstür öffnete sich automatisch vor ihnen.

Hildur hatte vor, in der Grillstube Mittagessen zum Mitnehmen für sie beide zu holen, damit sie möglichst bald weiterarbeiten konnten. Jakob wollte am Nachmittag eine Besprechung mit der Knochenexpertin abhalten. Bis dahin würde Emma Resultate vorlegen können, die womöglich hilfreich waren, wenn sie das Register der verschwundenen Personen durchgingen.

Irgendwo weiter weg rief eine Sumpfschnepfe. Das vertraute Geräusch des Sommers. Hildur ging mit langen Schritten über den gepflasterten Weg zum Parkplatz, wo sie am Morgen ihren Wagen abgestellt hatte. Da merkte sie, dass Jakob zurückgeblieben war.

»Das musst du dir angucken.«

Jakob war in die Hocke gegangen, um die offene Tür am Haupteingang zu untersuchen. Er winkte Hildur zu sich.

»Siehst du?« Er zeigte auf den Rand der Tür.

Hildur beugte sich vor.

»Allerdings.«

Der Metallrand der Tür war um das Schloss herum ungefähr drei Zentimeter verbogen. Die Tür war mit irgendeinem harten Gegenstand aufgestemmt worden. Da der Bewegungsmelder die Tür automatisch öffnete, hatte Hildur den verbogenen Rand bisher nicht bemerkt. Zum Glück hatte Jakob genauer hingesehen.

Hildur strich über die verbogene Stelle. Das Metall fühlte sich unter ihrem Daumen scharf an. Die Spur wirkte ziemlich frisch, sie war noch nicht abgenutzt. Hildur holte ihre Kamera hervor und machte ein paar Nahaufnahmen.

Warum wollte jemand in das Seniorenheim einbrechen?

29

Jakob wusste, dass es ein langer Tag werden würde. Er dehnte den Nacken und richtete den Blick dann wieder auf den Bildschirm.

Auf dem Schreibtisch lagen noch die leeren Kebabschachteln und Limoflaschen vom Mittagessen und warteten darauf, entsorgt zu werden. Im Arbeitszimmer war es schattig. Sie hatten die Jalousien geschlossen, damit die Videoaufnahmen besser zu sehen waren.

Hildur war seit fast zwei Stunden damit beschäftigt, die Aufnahmen der Überwachungskameras durchzugehen. Der langbärtige Sicherheitschef hatte recht gehabt: Zumindest bisher hatte sie noch nichts Interessantes gefunden.

Nachdem Jakob die Einbruchsspuren an der Tür des Seniorenheims bemerkt hatte, waren sie zurückgegangen und hatten dem Personal von ihrer Entdeckung berichtet. Keine der Pflegerinnen und Putzfrauen wussten von möglicherweise verschwundenen Besitztümern oder anderen ungewöhnlichen Vorfällen. Trotzdem hatten Jakob und Hildur dem Personal und den Bewohnern Fingerabdrücke abgenommen. Sie hatten vage von einem eventuellen Einbruch gesprochen, den sie untersuchen müssten, aber in Wahrheit wollten sie die Abdrücke für ihre Ermittlung zu Helgas Tod.

Jakob speicherte die Abdrücke im AFIS, dem automatisierten

Fingerabdruckidentifizierungssystem. Für den endgültigen Vergleich war das kriminaltechnische Labor zuständig, und die Resultate würde er frühestens morgen bekommen. Nachdem er die letzten Abdrücke eingespeichert hatte, stand er auf, um Kaffee zu holen. Er schnappte sich die Kebabschachteln und stopfte sie in den Papierkorb unter dem Tisch.

»Möchtest du auch Kaffee?«, fragte er. Hildur hatte sich zum Bildschirm ihres Computers vorgebeugt und hörte die Frage ihres Kollegen nicht. Jakob klopfte auf den Tisch und fragte noch einmal.

»Gern. Plus ein Glas Wasser, wenn's geht.«

Jakob füllte Kaffeepulver in die Maschine und stellte die Tassen bereit. In seine Tasse gab er noch zwei Teelöffel Zucker. Während er darauf wartete, dass der Kaffee durchlief, las er die Textnachricht der Knochenexpertin Emma. Sie schrieb, sie müsse die Besprechung leider auf den frühen Abend verschieben, weil sie mit ihren Untersuchungen in Verzug sei. Jakob sah auf die Uhr. Er würde es auf keinen Fall schaffen, um halb vier zu Hause zu sein. Also schickte er Guðrún eine Nachricht. Er sprach schon ganz gut Isländisch, aber Schreiben war schwieriger, Fehler stachen sofort ins Auge. Er versuchte es trotzdem:

Ich schafs nicht vor Abend nach Hause. Wäre es gut, wenn du Matias zu Fußball bringst, wenn die Schule Ende ist?

Der Text war wohl nicht perfekt, aber Guðrún verstand. Die Antwort kam postwendend.

Das wäre wirklich gut. Wir gehen dann noch Burger und Eis essen. Bis heute Abend, falls du nicht zu müde bist ;-)

Jakob schickte eine Flamme und eine Aubergine zurück. Gerade jetzt war er glücklich und zufrieden. Er hatte eine Frau und ein Kind, ein Zuhause und einen Arbeitsplatz. Vor fünf Jahren war er ein Obdachloser in Oslo gewesen. Ein Vater, der sein Kind nicht sehen durfte. Ein Mann, der eine Vergangenheit, aber keine Zukunft hatte. Er hatte das Gefühl, doch noch eine Chance bekommen zu haben.

Jakobs Blick fiel auf die alten Zeitungen und Werbeprospekte, die sich auf dem Küchentisch stapelten. Auf der Vorderseite von zwei Zeitungen war dieselbe Reklame zu sehen: Die Kreuzfahrtschiffe boten ihre Rundreisen um Island auch den Isländern und Isländerinnen an. *Lass dich verwöhnen – erlebe deine Heimatinsel auf See. Die letzten Luxuskabinen des Sommers im Sonderangebot!*, verhieß die Reklame. Die Daten der Kreuzfahrten machten Jakob stutzig. Er goss schnell Kaffee in die Tassen und füllte noch ein Glas mit kaltem Wasser.

»Welcher verdammte Sinn steckt dahinter, dass es in der Eingangshalle überhaupt keine Kameraüberwachung gibt?«, schnaubte Hildur und rieb sich frustriert die Schläfen. Jakob stellte die Tasse und das Glas neben ihre Tastatur.

Die verbogene Tür des Seniorenheims und die Sommerhauseinbrüche, die er untersuchen sollte, hatten Jakobs Gedanken in Bewegung gesetzt. Er hatte gerade versucht, den Sicherheitschef der Klinik zu erreichen, der sich jedoch nicht gemeldet hatte. Beim zweiten Versuch landete sein Anruf bei der Zentrale. Dort versprach man ihm, seine Nachricht weiterzuleiten. Jakob hinterließ seinen Namen und seine Telefonnummer und erklärte, die Sache sei dringend. Dann legte er sein Handy auf den Schreibtisch. Er hatte den Anfang eines Gedankenfadens zu fassen bekommen und wollte ihn nicht mehr loslassen.

Einbrüche in Sommerhäuser waren in Island ziemlich selten. Jakob hatte schon gemerkt, dass die Sommerhauskultur hier anders war als in seiner finnischen Heimat. Hier gehörte ein Teil der ganzjährig nutzbaren Ferienhäuser Gewerkschaften oder Arbeitgebern, die sie jeweils für ein oder zwei Wochen an ihre Mitglieder oder Angestellten vermieteten. Viele Sommerhäuser wurden tatsächlich nur im Sommer benutzt. Dann gab es noch die

Hütten in der Wildmark, ohne Strom und fließendes Wasser, die als Nachtquartier genutzt wurden, wenn man Schafe zusammentrieb oder auf die Jagd ging. Da die meisten Ferienhäuser entweder wochenweise vermietet oder nur im Sommer gelegentlich von ihren Besitzern genutzt wurden, bewahrte man dort so gut wie keine Wertgegenstände auf. Der typische isländische Sommerhauseinbruch wurde von Alkohol- oder Drogensüchtigen verübt. Sie suchten ein Nachtquartier, etwas zu essen oder irgendwelche Sachen, die sich schnell zu Geld machen ließen, mit dem sie die nächste Dosis kaufen konnten.

Das hatte Jakob jedenfalls geglaubt. Er warf einen Blick auf die Kreuzfahrtreklame, die er aus der Küche mitgebracht hatte, und lehnte sie an seinen Monitor. In diesem Jahr waren viel mehr Einbrüche zu untersuchen als in den letzten Jahren. Ihre Zahl war im Frühjahr drastisch angestiegen. Im Winter war es ruhig gewesen, aber von Mai an hatten Sommerhausbesitzer demolierte Tore und aufgebrochene Haustüren gemeldet.

Jakob musste einige Punkte überprüfen. In der Umgebung von Akureyri im Norden Islands hatte es in den letzten Wochen überraschend viele Einbrüche in Sommerhäuser gegeben, wie er von seinen dortigen Kollegen erfahren hatte. Einbrüche und Diebstähle wurden im jeweils zuständigen Polizeibezirk untersucht, aber da in den letzten sechs Wochen so viele Sommerhauseinbrüche angezeigt worden waren, hatten die Polizisten eine Gruppe gegründet, in der sie Informationen austauschten. Der freiwillige Verbund wurde von Reykjavík aus koordiniert. Der Informationsaustausch war eine gute Idee, denn wenn es sich um eine Verbrecherbande handelte, die in ganz Island unterwegs war, waren alle örtlichen Polizeikräfte hinter denselben Tätern her. Bisher hatten die Ermittlungen jedoch nicht viel erbracht. Man hatte keine Fingerabdrücke gefunden, in keinem einzigen Sommerhaus gab es Überwachungskameras, und kein Besitzer hatte gestohlene

Wertgegenstände auflisten können, mit Ausnahme von zwei Fahrrädern und einem Armband. Die aufgestemmten Tore und zerstörten Schlösser waren Zeugen für ungebetene Besucher, aber es war seltsam, dass so wenig gestohlen worden war.

Einige Nachbarn hatten ausgesagt, sie hätten einen fremden Wagen vorbeifahren sehen. Die meisten hatten von einem weißen oder grauen Pkw gesprochen. Jemand hatte auf einen Toyota Yaris getippt, ein anderer auf einen Dacia. Das Kennzeichen hatte niemand notiert. Die Beobachtungen waren hauptsächlich in der Nähe der Städte Reykjavík und Akureyri gemacht worden. An den Westfjorden lagen die Sommerhäuser so weit auseinander, dass es keinen einzigen Augenzeugenbericht gab. Jedenfalls noch nicht.

Jakob trank noch einen Schluck Kaffee. Die Kombination von Koffein und Zucker putschte ihn auf. Im selben Moment entdeckte er in den Polizeimeldungen eine Einzelheit, die ihn dermaßen überraschte, dass er sich verschluckte. Die Daten stimmten so genau überein, dass es sich nicht um einen Zufall handeln konnte. Er hustete heftig. Hildur schlug ihm auf den Rücken. Jakob hob abwehrend die Hand.

»Geht schon wieder«, stieß er hervor und bat Hildur, beim nächsten Mal nicht ganz so fest zuzuschlagen. Er rieb sich den Rücken und blickte wieder auf den Bildschirm.

In Finnland florierte der Handel mit gestohlenen Waren, weil man die Sachen über die Grenzen auf den Schwarzmarkt bringen konnte. Vor allem vor dem Ukraine-Krieg war heiße Ware nach Russland geschmuggelt worden, aber auch über Estland nach Mitteleuropa oder im Norden über die Grenze nach Schweden. In Island aber war es so teuer, Diebesgut ins Ausland zu transportieren, dass es sich finanziell nicht lohnte.

Deshalb fand Jakob es seltsam, dass die Einbrecherbanden – oder die Bande, wenn es sich um ein und dieselbe Tätergruppe handelte – so gut organisiert waren. Er spürte, wie sich sein Körper anspannte, zog den offenen Tischkalender näher heran und blätterte einige Wochen zurück. Er hatte ein Muster entdeckt, das sich wiederholte. Es konnte sich nicht um einen Zufall handeln.

»Krasse Scheiße, verdammt noch mal!«, rief Hildur plötzlich und drehte ihren Laptop zu Jakob hin.

»Das musst du dir sofort ansehen«, fügte sie hinzu und startete das Video. »Es wurde um zwei Uhr nachts im Verbindungsgang zwischen der Klinik und dem Seniorenheim aufgezeichnet.«

Eine halbe Minute lang betrachtete Jakob den leeren Gang. Dann erschien ein Schatten am unteren Bildrand. Hildur ließ das Video langsamer laufen. Von der mageren Gestalt im hellen Klinikpyjama waren nur die dunklen Haare und der Rücken zu sehen. Die Gestalt bewegte sich mühselig und blickte sich unruhig um. Ihr Gesicht blieb verborgen.

Jakob sah Hildur fragend an.

»Warte, in einer Viertelstunde kommt er zurück«, sagte Hildur und spulte das Video vor.

Zuerst kam der Schatten in Sicht, dann erschien auf dem Bildschirm ein Mann, der einen hellen Schlafanzug trug und ein kleines Bündel unter den Arm geklemmt hatte. Der Mann versuchte vergeblich, sein Gesicht zu verbergen. Die Locken und die teils in die Stirn fallenden Haare allein hätten nicht gereicht, den Mann zu identifizieren, aber das Gesicht oder das wenige, was davon zu sehen war, lieferte die Bestätigung.

30

KOTSDALUR, ANFANG DER 1990ER JAHRE

RAKEL

Rakels Finger wanden sich um das Telefonkabel. Nach dreimaligem Tuten wurde abgenommen. Rakels Mund war vor Nervosität ganz trocken. Es beschämte sie, wieder betteln zu müssen.

»Hallo, Rakel.« Helgas erstickte Stimme verriet ihre Bedrängnis. »Hallgrímurs Herz macht wieder Probleme. Ich fahre ihn zum Krankenhaus.«

Helgas Mann hatte einen Herzfehler. Er brauchte regelmäßig Behandlung, und manchmal setzten die Schmerzen überraschend ein.

»Und wie geht es dir …?«, fragte Helga vorsichtig. Sie wollte Rakel nicht aushorchen.

»Ich …«, begann Rakel, musste sich aber unterbrechen, denn sie fürchtete, dass ihre Stimme brechen würde, und sie wollte ihrer Nachbarin nicht noch mehr Sorgen aufbürden. Sie umklammerte den Hörer fester. Der in der Telefonschnur eingeklemmte kleine Finger verfärbte sich bläulich.

»Ist den Mädchen etwas passiert?«, erkundigte Helga sich besorgt.

Rakel versicherte ihr, den Kindern gehe es gut.

»Ich bräuchte etwas Geld, nur ein kleines bisschen zum

Einkaufen«, sagte sie schließlich und spürte, wie ihr Magen sich zusammenzog.

Helga seufzte teilnahmsvoll und ohne die geringste Spur von Besserwisserei. Die einzigen Besserwisser waren Rakels Eltern gewesen, die inzwischen nicht mehr lebten. Sie hatten Rúnar nicht besonders gemocht, aber Rakel hatte nicht auf den Rat ihrer Eltern gehört, sondern ihren Willen durchgesetzt und den gut aussehenden Charmeur geheiratet. Sie war in Rúnar verliebt gewesen und gewillt, die Konsequenzen ihrer Entscheidung zu tragen. In guten wie in schlechten Zeiten. So hatte sie es ja vor dem Pfarrer gelobt.

Rúnar war nie ein leichter Mensch gewesen. Rakel biss die Zähne zusammen und ertrug die Fehler und Wutausbrüche ihres Mannes. Lügen hätte sie nicht ertragen, und bisher hatte sie Rúnar auch noch nie bei einer Lüge ertappt. Außerdem war von ihnen beiden Rakel diejenige, die log und ein Doppelleben führte. Rakel wollte Helga, die sie insgeheim auch wollte, aber nicht zur Lebensgefährtin taugte.

Rakel dachte über ihre Lage nach. Allein würde sie mit den Kindern finanziell nicht zurechtkommen. Seitdem Rúnar seinen Fischtrawler verkauft, das Geld verprasst und seine Familie an den Rand des Bankrotts gebracht hatte, musste Rakel an allem sparen. Sie wählte im Laden immer die billigsten Waren, flickte die zerschlissenen Kleider und kochte dünnen Kaffee, damit die Bohnen länger reichten. Sie stellte so viel Hautcreme her, wie sie nur verkaufen konnte. Rúnars Lohn war niedrig und wurde unregelmäßig gezahlt, aber immerhin kam ab und zu Geld ins Haus. Rakel hätte sich gern scheiden lassen, aber das war einfach nicht möglich: Sie konnte sich und die Kinder nicht allein ernähren. Und ihre Kinder würde sie nicht aufgeben.

Rakel hatte vor, in ihrer Ehe durchzuhalten, bis sie einen Weg fand, mehr Geld zu verdienen und ihrem Leben eine neue

Richtung zu geben. Sie plante, mehr Salbe herzustellen – sie könnte auch Hand- und Fußcreme produzieren, die würde sich bestimmt gut verkaufen. Sie würde in den Bergen Kräuter sammeln und irgendwie das Geld für das Bienenwachs auftreiben. Sie würde alles tun, egal was.

Rakel blickte durch das Dielenfenster nach draußen. Rúnar war nicht zu sehen. Die Kinder spielten auf dem Hof. Die nächsten Sätze stieß sie in aller Eile heraus.

»Es ist mir so peinlich, schon wieder anzurufen und um Geld zu bitten. Wo ich doch erst im letzten Monat …«

Einen Augenblick lang war es am anderen Ende völlig still. Helga wusste Bescheid. Sie hatten ja früher schon über das Thema gesprochen.

»Ich würde dir gern helfen, aber gerade jetzt ist es schwierig. In diesem Monat ist alles Geld für Hallgrímurs Medikamente draufgegangen. In einer Woche kommt wieder etwas herein. Kannst du so lange warten? Sonst könnte ich meine Mutter bitten …«

Rakel unterbrach Helga rasch. Nein. Sie wollte auf keinen Fall, dass irgendwelche Verwandten in die Sache verwickelt wurden.

»Ich komme schon zurecht. Keine Sorge. Grüß Hallgrímur von mir«, sagte sie und legte auf, damit Helga sie nicht weinen hörte.

Rakel wischte sich die Tränen ab, nahm sich zusammen, warf sich den Wintermantel über und ging zum Pferdestall. Rúnar verteilte Heu an die Tiere. Die Kinder streichelten die Pferde. Das Heu duftete. Im letzten Sommer war die Ernte gut gewesen. Das Heu würde über den ganzen Winter reichen, und es würde sogar noch etwas übrig bleiben. Was, wenn sie es den Nachbarn verkaufte? Es war besser, etwas zu verkaufen, als ohne Gegenleistung um Geld zu bitten.

»Ich könnte in den nächsten Tagen zu Hallgrímur und Helga fahren und fragen, ob sie Heu für ihre Schafe brauchen.«

Rúnars Stimmung veränderte sich schlagartig. Er drückte den Rücken durch und spannte die Arme an. Seine Miene wurde hart.

»Ich weiß genau, was du dort treibst«, fauchte er und warf den Pferden das letzte Heu hin. Dann kletterte er aus dem Gehege und stellte sich neben Rakel.

»Wir haben Heu übrig und könnten ein bisschen extra Geld gebrauchen«, versuchte Rakel zu erklären.

Rúnar holte Tabak und Zigarettenpapier aus der Tasche und drehte sich hektisch einen Glimmstängel. Hildur lief zu Rakel. Die kleinen Schwestern folgten ihr mit kurzen schwankenden Schritten.

»Mama, Mama, ich habe Hunger. Können wir ins Haus gehen und essen?«, fragte Hildur und starrte Rakel aus ihren dunklen Augen an. Unter ihrer dicken Wollmütze schauten ihre dicken dunklen Haare hervor, deren Spitzen sich in der winterlichen Feuchtigkeit kräuselten.

Rakel dachte fieberhaft nach. In der Vorratskammer standen Graupen, und im Kühlschrank gab es noch Milch.

»Gleich, ich rede zuerst noch mit Papa«, sagte sie, obwohl sie wusste, dass kaum noch Hoffnung bestand.

Rúnar zündete die Zigarette an und machte einen tiefen Zug. Seine Augen zuckten, seine Hand zitterte. Dann sagte er ruhig:

»Ab ins Haus, Kinder, Mama kommt gleich nach.«

Man sah Hildur an, dass ihr die Situation unangenehm war. Sie wusste nicht recht, was sie tun sollte. Aber die Kinder wussten, dass sie ihrem Vater zu gehorchen hatten, also machte Hildur sich auf den Weg zur Haustür, und Rósa und Björk folgten ihr.

Nachdem die Kinder gegangen waren, drehte Rúnar sich um und sah seine Frau an. Er stieß den Rauch zwischen seinen Zähnen aus und schnalzte mit der Zunge.

»Meinst du, Hallgrímur würde dafür zahlen, dass er dich ficken darf? Deshalb rennst du doch hin.«

Rakel schloss kurz die Augen und sammelte Kraft, um sich dem zu stellen, was kommen musste.

»Ich gehe hin, um Heu zu verkaufen. Wir brauchen Geld.«

Rakel hatte versucht, beim Sozialamt der Kommune Sozialhilfe zu beantragen, aber der Besuch hatte sich als fruchtlos erwiesen. Sie bekamen keine finanzielle Unterstützung, weil sie den Hof Kotsdalur besaßen. Die Sozialarbeiterin hatte Rakel einen Zettel in die Hand gedrückt, auf dem vermerkt war, wo kostenlose Lebensmittel verteilt wurden.

»Aber sicher. Geh nur hin«, sagte Rúnar und drückte seine Zigarette am Zaunpfahl aus.

Dann hob er die Hand und schlug zu.

Eine Weile war es zwischen ihnen völlig still. Ab und zu schnaubte eines der Pferde und fraß dann weiter. Rúnar öffnete den Mund. Er wischte sich die Hände an den Hosenbeinen ab und sagte schleppend:

»Ich geh schon rein. Komm du dann nach.«

Rakel blickte ihrem Mann nach. Es war nicht der erste Schlag gewesen, und es würde sicher nicht der letzte bleiben. Für den ersten hatte Rúnar damals noch um Verzeihung gebeten. Für die nächsten nicht mehr.

Es gab Menschen, die sich nie für ihr Verhalten entschuldigten, sondern taten, was sie wollten, ohne Rücksicht auf die Gefühle der anderen zu nehmen. Rakel erinnerte sich an eine Geschichte, die sie in der letzten Woche gehört hatte, als sie ihre Salben verkauft hatte. Katla, die Frau des Vorsitzenden des Arbeitervereins, hatte den Verkaufsabend organisiert und die Frauen aus dem Dorf dazu eingeladen. Katla hatte leckere Forellenpasteten und eine mit Rhabarbergelee gefüllte Ehеglück-Torte gebacken. Eine der Anwesenden, eine Ladenangestellte, an deren Namen Rakel sich nicht erinnerte, hatte von einem Polen erzählt, der seine Schulden im Laden nicht bezahlt hatte. Der Mann hatte zwei Wochen lang Lebensmittel auf Rechnung gekauft, sich dann aber nicht mehr blicken lassen. Er war einfach verschwunden und hatte die Rechnung unbezahlt gelassen. Die Frauen hatten eine Weile darüber geredet, was mit dem Mann wohl passiert war, wohin er verschwunden sein mochte. Während Rakel ihnen zuhörte, war ein Gedanke in ihr aufgekeimt. Wie wäre es, wenn auch sie eines Tages ihre Pflichten und Schulden hinter sich lassen würde? Könnte auch sie einfach weggehen? Ihre Kinder mitnehmen und verschwinden?

31

JUNI 2022 ÍSAFJÖRÐUR

»Gehen wir in den Besprechungsraum? Es gibt etwas, das du sehen musst«, sagte Hildur zu Beta, die gerade ins Polizeigebäude gekommen war.

Hildur ging als Erste hinein und stellte sich neben den Flipchart. Jetzt tat sich etwas. Die elektrisierte Atmosphäre und die Eile waren wohltuend. Sie milderten die niederschmetternde Trauer über Helgas Tod ein wenig ab. Beta legte ihren Sommermantel über ihre Stuhllehne, nahm eine Papierserviette vom Tisch und tupfte sich den Schweiß von der Stirn.

Jakob berichtete kurz über die Ermittlungen zu den Ferienhauseinbrüchen im Frühjahr und Sommer. Der Mappe, die vor ihm lag, entnahm er eine schwarz-weiße Landkarte, auf der er die Tatorte mit rotem Filzstift markiert hatte. Hildur schrieb inzwischen Daten an den Flipchart.

»Mir ist bei diesen Daten heute eine interessante Einzelheit aufgefallen: Die Liegezeiten bestimmter Kreuzfahrtschiffe stehen exakt mit den Einbrüchen in Beziehung«, sagte Jakob und legte eine kurze Pause ein. Er sah Beta an und nickte dann Hildur zu. »Das heißt, die Einbrüche sind genau an den Tagen passiert, an denen ein Kreuzfahrtschiff im Hafen angelegt hat. Zu keiner anderen Zeit.«

Hildur hatte Jakobs Beobachtungen überprüft und war zum

selben Ergebnis gelangt. Es konnte sich nicht um einen Zufall handeln.

»Alle Einbrüche sind also an diesen Tagen geschehen?«, fragte Beta.

Jakob nickte.

Beta runzelte die Stirn. Ihre Augen verengten sich leicht.

»Sind die Einbrecher auf den Schiffen unterwegs?«

Hildur erklärte, es sei nicht ganz leicht, über den Passagiereingang Dinge an Bord zu bringen, weil alle Passagiere bei der Rückkehr auf das Schiff durch die Sicherheitskontrolle mussten. »Andererseits werden ja ständig Lebensmittel, Getränke und andere Bedarfsgüter auf die Schiffe gebracht. Als ich neulich am Morgen im Hafen war, habe ich gesehen, wie das Schiff beladen wurde. Das Diebesgut könnte auf diesem Weg an Bord gebracht werden.«

Beta nickte nachdenklich. Sie alle wussten, dass der Güterverkehr in kleinen Häfen nicht besonders streng überwacht wurde. Die Menschen vertrauten einander, und es war leicht, dieses Vertrauen zu missbrauchen.

Hildur verlagerte das Gewicht von den Fersen auf die Zehenspitzen und zurück. Die kleine Schaukelbewegung half ihr, sich zu konzentrieren.

»Aber es gibt noch eine andere Möglichkeit.«

Sie berichtete von der zweiten Alternative, die Jakob und sie erörtert hatten. Es war denkbar, dass die Verbrecherbande keinerlei Verbindung zu den Kreuzfahrtschiffen hatte, sondern nur die Menschenmenge ausnützte, die bei den Aufenthalten an Land ging. In die kleinen Dörfer führte in der Regel nur eine einzige Straße. Ankömmlinge waren schon von Weitem zu sehen, und fremde Autos fielen sofort auf.

»Wenn das Dorf voll von fremden Menschen ist, können die Einbrecher leichter in der Menge untertauchen. Niemand erinnert sich an irgendwelche Fremden, wenn im ganzen Dorf Touristen umherstreifen.«

Beta war derselben Meinung wie Jakob und Hildur:

»Das hört sich viel realistischer an.«

Sie betrachtete Jakobs Landkarte.

»Hast du schon mit den anderen Polizeibezirken gesprochen?«

Jakob warf einen Blick auf seinen Notizblock und nickte zufrieden.

»Die Kollegen in Stykkishólmur, Seyðisfjörður und Akureyri sind die Termine durchgegangen und genau zu demselben Ergebnis gekommen. Es ist ein ganz klares Muster.«

Die Ortschaften, die Jakob nannte, zählten neben Reykjavík zu den beliebtesten Häfen Islands, in denen auch die großen Kreuzfahrtschiffe Halt machten.

Beta betrachtete die Karte genauer und stellte fest, dass die Einbrecherbande es mit dem Auto schaffen konnte, von einem Dorf ins nächste zu gelangen, bevor das Kreuzfahrtschiff eintraf. Die Entfernung war nicht zu groß.

»Verdammt gut kombiniert«, lobte sie.

Jakob sagte, es wundere ihn, dass immer noch kein einziger der betroffenen Ferienhausbesitzer mitgeteilt habe, was im Einzelnen bei dem Einbruch gestohlen worden sei. Es gab Schäden an den Häusern, aber keine Angaben darüber, was verschwunden war.

»Ich arbeite weiter daran. Die Urlaubszeit in Island beginnt in der nächsten Woche. Wenn die Leute in ihre Sommerhäuser zurückkehren, merken sie bestimmt, was fehlt.«

Beta setzte sich auf ihrem Stuhl zurecht und sah Hildur an, die zum nächsten Thema überging.

»Dann kommen wir zum Seniorenheim, denn es steht offenbar zumindest aufgrund dieser Einbruchsspuren mit dem Fall in Verbindung.«

Hildur hatte ein Viereck mit zwei Kreuzen auf den Flipchart gezeichnet. Sie berichtete von den Einbruchsspuren am Seniorenheim und zeigte auf die beiden Kreuze. Das eine markierte die verbogene Tür am Haupteingang, das andere den Verbindungsgang zwischen der Klinik und dem Seniorenheim.

»Die alten Menschen, die im Seniorenheim wohnen, haben überraschend viel bewegliches Eigentum: Schmuck, Designgegenstände, Uhren ... Viele verwahren auch immer noch Bargeld in der Schublade«, erklärte sie.

Beta nickte zustimmend, aber in ihren Blick hatte sich ein leiser Zweifel eingeschlichen. Hildur legte den Filzstift weg und fuhr fort, obwohl sie ahnte, dass Beta von der Theorie, die Jakob und sie entwickelt hatten, nicht unbedingt begeistert sein würde.

»Wir glauben, dass die Diebe in das Seniorenheim eingebrochen sind. Helga wurde im falschen Moment wach, der Dieb erschrak und tötete sie, um nicht erwischt zu werden.«

Beta rieb sich die Schläfen und schien nachzudenken.

»Aber Helga ist in der Nacht gestorben. Das passt nicht in das Diebstahlsmuster. Die Kreuzfahrtschiffe liegen ja nur tagsüber im Hafen.«

Hildur schüttelte den Kopf. Diesmal irrte Beta sich.

In der Nacht von Helgas Tod war eines der kleineren Kreuzfahrtschiffe im Hafen geblieben. Hildur erzählte, sie habe mit einer Bekannten gesprochen, die als Fremdenführerin mit fünfzig Passagieren zu einer zweitägigen Wanderung in das Naturschutzgebiet aufgebrochen war. Das Schiff hatte eine Nacht lang im Hafen gelegen.

Beta streifte das Haarband von ihrem Arm und band ihre Haare im Nacken zum Knoten.

»Aber es gibt noch eine weitere Alternative«, fuhr Hildur fort.

Sie berichtete von der Überwachungskamera im Verbindungsgang zwischen der Klinik und dem Seniorenheim. Jakob und sie hatten sich die Aufzeichnung sicherheitshalber vorhin noch ein drittes Mal angesehen. Hildur hatte einen Screenshot gemacht und die Aufnahme vergrößert. Nun zeigte sie Beta die Vergrößerung.

»Gestern Nacht um zwei Uhr war im Verbindungsgang jemand unterwegs, den wir alle kennen. Er ging aus der Klinik ins Seniorenheim und kam ungefähr eine Viertelstunde später zurück. Wir haben ihn an dem Verband in seinem Gesicht erkannt.«

Betas gerötetes Gesicht erblasste.

»*Jæjja*«, seufzte sie. Die Stuhlbeine schrammten über den Boden, als sie abrupt aufstand.

»Dieser Venezolaner scheint doch nicht so krank zu sein, wie wir dachten. Wir fahren jetzt sofort in die Klinik.«

32

5. September

Hallo!

Ich habe den Ort und den Arbeitsplatz gewechselt. Mit der Arbeit habe ich diese Woche angefangen. Meine neue Adresse steht auf der Rückseite. Am Meer bin ich aber weiterhin. Hier ist es im Herbst unglaublich schön! Wenn der Sommer weicht, verschwindet das Grün und die Landschaft färbt sich rot. Entschuldige, dass ich im Sommer nicht dazu gekommen bin, deinen letzten Brief zu beantworten; bei der Arbeit war es so hektisch. Ich habe den Sommer über geschuftet wie am Fließband, aber es hat sich gelohnt. Die Schulden sind abbezahlt. Fantastisch! Das ist mir gut gelungen!! Zu dumm, dass ich dem Falschen vertraut und diesen blöden Kredit aufgenommen hatte. Ich hätte nicht geglaubt, dass es so schnell klappt, aber ich habe es tatsächlich geschafft. Bestimmt kann ich auch dieses neue Abenteuer schultern.

Ich habe auch einen Mann kennengelernt … Er ist ein gutes Stück älter als ich, aber das macht nichts. Er ist wunderbar. Er hat ein eigenes Unternehmen und hat mir Arbeit angeboten. Eine bessere Arbeit als meine frühere.

Er hat ein großes Haus mit drei Stockwerken und einem großen Balkon. Und mit einer Garage, in der sein neues Auto steht. An

Kleingeld fehlt es ihm auch nicht. Ich fing also an, bei ihm zu arbeiten, aber dann passierte ganz schnell noch etwas anderes. Wir kamen uns nah. Ich hätte nie gedacht, dass ich eines Tages so viel Glück haben würde.

Ich wünsche dir einen schönen Herbst. Schreib mir, wenn du magst!

Viele Grüße

R.

33

JUNI 2022 ÍSAFJÖRÐUR

Sonnenstrahlen fielen durch die Jalousien und malten Streifen auf die weiße Wand des Krankenhauses. Hildur und Jakob gingen mit schnellen Schritten zum Büro der Bettenstation. Hildur spürte, dass die eben erlebte Enttäuschung ihre Nerven auf die Probe stellte.

Die Tür zum gemeinsamen Dienstzimmer des Pflegepersonals war offen. Eine Uhr tickte an der Wand, und auf einer weißen Tafel standen Informationen zum Tagesablauf. Hildur erkannte Lára, die Krankenschwester mit Spanischkenntnissen, die konzentriert an einem Arbeitstisch stand und Daten in einen Computer eingab. Es fiel ihr überraschend leicht, einhändig zu tippen.

Hildur hüstelte. Lára brauchte einen Moment, um sie wiederzuerkennen.

»Sie sind doch die Polizistin, richtig? Kann ich Ihnen helfen?«

Hildur bat Lára, kurz auf den Flur zu kommen. Lára klickte ein paarmal mit der Maus und loggte sich aus.

Auf dem Flur kam Hildur direkt zur Sache.

»Wir müssten unbedingt mit Manuel sprechen, aber er ist nicht in seinem Zimmer.«

Das ungemachte Bett und die Krankenhauspantoffeln daneben ließen vermuten, dass Manuel nicht weit weg war. Trotzdem vermutete Hildur bereits das Schlimmste.

»Hat man ihn zum Röntgen geholt oder so?«, fragte Jakob.

Lára schüttelte verwundert den Kopf.

»Er ist schon heute Morgen gegangen.«

Verdammt noch mal, fluchte Hildur bei sich. Sie waren zu spät gekommen.

»Wie, ›gegangen‹? Ist er abgehauen?«

Lára straffte sich.

»Hier haut man nicht einfach so ab. Ausländer müssen ihre Rechnung bezahlen, wenn sie gehen«, sagte sie und erklärte, dass im Krankenhaus heutzutage in den Sommermonaten viele Touristen aus verschiedenen Ländern behandelt wurden. Touristen, die bei einer Reittour vom Pferd gefallen waren, Wanderer, die sich den Knöchel verstaucht hatten, oder Kinder, die in den Sommerferien eine Ohrenentzündung bekamen, bereiteten dem Pflegepersonal viel Arbeit.

Den isländischen Patienten schickte man die Rechnung später per Post, aber Ausländer mussten zahlen, bevor sie die Klinik verließen, denn die Erfahrung hatte gelehrt, dass niemand nachträglich ins Ausland geschickte Rechnungen beglich.

»Der internationale Eintreibungsprozess ist mühsam und teuer«, fügte Lára hinzu und wies im selben Atemzug darauf hin, dass alle Informationen über Manuels Behandlung der Schweigepflicht unterlagen. Sie holte tief Luft und erklärte dann noch einmal resolut, sie könne Patientendaten nicht einfach so weitergeben, nicht einmal an die Polizei.

Hildur seufzte. Ach du heiliges Schaf. Hatten sie es mit einer Datenschutzbeauftragten zu tun?

»Hören Sie mal. Wir untersuchen Manuels Verbindung zu einem möglicherweise unklaren Todesfall, also frage ich noch einmal: Wann ist er gegangen, und wer hat seine Rechnung bezahlt? Bei der Einlieferung hatte er ja kein Portemonnaie bei sich.«

Die Worte *unklarer Todesfall* zeigten Wirkung. Lára erzählte, der Arzt habe Manuel gegen zehn Uhr erlaubt, das Krankenhaus zu verlassen, weil sein Zustand sich überraschend schnell verbessert hatte.

»Wir haben keinen Grund, gesunde Menschen hierzubehalten. Es gibt ohnehin viel zu wenig Betten.«

Als sie in Manuels Zimmer nachgesehen hatten, war Hildur aufgefallen, dass der Klinikpyjama zusammengeknüllt auf dem Bett gelegen hatte.

»Erinnern Sie sich, was er anhatte, als er ging?«, fragte Jakob.

Lára überlegte kurz, dann schüttelte sie den Kopf. Über die Bezahlung der Rechnung konnte sie dagegen etwas sagen.

»Die Rechnung wurde bar bezahlt. Ich kam gerade von der Runde durch die Zimmer zurück, als Manuel mit diesem blonden Burschen an der Kasse stand. Ich hatte ihn ja damals für eine Frau gehalten, aber es war ein Mann, und er hat die Rechnung bezahlt«, sagte Lára. »Wenn Sie keine Fragen mehr haben, ich müsste jetzt mal langsam weiterarbeiten …«

Hildur bedankte sich und bat Lára, sich zu melden, wenn sie etwas von Manuel hörte oder ihr noch irgendetwas einfiel. Sie waren ein paar Stunden zu spät dran. Hoffentlich war Manuel noch nicht weit gekommen.

Ein Anruf genügte, um Andris Adresse zu erfahren. Zehn Minuten später parkte Hildur ihren Wagen an der Tangagata.

Andris Wohnung befand sich in einem leuchtend gelben mit Wellblech verkleideten Haus. Vor dem Haus standen zwei Fahrräder und ein kleiner Spielzeugtraktor. Da der Eingang zur Souterrainwohnung auf der Rückseite lag, gingen sie um das Haus herum.

Ein Trampolin nahm fast die Hälfte des umzäunten Gartens ein. Überall lag Kinderspielzeug herum. Hildur hob eine umgekippte Plastikschubkarre auf und lehnte sie an die Wand. Jakob klingelte an Andris Wohnungstür. Sie warteten eine Weile.

Hildur erinnerte sich an das, was sie Jakob hatte sagen wollen, in der Eile aber vergessen hatte.

»Ich hab noch mal an diese Liste der Verschwundenen und die Schlüsse der Knochenforscherin Emma gedacht«, begann sie und sah Jakob an. Dann fuhr sie fort: »In einer von Helgas alten Zeitungen habe ich gelesen, dass Ende der 1990er Jahre an den Westfjorden ein Pole namens Jan Nowak verschwunden ist. Die Polizei hatte angeblich kein Interesse, nach ihm zu suchen. Sieh mal nach, ob der Name auf der Liste der Vermissten steht.«

Jakob versprach, die Sache gleich zu überprüfen, wenn sie wieder in der Polizeistation waren, und drückte erneut auf die Klingel. Durch das offene Lüftungsfenster der Souterrainwohnung war das Klingeln deutlich zu hören, aber niemand öffnete. Hildur legte eine Hand als Schirm über ihre Augen und schob das Gesicht nah an das Fenster heran. Die offene Spülmaschine verriet, dass sie in die Küche blickte. Auf dem Tisch stand eine Packung Knusperflocken.

»Ist jemand zu Hause?«, rief sie.

Da wurde über ihnen ein Fenster geöffnet. Ein wütend dreinblickender Mann fuhr sie an: »Was soll der Krach?«

»Wir suchen Andri«, sagte Hildur und schwenkte ihre Dienstmarke. Daraufhin beruhigte sich der Mann.

Er schüttelte den Kopf und schien sich kein bisschen über das Auftauchen der Polizei zu wundern.

»Zu dieser Tunte wollen Sie? Was hat der Spinner denn diesmal angestellt?«

Hildur ignorierte die Schmähungen. Sie hatte den Eindruck, dass der alte Mann das Leben seiner Nachbarn aktiv beobachtete. Also kam sie ganz ruhig zur Sache.

»Wir müssten mit ihm sprechen. Wann haben Sie ihn zuletzt gesehen?«

Der Alte öffnete das Fenster ein Stück weiter, legte die Arme auf das Fensterbrett und beugte sich vor. Hildur hoffte, dass er nicht herausfallen würde.

»Er ist heute früh gegen acht weggegangen und hat sich seitdem nicht mehr blicken lassen. Das war eine seltsame Uhrzeit, denn normalerweise geht er um sechs zur Arbeit, die Post austragen. Und kommt gegen zwei zurück.«

Hildur lächelte. Ihre Vermutung, dass der Mann seine Nachbarn bespitzelte, hatte sich als richtig erwiesen. Andri war also den ganzen Tag nicht zu Hause gewesen.

»Wie ist er unterwegs?«, fragte sie weiter.

Ihren Informationen nach besaß Andri kein Auto. Aber vielleicht wusste der neugierige Nachbar mehr als das Straßenverkehrsamt.

Der Mann zeigte mit dem Finger zur Hausecke.

»Er stellt seinen Wagen immer da vorm Haus ab. So ein roter VW-Bus aus den späten Siebzigern ist das. Die Karre ist in fürchterlichem Zustand, rostig wie nur was und furchtbar laut.«

Hildur schenkte dem Mann ihr breitestes Lächeln.

»Das ist eine sehr wichtige Information. Vielen Dank und noch einen schönen Tag.«

Der Mann schnaubte etwas vor sich hin und zog das Fenster zu.

»In Island sind bestimmt nicht Unmengen von solchen Hippie-Bullis registriert«, überlegte Jakob, während sie um das Haus herum zu ihrem Wagen zurückgingen.

Hildur wartete, bis Jakob den Sicherheitsgurt angelegt hatte, dann gab sie Gas. Als Nächstes mussten sie herausfinden, wer der Besitzer des Wagens war, und wenn endlich einmal alles richtig lief, würde sich gleichzeitig auch anderes klären.

34

Hildur klopfte ungeduldig auf den Drucker. Ihre gereizte Stimmung würde bald zu Kopfschmerzen führen, wenn sie keine Gelegenheit fand, sich zu bewegen. Der Drucker spuckte zwei Bogen Papier aus. Hildur schnappte sie sich und setzte sich an ihren Schreibtisch. Erleichtert überflog sie die Liste. Es gab nur einige Dutzend in Island zugelassene und noch verwendete VW-Busse. Keiner der Besitzer wohnte in Ísafjörður oder im Gebiet der Westfjorde. Sie würde alle anrufen müssen. Der neugierige Nachbar hatte erzählt, der Wagen, den Andri benutzte, sei rot, aber die Farbe konnte sich nach der Registrierung geändert haben.

Beim ersten Anruf meldete sich eine junge Frau mit ihrem Vornamen. Hildur stellte sich vor.

»Sie besitzen einen Kleinbus, Baujahr 1972. Wissen Sie, wo sich der Wagen momentan befindet?«

Die Frau lachte auf.

»In Þórsmörk, wie ich auch. Ich bin zum Wandern hier und habe den Wagen am Krossá-Fluss geparkt. Der Fluss ist so tief, dass ich mich nicht traue, ihn mit der alten Blechkiste zu überqueren …«

Die Frau erzählte wortreich von ihren Reiseplänen für den Sommer und lobte ihr Auto. Sie wunderte sich kein bisschen über den Anruf der Polizei. Hildur bedankte sich und wünschte noch einen schönen Tag.

Auch die nächsten Telefonate lieferten nichts Brauchbares. Zwei Wagen waren gerade in der Werkstatt, und einige standen in der Hauptstadtregion in der Garage. Nicht alle Besitzer meldeten sich; Hildur wurde einige Male mit der Mailbox verbunden.

Sie warf einen Blick auf Jakob, der an der anderen Seite des Schreibtisches saß und gerade mit Emma Bruun telefonierte. Hildur wartete ungeduldig auf das Ende des Gesprächs.

Da rief Axt-Håkon an, um ihr die Untersuchungsergebnisse mitzuteilen. Am Bettrand waren außer Helgas Fingerabdrücken Abdrücke von vier weiteren Personen gefunden worden. Zwei davon gehörten Pflegerinnen aus der betreffenden Schicht, einer war Hildur zuzuordnen, aber ein Satz konnte nicht identifiziert werden. Unbekannte Fingerabdrücke. Als Erster kam Hildur der verschwundene Manuel in den Sinn. Sie mussten möglichst bald Manuels Fingerabdrücke bekommen und mit den gefundenen Spuren vergleichen.

»Und Helgas Obduktion?«, fragte sie.

Das Labor hatte noch nicht alle Resultate geliefert, aber Axt-Håkon konnte schon jetzt sagen, dass Helgas Herz für ihr Alter in äußerst gutem Zustand war und dass man bei den Untersuchungen auch nichts anderes gefunden hatte – wie zum Beispiel Tumore, die den Tod irgendwie erklärt hätten.

»Hildur, deshalb ist das Folgende wichtig: Um den Mund und die Nase der Toten wurden kleine Hämatome gefunden. Sie waren nicht sehr auffällig, und es waren nicht viele.«

Hildur schwieg. Sie ahnte, dass der Rechtsmediziner noch etwas hinzufügen würde.

»Ich habe in den Atemwegen der Toten eine kleine Feder gefunden.«

Hildur wusste sofort, was das bedeutete. Sie war zufrieden,

dass ihre Ahnung sie nicht getrogen hatte. Trotzdem spürte sie die Traurigkeit wie einen stechenden Schmerz in der Hüfte. Jemand hatte ein Kissen auf das Gesicht der alten Frau gedrückt und vor der Zeit den Tod herbeigerufen. Die Information über die Feder war allerdings eine kleine Enttäuschung.

Hildur hatte von den Putzfrauen gehört, dass im Seniorenheim alle die gleichen Kissen und Bettdecken benutzten. Sie hatte ein Exemplar aus dem Lager geholt und es zur Untersuchung ins Labor geschickt, denn sie wollte Gewissheit darüber, ob das, womit Helga getötet worden war, aus dem Seniorenheim stammte oder nicht.

»Die Kissen und Decken, die dort verwendet werden, haben keine Federfüllung. Stoffbezug Öko-Baumwolle, Füllung Kunstfasern«, zählte sie aus dem Gedächtnis auf.

Axt-Hákon mahnte sie zur Geduld.

»Das, was wie eine Feder aussieht, wird noch genauer untersucht. Wir gleichen es mit dem Kissen ab, das du geschickt hast.«

Hildur dankte ihm und verabschiedete sich.

Jakob hing immer noch am Telefon, das Gespräch schien kein Ende zu nehmen. Hildur fühlte sich nicht wohl. Sie schrieb etwas auf einen Zettel, legte ihn Jakob hin und lief hinaus. Sie musste eine Weile nach draußen, um sich zu beruhigen.

Im Auto rief Hildur noch einmal die Kleinbus-Besitzer an, die sich nicht gemeldet hatten. Auch diesmal hatte sie keinen Erfolg. Hildur seufzte und steckte das Handy wieder ein. Sie hatte mit Andris Arbeitgeber gesprochen, aber dort wusste man nicht, wo er sich aufhalten könnte. Man kannte nur die Adresse der Souterrainwohnung in der Tangagata. Andri hatte keine Geschwister, und seine Eltern wohnten dem Bevölkerungsregister nach momentan in Dänemark.

Ein kleiner Lauf würde jetzt guttun. In den letzten Tagen war Hildur im Wald an der Südseite des Dorfes gejoggt. Die Westfjorde hatten eine eindrucksvolle Landschaft zu bieten, aber die Auswahl der möglichen Laufstrecken war nicht groß. Der Radweg längs der Hauptstraße führte einerseits in Richtung Reykjavík, andererseits zu dem kleinen Dorf Hnífsdalur im Westen. Die Straße, die in den südlichen Teil der Westfjorde führte, begann am Ende der Bucht mit einem einige Kilometer langen Tunnel. Dieser Tunnel, der das Dorf Ísafjörður mit den südlicheren Dörfern der Westfjorde verband, war wegen der schlechten Ventilation und der Dunkelheit keine angenehme Laufstrecke. Hildurs Blick wanderte zu den Bergen, die das Dorf umgaben. Die Berghänge waren für das Joggen beschwerlich, boten aber eine grandiose Aussicht. Zudem wusste sie, dass es ihr guttun würde, ein bisschen ins Schwitzen zu kommen.

Hildur fuhr zum Ausgangspunkt des Wanderwegs von Naustahvilft. Die höchste Stelle der Strecke wurde Sitz genannt, denn von Weitem sah die große Aushöhlung im Berghang wie ein Stuhl aus. Einer alten Sage nach hatte ein Troll auf seiner nächtlichen Wanderung an der Bergkante Platz genommen, um die Landschaft zu bewundern. Er hatte seine Füße auf die Erde und sein Hinterteil auf den Berg gesetzt. Die Erde, die zwischen seinen Füßen hervordrang, hatte die Landspitze Eyri hervorgebracht, die sich in den Fjord hineinbog und auf der auch Hildurs Elternhaus lag. Unter dem Hintern hatte sich ein rundes Tal gebildet, an dessen Rand sich ein Gästebuch für die Wanderer befand.

Oben angekommen, nahm Hildur das Gästebuch aus dem Metallkasten, suchte nach der letzten Eintragung und schrieb ihren Namen darunter. Die meisten Wanderer hinterließen ihr Zeichen in dem Buch. Hildur blätterte zurück. Unter den Eintragungen von Anfang Mai entdeckte sie bekannte Namen. Auch Jakob, Matias und Guðrún waren hier gewesen.

Hildur setzte sich auf einen Stein und blickte hinunter auf das Dorf. Sie stieß mit der Schuhspitze gegen eine Weiße Silberwurz, deren kurzer, aber kräftiger Stiel sich bog, aber nicht brach. Unten im Dorf sah Hildur die Polizeistation und ihr nicht weit davon entferntes Haus. Die Schule, das Schwimmbad, die Kirche, die Kita, die Fischhalle, die Autowerkstatt, das Fitnesszentrum, das Krankenhaus und das Seniorenheim. Ihre ganze Alltagswelt lag dort vor ihr. Sie hatte den größten Teil ihres Lebens in dieser Gegend verbracht. So war die Welt hier, aber würde sie an irgendeinem anderen Ort anders sein? Hildur lächelte über ihre Gedanken. An diesem Fjord fühlte sie sich zufrieden, das genügte.

Da spürte sie das Handy in ihrer Tasche vibrieren. Der Anruf kam von einer der Nummern, unter denen sie vorhin niemanden erreicht hatte.

»Skúli aus Selfoss hier. Sie hatten angerufen?«

Hildur erklärte, dass sie ein bestimmtes Auto suchte. Einen Moment lang war am anderen Ende nur Rauschen zu hören. Dann kehrte die Stimme zurück.

»Ich bin in ein anderes Zimmer gegangen, weil ich nicht möchte, dass meine Frau mich hört. Sie kriegt immer einen Rappel, wenn ich über dieses Thema spreche. Familie, Sie wissen schon …« Skúli lachte auf.

Hildur meinte, innerfamiliäre Konflikte seien ihr nicht ganz fremd.

»Mein Vetter Andri ist ab und zu so ein kleiner Strolch, das schwarze Schaf unserer Familie. Ein bisschen eigenartig, aber trotz allem ein guter Junge.«

Skúli erzählte, er habe seinem Vetter ab und zu unter die Arme gegriffen. Vor einiger Zeit habe er ihm die feste Stelle bei der Post der Westfjorde verschafft.

»Ich habe ihm auch mein Auto geliehen. War das ein Fehler? Es ist doch nichts passiert?«

Skúli hätte sicher noch weitergeredet, aber Hildur unterbrach ihn. Sie versicherte ihm, es gehe um nichts Schlimmes. Die Polizei versuche nur, den Wagen zu lokalisieren.

»Es hat nicht unbedingt etwas mit dem Fall zu tun, den wir untersuchen, aber wir müssen jede Einzelheit nachprüfen«, sagte sie und fragte, ob Skúli wisse, wo Andri zu finden sein könnte, wenn er nicht bei der Arbeit oder zu Hause war. Hatte er vielleicht irgendein spezielles Hobby?

»Tja, ich habe ein kleines Sommerhaus am Rand des Dorfs«, antwortete Skúli und nannte ihr die Adresse.

35

Hildur lenkte ihren Land Cruiser über den einzigen Kreisverkehr im Dorf auf die Hauptstraße, die am Fjordufer entlangführte. Das Sommerhausgebiet lag am Ende des Fjords, einige Kilometer außerhalb des Dorfzentrums. Wegen der Lawinengefahr durften die Häuser im Winter nicht benutzt werden. Hildur hatte Jakob auf dem Hof vor der Polizeistation erzählt, wohin sie fahren würden. Die Ermittlungen waren einen großen Schritt vorangekommen, aber zum Plaudern waren sie beide nicht aufgelegt.

So saßen sie stumm nebeneinander. Es war ein wohlwollendes Schweigen, das nichts Peinliches an sich hatte. Hildur hielt es für einen Vertrauensbeweis, wenn man in Gesellschaft eines anderen kein Wort zu sagen brauchte und trotzdem keiner der beiden die Situation als belastend empfand.

Auf dem Fußballplatz kickten Kinder aller Altersstufen. Das Schuljahr war zu Ende. Jakob hatte von dem Fußballclub erzählt, von dem Matias begeistert war. Training, Spiele und Essenspausen im Freien würden seine Tage für die nächsten zwei Wochen ausfüllen. Hinter den Sportplätzen stieg das Tempolimit auf sechzig, und Hildur gab Gas. Am Ende des Fjords lenkte Hildur den Wagen nach rechts. Der unbefestigte Weg führte bergauf, und es prasselte, als kleine Steinchen gegen den Boden des Wagens schlugen. Der Weg wurde jetzt schmaler, sodass Hildur das Tempo auf zwanzig Stundenkilometer drosselte.

»Matias mag Batman.«

Hildur sagte, das habe sie auch schon gemerkt. Wenn der Junge bei ihr war, lese er immer in dem Comic.

Jakob trommelte mit den Fingern auf das Armaturenbrett.

»Batman ist genau wie du.«

Bei Jakobs überraschendem Kommentar rutschten Hildurs Hände vom Lenkrad ab. Mit einer schnellen Gegenbewegung brachte sie den Wagen wieder auf Kurs. Batmans Geschichte kannte sie natürlich.

Bruce Waynes Eltern waren gestorben, als er noch ein Junge war. Nachdem er den Tod seiner Eltern mitangesehen hatte, trainierte er wie verrückt und machte es sich zur Lebensaufgabe, Verbrecher zur Verantwortung zu ziehen.

»In seiner Freizeit ist er ein hedonistischer Playboy. Kommt dir das nicht bekannt vor?«, fragte Jakob und blickte Hildur in die Augen.

»Ein traumatisierter Held, der sein einsames Leben mit Action, Gewalt und Flirts füllt. Die Beschreibung trifft auf ziemlich viele Menschen zu«, entgegnete Hildur trocken und richtete den Blick wieder auf den Weg.

Ein großer Traktor mit Anhänger stand mitten auf dem Weg. Der Fahrer holte irgendetwas vom Acker. Der Weg war zu schmal, um an dem Traktor vorbeizukommen. Hildur drückte kurz auf die Hupe. Der Bauer auf dem Acker winkte, zeigte auf seine Armbanduhr und hob dann die Finger einer Hand. Noch fünf Minuten. Hildur stellte den Motor ab. Sie hatten es nicht brandeilig. Zum Sommerhausgebiet führte nur dieser eine Weg. Wenn Manuel da war, wo sie ihn vermuteten, konnte er nicht entkommen. Nun hieß es einfach warten.

»Was hat Emma über die Knochen gesagt?«

Emmas Beruf faszinierte Hildur. Wenn Muskeln, innere Organe, Haut, Haare und alles andere zu Erde geworden waren, existierten die Knochen immer noch. Und oft verrieten sie etwas darüber, wie der Mensch sein irdisches Leben geführt hatte.

»Emma hat zu allen gefundenen Skeletten biologische Profile erstellt. Sie werden noch präzisiert, aber sie hat schon eine gute Basis, die uns bei der Identifizierung weiterhilft.«

Hildur wollte mehr hören.

»Sind alle von Frauen?«, erkundigte sie sich. Es war die erste Frage, die ihr in den Sinn kam.

Jakob schüttelte den Kopf.

»Nicht nur. Von den vier Skeletten sind zwei Männer und zwei Frauen.«

Hildur spürte, wie ihre Beklemmung verschwand wie Morgentau in der Sonne. Die Auskunft erleichterte sie. Sie war sich nicht sicher, wieso sich der Verdacht auf weibliche Opfer in ihren Kopf geschlichen hatte. Vielleicht lag es daran, dass in Krimis eine nackt aufgefundene junge Frau das typischste Mordopfer war. Ihr war klar, dass sie sich mit dieser Erklärung selbst belog. Sie wusste sehr wohl, wie ihr Verdacht entstanden war.

Zwar wusste bisher niemand, wann die Toten vergraben worden waren, doch Hildurs Gedanken hatten allmählich einen Weg eingeschlagen, der zu ihrem eigenen Vater führte.

Hildur hatte die Prellungen gesehen und gespürt, wie schreckhaft ihre Mutter war, wenn der Vater zu Hause war. Er hatte seine Frau nie vor den Augen der Kinder geschlagen, aber man musste nicht alles, was man wusste, mit eigenen Augen gesehen haben.

Helga hatte erzählt, dass Rakel nie lobend über Rúnar gesprochen hatte. Ob Helga wohl von den Misshandlungen gewusst hatte? Vermutlich ja. Helga war nicht dumm. Sie hatte ja auch die blauen Flecken erwähnt. Hildur hatte bei ihrer Arbeit oft erlebt, dass man auch heute noch über familiäre Gewalt schwieg.

Vor Jahrzehnten war die Einstellung noch restriktiver gewesen. Was innerhalb der Familie geschah, hatte als Privatangelegenheit gegolten, in die man sich nicht einmischen durfte.

Hildur gegenüber war der Vater nie gewalttätig gewesen, aber sie erinnerte sich an das Zusammenzucken ihrer Mutter und an die kalte Atmosphäre. Wenn der Vater ins Haus kam, hatten die Kinder leiser gesprochen und weniger wild gespielt. Die ganze Wahrheit kannte Hildur nicht, aber sie wusste genug. Nach dem Knochenfund war ihr erster Gedanke gewesen, dass ihr Vater Frauen etwas angetan und ihre Leichen im Hinterhof vergraben hatte.

»Ist Emma sich bei den Geschlechtern sicher?«, fragte sie.

Jakob nickte.

»Die Männer sind um die fünfzig, bei einem von ihnen könnte es sich also um diesen Jan Nowak handeln, der dem alten Zeitungsbericht nach an den Westfjorden verschwunden ist. Die Frauen waren bei ihrem Tod erheblich jünger, aber ebenfalls Erwachsene.«

Jakob erklärte, dass Kinder bei der Geburt ungefähr dreihundert Knochen hatten. Im Lauf der Jahre wuchsen die Knochen zusammen. Im Alter von etwa zwanzig Jahren war die normale Zahl von zweihundertsechs Knochen erreicht. Bei zwei Leichen fehlten Knochen der linken Hand, aber bei den anderen waren alle Knochen erhalten, sodass die Volljährigkeit und das Geschlecht der Toten zweifelsfrei festgestellt werden konnten. Die Zähne der Männer waren abgenutzt, die der Frauen nicht. Daher hatte Emma abschätzen können, dass die Frauen bei ihrem Tod ungefähr zwanzig gewesen waren, die Männer dagegen älter.

»Wie kann sie das Geschlecht mit Sicherheit bestimmen?«, hakte Hildur nach.

Jakob legte eine Hand in Hildurs Nacken.

»Hier am Haaransatz verbinden sich die Nackenmuskeln mit

dem Hinterhauptbein. Du hast keinen Höcker«, sagte Jakob. Hildur spürte die Bewegung seiner Hand im Nacken, schauderte und drehte den Kopf. Die Geste war ihr zu intim. Jakob zog seine Hand zurück, legte sie in seinen eigenen Nacken und sprach schnell weiter.

»Männer haben einen Hinterhaupthöcker, Frauen nicht. Auf das Geschlecht kann man auch aus den Augenbrauenwülsten schließen. Bei Männern sind sie vorgewölbt«, erklärte er und begann dann, über die Zersetzung von Leichen zu sprechen.

Im Warmen verwesten Leichen schneller. In Island waren das Klima und der Erdboden kühl, aber von den Leichen in Kotsdalur waren nur noch die Knochen übrig. Ganz frisch konnten sie also nicht sein. Es war möglich, dass sie vor zwanzig oder auch vor zweihundert Jahren begraben worden waren. Die Radiokarbondatierung war Jakobs Worten nach in diesem Fall nicht anwendbar.

»Wenn ein Mensch stirbt, sinkt der Anteil des Karbonisotops, weil das Isotop sich zersetzt. Die Halbwertzeit beträgt mehrere tausend Jahre. Für die Datierung jüngerer Knochen eignet sich die Methode nicht. Außerdem wäre es kriminalrechtlich nicht sinnvoll, so alte Knochen zu analysieren. Der Täter wäre auf jeden Fall selbst schon tot …«

»Ich verwese auch gleich, wenn dieser Bauersmann nicht bald mal seinen Traktor zur Seite fährt«, schnaubte Hildur und ließ den Motor an, um dem Mann, der immer noch über den Acker stiefelte, klarzumachen, dass er sich gefälligst beeilen solle.

Einige Minuten später erreichten sie ihr Ziel, ein typisches einfaches und altmodisches Sommerhaus. Einstöckig, mit abgeschrägtem Flachdach. Auf der Terrasse standen ein kleiner Gasgrill und zwei Gartenstühle aus Plastik. Hildur parkte vor dem Holzzaun und warf einen Blick auf Jakob, der merkwürdig steif wirkte.

»He, du Nackenhöcker, gehen wir?«, fragte sie und steckte den Autoschlüssel in die Tasche.

Jakob entspannte sich. Er stupste Hildur leicht gegen die Schulter.

»Gehen wir. Und ich verspreche, dass ich nicht wieder an deinem Nacken fummle.«

Beide mussten lachen. Der kleine Zwischenfall war abgehakt.

»Wir scheinen am richtigen Ort zu sein«, sagte Hildur und nickte zu dem Sommerhaus hinüber, hinter dem die Stoßstange eines roten Kleinbusses zu sehen war.

Die Bretter knarrten, als sie die Terrasse betraten. Jakob klopfte an die Haustür. Hildur hörte Musik aus dem Inneren. Jakob klopfte erneut, diesmal lauter und direkt an das Türfenster. Hildur sagte, sie werde um das Haus gehen und nachsehen, ob es eine Hintertür gab.

Eine Hintertür fand sich nicht, aber an der Rückwand waren große Fenster. Die Aussicht auf den Berg und den Wasserfall war bestimmt grandios. Hildur hörte die Musik jetzt deutlicher als vorher. Sie trat an das vorhanglose Fenster und blickte nach drinnen.

Der Anblick verblüffte sie, und sie zog sich diskret vom Fenster zurück.

»Klopf lauter«, forderte sie Jakob auf, als sie wieder an der Vorderseite angekommen war. Auf Jakobs fragenden Blick erklärte sie, die Typen seien dort drinnen anderweitig beschäftigt und hätten deshalb nichts gehört. »Sie sind eindeutig ein Paar«, fügte sie hinzu.

Jakob verstand und donnerte zweimal mit der Faust gegen die Bretterwand. Die Musik verstummte.

Die Tür öffnete sich knarrend. Andri hatte sich ein graues Leinenhandtuch um die Hüften gewickelt.

Hildur gab ihm mit einer Handbewegung zu verstehen, dass sie hereinkommen wollten.

Andri nickte. Er wirkte verärgert über die Ankunft der Polizei, leistete aber keinen Widerstand, sondern trat ein paar Schritte zurück und machte in der Diele Platz.

»Ich habe versucht, Sie anzurufen, aber Sie gehen nicht ans Telefon. Und Sie waren heute nicht bei der Arbeit«, sagte Hildur.

»Nein. Mir ging es heute Morgen nicht gut«, antwortete Andri.

Hildur erklärte, sie suchten nach Manuel, der nicht mehr im Krankenhaus sei. Andris Augen weiteten sich ein wenig. Ein rascher Blick zu dem Zimmer am Ende des Flurs sagte genug.

»Er hat die Klinik heute Morgen verlassen. Jemand hat ihm Kleider gebracht und die Klinikrechnung bar bezahlt. Wir haben den starken Verdacht, dass Sie derjenige waren.«

Hildur wartete darauf, dass ihre Worte den gewünschten Eindruck machten. Jakob schickte sich an, eine Runde durch die Zimmer zu drehen. Andri wirkte zusehends verlegen. Ihm war inzwischen wohl klar, dass es keinen Ausweg aus der Situation gab. Er strich sich die Haare aus der Stirn und zog das Handtuch zurecht.

»Er ist da«, sagte er dann und deutete mit einem Nicken auf die Tür am Ende des Flurs.

Hildur warf einen Blick in die Küche, in der zwei Bänke und ein schmaler Holztisch standen.

»Hol Manuel. Wir gehen alle zusammen in die Küche«, sagte sie zu Jakob und sah Andri an, der wie verloren in der Diele stand. »Und Sie ziehen sich schnell etwas über.«

Bald darauf saßen alle vier in der kleinen Küche.

Hildur erklärte, sie werde einen Dolmetscher herbitten, aber zu ihrer Überraschung bat Manuel sie, darauf zu verzichten.

»Ich spreche Englisch«, sagte er verlegen. Er gab zu, dass er seine Sprachkenntnis verschwiegen hatte, um Zeit zu gewinnen. »Ich bitte um Entschuldigung. Ich habe nur … ich habe nur alles versucht, dass ich nicht auf das Schiff zurück muss.« Manuels Englisch war ein wenig ungeübt, aber verständlich.

Weiter erklärte er, dass er gern länger in der Klinik geblieben wäre. Aber dann hatte die Polizei das Speed gefunden.

»Mir war klar, dass ich deshalb Probleme bekomme ... Also musste ich weg.«

Hildur sagte, offizielle Vernehmungen seien im Moment noch nicht nötig. Sie wolle jetzt nur mit den beiden Männern sprechen. Klären, was in letzter Zeit und vor allem in der vorigen Nacht passiert sei. Dann würde sie entscheiden, wie es weiterging. Der Blick durch das Schlafzimmerfenster hatte ihre Einschätzung der Situation leicht verändert.

»Sie sind also ein Paar?«, fragte sie und blickte den beiden abwechselnd in die Augen.

Andri sah Manuel an, der kurz nickte.

»Ja. Wir haben uns auf einem Kreuzfahrtschiff kennengelernt. Ich habe ja neulich schon erwähnt, dass wir damals beide dort gearbeitet haben.«

Andri erzählte, dass sie mal mehr, mal weniger oft in Verbindung gestanden hatten. Manchmal hatten sie telefoniert, meist aber nur Textnachrichten ausgetauscht. Die Fernbeziehung war für beide eine schwierige Zeit gewesen. Hildur dachte an Anton, der in Finnland wohnte. Sie wusste, was Andri meinte.

»Ich dachte anfangs, wir würden uns nie wiedersehen. Aber dann ...« Andri verstummte und sah Manuel verträumt an.

Manuel lächelte.

»Ich war so froh, als ich hörte, dass ich auf einem anderen Schiff arbeiten durfte, das um Island herumfährt«, sagte er. »Ich wusste, dass ich Andri wiedersehen konnte, und das war ... das war ein herrliches Gefühl.«

Er berichtete, dass sie sich im Frühjahr und im Sommer jedes Mal getroffen hatten, wenn das Schiff in Ísafjörður anlegte. Auch diesmal hatten sie sich treffen wollen, aber es war etwas dazwischengekommen.

Manuel senkte den Blick, und seine Stimme klang belegt, als er weitersprach.

»Ich will nicht mehr auf das Schiff. Ich musste mir etwas einfallen lassen. Sie sind andauernd in der Klinik aufgetaucht. Ich bin hierhergekommen, weil ich Zeit zum Nachdenken brauche.«

Hildur betrachtete die Blutergüsse, die unter dem weißen T-Shirt deutlich zu sehen waren.

»Erzählen Sie mehr über das Schiff. Warum wollen Sie nicht zurück?«

Andri legte schützend einen Arm um Manuel und streichelte seine Schulter.

»Das können Sie nicht verstehen. Da ist es heiß und eng. Man darf keine Fehler machen.«

Hildur wartete darauf, dass Manuel fortfuhr. Nach einer Weile hob er die gesunde Hand und zeigte auf die Wunden in seinem Gesicht.

»Für Fehler wird man bestraft.«

In der kleinen Küche war es heiß geworden. Hildur öffnete das Küchenfenster einen Spaltbreit, zog ihren langärmligen Pullover aus und legte ihn neben sich auf die Bank.

»Fangen Sie damit an, wie Sie diese Wunden bekommen haben.«

Manuel erzählte, er habe Hähnchen zerteilt, und beschrieb seine Arbeit, bei der Schnelligkeit und Präzision gefordert waren.

In der Nacht davor hatte er nur einige Stunden schlafen können, denn man hatte ihn in den frühen Morgenstunden zur Frühschicht geholt, weil der für das Rührei zuständige Koch krank geworden war. Gleich nach der Frühschicht hatte er mit den Hähnchen anfangen müssen.

Beim Fleischschneiden hatte er eine winzige Pause gemacht. Er hatte sich kurz an die Wand gelehnt, um nicht vor Müdigkeit umzukippen. Daraufhin war der Chef aus seiner Kabine gekommen und hatte einen durchsichtigen kleinen Plastikbeutel mit weißem Pulver aus seiner Brusttasche gezogen.

»Pfannenfratze hat mir Speed gegeben. Man kann nicht ablehnen, wenn man wach bleiben will.«

»Wer ist Pfannenfratze?«, fiel Hildur Manuel ins Wort.

»Der Schichtleiter, Juan Lopez. Sein plattes Gesicht sieht aus, als hätte ihn jemand mit einer Pfanne geschlagen. Ein böser Mann. Er ist seinen Bossen gegenüber für alle Küchenkräfte verantwortlich.«

»Dem Kapitän?«, fragte Jakob dazwischen.

Manuel lachte auf.

»Ganz und gar nicht. Seinen Leuten in Venezuela. Die Küche untersteht den Venezolanern. Die Putzfrauen sind aus Asien. Aus Thailand, glaub ich. Oder aus Kambodscha. Ich bin mir nicht sicher.«

Manuel erzählte, dass die Subunternehmer einmal jährlich ein Angebot einreichen mussten. So hatte er es jedenfalls verstanden, als er den Job bekam. Die Arbeitsvermittlung in Venezuela hatte von der Reederei den Auftrag bekommen, Küchenpersonal für Kreuzfahrtschiffe zu beschaffen. Ein Mann, der für die Arbeitsvermittlung tätig war, hatte ihn in einer Kneipe angesprochen. Seine Angaben über das Gehalt und die Arbeitsbedingungen hatten sich so gut angehört, dass Manuel die Stelle angenommen und die Vermittlungsgebühr bezahlt hatte.

»Die fünftausend Dollar?«, vergewisserte sich Hildur.

»Ich begreife nicht, wie ich so dumm sein konnte, den ganzen Mist zu glauben«, sagte Manuel.

Hildur hielt ihn nicht für dumm. Jeder, dem man in einer aussichtslosen Situation wenigstens eine kleine Chance anbot, seine Lage zu verbessern, hätte zugegriffen.

»Ich war dabei, das Brustfleisch abzuschneiden, als ich einen Fehler gemacht habe. Das Messer hat aus Versehen den Knochen getroffen. Der Griff ist mir aus der Hand gerutscht, ich habe das Gleichgewicht verloren und bin mit dem Oberkörper auf die Arbeitsfläche gefallen. Als ich etwas Warmes im Gesicht spürte, wusste ich sofort, dass es schlimm ausgegangen war.«

Auf der Arbeitsfläche hatte sich eine rote Lache ausgebreitet. Das Messer war mit der Klinge nach oben unter Manuel gelandet und hatte ihm die Schläfe aufgeritzt. Sein Gesicht hatte vor Schmerz gepocht.

»Ich habe geschrien. Es tat so weh.«

Manuel unterbrach sich und trank einen Schluck aus seiner Limonadenflasche.

Zur Besatzung des Kreuzfahrtschiffs gehörten zwei ausgebildete Krankenschwestern, und alle Arbeitskräfte – oder jedenfalls alle offiziellen – hatten einen Erste-Hilfe-Kurs absolviert. In schwereren Fällen wurde der Patient in das nächste Krankenhaus an Land gebracht.

»Mir war klar, dass die Wunde in einem Krankenhaus genäht werden musste. Es kam so viel Blut. Ich wusste, dass wir gleich in den Hafen einlaufen würden, hier in eurem Dorf.«

Aber er durfte nicht in die Klinik. Pfannenfratze hatte ihn in die Krankenstube geschleppt und versucht, die Wunde zu säubern und mit Klebeband zu verschließen. Manuel hatte sich gewehrt und gesagt, er würde notfalls auf eigene Faust ins Krankenhaus gehen. Juan war wütend geworden und hatte seinem Untergebenen mit einem Taschenmesser noch weitere und wesentlich schlimmere Verletzungen beigebracht, so lange, bis er das Bewusstsein verlor.

»Einer meiner Kollegen hat alles riskiert, um mir zu helfen«, erzählte Manuel. Der Kollege hatte es geschafft, sich den Universalschlüssel zu verschaffen und die von außen verschlossene Tür der Krankenstube zu öffnen. Er hatte Manuel wachgerüttelt, und dann war Manuel von Bord gewankt.

Hildur hatte noch eine Frage.

»Sagen Sie mal ... Was hatten Sie in der Nacht zum Dienstag um zwei Uhr im Verbindungsgang zwischen der Klinik und dem Seniorenheim zu suchen?«

Manuel zuckte zusammen.

»Ich habe versucht zu fliehen. Ich war mitten in der Nacht wach geworden und hatte Angst. Da habe ich mir die Kleider unter den Arm geklemmt. Ich wollte unbemerkt verschwinden, aber am Eingang der Klinik saß ein Nachtwächter. Da habe ich einen anderen Ausgang gesucht und bin den Schildern gefolgt und in dieser anderen Halle gelandet, wo der Ausgang verschlossen war. Ich konnte nirgendwohin. Also bin ich in mein Zimmer zurückgegangen.«

Manuel sagte, er wisse, dass venezolanische Staatsbürger sich drei Monate ohne Visum in Island aufhalten durften. Danach musste man eine längerfristige Aufenthaltsgenehmigung beantragen. Die wurde jedoch nur erteilt, wenn der Antragsteller nachweisen konnte, dass er fähig war, für seinen Lebensunterhalt aufzukommen.

»Ich möchte hierbleiben«, fügte er leise hinzu.

»Haben Sie oder einer von Ihnen Geld?«, fragte Hildur.

Manuel und Andri schüttelten die Köpfe.

»Darüber haben wir schon nachgedacht. Wir haben nicht so viel, wie die Ausländerbehörde verlangt.«

Hildur seufzte. Sie war gezwungen, die Dinge beim Namen zu nennen.

»Sie sind einem Verbrechen zum Opfer gefallen, und wir müssten Ihnen im Prinzip helfen. Es gibt da allerdings ein großes Problem«, sagte sie und machte eine kurze Pause, bevor sie fortfuhr. Sie musste ehrlich sein. »Selbst wenn Sie die Vorfälle auf dem Schiff in allen Einzelheiten schildern und Beweise vorlegen würden und selbst wenn Sie bereit wären, als Zeuge gegen die Täter aufzutreten, kann ich als Polizistin nichts tun, weil das Kreuzfahrtschiff nicht der isländischen Gesetzgebung unterliegt.«

Hildur überlegte. Manuels Geschichte klang wahr. Aber sie konnte ja nicht wissen, ob er Helga nicht doch getötet hatte. Vielleicht hatte er die alten Leute bestohlen, um seine Schulden bezahlen zu können.

»Die Aufzeichnungen der Überwachungskamera zeigen, dass Sie ungefähr zehn Minuten lang im Seniorenheim waren. Sind Sie vielleicht doch in das Zimmer von irgendeinem Bewohner gegangen?«

Manuel riss den Mund auf. Hildur beobachtete ihn genau. Seine Reaktion wirkte echt.

»Von welchem Bewohner?«

»Die Fragen stelle ich«, entgegnete Hildur.

Manuel schloss die Augen und schien nachzudenken. Der Sommerwind wehte durch das offene Fenster herein und ließ den Holzperlenvorhang zwischen der Küche und dem Flur schaukeln. Draußen sangen Vögel.

Manuel hüstelte und rutschte unruhig auf der Bank herum. Dann erzählte er, er habe eine Weile in der Eingangshalle vor der verschlossenen Tür gestanden und über seine Alternativen nachgedacht.

»Bestimmt einige Minuten. Genau kann ich es nicht sagen. Dann bin ich zurück in mein Zimmer gegangen. Ich war nirgendwo sonst.«

Hildur beobachtete Manuels Miene. Er wirkte aufrichtig. Trotzdem hatte sie Zweifel. Sie nickte Jakob zu, der daraufhin die nötigen Utensilien aus seinem Köfferchen holte.

»Wir brauchen Ihre Fingerabdrücke, um sie mit denen zu vergleichen, die in einem der Zimmer gefunden wurden.«

Manuel wirkte verwundert, doch Hildur entdeckte in seiner

Miene weder Furcht noch Abwehr. Er krempelte den Ärmel hoch und folgte Jakobs Anweisungen.

Als Jakob fertig war, sah Manuel Hildur flehend an.

»Gibt es irgendeinen Weg, wie Sie mir helfen könnten?«

Hildur betrachtete den misshandelten jungen Mann auf der schmalen Bank. Andri hatte den Arm immer noch um Manuel gelegt. Hildur seufzte.

»Ich versuche, mir etwas einfallen zu lassen. Zu guter Letzt regelt sich ja doch immer alles.«

Manuel entspannte sich sichtlich. Seine hoffnungsvolle Miene ging Hildur unter die Haut.

»Aber zum jetzigen Zeitpunkt muss ich Sie trotzdem verhaften.«

36

WESTFJORDE, ANFANG DER 1990ER JAHRE

RAKEL

Nachdem der Schulbus die Kinder abgeholt hatte, kämmte Rakel sich, trug Lippenstift auf und setzte sich auf ihr Fahrrad. Die dicke Wolkendecke riss auf, und Sonnenstrahlen fielen in das Tal. Die wolkenförmigen Schatten bildeten dunkle Tupfer auf dem Boden. Rakel fuhr in der Mitte des unbefestigten Weges und wich den schattigen Stellen aus. Sie wollte die Sonne auf ihrer Haut spüren. Ihre Haare und der Saum ihres knielangen Kleides wehten im Wind, die freudige Erwartung zauberte ein Lächeln auf ihr Gesicht.

Der Weg war im Frühsommer planiert worden. Der Regen hatte die kleinen schmalen Dellen jedoch wieder an die Oberfläche geholt. An den holprigen Stellen klapperte der Gepäckträger des Dreigangrads, doch das störte Rakel nicht. Zum Glück hatte sie ihr Fahrrad. Es schenkte ihr Freiheit an Tagen wie diesem, wenn die Kinder in der Schule waren, Rúnar auf See und ihr Auto wieder einmal in der Werkstatt.

Der Auspuff hatte nun schon zum zweiten Mal ein Loch, und sie konnten sich keinen neuen leisten. Zum Glück hatte der Monteur gesagt, er könne auch dieses Loch verschweißen und es sei gut möglich, dass sie mit dem alten Auspuff noch ein Jahr zurechtkämen.

Woher sollten sie im nächsten Jahr das Geld für einen neuen nehmen? Rakel wusste es nicht, und gerade jetzt wollte sie nicht an die Zukunft denken, jedenfalls nicht, wenn sich damit Trauer und Sorge verbanden.

Rakel lehnte das Rad an die Wand des grünen Einfamilienhauses. Sie hätte hier nicht zu klopfen brauchen. Trotzdem pochte sie zweimal an die Tür, bevor sie eintrat. Eine Sache der Höflichkeit.

»Ich bin hier.«

Rakel zog die Schuhe aus und ging in die Küche. Der Raum war lichtdurchflutet, und die Sonnenstrahlen ließen Helgas Haare golden funkeln.

»Wie geht es dir?«, fragte Helga und kam näher. Ihr Morgenmantel hatte sich geöffnet.

Helgas Mann Hallgrímur war am Morgen nach Reykjavík gefahren, um Futter und Ersatzteile für den Traktor zu kaufen. Er würde zwei Tage unterwegs sein. Dank neuer Medikamente hatte Hallgrímur schon seit mehreren Monaten keine Herzbeschwerden mehr gehabt. Er konnte wieder ganz normal arbeiten.

»Jetzt besser«, sagte Rakel und schmiegte sich an Helga.

Sie umklammerten einander wie Ertrinkende. Der Moment der Rettung und die Freude des Wiedersehens ließen die Haut prickeln.

Der Morgenmantel fiel auf den Boden. Rakel zog hastig ihr Kleid aus, und einander liebkosend taumelten sie durch die Küche in das Gästezimmer. Ins Schlafzimmer waren sie nie gegangen, das war von Anfang an ein wortloses Abkommen zwischen ihnen gewesen. Sie hatten nie darüber gesprochen, aber der Beschluss war gültig. Hallgrímur war ein guter Mann, und sie wollten ihn nicht verletzen. Außerdem hatte Helga gestanden, dass sie sie beide liebte.

Rakel wand sich auf der Bettcouch, Helga lag auf ihr. Sie lachten, dann verstummten sie. Der Moment war voller Freude, aber auch voller Wehmut, denn sie wussten, dass er bald vorbei sein würde. Jede ihrer Begegnungen war der erste Augenblick der Trennung.

Helga streichelte Rakels linke Schulter. Der handbreite Bluterguss war gelblich verblasst, aber immer noch deutlich sichtbar. Helga sah Rakel fragend an.

»Ich habe einen Salzstein auf die Weide gebracht. Eins der Pferde hat mich gebissen«, sagte Rakel und wandte den Blick ab.

»Bist du sicher?«, fragte Helga ruhig. Ihre Finger spielten mit Rakels langen dunkelroten Haaren.

Rakel nickte, und Helga sprach nicht weiter.

Eine Weile lagen sie wortlos auf dem Rücken, die gehäkelte Tagesdecke so weit über sich gezogen, dass sie ihre Beine wärmte.

Eine Fliege summte am Fenster des Gästezimmers. Im Abstand von einigen Sekunden war ein klopfendes Geräusch zu hören, wenn das arme Tier versuchte, durch die Scheibe in die Freiheit und auf die grüne Wiese zu gelangen. Die Zeit schien stillzustehen, auch wenn sie beide wussten, dass es nicht so war. Die Sonne schien nicht mehr in das Zimmer. Es war schon weit nach Mittag.

Rakel drehte den Kopf so weit, dass sie Helga ansehen konnte.

»Jetzt ist ein schlechter Moment, um zu fragen, aber …«

Helga drehte sich vom Rücken auf die Seite.

»Jetzt ist der beste Moment.«

Zwischen Rakel und Helga hatte es nie einen Wettstreit gegeben. Sie waren beide Bauersfrauen im selben Tal. Die eine hatte drei Kinder, die andere keines. Die eine hatte einen anständigen Ehemann, die andere nicht. Beide hatten den Führerschein, ein Fahrrad und ein eigenes Konto, auf das sie Geld einzahlen konnten. Auch finanziell waren sie immer auf Augenhöhe gewesen. Sie hatten beide nichts gesucht und es doch gefunden. Keine von ihnen brauchte etwas von der anderen – sie brauchten nur einander.

Rakels Stolz wurde nicht verletzt, als sie ihr Anliegen vorbrachte.

»Das Geld ist wieder alle. Ich brauche wieder ein bisschen Bargeld. Nur ein ganz kleines bisschen. Für Bienenwachs. Ich habe dich schon so oft angebettelt, ich möchte nicht …«

Helga legte einen Finger auf Rakels Lippen und lächelte.

Sie flüsterte, obwohl außer ihnen beiden niemand im Haus war. Sie sagte, sie gehe am Nachmittag im Dorf auf die Post.

»Dann kann ich auch gleich auf die Bank gehen und etwas überweisen.«

Rakel bedankte sich.

»Ich zahle es zurück, sobald ich kann«, fügte sie rasch hinzu.

Helga schüttelte den Kopf.

»Mit der Zeit gleicht sich alles aus, glaub mir.«

Die Fliege surrte immer noch am Fenster.

»Du bist so lieb.«

37

ÍSAFJÖRÐUR JUNI 2022

Nach dem Abstecher ins Sommerhaus waren graue Wolken am Himmel aufgezogen. Die ersten Regentropfen fielen, als Hildur durch das Fenster des Dienstzimmers auf den Hof der Polizeistation blickte. Der Regen nahm zu, trommelte rhythmisch gegen die Fensterscheiben und munterte Hildur auf. Jakob gab gerade die Fingerabdrücke in die Datenbank ein, wo sie auf die Analyse des Kriminallabors warteten. Manuel saß in der Haftzelle und würde mindestens bis morgen, wenn die Resultate zu den Fingerabdrücken eintrafen, dortbleiben. Da er einen Pass besaß, könnte er das Land allzu leicht verlassen, wenn er die Gelegenheit bekäme.

Hildur hatte den leidgeprüften jungen Mann nicht zu Fremden ins Gefängnis von Akureyri oder Reykjavík schicken wollen. Normalerweise wurden Verhaftete in eine der größeren Städte gebracht, wo es mehr Zellen und mehr Personal gab. In Manuels Fall hatte Hildur eine Ausnahme machen wollen und Beta hatte zugestimmt, weil Hildur versprochen hatte, die Nachtwache zu übernehmen. Wegen der Sommerferien hatten sie dafür im Moment keine freien Streifenbeamten.

»Kommen wir noch mal auf den Räubergedanken zurück. Wenn Manuel es nicht war, könnte es ein Dieb von außen gewesen sein«, meinte Hildur.

Bei Ermittlungen musste man offenen Sinnes sein. Man konnte nie im Voraus wissen, welcher Weg ans Ziel führte. Wenn man die falsche Richtung einschlug, musste man kehrtmachen und von vorne anfangen. Die Möglichkeit eines gescheiterten Diebstahlversuchs hatten sie von Anfang an in Betracht gezogen.

»Verdammt«, schnaubte Jakob und schlug mit der Faust auf den Schreibtisch. »Das hatte ich total vergessen. Der Sicherheitschef hat immer noch nicht auf die Rückrufbitte reagiert. In der Hektik ist mir das entgangen.«

Hildur warf einen Blick auf die Uhr. Es war schon ziemlich spät.

»Ich habe vor, alle Bewohner des Seniorenheims eingehend zu befragen. Wir müssen feststellen, ob bei irgendwem Wertgegenstände verschwunden sind.«

Jakob dehnte die Arme und gähnte.

»Machen wir morgen weiter? Der Sicherheitschef ist um diese Zeit nicht mehr im Dienst, und die alten Leute sollten wir besser nicht so spät am Abend befragen. Außerdem wollte ich noch mit Matias schwimmen gehen …«

Hildur nickte. Sie musste jetzt sowieso die Zellenwache übernehmen, denn der Polizist, der für Anzeigen zuständig war, hatte schon Feierabend gemacht. Die Polizeistation war leer.

Nachdem Jakob gegangen war, belud Hildur ein Tablett mit einer Flasche Orangensaft, einem Käsebrot und Keksen als Abendessen für Manuel.

»Die Ergebnisse zu den Fingerabdrücken bekommen wir hoffentlich gleich morgen«, sagte sie, als sie die Zelle betrat.

Manuel hatte sich umgezogen und seine feuchten Haare zurückgekämmt.

Hildur hatte ihm vor einer Weile Kleidung zum Wechseln und Waschzeug gebracht und sich vergewissert, dass das Bett frisch bezogen war. In der Zelle hatte seit Monaten niemand mehr übernachtet.

»Ist hier alles in Ordnung?«, fragte sie im Weggehen.

Manuel bedankte sich für das Essen und sah Hildur flehend an. »Glauben Sie wirklich, dass sich alles regelt?«

Hildur ließ den Blick über die kahlen Wände der Zelle wandern. Dann musterte sie den zerbrechlich wirkenden jungen Mann und nickte.

»Ja, das glaube ich. Ohne ein bisschen Optimismus kommt man nicht weit.«

Sie wünschten einander eine gute Nacht. Hildur verriegelte die Zellentür, ging in die Nachbarzelle, legte Hose und Pullover auf den Stuhl und schlüpfte in Unterwäsche ins Bett. In der Polizeistation gab es keine anderen Schlafplätze, also musste die Zelle herhalten. Sie schaltete die Leselampe aus.

Sie hatte Gewissensbisse, weil sie den jungen Mann angelogen hatte. Die Dinge regelten sich ja keineswegs immer zum Positiven. Aber sie musste Manuel wenigstens ein bisschen Hoffnung machen. Wenn man den Glauben verlor, half die Hoffnung, noch etwas länger durchzuhalten. Mit diesem Gedanken schlief sie ein.

38

Früh am nächsten Morgen standen Jakob und Hildur in der Eingangshalle des Seniorenheims. Nach einer Weile kam der Sicherheitschef angezockelt, den die Frau am Empfang hergerufen hatte. Er wirkte auch heute wie ein Mann mittleren Alters, der immer noch von einer Karriere als Rockmusiker träumte, obwohl er kein berühmter Gitarrist, sondern ein Klinikangestellter geworden war.

»Verflixt, ich habe vergessen zurückzurufen. Hier geht es gerade ein bisschen hektisch zu, weil weniger Personal da ist.«

Hildur schluckte ihren Ärger herunter. Der Mann hatte der Polizei die Aufzeichnungen der Überwachungskameras ausgehändigt, war aber nicht auf die Idee gekommen, die beschädigte Tür zu erwähnen.

»Ist in letzter Zeit in die Klinik oder das Seniorenheim eingebrochen worden?«, fragte sie.

Der Sicherheitschef sah sie verdattert an.

»Wir haben keine Anzeige bekommen, aber uns ist aufgefallen, dass der Türrahmen am Eingang verbogen ist«, fügte Jakob hinzu.

Hildur versuchte, nicht auf die Schuppen zu starren, die auf das schwarze Rockband-Shirt des Mannes rieselten, als er sich unsicher am Kopf kratzte.

»Die Eingangstür ist beschädigt, und Sie als Sicherheitschef wissen nichts davon?«

Jakob bemühte sich um eine versöhnlichere Herangehensweise und erkundigte sich, ob möglicherweise andere in der Klinik davon wussten.

Der Sicherheitschef holte sein Handy aus der Tasche und rief irgendwen an. Nach einem kurzen Wortwechsel wandte er sich an Hildur und Jakob.

Der operative Leiter der Klinik hatte ihm gerade gesagt, dass der Handwerker, der vor mehr als einer Woche die Schlösser geölt hatte, die Schäden an der Tür bemerkt hatte.

»Aber es hat niemand weiter darauf geachtet. Wahrscheinlich bloß ein Dummejungenstreich. Im vorigen Sommer haben ein paar Jungs aus dem Dorf Gras in die Regenrinnen gestopft. Manchmal werfen sie Wasserbomben an die Fenster. Was die Kids eben so treiben, wenn sie zu viel Energie haben.«

Hildur seufzte leise.

»Sie haben keine Einbrecheralarmanlagen?«

»Die brauchen wir nicht.« Der Mann erklärte, es seien rund um die Uhr Pflegekräfte und Ärzte und in jeder Schicht mindestens ein Wächter anwesend. Die Bargeldkassen würden täglich abgerechnet, und die Medikamentenschränke seien abgeschlossen. Die Arzneimittelvorräte würden regelmäßig inventarisiert.

»Wir würden es merken, wenn etwas fehlt. Wie gesagt, ich wette, es waren die Jungs aus dem Dorf«, sagte er.

Er war in der Defensive, seine Stimme war eine Spur höher geworden. Er fügte noch hinzu, die Reparatur der Tür sei schon bestellt worden, könne aber erst im August erledigt werden.

»Sind Sie sicher, dass es mehr als eine Woche her ist?«, vergewisserte sich Hildur.

»Hundertprozentig. Mein Chef erinnert sich genau an das Datum, weil an dem Tag das Liverpool-Spiel im Fernsehen lief. Außerdem gibt es einen Vermerk über den Besuch des Monteurs. Es ist definitiv über eine Woche her.«

Hildur und Jakob baten den Mann, sich zu melden, falls sich etwas Neues ergab. Als der Langhaarige gegangen war, wechselten sie einen Blick. Sie waren beide enttäuscht. Das Raubmotiv zerbröckelte. Trotzdem wollte Hildur alle alten Leute im Heim befragen. Dass sie begonnen hatten, Helgas Tod als Kapitalverbrechen zu untersuchen, würde sie allerdings vorläufig nicht verraten, sondern sich nur nach möglicherweise verschwundenen Besitztümern erkundigen. Sie wollte die Bewohner des Seniorenheims nicht beunruhigen.

Jakob hatte in einer früheren Besprechung die Kardiologin Saga Maríudóttir erwähnt, in deren Sommerhaus vor einiger Zeit eingebrochen worden war. Sie war gestern am späten Abend aus Reykjavík in ihr Sommerhaus gefahren und verlangte immer noch, persönlich mit der Polizei zu sprechen, daher würde Jakob jetzt hinfahren und sich die Spuren des Einbruchs ansehen.

Hildur ging in das Seniorenheim. Auch wenn niemand vom Personal der Klinik und des Heims einen Einbruch bemerkt hatte, war nicht auszuschließen, dass er stattgefunden hatte. Und auch wenn er vor Helgas Tod passiert war, hieß das nicht unbedingt, dass die Einbrecher kein zweites Mal gekommen waren. Es wäre sogar viel leichter gewesen als beim ersten Mal, weil die Diebe sich schon auskannten und womöglich im Voraus eruiert hatten, wo Wertgegenstände zu finden waren.

Zwar hatte niemand gemeldet, dass etwas verschwunden war, aber wie genau achteten die Bewohner des Heims letzten Endes auf ihren Schmuck und ihr Bargeld? Hildur dachte an Helga, die gegenwärtige und vergangene Ereignisse durcheinandergebracht hatte.

Sie sah auf die Uhr. Wenn sie mit der Befragung zügig vorankäme, bliebe ihr vor der Besprechung mit Beta und Jakob noch Zeit für eine kurze Joggingeinheit. Sie begann ihre Runde bei Jódís im Pausenraum des Personals.

Hildur berichtete von den Ferienhauseinbrüchen und von der beschädigten Tür des Seniorenheims und erklärte, dass die Polizei die Bewohner fragen musste, ob ihnen irgendetwas abhandengekommen sei.

»Hier hat niemand irgendwelche ungebetenen Besucher gesehen. Sonst hätte ich davon gehört«, behauptete Jódís und goss sich dampfend heißen Kaffee aus der Thermoskanne ein. »Mögen Sie?« Sie schob Hildur ein Tablett hin, auf dem Hefeteilchen mit Schokoladenglasur lagen.

»Sehr freundlich, aber ich habe jetzt keine Zeit für eine Kaffeepause«, dankte Hildur lächelnd und erzählte, dass sie gerade mit dem Sicherheitschef gesprochen habe. In der Klinik habe man keine Diebstähle bemerkt. »Vermutlich haben mindestens einige der alten Leute Wertgegenstände in ihrem Zimmer, vielleicht ist etwas davon verschwunden?«

Jódís schüttelte energisch den Kopf.

»Das sind Privatangelegenheiten.«

Ihre Reaktion überraschte Hildur. Mit dieser Antwort hatte sie nicht gerechnet.

»Wenn ein Mensch nicht fähig ist, sich um sich selbst und um seine Angelegenheiten zu kümmern, bekommt er einen gesetzlichen Betreuer. Hier hat niemand einen. Alle sind klar im Kopf.«

Es fiel Hildur schwer, das zu glauben. Bestimmt litten einige der Bewohner mindestens unter gelegentlichen Gedächtnisstörungen. So war es ja auch bei Helga gewesen. Insofern war es durchaus möglich, dass der Besitzer es nicht merkte, wenn ihm jemand Geld gestohlen hatte.

»Darf ich trotzdem ein bisschen mit den Bewohnern reden?«, fragte sie.

Jódís sah sie immer noch mit stechendem Blick an.

»Dafür brauchen Sie meine Erlaubnis nicht. Fragen Sie sie ruhig.«

Die übliche Männerclique hatte sich wieder um das Schachbrett versammelt. Zwei von ihnen stellten ihre Figuren auf. Der eine der beiden, der ein grünes Karohemd und eine Brille trug und Weiß spielte, fragte Hildur, welchen Zug sie machen würde.

Hildur hatte vor allem in ihrer Zeit an der Polizeischule oft Schach gespielt, aber das letzte Mal lag schon lange zurück. Sie betrachtete das Brett und die Spieler. Dann antwortete sie:

»1.c4.«

»Also die englische Eröffnung«, schmunzelte der Mann im Karohemd, sichtbar zufrieden mit Hildurs Antwort.

»Ich würde Sie auch gern etwas fragen«, begann Hildur. Sie berichtete wieder über die Tür des Seniorenheims und die Ferienhauseinbrüche. »Sind bei Ihnen in letzter Zeit persönliche Besitztümer verschwunden?«

Die Männer sahen Hildur interessiert, aber verdutzt an.

»Als meine Frau noch lebte, ist mein ganzes Geld gleich am Zahltag verschwunden«, scherzte ein aufgeweckt wirkender Opa und klopfte seinem Nebenmann auf die Schulter.

Als das wiehernde Gelächter sich gelegt hatte, beteuerten die Männer, es sei alles in bester Ordnung. Sie hätten nichts bemerkt.

Hildur führte mit jedem Bewohner das gleiche Gespräch. Alle sagten dasselbe: Es sei nichts verschwunden. Wenn sich jemand über ihre Fragen wunderte, sagte Hildur beruhigend, der Verdacht der Polizei sei wahrscheinlich unbegründet. Sie wolle nur absolut sichergehen, dass außer den jüngsten Einbrüchen in die Sommerhäuser keine weiteren Eigentumsdelikte vorgefallen waren.

Als Hildur gerade aufbrechen wollte, bemerkte sie eine untersetzte Frau, die mit einem Rollator langsam am Rand des Flurs entlangging. Sie trug ein dünnes hellblaues Kopftuch über ihren Lockenwicklern.

Hildur grüßte sie und stellte sich vor.

»Sie brauchen nicht zu schreien, ich habe einen Hörapparat«, flüsterte die Frau und zeigte auf das Gerät an ihrem Ohr.

»Ich bin Katla«, sagte sie dann und bat Hildur, die Tür zu ihrem Zimmer zu öffnen.

Hildur folgte ihr in das Zimmer. Sie kostete den Namen auf ihrer Zunge: Katla, eine scharfzüngige starke Frau in der Volkssage und ein Lava speiender Vulkan. Sie betete dieselbe Litanei herunter wie bei allen anderen, aber bevor sie eine Frage stellen konnte, winkte die Frau ab.

»Ich will keine Fremden hier. Fremden kann man nicht trauen.«

Hildur trat von einem Bein auf das andere und versuchte es noch einmal in sanfterem Ton.

»Ich dachte nur, falls bei Ihnen etwas verschwunden ist, könnte ich helfen …«

Katla schüttelte resolut den Kopf.

»Keine Polizei. Niemand. Man hat mir nichts gestohlen. Ich habe Ihnen nichts zu sagen. Ich traue nicht mal der Polizei. Würden Sie jetzt bitte gehen?«

Die alte Frau wirkte entschlossen. Sie schob den Rollator in die Zimmerecke und setzte sich in ihren Sessel. Hildur seufzte. Katla wollte nicht reden, und Hildur konnte sie nicht dazu zwingen. Also verabschiedete sie sich höflich.

Auf dem Weg zu ihrem Wagen hing sie ihren Gedanken nach. Von den Bewohnern des Seniorenheims hatte sie nichts Nützliches erfahren. Trotzdem hatte sie das Gefühl, auf etwas gestoßen zu sein, das sie irritierte. Katlas Haltung hatte sie aufmerken lassen. Sie setzte sich ins Auto und legte den Sicherheitsgurt an. Ihrer Meinung nach ging es bei Katla um mehr als nur um Antipathie gegenüber der Polizei. Irgendetwas an dem Misstrauen der alten Frau hatte ihren Verdacht geweckt. Es schien eben doch nicht alles in bester Ordnung zu sein.

39

Die Fahrt zum Sommerhaus der Kardiologin Saga Maríudóttir dauerte eine gute halbe Stunde. In diesem Teil der Westfjorde war Jakob noch nie gewesen. Skálavík lag nordwestlich von Ísafjörður an einer kleinen Bucht am Fuß des hohen Berges Bólafjall. Der schmale Weg, der nur im Sommer befahrbar war, schlängelte sich durch die wunderschöne Landschaft der Hochebene. Die bunten kleinen Holzhäuser am Ufer der Bucht erinnerten Jakob an die finnischen Schrebergartenhütten. Sie waren so klein. Die Bucht war abgelegen und von hohen Bergen umgeben, sodass das Handynetz nicht bis hier reichte.

Saga hatte gesagt, ihr Sommerhaus sei eine rosa Puppenstube. Jakob fuhr auf den Hof. Saga schien gerade in dem Gebüsch neben dem kleinen Haus zu hocken. Nun richtete sie sich auf und winkte ihn zu sich.

»Ich habe Rhabarber gepflückt, für Saft«, erklärte sie und gab Jakob die Hand.

Jakob warf einen Blick auf den Rasen neben dem Haus, wo bereits Dutzende von Rhabarberstangen lagen.

»Das ist auch das Einzige, was in meinem Garten wächst«, lachte Saga und riss das Blatt von der Stange in ihrer Hand ab.

Jakob erkundigte sich, wie Saga den Saft zubereitete, und erhielt ausführlich Auskunft darüber, wie man den Rhabarber einige

Tage lang in Zuckerwasser mit Natriumbenzoat und Weinsäure ziehen ließ. Jakob hörte aufmerksam zu. Das Thema interessierte ihn, denn auch bei ihm im Garten wuchs Rhabarber.

Dann holte er Notizblock und Stift aus der Tasche und berichtete über die laufenden Ermittlungen zu den Einbrüchen.

Saga legte die Rhabarberstange auf den Haufen und wischte sich den Schweiß von der Stirn.

»Dieses Sommerhaus hat meinem Vater gehört, und ich bin sein einziges Kind. Nach seinem Tod habe ich es geerbt. Ich verbringe hier jeden Sommer nur ein paar Wochen. Ansonsten steht es leer«, sagte sie.

Dann nickte sie zum Nachbarhaus hin und erzählte, der Nachbar sei in der vorigen Woche hier gewesen und habe die Einbruchsspuren sowohl an seinem eigenen als auch an Sagas Häuschen bemerkt.

»Er hat auch bei den anderen etwas weiter entfernten Häusern nachgesehen, aber an denen ist ihm nichts Besonderes aufgefallen«, sagte sie, holte ihr Handy aus der Tasche und zeigte Jakob die Fotos, die der Nachbar gemacht hatte.

An der Einfahrt zum Grundstück stand ein Tor, das mit einem Vorhängeschloss gesichert war. Die Kette des Schlosses war durchtrennt worden. Jakob sah sich das Foto genauer an. Die Schnittstelle war glatt. Die Kette war vermutlich mit einer großen Zange gekappt worden. Saga scrollte zur nächsten Aufnahme. Darauf waren zerbrochene Terrassendielen zu sehen, die nur noch an einigen Nägeln hingen. Rund um das rosa Sommerhaus verlief eine mindestens doppelt so große Terrasse, unter der sich ein Hohlraum befand.

»Die Dielen habe ich schon auswechseln lassen. Ich ertrage es nicht, dass hier irgendwas kaputt ist, wenn ich für meinen kurzen Sommerurlaub herkomme«, sagte Saga entschuldigend und sah Jakob fast ungehörig lange an.

Jakob bat sie, ihm das Foto noch einmal zu zeigen. Die zerbrochenen Terrassendielen hatten sich an der zum Meer gelegenen Seite befunden. Jakob suchte die Stelle auf und ging in die Hocke, um unter die Terrasse zu sehen. Saga hockte sich dicht neben ihn.

»Was ist da unter der Terrasse? Worauf könnte der Einbrecher aus gewesen sein?«

Saga zuckte die Achseln und lächelte.

»Und worauf sind Sie aus?«

Der unverfrorene Annäherungsversuch brachte Jakob zum Lachen.

»Auf nichts Amouröses jedenfalls. Ich bin schon vergeben.«

Die Antwort schien Saga nicht zu beeindrucken.

»Von den Absichten der Ganoven weiß ich nichts. Nette Kerle gefallen mir besser.«

Die Frau war verblüffend direkt. Sie verbarg ihre Absichten nicht. Chapeau, dachte Jakob, auch wenn der offene Flirt ihm in dieser Situation etwas übertrieben erschien.

Er wechselte den Platz und bückte sich erneut, um in den leeren Raum unter der Terrasse zu schauen.

»Da wurde also nichts aufbewahrt?«

Saga schüttelte den Kopf.

»Nein. Es gibt keinen Zugang unter die Terrasse, da ist einfach nur leerer Raum. Im Haus fehlt nichts. Nicht einmal die KitchenAid-Küchenmaschine, die griffbereit in der Küche steht.«

Jakob maß das Haus mit den Augen ab. Irgendetwas an dieser Einbruchsserie passte nicht ins übliche Bild. Der Nachbar und alle anderen Ferienhausbesitzer hatten das Gleiche gesagt. Jemand war definitiv bei ihnen eingebrochen, hatte aber nichts entwendet.

Unter der Terrasse war tatsächlich nichts. Etwa zwei Meter von der zerbrochenen Stelle entfernt sah die Erde etwas dunkler aus als rundherum. Das konnte an den natürlichen Unterschieden des Erdbodens liegen oder zum Beispiel an Feuchtigkeit. Vielleicht war auf der Terrasse ein Wasserglas umgekippt.

»Darf ich ein paar Dielenbretter entfernen, wenn ich sie hinterher wieder annagle?«, bat Jakob. »Ich würde gern genauer unter die Terrasse gucken.«

»Sie dürfen gucken, wohin Sie wollen«, gurrte Saga.

Jakob bedankte sich und fragte, ob es im Haus vielleicht einen großen Hammer und eine spitze Schaufel oder dergleichen gebe.

Saga war sichtlich erfreut, dass sie helfen konnte. Sie verschwand im Haus und kam bald darauf mit einem robusten Hammer und einer kleinen Hacke zurück.

Jakob warf einen Blick auf seine Uhr. Wenn er zügig arbeitete, konnte er rechtzeitig zur Besprechung wieder in der Polizeistation sein. Er zog sein Hemd aus, damit es nicht schmutzig wurde. Saga stand auf der Terrasse und beobachtete sein Treiben interessiert.

»Darf ich Ihnen ein Glas Rhabarbersaft holen? Bei der Plackerei wird Ihnen bestimmt heiß«, meinte sie und verschwand wieder im Haus, da Jakob nicht widersprach.

Jakob griff zum Hammer und begann die Terrassendielen zu entfernen. Er musste überprüfen, ob er mit seiner Vermutung richtiglag.

40

Am Nachmittag saßen Beta, Hildur und Jakob, der vom Sommerhaus der Kardiologin zurückgekehrt war, beim Kaffee im Besprechungsraum der Polizeistation.

»Unverschämt gut«, sagte Hildur nach dem ersten Schluck von dem Rhabarbersaft, den die Kardiologin Jakob mitgegeben hatte.

Das Kriminallabor hatte gerade mitgeteilt, dass die unbekannten Fingerabdrücke am Kopfende von Helgas Bett nicht von Manuel stammten.

»Das bestätigt Manuels Unschuld, also müssen wir ihn freilassen«, sagte Beta.

Hildur war derselben Meinung. Sie würde sich gleich nach der Besprechung darum kümmern. Beta bat Jakob, noch einmal die Fotos zu zeigen, die am Morgen nach Helgas Tod gemacht worden waren.

»Die Bilder, auf denen das Bett und die Fingerabdrücke zu sehen sind.«

Jakob holte den Ausdruck aus der Mappe und zeigte mit der Spitze seines Stifts auf zwei Stellen am Bett.

»Diese Abdrücke am Fußende und rechts unten am Rand stammen von der Pflegerin Jódís. Sie sind allem Anschein nach entstanden, als sie das Bett bewegt hat«, sagte er und griff nach dem Stuhl neben ihm. Er behielt das Foto im Blick und schob seine Hände auf den Stuhllehnen in die günstigste Position, um den Stuhl zu schieben oder zu ziehen.

»Die Fingerabdrücke der zweiten Pflegerin deuten auf flüchtige Berührungen am Bettrand hin. Sie hat vermutlich die Bettwäsche zurechtgezogen.«

Hildur erklärte, die dritten Abdrücke am Kopfende, die von ihr stammten, seien wohl entstanden, als sie ein Sahnetoffee aus Helgas Nachttischschublade genommen hatte.

»Und was die unbekannten Abdrücke betrifft ...«, begann Jakob und demonstrierte die Bewegung an der Rücklehne des Stuhls. »Die linke Hand lag um den Bettrand. Der Täter kann sich mit der linken Hand am Bett abgestützt und mit der rechten das Kissen auf Helgas Gesicht gedrückt haben. Allerdings ist auch nicht auszuschließen, dass er Handschuhe trug und gar keine Fingerabdrücke hinterlassen hat.«

Hildur nickte. Sie durften nichts als gegeben voraussetzen. Ihr Handy, das auf dem Tisch lag, vibrierte zweimal. Die Mail löste einen Adrenalinstoß aus.

»Die waren aber schnell!«

Das Kriminallabor hatte die Füllung der im Seniorenheim verwendeten Kissen mit der Faser verglichen, die in Helgas Luftwegen gefunden worden war.

Der Inhalt der Nachricht überraschte Hildur. Axt-Hákon hatte also doch recht gehabt: Auch wenn das Material, das er in Helgas Atemwegen gefunden hatte, wie eine Feder aussah, war es nicht unbedingt eine. Hildur las die Mail vor:

Aufgrund der Ergebnisse ist es sehr wahrscheinlich, dass die Fasern einander entsprechen. Die Fasern im Kissen und die bei der Toten gefundene sind Polyester. Die genaue Laboranalyse anbei.

»Polyester?«, wiederholte Jakob.

Hildur nickte und klickte den Link an, den der Laborassistent der Mail beigefügt hatte. Das aus Polyester hergestellte synthetische Material sah aus und fühlte sich an wie eine Daunenfeder. Es wurde als Füllung für leichtere Steppjacken, Decken und Kissen verwendet. Leichter zu waschen und zu trocknen als Daunen.

»Mir geht eine Sache durch den Kopf«, sagte Hildur.

Die Falte zwischen Betas Augen wurde tiefer, während sie Hildur zuhörte.

Niemand hatte Außenstehende gesehen. Auch die Aufzeichnungen der Überwachungskameras zeigten keine Fremden. Alles deutete darauf hin, dass der Täter jemand aus dem Heim war.

»Alle alten Leute haben ausgesagt, dass bei ihnen nichts verschwunden ist. Gar nichts, niemals«, sagte Hildur in zweifelndem Ton, goss sich Saft nach und verdünnte ihn mit Wasser. Sie wischte sich ein paar Safttropfen vom Kinn und fügte hinzu, einige der Alten wohnten schon seit Jahren im Heim. »Es wäre doch seltsam, wenn bei keinem je etwas verschwunden wäre. Ich glaube, sie erzählen nicht alles. Oder sie erinnern sich nicht.«

Dann berichtete sie, sie habe die Schlösser an den Türen untersucht, die von den Zimmern auf den Hof führten, aber alle seien unversehrt.

»Ich sehe sie mir trotzdem noch mal an, wenn ich die Bewohner wieder befrage«, fügte sie hinzu.

Jakob hielt es für wichtig, das Personal ganz genau zu überprüfen. Er fragte, ob es in Island Fälle gegeben habe, in denen eine Pflegekraft ein Tötungsdelikt begangen hatte.

»Nicht dass ich wüsste …, ich erinnere mich an keinen solchen Fall«, sagte Beta. »Ist so was denn in Finnland passiert?«

Jakob nickte. Er berichtete, in den letzten Jahren seien einige Fälle bekannt geworden. Die Pflegekräfte hatten ihre Patienten zum Beispiel ermordet, indem sie ihre Medikamente absichtlich falsch dosierten.

»Warum denn bloß?«, fragte Hildur.

Jakob zuckte mit den Schultern.

»Manche wollten vertuschen, dass sie ihren Opfern Geld gestohlen hatten. Aber bei einigen blieb das Motiv im Dunkeln. Der Täter oder die Täterin war psychisch krank oder so etwas.«

Beta bat Hildur, sich um die Überprüfung zu kümmern.

»Wir müssen äußerst vorsichtig sein. Geh alle Festangestellten und alle Vertretungen durch, aber ganz diskret. Ich möchte nicht, dass die Medien Wind davon bekommen. Das wäre eine Kommunikationskatastrophe.«

Hildur verstand ihre Chefin. Je länger das mutmaßliche Kapitalverbrechen den Medien verborgen blieb, desto besser. Jedenfalls in dieser Phase der Ermittlungen.

»Jakob, hast du etwas über die Einbrüche in die Sommerhäuser zu berichten?«

»Es wurde nichts gestohlen, auch in diesem nicht. Allem Anschein nach geht es bei den Einbrüchen nicht um Diebstahl«, begann Jakob und machte eine kurze Pause.

Dann berichtete er, er habe mit allen betroffenen Sommerhausbesitzern gesprochen, ebenso mit denjenigen, die bei den Gewerkschaften für die Ferienquartiere zuständig waren.

»Niemand konnte gestohlenes Eigentum anführen. Lediglich zerbrochene Türen, Fenster, Tore und Terrassen.«

Er erzählte, dass unter der Terrasse am Sommerhaus der Kardiologin kürzlich gegraben worden sei.

»Die Erde war auf einer kleinen Fläche lockerer. Einen halben Meter tief und ungefähr genauso breit«, sagte er und deutete mit den Händen die Größe des Aushubs an.

»In der Grube lag nichts, aber die Erde war zweifellos bewegt worden«, fügte er hinzu.

»Na so was. Organisierter Vandalismus. Was steckt da wohl dahinter?«, fragte Hildur. Die merkwürdigen Fälle bereiteten ihr Unbehagen.

Beta rieb sich das Gesicht.

»Und dann die größere Grube. Das alte Grab in Kotsdalur. Hildur, du bist zwar an der Ermittlung nicht beteiligt, kannst aber trotzdem zuhören. Jakob, was sind die neuesten Ergebnisse?«

Jakob referierte Emmas Beobachtungen über den Zustand der Zähne der Toten, die Form der Hüftknochen und die Fugen der Schambeine bei den weiblichen Leichen.

»Ich habe aus der Liste der Vermissten alle Personen herausgesucht, die in Emmas Schema passen. Zwei etwa fünfzigjährige Männer und zwei junge Frauen«, sagte er und holte zwei Papierbögen aus der Mappe. Den einen gab er Beta, den anderen behielt er selbst.

»Da ist auch dieser Jan dabei, den du erwähnt hast«, sagte er zu Hildur.

»Welcher Jan?«, fragte Beta.

Hildur erzählte von ihrem Gespräch mit Helga und schob Beta und Jakob zwei Dokumente hin, die sie im Archiv ausgedruckt hatte: den Zeitungsartikel über Jans Verschwinden aus den 1990er Jahren und den Polizeibericht mit der Vermisstenmeldung. Der Fall war damals nicht weiter untersucht worden.

Beta überflog beides und vertiefte sich dann in Jakobs Liste.

»Emma wird noch genauer nach Spuren von Knochenbrüchen suchen, es kommen also möglicherweise noch weitere Informationen hinzu«, sagte Jakob und dehnte seine Finger, indem er sie gegeneinanderdrückte. Das Knacken der Gelenke ließ Hildur schaudern. Sie bat ihren Kollegen, damit aufzuhören. Er legte die Hände auf den Tisch und erwähnte die Stoffreste, über die Emma ihn gerade informiert hatte. Sie mussten noch genauer analysiert werden.

Anhand der Informationen über die Knochen hatte Jakob aus der Gesamtliste der Vermissten zehn Personen ausgewählt. Nun las er sie der Reihe nach vor: Name, Alter zum Zeitpunkt des

Verschwindens, Zeitpunkt des Verschwindens, Ort, an dem die Person zuletzt gesehen wurde.

Anna Hildur Tómasardóttir, 20 Jahre alt, Februar 1991, Staðarskáli.

Annie Kolbeinsdóttir, 19, Juli 1985, Akureyri.

Arnar Lárusson, 48, März 1996, Patreksfjörður.

Catherine Martin Ruiz (aus Spanien), 21, September 1992, Flateyri.

Davið Jónsson, 54, August 1992, Vík.

Ólafur Eggertsson, 49, Dezember 1975, Reykjavík.

Haraldur Valdimarsson, 54, April 1989, Ísafjörður.

Una Magnusdóttir, 23, August 1969, Heimaey.

Daniel Sverrisson, 55, Oktober 2009, Stokkseyri.

Jan Nowak (aus Polen), 50, Juli 1992, Flateyri.

»Im Prinzip könnten die gefundenen Knochen jedem aus dieser Liste gehören«, überlegte Beta.

Jakob blickte auf sein Handy. »Moment mal, ich bekomme gerade eine Nachricht von Emma.« Er schnalzte mit der Zunge und schüttelte verwundert den Kopf. »Emma hatte schon den Zahnstatus aller im 20. Jahrhundert geborenen isländischen Vermissten auf der Liste überprüft.«

Die Kontaktaufnahme mit den Gesundheitszentren und Zahnkliniken am letzten bekannten Wohnort der isländischen Vermissten hatte Resultate erbracht. Die Angaben über den Zahnstatus waren zügig geliefert worden.

Hildur hörte sich Jakobs Ausführungen interessiert an. Alle Isländer, mit ganz wenigen Ausnahmen, waren irgendwann in ihrem Erwachsenenleben beim Zahnarzt gewesen, sodass ihr Zahnstatus bekannt war. Hildur spürte, wie ihr kalter Schweiß auf die Stirn trat.

»Zu keinem einzigen Schädel wurde der Zahnstatus gefunden«, erklärte Jakob.

»Das bedeutet ja …«, begann Beta. Sie brauchte den Satz nicht zu Ende zu führen.

Die Sache war klar. Wenn die Begrabenen Isländer gewesen wären, hätten sich die Angaben über ihre Zähne schnell gefunden. Zahnarztbesuche waren teuer und viele verzichteten wegen der hohen Kosten darauf, aber bis zum 18. Lebensjahr war die zahnärztliche Behandlung für alle kostenlos. Also gab es für fast alle irgendwelche Daten über den Zahnstatus. Die Toten waren folglich keine Isländer.

»Wir können also acht Namen von der Liste streichen«, schlussfolgerte Jakob.

Beta las den alten Zeitungsausschnitt.

»Weißt du, ob die Catherine auf deiner Liste als Touristin hier war oder ob auch sie hier gewohnt hat?«, fragte sie. »Dem Zeitungsbericht nach hat dieser Jan jedenfalls an den Fjorden gewohnt.«

Jakob sagte, auch Catherine habe hier gewohnt. Als Nächstes werde er sich mit der polnischen und der spanischen Botschaft in Verbindung setzen. Wenn sie den Zahnstatus von Catherine und Jan bekämen, könnten sie diese beiden Toten dann also höchstwahrscheinlich identifizieren. Möglicherweise lebten ihre Angehörigen noch und konnten ihr lange vermisstes Familienmitglied endlich bestatten.

Hildur sah, dass Beta Catherines und Jans Namen auf der Liste einkreiste.

»Diese beiden sind an den Westfjorden verschwunden. Beide wurden hier zuletzt gesehen. Zwischen dem Verschwinden der beiden liegen nur einige Monate. Es wäre ein ziemlicher Zufall, wenn die beiden Fälle nichts miteinander zu tun hätten.«

»Ich habe herausgefunden, dass sie denselben Arbeitgeber hatten: Hagfiskur«, fügte Jakob noch hinzu.

Beta trank ihren Rhabarbersaft aus, schob das Glas beiseite und sagte halb zu sich selbst:

»Trotzdem dürfen wir keine vorschnellen Schlüsse ziehen. Aber das Zeitfenster und der gemeinsame Arbeitgeber geben uns immerhin die Möglichkeit, genauer nachzuforschen.«

Falls der Zahnstatus bestätigte, dass Catherine und Jan zu den Toten gehörten, war anzunehmen, dass die beiden anderen ungefähr zur gleichen Zeit begraben worden waren. Emma hatte genaue Informationen darüber, wo welche Knochen gefunden worden waren. Hildur erinnerte sich dunkel an die Position der Leichen, die darauf hindeutete, dass sie nicht gleichzeitig begraben worden waren.

»Darf ich mich so weit am Gespräch beteiligen, dass ich erzähle, was mir vom Tag des Knochenfundes in Erinnerung geblieben ist?«, fragte sie. Als Beta nickte, fuhr sie fort: »Drei Skelette lagen übereinander, aber trotzdem nicht auf einem Stapel. Das unterste war anderthalb Meter tief vergraben, das zweite gut einen Meter und das dritte weniger als einen Meter tief. Schätzungsweise 75 Zentimeter. Das vierte lag einen Meter seitlich von den drei anderen. Emma hat gesagt, dass die Erdschicht zwischen den Knochenfunden ungefähr einen halben Meter maß.«

Sie alle wussten, dass 75 Zentimeter für ein Grab sehr wenig war. Selbst ein flaches Grab war mindestens einsachtzig tief. Einen Hund konnte man in einem Meter Tiefe begraben, aber einen Menschen nicht.

»Vielleicht musste es schnell gehen?«, schlug Jakob vor.

»Oder die Knochen sind sehr alt, und an dem Abhang war vor Jahrhunderten viel mehr Erde«, meinte Beta.

Es gab zu viel, was sie noch nicht wussten.

»Tauchen wohl noch mehr Skelette auf?«, überlegte Beta, betrachtete Jakobs Namensliste und faltete ein Eselsohr in die Ecke.

Hildur spürte, dass die Übelkeit sich wieder bemerkbar machte. Warum konnte die Vergangenheit sie nicht in Ruhe lassen? Immer wenn sie glaubte, mit einem lange zurückliegenden Ereignis im Reinen zu sein, tauchte das nächste Gespenst auf. Tief in ihrem Innern wusste sie, dass das Grab irgendwie mit ihrer Vergangenheit zu tun hatte. Der Instinkt sagte ihr, dass es sich weder um Jahrhunderte alte Knochen noch um einen Zufall handelte.

»An der Stelle jedenfalls nicht«, antwortete Jakob.

Einer der Kriminaltechniker hatte die nähere Umgebung mit einem Spaten untersucht. Fast überall war er nach weniger als einem halben Meter auf vulkanisches Gestein getroffen. Weichere Erde gab es seiner Schätzung nach auf einer Fläche von fünf mal zwei Metern. Später würde man sicher eine genauere Untersuchung des Geländes vornehmen, aber im Augenblick war davon auszugehen, dass der Hof von Kotsdalur vorwiegend auf felsigem Grund lag und dass man dort keine weiteren Knochen finden würde.

Hildur erinnerte sich aus ihrer Kindheit daran, dass am Abhang hinter dem Haus immer Gras wuchs. Aber sie hatte nicht gewusst, dass der Fels so nah unter der Oberfläche lag. Und das hatte auch Rósa nicht gewusst, die den Bagger bestellt hatte. Außer einem Bagger würde man Dynamit brauchen, um Platz für mehrere Abwassertanks zu schaffen. Die Erde aufzugraben und Abwasserrohre zu verlegen, würde äußerst schwierig sein, wenn nicht gar unmöglich.

»Wenn wir davon ausgehen, dass die Toten Ausländer sind, warum stehen dann so wenige auf der Liste der Vermissten?«, fragte Jakob.

Hildur glaubte die Antwort zu kennen.

»Ausländer sind unsichtbarer. Sie wohnen meistens allein oder in Gemeinschaftsunterkünften, wo die Leute kommen und gehen. Es gibt keine Verwandten und keine festen Kollegen oder Freunde, denen es auffallen würde, wenn jemand fehlt. Die

Anonymität ist auch von Nutzen, wenn jemand wirklich verschwinden will.«

Hildur erzählte von den Selbstmordtouristen. Vor einem Jahr hatte sie mit den Führungskräften der Polizei von Reykjavík und den Rettungsteams der Hauptstadtregion an einer Besprechung zu diesem Thema teilgenommen. Es gab jährlich nur wenige Selbstmordtouristen, aber sie bereiteten den freiwilligen Rettungskräften Arbeit.

»Es kommen also Leute nach Island, um zu sterben?«, fragte Jakob.

Hildur bejahte die Frage.

»Island ist ein überraschend großes Land, hier kann man leicht verschwinden. Manche wollen sich das Leben nehmen, ihre Angehörigen aber nicht wissen lassen, dass es ein Selbstmord war. In der freien Natur zu verschwinden, erscheint ihnen barmherziger.«

Eine Weile sprach niemand. Hildur stand auf und trat ans Fenster. Die Besprechung hatte schon so lange gedauert, dass ihre Konzentrationsfähigkeit nachließ. Der Anblick der vertrauten Landschaft wirkte beruhigend. Das Meer, das ruhig dalag, und die Berge, die hoch aufragten und an den Wolken kratzten. Plötzlich ging Hildur etwas auf.

»Den wievielten haben wir heute?«

41

Der Weg von der Polizeistation zur Apotheke und aus der Apotheke nach Hause war Hildur unglaublich lang vorgekommen, obwohl sie ihn im Laufschritt zurückgelegt hatte. Während sie über die sommerliche Straße zu ihrem Haustor lief, hatte sie über Helgas Worte nachgedacht, Rakel habe Unabhängigkeit geschätzt. Hildur teilte den Gedanken ihrer Mutter. Aber wie bewahrte man seine Selbstständigkeit, wenn man jahrzehntelang an einen anderen Menschen gebunden war? Vielleicht hatte Rakel sich nie Kinder gewünscht. Vielleicht waren sie alle drei ungewollt zur Welt gekommen. Vielleicht war ihre Mutter deshalb so unglücklich gewesen. Vielleicht hatte sie ein Leben geführt, das sie nie gewollt hatte. Hildur verspürte den dringenden Wunsch, mit Helga über all das zu reden, doch dafür war es nun zu spät.

Plötzlich hatte sie die letzten zwei Monate in neuem Licht gesehen. Das zu klein gewordene alte Sporthemd war gar nicht beim Waschen eingelaufen. Sie hatte zugenommen, aber nicht weiter darauf geachtet. Weil die Surfbedingungen im Sommer so schlecht waren, bewegte sie sich weniger als im Winter. Trotzdem nahm sie das ganze Jahr hindurch gleich viel Nahrung zu sich. Sie aß immer alles, worauf sie Lust hatte. Dass sie im Sommer an Gewicht zulegte, hatte sie immer ganz normal gefunden.

Hildur nahm die kleine Pappschachtel zur Hand, die sich in

der Mitte leicht aufreißen ließ. Sie las die Anleitung, klappte den Klodeckel hoch, zog die verschwitzte Hose herunter und bemühte sich, den Streifen zu treffen. Dann wusch sie sich die Hände und wartete.

Die Zeit hatte etwas Barmherziges an sich. Nichts blieb jemals völlig gleich. Die Zeit wischte fast alles weg. Nicht nur Gutes und Leichtes, sondern auch Schlimmes und Schwieriges. Gerade jetzt schienen die Minuten unendlich langsam zu schleichen. Hildur legte die Hände auf den Boden und stemmte die Füße nach oben gegen die Badezimmertür. Zehn Handstandliegestütze schaffte sie mühelos. Nach vier Serien blickte sie wieder auf die Uhr. Und dann auf das weiße Stäbchen. Die Minuten waren vergangen.

Sie brauchte die Anleitung nicht noch einmal zu lesen. Sie wusste es auch so. Zwei Striche.

Was sollte das denn sein, ein letztes Aufbäumen ihres Uterus? Sie war schon über vierzig. Außerdem verhütete sie. Und Anton hatte gesagt, er könne keine Kinder bekommen. Er hatte es mit seiner verstorbenen Frau ja mehrere Jahre lang erfolglos versucht.

Die Verwunderung trat in den Hintergrund, als Panik von ihr Besitz ergriff. Hildur hatte das Gefühl, die Kontrolle zu verlieren. Das schmerzte. Ihr Puls beschleunigte sich, die Handflächen schwitzten. Zu viele Gedanken drängten sich gleichzeitig in ihr Bewusstsein. Hildur lehnte den Kopf an die Badezimmerwand und versuchte, die Erkenntnis zu verdauen.

Sie hatte sich nie eine feste Beziehung oder Kinder gewünscht. Hildur stieß sämtliche Flüche aus, die ihr in den Sinn kamen, riss den Deckel des Mülleimers hoch und warf den Teststreifen samt Packung hinein. Sie musste ihre Gefühle unter Kontrolle bringen. Das war ihre Art, Verantwortung zu übernehmen. Da sich die Situation vorläufig nicht ändern würde, wollte sie das Ganze wenigstens für eine Weile vergessen. Sobald die laufenden Ermittlungen abgeschlossen wären, würde sie sich ihren persönlichen

Sorgen stellen. Dieser Gedanke schob die Panik in den Hintergrund und half Hildur, sich zu beruhigen. Einen Augenblick lang überlegte sie, Anton eine Nachricht zu schicken. Der Augenblick verstrich jedoch, bevor sie ihr Handy fand.

Besser so. Das hier war allein ihre Sache.

42

Hildur und Jakob hatten den Vormittag im Seniorenheim verbracht, sich aufgeteilt und alle alten Leute einzeln befragt. Bei den Befragungen war Hildur so kommunikativ und professionell wie immer gewesen, aber als sie zur Polizeistation zurückgingen, war sie ungewöhnlich still. Jakob erkundigte sich nach dem Grund für ihre trübe Stimmung, doch Hildur brummte nur eine einsilbige Antwort, deren Bedeutung unklar blieb.

Jakob blickte nach links und rechts, bevor er den Zebrastreifen betrat. Da bog plötzlich ein Auto gefährlich schnell aus dem Kreisverkehr in die Straße ein. Der Fahrer des Toyota Corolla ging voll in die Eisen. Das Bassgedröhn aus dem Auto übertönte das Quietschen der Bremsen. Der Fahrer lächelte entschuldigend und winkte Jakob und Hildur zu. Jakob sah ihn strafend an, denn er hatte bei der Ausfahrt aus dem Kreisverkehr nicht geblinkt. Trotzdem hielt Jakob es nicht für nötig, ihm einen Strafzettel zu verpassen. Sie hatten es eilig, zur Polizeistation zu kommen und ihre Arbeit fortzusetzen.

Jakob warf einen Blick auf sein Handy. Er hatte die Nachricht von Kaisa, die vor ein paar Stunden gekommen war, immer noch nicht gelesen. Die ersten zwei vorwurfsvollen Zeilen – *Bald ist Mittsommer, und du antwortest nicht mal …* – reichten. Er löschte die Nachricht, ohne weiterzulesen. Es war ungemein befriedigend, das rote Mülleimersymbol anzutippen. Da habe ich wohl gerade eine Grenze gesetzt, dachte er.

»Ein Schokoteilchen für deinen Gedanken. Zwei, wenn er ein guter Hinweis ist«, sagte Jakob zu Hildur und steckte sein Handy ein. Sie waren am Eingang der Polizeistation angelangt.

War bei ihrem Einsatz etwas vorgefallen, worüber Hildur nicht sprechen wollte?

»Ist im Seniorenheim irgendwas passiert?«, fragte Jakob.

Hildur zog ihren Zopf vom Rücken auf die Schulter und sah Jakob starr an.

»Nein. Es geht schon.«

Als Erstes kochte Jakob Kaffee für sie beide. Er holte zwei Teilchen mit Schokoglasur aus seiner Tasche und legte sie auf das Tablett mit den Kaffeetassen.

»Du bekommst trotzdem etwas Süßes«, sagte er, als er das Tablett auf den Schreibtisch stellte.

Als Nächstes würde er die Telefonnummern der Botschaften ausgraben und versuchen, Genaueres über die Spanierin und den Polen zu erfahren, die in Island verschwunden waren.

Hildur schien sich in ihre Notizen zu vertiefen. Nach gut einstündigem Schweigen schob sie ihren Stuhl zurück und dehnte die Arme.

»Diese finnischen Krankenhausmörder … Wie ist man ihnen auf die Spur gekommen?«, fragte sie.

Jakob blickte von seinem Monitor auf und rief sich die alten Fälle in Erinnerung. Er war nicht an den Ermittlungen beteiligt gewesen, aber an der Polizeischule war darüber gesprochen worden, und er hatte auch die Nachrichten verfolgt.

»In mindestens zwei Fällen hat der Verdacht der Angehörigen der Opfer die Polizei veranlasst, die Ermittlungen aufzunehmen. Bei diesen Ermittlungen stieß man auf weitere Fälle und weitere Opfer.«

»Ohne aktive Angehörige wären die Verbrechen also nicht ans Licht gekommen?«, vergewisserte sich Hildur.

Jakob war sich nicht sicher, hielt dies aber durchaus für möglich. In Krankenhäusern und Altenheimen war der Tod etwas so Alltägliches, dass man nicht automatisch an ein Verbrechen dachte. Vor allem dann nicht, wenn an dem Verstorbenen keine Spuren von Gewalteinwirkung zu sehen waren.

»Heute hatten die alten Leute viel zu erzählen, über die schmutzigen Fenster, die Politik, die steigenden Preise für ihre Medikamente, den Röstgrad des Kaffees und die Verwandten, die nicht mehr zu Besuch kommen«, sagte Hildur.

Jakob lauschte dem Bericht seiner Kollegin. Die Bewohner des Seniorenheims hatten sich danach gesehnt, mit jemandem zu plaudern, und da Hildur jedem Einzelnen Zeit und Aufmerksamkeit geschenkt hatte, hatte sie vieles zu hören bekommen.

»Da ist wer weiß was verschwunden, aber niemand erinnert sich, wann«, seufzte sie.

Auch Bargeld war abhandengekommen, aber es handelte sich um ziemlich kleine Summen. Das war verständlich, denn Bargeld wurde kaum noch verwendet. Alle bezahlten ihre Einkäufe mit der Kreditkarte.

»Und Wertgegenstände?«, erkundigte sich Jakob.

Hildur las aus ihren Notizen vor:

»Drei Trauringe, zwei goldene Halsketten, eine Rolex-Armbanduhr, zwei Gilbert-Uhren von einem isländischen Uhrmacher und einige kleine Glasfiguren, die als Design-Objekte einzustufen sind.«

Jakob rechnete im Kopf den Wert der verschwundenen Sachen zusammen. Er kam auf eine hohe Summe, mindestens mehrere zehntausend Euro. Es könnte sich um die Tätigkeit einer organisierten Diebesbande handeln. Vor allem wertvolle Uhren ließen sich gut weiterverkaufen.

»Wieso haben sie sich erst jetzt an die Sachen erinnert und nicht schon beim ersten Mal?«, überlegte Jakob.

Hildur lächelte. Sie vermutete, dass die Ursache bei ihr selbst lag. Beim ersten Mal hatte sie die alten Leute gefragt, ob ihnen kürzlich Wertgegenstände oder Geld abhandengekommen waren.

»Ich hatte es zu eilig. Bei keinem war *vor Kurzem* irgendwas verschwunden. Damit habe ich mich zufriedengegeben und die Sache abgehakt. Ich hätte gründlicher nachfragen und besser zuhören müssen.«

Jakob wusste die Selbstreflexion seiner Kollegin zu schätzen.

»Vielleicht ist der Langfinger jemand vom Personal des Seniorenheims. Gelegenheit macht Diebe«, fügte Hildur hinzu.

Jakob nickte. Auch das war möglich.

»Sollten wir vorsichtshalber alle Angehörigen anrufen und uns genauer nach den Wertgegenständen erkundigen? Dann könnten wir die exakten Angaben in der LÖKE-Datenbank registrieren«, dachte Jakob laut.

Hildur betrachtete ihren Monitor und trommelte mit ihren kurzen Fingernägeln auf den Schreibtisch.

»Das habe ich mir auch schon überlegt. Aber zuerst muss ich ins Fitnesszentrum. Sonst platzt mir der Kopf.«

43

Hildur trank den Skyr-Drink, den sie aus dem Kühlschrank des Fitnesszentrums genommen hatte, warf die leere Flasche in den Mülleimer und ging in den Umkleideraum. Sie zog Trainingskleidung und Gewichtheberschuhe mit hoher Ferse und harter Sohle an.

Das Fitnesszentrum in den umgebauten Räumen der alten Meierei hatte kleine Fenster hoch oben unter der Decke, durch die nur wenig Tageslicht fiel. Das war Hildur mehr als recht. Sie begann ihr Training wie üblich mit Seilspringen.

Hundert einfache Sprünge und danach ein paar Minuten lang Mehrfachsprünge. Wenn das Seil während des Sprungs zweimal unter den Füßen hindurchsauste, stieg der Puls rasant und die Lunge hatte reichlich zu tun. Nach drei Serien war das abgeschlaffte Gefühl nur noch eine blasse Erinnerung.

Hildur bemerkte eine vertraute Gestalt. Normalerweise wollte sie beim Training mit niemandem reden, aber jetzt freute sie sich, ihre alte Schulfreundin Selma zu sehen. Sie waren sich seit ein paar Jahren nicht mehr über den Weg gelaufen, obwohl sie beide an den Westfjorden wohnten.

»Lange nicht gesehen«, rief Hildur.

Selma trug ein ärmelloses Sportshirt, hatte zahllose Sommersprossen und zwei kurze Zöpfe. Auch sie erkannte Hildur sofort.

»Ich bin wegen einer Wanderung mit Landwirtinnen hier, unser Boot zum Naturschutzgebiet fährt in zwei Stunden. Da bleibt mir vorher noch Zeit fürs Training«, sagte Selma und erzählte begeistert von der bevorstehenden fünftägigen Zeltwanderung.

Selma hatte von ihren Eltern eine große Schäferei am Südrand der Westfjorde geerbt.

»Kümmert sich dein Mann um den Hof, wenn du nicht da bist?«, fragte Hildur. Sie erinnerte sich an die Klagen der hiesigen Bauern, wie schwierig es war, an den Westfjorden eine Urlaubsvertretung zu finden.

Selma schüttelte den Kopf.

»Meine Vettern helfen aus. Das mit Greipur ist nichts geworden.«

Selma hatte vor langer Zeit bei einem Wettrennen für Islandpferde auf der Zuschauertribüne gesessen und dort Greipur kennengelernt, der eine Schäferei in Süd-Island besaß. Die beiden hatten sich ineinander verliebt.

»Letzten Endes wollten wir beide nicht nachgeben«, beschrieb Selma den Grund für ihre Trennung.

Wegen der Scrapie-Krankheit war es in Island verboten, Schafe aus einer Kommune in eine andere zu bringen. Die langsam voranschreitende Erkrankung des Zentralnervensystems hatte eine Inkubationszeit von mindestens zwei Jahren. Scrapie wurde nicht auf Menschen übertragen, aber Schafe steckten sich äußerst leicht an. Noch mehrere Jahre, nachdem erkrankte Schafe auf einer Weide gegrast hatten, konnte die Infektion vom Gelände auf weitere Tiere übergehen. Wenn die Krankheit bei einem Schaf festgestellt wurde, mussten alle Schafe in der näheren Umgebung geschlachtet und die Kadaver vernichtet werden. Die Schafställe wurden desinfiziert und alle Weiden gesperrt. Scrapie war der Albtraum eines jeden Schafzüchters, denn sie zerstörte fast immer sein Lebenswerk.

»Keiner von uns beiden war bereit, seine Schafe aufzugeben«, sagte Selma und stellte die Gewichthebestange auf die optimale Höhe ein.

Die Trennung lag schon ein paar Jahre zurück.

»Ich weiß nicht, ob es die richtige Entscheidung war, aber wenigstens war es unsere eigene Wahl.«

Obwohl Selma und Greipur im selben Land lebten, hatte sich die Entfernung als zu groß erwiesen. Hildur dachte bei sich, dass die Distanz zwischen ihr selbst und Anton demnach unüberwindbar war. Die beiden Frauen wechselten noch einige Worte über ihre Sommerpläne, dann begannen sie mit dem Training.

Nach schnellen kurzen Dehnübungen legte Hildur die Stange auf den oberen Teil des Trapezmuskels. Sie schob die Ellbogen näher an den Körper, damit die Rückenmuskeln die Bewegung unterstützten. Die ersten Serien machte sie nur mit der zwanzig Kilo schweren Stange. Sie grätschte die Beine auf Schulterbreite, drehte die Füße ein wenig nach außen und füllte ihre Lunge bis zum äußersten mit Luft, damit sie die Bauchmuskeln stützte.

Nach den ersten beiden Serien legte Hildur Gewicht auf. Zehn Wiederholungen mit fünfzig Kilo, dann acht mit siebzig Kilo. Die Schweißtropfen liefen ihr von der Stirn auf den Hals und den Brustkorb. Als neunzig Kilo auf der Stange lagen, machte sie noch zwei Serien mit fünf Wiederholungen. Vor ihr stand ein Spiegel, in dem man seine Körperhaltung beim Gewichtheben überprüfen konnte. Nachdem sie die Stange zurückgelegt hatte, stellte sie sich seitlich vor den Spiegel und musterte ihre Bauchregion. Sie war sich nicht sicher, was sie suchte, denn natürlich war noch nichts zu sehen.

Während des Trainings hatte Kata Leósdóttir, die für laufende Ermittlungen zuständige Assistentin der Polizei, die Kontaktdaten der Angehörigen aller Bewohner des Seniorenheims herausgesucht. Sie hatte Hildur eine Mail geschickt, in der Namen und Telefonnummern säuberlich aufgelistet waren. Kata hat's echt drauf, dachte Hildur zufrieden und schrieb rasch eine Antwort, in der sie sich für die Liste bedankte und Kata bat, noch eine Einzelheit zu überprüfen.

Als Erstes rief Hildur den ältesten Sohn einer Frau an, deren Trauring verschwunden war. Er meldete sich außer Atem, denn er trainierte gerade auf dem Laufband. Hildur erklärte kurz, worum es ging, ohne die Ermittlungen zu Helgas Tod zu erwähnen.

Der Sohn bestätigte die Worte seiner Mutter. Der breite Ehering aus reinem Gold war vor ungefähr zwei Monaten verschwunden. Die nächsten Telefonate verliefen auf die gleiche Art. Die Angehörigen beschrieben die verschwundenen Gegenstände und berichteten übereinstimmend, dass ihnen deren Fehlen bei ihrem vorigen Besuch aufgefallen war, der einige Wochen bis zwei Monate zurücklag.

Keinem war in den Sinn gekommen, dass es sich um einen Diebstahl handeln könnte. Sie alle waren überzeugt, dass ihre Eltern die Sachen verlegt hatten. Die meisten Isländer führten ein sehr beschauliches Leben; Diebstähle und ähnliche Störfaktoren erschienen ihnen fremd. Da sie keine Angst verbreiten wollte, stimmte Hildur den Angehörigen zu und erklärte, es sei gut möglich, dass es sich nur um Vergesslichkeit oder Unachtsamkeit handelte.

Hildur wählte die letzte Nummer auf ihrer Liste. Der in Reykjavík wohnende Hinrik Rökkvason meldete sich mit seinem vollen Namen und fragte im selben Atemzug, worum es ging.

Ein vielbeschäftigter Mann, dachte Hildur und wiederholte ihre Litanei von einem Diebstahl im Seniorenheim, bei dem Rökkvis wertvolle Rolex-Uhr verschwunden war.

»Rökkvi erinnert sich nicht an das Modell der Uhr. Wissen Sie es? Wir versuchen das Diebesgut möglichst genau zu definieren, damit …«

Hinrik ließ Hildur nicht ausreden, sondern unterbrach sie barsch.

»Dafür habe ich keine Zeit.«

»Es dauert nicht lange, ich brauche nur …«, unternahm Hildur noch einen Versuch.

»Ich muss ein Unternehmen führen, die Hälfte der Arbeiter streikt, und auf meinem Schreibtisch häufen sich alle möglichen Probleme, die ich lösen muss. Können wir die Sache irgendwann später erledigen?«, sagte Hinrik und legte auf.

Hildur schnaubte. Es interessierte den Kerl gar nicht, dass eine Uhr im Wert von Millionen Kronen verschwand. Unglaublich. Hinrik hatte entweder zu viel Geld oder zu wenig Verstand.

Als sie das Handy einstecken wollte, merkte sie, dass eine Mail gekommen war. Kata hatte die Information, um die Hildur gebeten hatte, schon beschafft. Hildur hob die Augenbrauen, als sie die Mail las. Ihr Instinkt hatte sie nicht getrogen.

44

Hildur legte die Sporttasche in ihren Wagen, der auf dem Hof des Polizeigebäudes stand, und ging durch das Dorfzentrum zur Urðarvegur, einer Straße am Berghang. Im Seniorenheim hatte man ihr gesagt, dass Jódís heute frei hatte.

Das Reihenhaus war leicht zu finden. Vor dem Haus standen ein Auto und ein Fahrrad, aber niemand reagierte, als Hildur klingelte. Sie ging um das Haus herum. Bei schönem warmem Wetter hielten die Menschen sich gern im Garten auf. Die großen Gärten lagen windgeschützt. Dort pflanzte man Blumen, baute einen Grill auf oder installierte einen Heißwasserpool. Hildur entdeckte Jódís, die gebückt auf dem Rasen stand.

Jódís grub mit einer kleinen spitzen Schaufel Löwenzahnpflanzen aus und warf sie in die Schubkarre. Offenbar hatte sie Hildurs Ankunft bemerkt, denn sie unterbrach ihre Arbeit und richtete sich auf, legte ihre erdige Hand ins Kreuz und streckte den Rücken durch.

»Mein Kreuz zwackt. Aber der Löwenzahn muss ja raus.«

Jódís legte die kleine Gartenhacke auf die Schubkarre und wischte sich die Hände an den Hosenbeinen ab. Sie sah Hildur fragend an.

Der helle Streifen an ihrem linken Ringfinger war deutlich zu sehen.

»Sie sind immer noch verheiratet, stimmt's?«

Die Frage schien Jódís nicht zu verblüffen.

»Sind Sie deshalb hergekommen?«

Sie griff wieder nach der Hacke und machte sich daran, den nächsten Löwenzahn auszugraben.

»Ich dachte zuerst, Sie wären geschieden, weil Sie keinen Ehering mehr tragen. Sie wussten, dass wir eventuelle Diebstähle im Seniorenheim untersuchen. Warum haben Sie nicht erwähnt, dass Ihnen Ihr Ring fehlt?«

Die spitze Hacke sank in den Rasen. Jódís sah Hildur nicht an, als sie antwortete.

»Ich habe ihn beim Händewaschen abgenommen. Dann ist er ... Na ja, er ist einfach verschwunden. Das ist schon einige Wochen her.«

Etwas in der Art hatte Hildur erwartet. Aber warum hatte Jódís nichts von dem verschwundenen Ring gesagt? Die Frau warf den Löwenzahn und ein Stück der Wurzel in die Schubkarre und widmete sich dem nächsten. Sie schien Hildurs Gedanken zu ahnen.

»Es ist wegen meinem Mann«, sagte sie, ohne von ihrer Arbeit aufzublicken.

»Wegen Aron?«, fragte Hildur. Die Altenpflegerin war mit dem Sicherheitschef Aron verheiratet.

Jódís nickte. Hildur hatte kurz zuvor die Bestätigung erhalten, dass Aron und Jódís seit vielen Jahren verheiratet waren.

»Er ist ...«, Jódís suchte nach Worten, »... ein bisschen jähzornig. Er wird wütend, wenn ich Sachen verliere. Deshalb wollte ich ihm nichts davon sagen.«

Jódís blickte zu Hildur auf und blinzelte ein paarmal.

»So ist das, wenn man lange verheiratet ist. Man weiß, worüber man besser nicht spricht, wenn man will, dass Friede herrscht.«

Dazu wusste Hildur nichts zu sagen. Sie fragte nur, ob Jódís den Verlust des Rings anzeigen wollte. Jódís schüttelte den Kopf. Da Hildur nichts weiter tun konnte, verabschiedete sie sich und wünschte Jódís noch einen schönen Tag.

Sie dachte über Aron nach. Er hatte jovial und friedlich gewirkt. Das Gespräch mit Jódís hatte gezeigt, wie schwierig es war, Menschen anzusehen, was in ihnen steckte. Hildur überlegte, ob Aron vielleicht sogar ein bisschen zu locker gewirkt hatte. Sie kam aus dem Garten zur Vorderseite des Hauses und wollte gerade den Gehweg betreten, als sie hinter sich Geräusche hörte. Die Garagentür wurde geöffnet und Aron kam mit einem Werkzeugkasten heraus.

»Sie sind doch die Polizistin. Was hat Jódís angestellt?«

Hildur ging zurück und gab Aron die Hand.

»Ich musste nur eine Einzelheit nachprüfen, die das Seniorenheim betrifft«, antwortete sie unverfänglich.

Aron kniff die Augen zusammen und sah Hildur misstrauisch an.

»Geht es um Geldprobleme?«

Die Frage überraschte Hildur. Damit hatte sie nicht gerechnet.

»Wie kommen Sie darauf?«

Aron stellte den Werkzeugkasten auf den Boden der Garage und verschränkte die Arme. Er seufzte tief, und die langen Haare flatterten um sein Gesicht.

»Weil sie ein Geldproblem hat, mit dem sie sich nicht auseinandersetzen will.«

Hildur ging in Gedanken die Aufstellung durch, die Kata ihr geschickt hatte. Darin waren keine Pfändungen vermerkt. Sie sagte zu Aron, die Kreditauskunft sei doch in Ordnung.

»Weil ich ihr immer wieder aus der Patsche geholfen habe.« Aron lachte trocken. Den Kredit, erklärte er, habe er auf seine Kappe genommen, und die Summe sei allmählich so hoch, dass es schwierig wurde, auch nur die Zinsen zu bezahlen.

»Ich übernehme jederzeit Überstunden. Und an freien Tagen arbeite ich als Handwerker«, sagte er und stieß mit der Schuhspitze leicht gegen den Werkzeugkasten.

Hildur erklärte, ihr Besuch habe nichts mit irgendwelchen Schulden zu tun.

»Eine reine Routinesache«, sagte sie und lächelte Aron freundlich an.

45

Die körperliche Entspannung, die das gestrige Training gebracht hatte, war immer noch spürbar. Der Besuch bei Jódís hatte Hildur zuversichtlich gestimmt, dass ihr die Dinge nicht aus den Händen glitten. Allerdings war es noch zu früh zu sagen, wie es mit Jódís weitergehen würde. Um genauere Schlüsse ziehen zu können, mussten noch einige Einzelheiten geklärt werden. Manuel war jedoch derjenige, der Hildur am meisten Kopfzerbrechen bereitete. Der Wunsch, dem jungen Mann zu helfen, ließ ihr keine Ruhe, war zu einer Art Zwangsvorstellung für sie geworden. Hildur glaubte, in den schlaflosen Stunden der letzten Nacht einen Weg gefunden zu haben. Sie war sich nicht sicher, ob ihr Plan funktionieren würde, aber sie musste es versuchen, da es keine Alternativen gab.

Hildur hatte Manuel gerade über Andri ausrichten lassen, er solle im Sommerhaus bleiben und sich bedeckt halten. Das Schiff, auf dem Manuel gearbeitet hatte, war heute früh in den Hafen des Dorfes eingelaufen. Hildur hatte die diensthabende Streife beauftragt, den ganzen Tag lang den Verkehr an der Kreuzung beim Krankenhaus zu überwachen. Dort kam es häufig vor, dass Leute zu schnell fuhren und die Vorfahrtsregeln missachteten. Ein Polizeifahrzeug war an dieser Kreuzung nichts Ungewöhnliches. Der eigentliche Grund für Hildurs Anordnung war jedoch die Hoffnung, dass der Streifenwagen neben der Klinik eventuelle Schnüffler, die vom Kreuzfahrtschiff kamen, abschrecken würde.

Nach einer Tasse Kaffee und einem Käsebrot hatte Hildur sich so gekleidet, wie es für diesen Tag nötig war, und war zum Hafen gegangen. Aus dem Schornstein der im Hafen liegenden *Diamond Adventure of the Seas* stieg bläulicher Rauch auf, der über dem Dorf hängen blieb. Die Dunstglocke vor dem grünen Berghang und über dem windstillen Meer wirkte widerlich.

Hildur hatte sich nie für einen besonders politischen Menschen gehalten. Sie ging zur Wahl, wenn sie es nicht vergaß. Im Allgemeinen verteilte sich der Wohlstand besser, wenn man keinen zu großen Fisch in einen kleinen Teich ließ.

Hildur genügte es, ihre eigene Arbeit möglichst gut zu erledigen. Weder im Guten noch im Bösen durfte man die Augen verschließen, wenn es nötig war hinzuschauen. Nach dem, was Manuel über die Ereignisse auf dem Kreuzfahrtschiff erzählt hatte, war Hildur nicht mehr in der Lage wegzusehen. Heute hatte sie ihre Dienstmarke zu Hause gelassen, denn sie würde diesmal auf eigene Verantwortung handeln. Zum Glück hatte sie vor Jahren an der Musikschule des Dorfes Gitarrenunterricht genommen und sich eine eigene akustische Gitarre angeschafft. Das würde sich heute hoffentlich als nützlich erweisen.

Hildur ging zum Eingangstor des Kreuzfahrtschiffes. Neben dem Tor stand ein junger Mann, der die Passagiere kontrollierte, die von Bord gingen oder zurückkehrten. Durch seine Brille hindurch sah er Hildur fragend an. Er hielt eine Mappe in der Hand. Hildur öffnete ihre Lederjacke noch etwas weiter. Sie musste sich jetzt auf ihre Anziehungskraft verlassen.

»Ich gehöre zur Dorfband. Wir spielen in einer Stunde für die Passagiere«, sagte sie und hob ihre Gitarrentasche.

Manuel hatte erzählt, dass auf dem Schiff vormittags ein lokales Programm für diejenigen organisiert wurde, die aus irgendeinem Grund nicht an Land gehen wollten. Das Programm war immer dasselbe. In Akureyri gastierte ein Zauberer an Bord, in Ísafjörður eine örtliche Band.

»Ich bin ein bisschen spät dran. Die anderen sind schon hier, aber ich Dummerchen hatte meine Gitarre vergessen. Ich musste zurück und sie holen. Und hier bin ich nun!«

Ein schelmisches und leicht hilfloses Lächeln reichte meistens, um ihr Gegenüber irrezuführen.

»Wie war Ihr Name noch gleich?«, fragte der Mann und schlug seine Mappe auf.

Hildur wusste, dass alle, die an Bord kamen, registriert wurden. Die Passagiere hatten Kabinenschlüssel, die wie Kreditkarten aussahen, an Bord als Zahlkarten dienten und am Tor vorgezeigt werden mussten, wenn man das Schiff verließ oder zurückkam. Alle außenstehenden Besucher mussten sich im Voraus anmelden, und ihre Kontaktdaten mussten in der Mappe zu finden sein.

»Elín Elíasdóttir. Mein Künstlername ist Evil Elín. Ich bin mir nicht sicher, unter welchem von beiden die Typen mich angemeldet haben. Die Band heißt Wild Runners.«

Hildur musterte den Mann, der vor ihr stand. Gestärkte Hose, polierte Lederschuhe. Eine Sportuhr am Arm.

»Haben Sie irgendwann Zeit, an Land zu gehen? Am Fjord kann man herrlich joggen. Wenn Sie hier vom Hafen nach rechts gehen und dann auf den Berg da hinter dem Dorf … Die Landschaft ist einfach …«, plapperte Hildur und küsste ihre zusammengelegten Finger, um die Schönheit der Umgebung zu betonen.

Der Mann verlor eine Sekunde lang die Konzentration und ließ die Mappe fallen. Hildur bückte sich, um sie aufzuheben, drückte sich eng an den Mann und gab ihm die Mappe. Dann lachte sie hilflos auf und begann zu erklären:

»Ich bin Ersatzfrau in der Band. Der eigentliche Gitarrist steckt gerade in einer fürchterlichen Ehekrise. Der Blödmann hat mit der Cousine seiner Frau gevögelt und ist erwischt worden. Seitdem kann er irgendwie nicht mehr spielen. Die Jungs haben mich letzte Woche angerufen, zum Glück konnte ich kurzfristig einspringen. Ich war schon zweimal hier, ich kenne mich aus.«

Der junge Mann öffnete die Mappe, blätterte darin und schüttelte den Kopf.

»Eine Evil Elín finde ich hier nicht. Aber Ihre Band … die anderen Musiker sind tatsächlich schon vor einer Weile gekommen. Und hier ist sonst niemand, bei dem ich nachfragen könnte.«

Er sah sich ratlos um.

»Ich müsste jetzt bald zu den anderen stoßen, sonst kriege ich Ärger und es gibt noch mehr Krisen. Der Auftritt fängt in einer halben Stunde an«, sagte Hildur mit einem Blick auf ihre eigene Sportuhr.

Der Mann drückte auf einen Knopf neben dem Tor. Das rote Signallicht sprang auf Grün.

»Also rein mit Ihnen.«

Er ruckte mit dem Kopf, wie um zu sagen, sie solle sich beeilen, bevor er es sich anders überlegte.

Hildur trat ein und ging als Nächstes durch die Sicherheitskontrolle. Die Gitarrentasche und der volle Stoffbeutel wurden durchleuchtet, um festzustellen, ob sie Stichwaffen oder andere verbotene Gegenstände enthielten. Anschließend gab der Mann ihr beide zurück.

»Es ist auf Deck sieben«, sagte er.

»War die Musikbar nicht auf dem achten Deck?« Hildur lächelte verwirrt und sah den Mann fragend an.

Er zwinkerte ihr zu.

»Ich weiß. Ich habe Sie nur getestet.«

Hildur winkte ihm zu, hängte sich die Gitarrentasche über die Schulter und ging zur Treppe.

Die Band würde gut eine Stunde lang spielen. In dieser Zeit konnte Hildur auf dem Schiff herumlaufen. Manuel hatte ihr zum Glück viele nützliche Informationen gegeben. Als Erstes suchte Hildur eine etwas abseits gelegene Toilette auf. Unter dem Waschbecken gab es einen geräumigen unverschlossenen Schrank, in dem Klopapierrollen aufbewahrt wurden. Manuel hatte ihn genau beschrieben. Hildur nahm das zusammengefaltete Polohemd aus der Tasche ihrer Lederjacke und zog es über ihr dünnes Top. Dann legte sie die Lederjacke, die Gitarre und den Beutel in den Klopapierschrank.

Hildur zog das Polohemd zurecht und band ihre offenen Haare zum Pferdeschwanz. Sie nahm ein Papierhandtuch aus dem Spender, befeuchtete es unter dem Wasserhahn und wischte sich den Lippenstift ab.

Anschließend würde sie ihre Runde auf dem untersten Deck beginnen, wo sich der größte Teil der Versorgungsräume befand. Manuel hatte erzählt, dass sich die gewöhnlichen Arbeitskräfte nicht darum kümmerten, wer dort herumlief. Fragen waren vermutlich nur von den sauber gekleideten Vorarbeitern zu erwarten. Für schwierige Situationen hatte Hildur sich eine Geschichte zurechtgelegt: Sie sei als eine der Helferinnen für körperlich behinderte Passagiere am Morgen an Bord gekommen, habe Passagieren im Rollstuhl geholfen und fürchtete nun, in dem Gedränge ihre kleine Handtasche verloren zu haben.

In den öffentlichen Räumen des Schiffs hing ein angenehmer, wenn auch künstlicher Blütenduft. Aus den Lautsprechern drang leise Hintergrundmusik. Die Fenster waren fleckenlos, der Teppichboden weich. In der Nähe der Aufzüge informierten

Aushänge in goldfarbenen Rahmen über das Programm des Tages.

Hildur ging die Treppe hinunter. Auf Deck zwei gab es anstelle des Teppichbodens nur Linoleum. In der muffigen Luft roch es nicht nach Raumspray, sondern nach Schweiß und Fett. Kessel klapperten, Maschinen dröhnten. Die Luft war feucht. Hildur öffnete die erste breite Tür, auf die sie stieß.

Sie hatte die Wäscherei gefunden. Heiße, feuchte Luft schlug ihr ins Gesicht. In dem halbdunklen Raum herrschte eine gespenstische Stimmung. Große Körbe mit weißen Bettlaken standen wartend auf dem Boden. Ungefähr zwanzig große Waschmaschinen taten dröhnend ihr Werk. Die Geräte an der Rückwand schienen Trockner zu sein.

Kurzum: Hier war nichts Interessantes zu sehen. Hildur kehrte auf den Gang zurück und schloss die Tür hinter sich. Je weiter sie ging, desto stärker wurde der Fettgeruch.

Die große Doppeltür war mit Plastikfenstern versehen. Hildur spähte hindurch. Hinten in der Küche wurde unter großen Abzugshauben Essen gebraten. Einige Köche wendeten irgendetwas in den Pfannen. Die Geräte waren so laut, dass die Köche schreien mussten, um sich verständigen zu können.

Den mittleren Teil der großen Industrieküche beherrschten viele lange Tische, an denen etwa zwanzig Küchenhilfen wortlos arbeiteten. Als Hildur genauer hinsah, merkte sie, dass die Männer irgendetwas zerschnitten. Sie ging näher an das Fenster und konzentrierte sich darauf, die Arbeit zu beobachten.

Aus dem Geschirrspülraum kam plötzlich mit forschen Schritten ein wütend aussehender Mann, dessen Nase im Gesicht versunken zu sein schien. Das musste Pfannenfratze sein, der Typ, den Manuel erwähnt hatte. Pfannenfratze blieb bei den Arbeitsflächen stehen, ruderte aggressiv mit den Armen und brüllte etwas. Die Küchenhilfen nickten wortlos.

Da spürte Hildur eine Berührung an der Schulter. Sie zuckte zusammen und drehte sich hastig um. Eine große Frau, die ein Netz über ihren Haaren trug, lächelte sie verlegen an.

»Madame, hier ist kein Gästedeck. Madame, der Lift ist dort hinten«, sagte die Frau und zeigte auf den Flur. Sie trug eine lange graue Schürze mit weißen Mehlflecken.

Hildur tat, als hätte sie sich verlaufen.

»Ich suche ein offenes Restaurant. Offenbar habe ich mich in dem Prospekt verlesen.«

»Das Café ist auf Deck zehn. Madame, mit dem Lift ganz nach oben. Drücken Sie auf den Knopf mit der Eins und der Null, dann kommen Sie hin.«

Hildur legte die Hände vor der Brust zusammen, verbeugte sich ein paarmal und bedankte sich wortreich für die Hilfe.

Sie schlug den Weg zu den Aufzügen ein, ging dann aber weiter zur Treppe. Sie wollte über die Flure wandern. Die fensterlosen Kabinen auf Deck drei waren die billigsten, und auch ein Teil der Arbeitskräfte war hier untergebracht. Vermutlich schliefen die Mitarbeiter entweder oder waren bei der Arbeit. Die meisten Passagiere waren an Land.

Als Hildur auf das nächste Deck kam, erblickte sie in der Mitte des Flurs eine offene Kabinentür. Sie ging betont langsam weiter und horchte auf das Stimmengewirr. Ein paar Meter vor der Kabine blieb sie stehen und tat, als würde sie ihre Schnürsenkel zubinden.

Sie unterschied drei Stimmen: eine Frauen- und zwei Männerstimmen. Die Frau kam vermutlich aus irgendeinem spanischsprachigen Land. Die Männer stammten dem Akzent nach aus dem tiefen Süden der USA. Worüber die drei sprachen, war jedoch nicht zu verstehen. Bald darauf verstummte das Gespräch, und eine ältere ziemlich kurvenreiche Frau in einem orangen Strickkleid verließ die Kabine und kam auf sie zu. Hildur ging zum Aufzug und tat, als würde sie die Infotafeln studieren. Die Frau holte Zigaretten aus ihrer Handtasche und öffnete die Tür zum Außendeck. Hildur folgte ihr. Die Frau stand mit halb geschlossenen Augen da und rauchte genussvoll.

»Entschuldigen Sie die Störung, aber hätten Sie wohl eine Zigarette für mich? Ich habe meine in der Kabine vergessen, und meine Familie hat aus Versehen meinen Schlüssel mitgenommen.«

Die Frau öffnete ein wenig die Augen und lächelte müde.

»Hat der Busausflug zur Schaffarm Sie nicht interessiert?«

Hildur schüttelte den Kopf.

»Diese kleinen Dörfer sind nichts für mich. Ich mag keinen einzigen Bretterschuppen mehr bewundern.«

Die Frau lachte sprudelnd und schüttelte ihre Locken. Sie holte die Zigarettenschachtel hervor.

»Hier kann einem die Zeit schon mal lang werden«, sagte sie und reichte Hildur auch ihr Feuerzeug.

Hildur hatte seit Jahren nicht mehr geraucht, konnte aber noch glaubhaft paffen.

»Arbeiten Sie hier?«, fragte sie.

Die Frau nickte. »Im Show-Team.«

Hildur blickte auf ihre Zigarette. Die Hälfte war schon aufgeraucht. Sie musste sich beeilen.

»Meine Mutter bezahlt mir die Reise, damit ich ihr Gesellschaft leiste. Ich bin schon seit einer Weile arbeitslos und überlege, was ich mit meinem Leben anfangen soll.«

Sie zog an ihrer Zigarette und fuhr fort: »Hier scheinen Leute aus vielen verschiedenen Ländern zu arbeiten. Vielleicht sollte ich hier einmal nach einem Job fragen?«

Das schelmische Lächeln verschwand schlagartig aus dem Gesicht der Frau. Sie trat einen Schritt zurück.

»Tun Sie das bloß nicht.«

»Wieso denn nicht?«

»Sie sind noch ziemlich jung und hübsch. Das ist nicht der richtige Ort für Sie. Glauben Sie mir.«

Die Frau warf ihre Zigarette auf den Boden, drückte sie aus und trat die Kippe ins Meer. Dann klopfte sie Hildur freundlich auf die Schulter und ging nach drinnen.

Als Hildur gerade hineingehen wollte, um weiter zu schnüffeln, packte sie jemand an der Schulter und zog sie auf das Außendeck zurück. Eine Hand in schwarzem Leder drückte sich auf ihren Mund. Den anderen Arm hatte der Angreifer um ihren Oberkörper gelegt. Hildur bekam kaum Luft. Sie versuchte die Bewegungen ihres Gegners vorherzuahnen, um sich aus seinem Griff zu befreien, doch es gelang ihr nicht. Die üblichen Techniken blieben wirkungslos. Hildur konnte nicht einmal den Kopf drehen, um zu sehen, wer sie festhielt. Es handelte sich jedenfalls um einen Mann, der deutlich größer war als sie. Hildur wehrte sich und biss zu, aber der Handschuh schützte den Angreifer.

»Was schnüffelst du hier herum? Erst im Hafen und jetzt auf dem Schiff«, flüsterte eine tiefe Männerstimme dicht an ihrem Ohr.

Hildur konnte nicht sprechen. Sie schüttelte nur den Kopf.

»Lüg nicht. Ich weiß, dass du Polizistin bist.«

Hildur spürte Panik in sich aufsteigen. Ihr Blickfeld wurde schmaler und trübte sich. Das konnte am Sauerstoffmangel liegen. Ihr Körper war nach hinten gebogen. In dieser Haltung war es schwierig, durch die Nase zu atmen.

Der Mann flüsterte weiter. Seine Stimme klang kühl und entschlossen, Furcht einflößend.

»Hör zu. Ich sage es nur einmal. Verschwinde hier und zwar schnell. Sprich mit keinem mehr, geh von Bord und komm nie wieder zurück. Nicke, wenn du verstanden hast, dann lasse ich dich los.« Dann packte er noch etwas härter zu, wie um zu zeigen, dass er es ernst meinte.

Hildur blieb keine Wahl. Sie nickte, so gut sie konnte. Der Typ lockerte seinen Griff so weit, dass sie wieder auf eigenen Beinen stand. Sie versuchte, ihre Arme zu bewegen. Der Mann hinter ihr hielt sie jedoch immer noch fest und flüsterte, diesmal in etwas weniger aggressivem Ton: »Ich ruf dich später an.«

46

8. November

Hallo!

Warum hast du meinen vorigen Brief nicht beantwortet? Bist du mir böse?

Wegen der Railway Street? Ich musste im Hafen arbeiten. Ich musste mehr Geld verdienen, als bei dem Kleinkram herausspringt. Die Männer sind wochenlang auf See, und wenn sie an Land kommen, haben sie ihre Bedürfnisse. Ich habe in ein paar Monaten mehr verdient als vorher im ganzen Jahr.

Dann hat sich an einem Abend alles verändert. Die erste Begegnung war wunderbar. Ein gut aussehender Mann wollte mit mir reden und versprach, mich von dieser Straßenecke wegzuholen. Er versprach mir ein besseres Leben.

Ich bin in meinem Leben vorangekommen, und das ist ein gutes Gefühl. Ich habe große Träume. Ich möchte meinem Leben eine neue Richtung geben. Ich hoffe, du verstehst das. Vielleicht bin ich kindisch, aber ich glaube, dass ich es schaffe. Deshalb bin ich weggegangen und habe es keinem gesagt. Als ich ging, habe ich nicht zurückgeblickt, aber vielleicht hätte ich doch zuerst mit dir darüber sprechen sollen.

Meine Adresse steht auf der Rückseite.

R.

47

JUNI 2022 ÍSAFJÖRÐUR

Die Schritte vom Eingang der Polizeistation in die obere Etage waren schwer. Hildur machte auf der Treppe Halt, um Luft zu holen. Sie versuchte sich zu konzentrieren. Das Gefühl der Hilflosigkeit brachte ihre Gedanken durcheinander. Bisher war es noch keinem gelungen, sie so zu überraschen wie der Mann auf dem Schiffsdeck. Warum war sie nicht fähig gewesen, sich zu wehren? Ihre eigene Hilflosigkeit fuchste sie, aber sie war trotzdem nicht bereit, zu bereuen, dass sie auf das Schiff gegangen war und versucht hatte, Beweismaterial zu finden, das Manuel helfen konnte. Sie bereute nichts, was sie in guter Absicht getan hatte. Hildur stieg die letzten Stufen hoch und betrat das Büro.

Jakob hatte sich in die Papiere vertieft, die vor ihm lagen, und strickte gleichzeitig.

»Ich muss dir was erzählen. Vertraulich. Sag Beta also nichts davon.«

Jakob ließ sein Strickzeug sinken.

»Du siehst aus, als hättest du gerade jemanden ermordet. Ist alles in Ordnung?«

Hildur erzählte von ihrem Besuch auf dem Kreuzfahrtschiff. Jakob sah sie über den Schreibtisch hinweg an.

»Du hältst mich bestimmt für total verrückt.«

Jakob lachte auf. »Ich habe geradezu Angst vor dir.«

»Es musste sein. Ich hatte keine andere Wahl«, entgegnete Hildur.

Jakob versprach, nichts von Hildurs Treiben zu wissen, selbst wenn man ihm die Hand abhacken würde. Außerdem sei es ja möglich, dass der seltsame Mann später anrief, wie er gesagt hatte.

»Ich hole uns Kaffee. Möchte die Agentin ihren geschüttelt oder gerührt?«, fragte Jakob und brachte auch Hildur zum Lachen.

Während er in die Küche ging, startete Hildur ihren Computer. Jakob hatte sie in bessere Laune versetzt.

Hildur schaltete das Radio ein und schloss kurz die Augen. Sie wählte immer den landesweiten Kanal des staatlichen Rundfunks. Das Programm begann mit Orgelmusik in Moll. Dann verkündete die sanfte Stimme des Sprechers, es sei 11:55 Uhr und nun würden die Todesanzeigen verlesen. Hildur drehte das alte Radio lauter. Neben dem Seewetterbericht zählten die Todesanzeigen und die Ankündigungen von Beerdigungen zu den meistgehörten Sendungen. Die Angehörigen pflegten die nötigen Informationen an den ersten Kanal des staatlichen Rundfunks zu schicken, wo sie werktags zweimal und an Feiertagen einmal am Tag verlesen wurden.

Unsere geliebte Mutter, Schwiegermutter, Großmutter und Urgroßmutter, die Hauswirtschaftslehrerin Lilja Heimirsdóttir aus Hringbraut, verstarb am 10. Juni in ihrem Zuhause. Die Trauerfeier findet am 25. Juni um 13 Uhr in der Kirche von Húsavík statt. Birgir, Lóa, Gunnar und Gunnars Kinder und Enkelkinder.

Die Sendung war diesmal kurz. Es wurden nur vier Anzeigen verlesen. Beim Zuhören ging Hildur auf, dass sie eine Todesanzeige für Helga schreiben und einsenden musste. Sie war die einzige nahestehende Person, und sie wusste, dass auch Helga sich die Sendung angehört hatte. Ebenso war es üblich, lange Nachrufe für die Zeitung *Morgunblaðið* zu verfassen. Der viele Seiten lange Nekrologteil war die meistgelesene Rubrik der sterbenden Printausgabe. Viele ältere Menschen abonnierten die Papierversion der Zeitung nur wegen der Nachrufe. Es war wohl ganz natürlich, dass man sich auch für den Tod anderer Menschen interessierte, wenn der eigene Tod näher rückte.

Hildur schrak aus ihren Gedanken auf, als sie Betas und Jakobs Stimmen auf dem Flur hörte.

»Hier herrscht ja eine fröhliche Stimmung«, sagte Beta beim Hereinkommen.

Hildur lächelte und schaltete das Radio aus.

Beta zog ihren leichten Sommermantel aus, hob die Ordner von dem Stuhl an der Wand und legte sie auf den Boden.

»Gibt es was Neues?«, fragte sie und setzte sich.

Jakob stellte die Kaffeetassen auf den Schreibtisch. Hildur berichtete, sie habe Nachforschungen über das Personal des Seniorenheims angestellt.

»Bei Jódís ist eine Geldbuße wegen überhöhter Geschwindigkeit registriert und bei der polnischen Putzfrau mehrere. Sonst nichts. Niemand hat verwandtschaftliche Beziehungen zu Helga, und niemand steckt in Zahlungsschwierigkeiten.«

Hildur zog das Haarband an ihrem Zopf straffer und erzählte von ihrem Besuch bei Jódís.

»In den offiziellen Quellen ist es zwar nicht zu sehen, aber Jódís scheint finanzielle Probleme zu haben«, sagte sie und fasste zusammen, was sie vom Ehemann der Pflegerin gehört hatte.

»Könnte sie wegen Geld …«, begann Beta, führte den Satz aber nicht zu Ende.

Jódís war mehrmals täglich in Helgas Zimmer gewesen. Das erklärte die Fingerabdrücke.

Es wurmte Hildur, dass man die Bettwäsche der Toten sofort in die Waschmaschine gesteckt hatte. Am Kissenbezug hätte man vielleicht Fasern von der Kleidung des Täters oder Speichelspuren sicherstellen können.

»Vielleicht hat das Motiv nichts mit Geld zu tun, sondern mit Scham«, überlegte Hildur.

Jakob griff ihren Gedanken auf:

»Wenn Helga gemerkt hat, dass Jódís die alten Leute bestiehlt, und sie entlarven wollte?«

Beta hielt die Idee nicht für unmöglich.

Hildur erzählte, sie habe auf den Aufzeichnungen der Überwachungskamera gesehen, dass Manuel keine Handschuhe trug, als er über den Verbindungsgang ging. Den Kameras nach hatte in der Nacht von Helgas Tod kein Außenstehender das Klinikgebäude betreten oder verlassen.

»Ich nehme Jódís' finanzielle Lage genauer unter die Lupe. Vielleicht bringt uns das weiter«, sagte sie und erwähnte dann Katlas hartnäckiges Schweigen.

Katla war die einzige Bewohnerin des Seniorenheims, die sich geweigert hatte, mit Hildur zu reden. Sie wiederholte immer nur, sie wolle nicht mit Fremden sprechen und bei ihr fehle nichts. Das konnte nicht überprüft werden, denn sie hatte keine lebenden Angehörigen. Beta und Jakob hörten Hildur aufmerksam zu.

»Versuch noch einmal, sie zu befragen. Oft erweist sich das, worüber man schweigt, als das Allerwichtigste«, meinte Beta.

Jakob hüstelte, um die Aufmerksamkeit seiner Kolleginnen zu gewinnen. Er drehte seinen Monitor zu Beta hin und bat Hildur, näher zu kommen.

»Auch wenn wir noch nicht wissen, ob die Diebstähle im Seniorenheim mit den Ferienhauseinbrüchen in Verbindung stehen, solltet ihr euch das ansehen.«

Einer der Sommerhausbesitzer, bei dem eingebrochen worden war, hatte sich am Morgen mit Jakob in Verbindung gesetzt. Jakob hatte bisher vergeblich versucht, ihn zu erreichen. Der Mann war zum Zelten in einer Gegend ohne Netzempfang gewesen. Sein Sommerhaus befand sich am Schwanenfjord, ungefähr zwanzig Kilometer vom Dorfzentrum entfernt. Der Mann erzählte, im Mai sei bei einem Nachbarn eingebrochen worden, und danach habe er auf seinem eigenen Grundstück eine Wildkamera installiert.

»Sie hat ein unbekanntes Auto aufgezeichnet, das bei dem Sommerhaus vorgefahren ist.«

»Na, so was«, sagte Hildur. In ihrer Stimme lag Eifer.

Beta rückte ihren Stuhl näher an den Bildschirm.

Jakob klickte das Video an.

Zuerst sah man nur blauen Himmel und im Wind schaukelndes Gebüsch. Dann kam ein Auto ins Bild. Ein weißer Toyota Yaris. Die Kamera war so niedrig angebracht, dass das Auto nur teilweise zu sehen war. Es fuhr langsam auf das Grundstück und hielt offenbar dort.

»Der Privatweg endet bei dem Ferienhaus, und am Weg gibt es keine anderen Gebäude«, sagte Hildur, die das Kartenprogramm geöffnet und die Adresse eingegeben hatte. Der Wagen konnte also nicht einfach auf der Durchfahrt gewesen sein.

Nach ungefähr einer halben Stunde war die Kamera erneut aktiviert worden, als das Auto wieder an ihr vorbeifuhr. Auch diesmal war der Bildwinkel so ungünstig, dass die Menschen im Wagen nicht sichtbar wurden. Es ließ sich nicht einmal feststellen, wie viele es waren.

»Aber das Nummernschild ist deutlich zu sehen«, sagte Jakob und hielt das Video an der betreffenden Stelle an.

Die Buchstaben- und Ziffernkombination gehörte einer internationalen Autovermietung.

»Sie haben eine Zweigstelle in Ísafjörður. Ich habe die Angaben über die Mieter schon angefordert, sie kommen im Lauf dieses Tages.«

Hildur nahm Zufriedenheit in Jakobs Miene wahr. Da klingelte ihr Handy. Die Nummer begann mit +49. Der Anruf kam also aus dem Ausland, aber Hildur erinnerte sich nicht, zu welchem Land die Vorwahl gehörte.

Sie meldete sich mit ihrem vollen Namen. Das Gespräch dauerte gut eine Minute, dann nahm Hildur ihre dünne Strickjacke von der Stuhllehne und zog sie an.

»Ich muss unbedingt etwas erledigen, ich komme bald wieder zurück.«

48

5. Februar
Hallo!

Ich würde zu gern deine Miene sehen, wenn du meine Briefe liest. Vielleicht lächelst du. Wenigstens ein bisschen. Wie geht es dir? Hoffentlich ist alles gut. Antworte mir doch bitte. Ich möchte Neues von dir und dem Leben zu Hause hören. In letzter Zeit hat es bei mir schwierige Tage gegeben, aber zum Glück auch leichtere. Ich glaube, dass sich am Ende doch alles regelt. Ich bin in letzter Zeit sehr müde, die Ereignisse hier fangen an, mich zu verändern. Wenn ich auch nur einen Moment allein sein darf, liege ich immer nur im Bett.

Ich habe darüber nachgedacht, dass die Menschen gar nicht so freundlich sind, wie sie sich anfangs geben. Letzten Endes haben alle ihre Bedürfnisse. Ich dachte, dass mein Freund mich liebt, aber auch er hat Hintergedanken. In der Zigarettenpause mag ich nicht mehr in seiner Nähe stehen. Inzwischen sehe ich Seiten an ihm, die ich nicht lieben kann.

Ein Vorfall in der Fabrik bedrückt mich. Eines Nachts wurden wir um halb fünf geweckt. Das war nichts Ungewöhnliches, denn das Schiff war ein paar Stunden früher als erwartet in den Hafen eingelaufen. Die Spielregeln kennen hier alle: Wenn ein Schiff kommt, beginnt die Arbeit. Das Leben richtet sich nach den Trawlern.

Die Fischfabrik ist in zwei Bereiche unterteilt. Die Männer sind an der ersten Linie, weil die Arbeit dort körperlich schwer ist. Meine Aufgabe ist es, die Fische auszunehmen. Das ist stinkige Frauenarbeit.

Einer der polnischen Arbeiter war schon seit längerer Zeit müde. Und wenn man müde ist, friert man leicht. An dem Morgen trippelte er auf der Stelle, um sich warm zu halten.

Er sollte lernen, die teure neue Anlage zu bedienen, die im Frühjahr in Betrieb genommen werden soll. Damit spart man angeblich pro Fisch mehrere Sekunden Zeit.

Plötzlich knirschte es laut, und die Linie stand still. Ich dachte zuerst, mit den Fischen wäre irgendwelcher Plastikmüll oder sonstiger Abfall aus dem Meer in die Anlage geraten. Ich konnte nicht genau sehen, was passiert war, aber auf einmal schrie der Mann … Dann richtete er sich auf, und da sah ich seinen verstümmelten Arm. Das Blut spritzte heraus wie Wasser aus einem Gartenschlauch.

Der Chef rannte aus dem Wachhäuschen zu dem Polen. Gleich darauf kamen auch andere Leute, um ihm zu helfen. Die Linie wurde erst am nächsten Tag wieder in Gang gesetzt, als alles gesäubert war. Den Polen haben wir seitdem nicht mehr gesehen. Ich habe Angst.

Ich schreibe meine Adresse wieder auf die Rückseite. Die Post wird hier nur zweimal in der Woche ausgetragen. Zweimal in der Woche warte ich gespannt auf deine Antwort, aber ich halte nicht mehr den Atem an. Ich habe die Hoffnung verloren.

Ich habe dich lieb.

R.

49

JUNI 2022 ÍSAFJÖRÐUR

Hildur betrat das Hotelrestaurant und stellte fest, dass es gerade renoviert wurde. Sie hatte von der geplanten Neugestaltung des Hotels gehört, aber nicht erwartet, dass die Veränderungen so groß sein würden. Im Erdgeschoss war ein Anbau von einigen Dutzend Quadratmetern entstanden, dessen große Fenster zum Meer hinausgingen. Die Inneneinrichtung erinnerte an das nette dänische Hotel, in dem sie vor einem Jahr während eines internationalen Polizeiseminars übernachtet hatte. Sie holte sich einen Kaffee und ein Croissant und setzte sich an einen Fenstertisch mit Blick auf die Berge. Das Café war leer. Die Hotelgäste hatten längst gefrühstückt, und auch die Lunchzeit war schon vorbei.

Hildur überprüfte auf ihrem Handy die Wellenprognose und stellte fest, dass immer noch nichts zu erwarten war. In Island war der Sommer eine unglaublich öde Zeit für Surfer. Es frischte nur selten auf, und auch dann waren die Böen unbedeutend. Da spürte sie etwas an der Schulter. Sie drehte sich so abrupt um, dass der Tisch wackelte und die Kaffeetasse beinahe umgekippt wäre.

Ein großer Mann stand vor ihr. Kurze, aber dichte dunkelgraue Haare, kurze graue Bartstoppeln und hohe Augenbrauen.

»Max Meyer«, stellte sich der Mann vor und reichte ihr die Hand.

Hildur ergriff sie. Sein Händedruck war fest.

»Hildur Rúnarsdóttir, richtig?«

»Ganz genau. Hallo.«

Einen Augenblick lang überlegte Hildur, ob es höflicher gewesen wäre, zum Händeschütteln aufzustehen. Bei Isländern hätte sie das nie getan, denn hierzulande gab es eigentlich nur eine einzige Höflichkeitsregel: Man zog die Schuhe aus, wenn man eine fremde Wohnung betrat. Im Umgang mit Mitteleuropäern fühlte sie sich immer ein wenig unsicher.

Max warf einen Blick zur Theke und winkte dem Personal. Hildur hielt es für angebracht, ihn auf die hiesige Sitte hinzuweisen.

»Hier gibt es nirgendwo Tischbedienung. Du musst an der Theke bestellen.«

Max lachte auf und sagte, er sei gleich wieder da. Hildur fiel auf, dass er sie ein wenig an Matt Damon erinnerte.

Hildur hatte den Schauspieler tatsächlich einmal kennengelernt. Vor zehn Jahren hatte sie einige intensive Tage mit Matt Damon an der Südküste Islands verbracht, wo sie bei den Dreharbeiten zu einem Hollywood-Film als Sicherheitsassistentin gearbeitet hatte. Eine Bekannte, die bei der Produktionsfirma angestellt war, hatte sie für die Drehtage im Gletschergebiet engagiert, weil Hildur Rettungskurse absolviert hatte und wusste, wie man sich auf dem Eis sicher bewegte. Hildur war für Damons Sicherheit verantwortlich gewesen.

»Danke, dass du kommen konntest. Ich habe nicht viel Zeit, also erzähle ich nur kurz, worum es geht«, sagte Max, als er zurückkam und gegenüber von Hildur Platz nahm. Er sprach Englisch mit deutschem Akzent. Sein Blick war fest und durchdringend.

»Ich weiß, dass du hier als Kriminalermittlerin arbeitest. Und dein zweiter Titel, wie war der noch gleich, irgendwas mit verschwundenen Kindern …«

Hildur erklärte, sie sei die einzige Kriminalermittlerin im Gebiet der Westfjorde und kümmere sich außerdem um die Zusammenarbeit zwischen dem Jugendschutz und der örtlichen Polizei im Zusammenhang mit verschwundenen Kindern und vor allem Jugendlichen.

»In Reykjavík trägt die enge Zusammenarbeit zwischen Jugendschutz und Polizei zur Verhinderung von Jugendkriminalität bei. Ich koordiniere die Tätigkeit außerhalb der Hauptstadt. In erster Linie versuchen wir dafür zu sorgen, dass die Jugendlichen in ihrem Heim bleiben, und bemühen uns, Ausreißer schnell aufzufinden und vor Missbrauch zu schützen.«

Max hörte aufmerksam zu.

»Du willst aber bestimmt nicht nur über meine Arbeit reden«, sagte Hildur.

»Wie ich schon am Telefon sagte, habe ich den gleichen Beruf wie du. In den letzten Jahren habe ich bei Interpol in Frankreich gearbeitet. Jetzt führe ich eine verdeckte Ermittlung durch. Du hast dich im Hafen umgehorcht und es irgendwie geschafft, an Bord zu kommen. Ich weiß nicht, woran du arbeitest, aber du musst aufhören herumzuschnüffeln.«

Max sprach freundlich, aber bestimmt. Seine Bitte war eher ein Befehl.

»Glaub mir, es ist sehr wichtig.«

»Warum?«

Max gab keine Antwort. Er schüttelte nur den Kopf.

Hildur spürte, dass ihr Kinn zitterte. Kein Ortsfremder hatte ihr vorzuschreiben, was sie bei ihrer Arbeit tun oder nicht tun durfte.

»Ganz schön unverschämt, dass du mich um einen Gefallen bittest und mir nicht mehr erzählst als deinen Namen.«

»Mehr kann ich nicht erzählen.«

Hildur schob die Kaffeetasse beiseite und stützte die Ellbogen auf den Tisch.

»Ich tue, was ich will und was getan werden muss.«

In den letzten zwei Wochen hatte sich allzu viel angestaut. Nun ließ Hildur Dampf ab.

»Und ich habe keine Zeit für so was hier! Ich muss mich um einen Haufen Skelette kümmern, eine alte Frau ist unter mysteriösen Umständen gestorben, und im Krankenhaus hat ein halbtoter Venezolaner gelegen, der sich vor irgendetwas so sehr fürchtet, dass er um keinen Preis mehr auf das Kreuzfahrtschiff zurückwill. Und da kommst du her, um Kaffee zu trinken und mir zu erzählen, was ich bei meiner Arbeit nicht tun darf. So läuft das nicht.«

Hildur trank ihren Kaffee aus und stand auf. Sie hatte die Nase voll.

Max' Mund öffnete sich ein wenig. Das Erscheinungsbild des gepflegten Gentlemans bekam einen Riss. Er bedeutete Hildur, sich wieder hinzusetzen, und entschuldigte sich für seine Wortwahl.

»Was hast du über den Venezolaner gesagt? Ist das der Fall, in dem du ermittelst? Er ist nicht mehr in der Klinik. Weißt du, wo er steckt?«

Seine Fragen kamen wie aus der Pistole geschossen.

»You show me yours, I show you mine«, sagte Hildur und setzte sich bewusst langsam hin, signalisierend, dass sie es sich jederzeit anders überlegen und gehen konnte.

Max rieb sich die Schläfen und blickte zum Fenster hinaus. Der Himmel war immer noch strahlend blau. Ein paar Raben trippelten über den Rasen vor dem Hotel. Nach einer Weile begann Max, von seiner Arbeit zu berichten.

Interpol war Hildur oberflächlich bekannt. Es war eine gemeinsame Organisation der nationalen Polizeibehörden, die der Zusammenarbeit zwischen den kriminalpolizeilichen Behörden ihrer zweihundert Mitgliedsstaaten diente. Die Zentrale befand sich in Lyon in Frankreich. Dort arbeiteten derzeit zwei isländische Kriminalpolizisten im Bereich Wirtschaftskriminalität. Weitere Bereiche waren Terrorismusbekämpfung, IT-Kriminalität und organisierte Kriminalität. In jedem Mitgliedsstaat, auch in Island, gab es ein nationales Interpol-Büro. Interpol hatte keine eigenen Polizeikräfte, sondern konzentrierte sich vor allem auf die Beschaffung und Vermittlung von Informationen und den Vergleich von Daten.

»Ich arbeite beim BKA, der deutschen Kriminalpolizei, mein Aufgabenbereich ist die Bekämpfung der internationalen organisierten Kriminalität. Für die letzten Jahre vor meiner Pensionierung wollte ich ein bisschen Abwechslung und habe mich für Lyon beworben.«

Max erzählte kurz von seiner Arbeit beim BKA. Er hatte sich in den letzten fünf Jahren auf die Kriminalität im Bereich des internationalen Kreuzfahrttourismus konzentriert.

»Ein extrem schwieriger Komplex. Viele sich überschneidende Gesetzgebungen, undurchsichtige Unternehmenscluster. Fast immer wenn wir einen Faden zu fassen bekommen, verschwindet er wieder. Die Verbrecherbanden sind ausgesprochen geschickt darin, die komplizierte rechtliche Position der in internationalen Gewässern verkehrenden Kreuzfahrtschiffe auszunutzen.«

Hildur hörte interessiert zu, ohne Max zu unterbrechen. Im Café waren keine anderen Gäste, und die einzige Bedienung war so weit entfernt, dass sie ihr Gespräch nicht hören konnte. Max erzählte, er sei als verdeckter Ermittler auf verschiedenen Kreuzfahrtschiffen unterwegs. Er sammelte Informationen, stellte Beobachtungen an und leitete die wesentlichen Erkenntnisse weiter.

»Erzähl mir von dem Venezolaner«, bat Max und sprach gleich weiter. »Er heißt wohl Manuel. Eine Küchenhilfe dieses Namens ist seit vielen Tagen verschwunden. Anfangs glaubten sie, er wäre ins Meer gesprungen. Das tun viele Verzweifelte. Aber dann kam jemand auf den Verdacht, er wäre vielleicht von Bord gegangen. Ich war gerade in der Klinik und habe erfahren, dass er nicht mehr dort ist. Wo befindet er sich?«

Hildur überlegte eine Weile. Wie in aller Welt kam Max an Informationen über einen Patienten, der nicht sein Verwandter war? Und wenn Max im Bilde war, wer wusste sonst noch, dass Manuel sich versteckte?

Max schien ihre Gedanken zu lesen.

»Ich habe mein halbes Leben lang internationale Terroristen gejagt. An Informationen über einen Patienten in einem kleinen Dorfkrankenhaus heranzukommen, hat nicht lange gedauert.«

Max hatte viel erzählt, und Hildur beschloss, ihm im Gegenzug auch etwas zu liefern.

»Manuel hat die Klinik verlassen. Er ist bei einem Freund und will nicht mehr auf das Schiff zurück.«

Max sah sie entsetzt an.

»Wenn jemand erfährt, dass er lebt und dass die Polizei mit ihm gesprochen hat, kann das die ganze Ermittlung gefährden.«

Hildur bat Max, konkreter zu sein. Auf dem Kreuzfahrtschiff arbeiteten Hunderte von Menschen. Was hatte da eine einzelne Küchenhilfe zu bedeuten?

»Du kannst es natürlich nicht verstehen … Wir haben es hier mit extrem gefährlichen und skrupellosen Menschen zu tun. Sie haben ihre eigenen Regeln, und das Leben eines Hilfsarbeiters wiegt für sie nicht schwer. Wenn die Verbrecher vermuten, dass die Polizei von irgendetwas Wind bekommen hat, brechen sie alle Verbindungen zu dem Schiff sofort ab und setzen ihre Aktivitäten anderswo fort. Diese Typen gehen keine unnötigen Risiken ein.«

Max berichtete, dass auf einigen Kreuzfahrtschiffen Zellen operierten, die zu ein und demselben Verbrechersyndikat gehörten. Drogenhandel, Juwelenschmuggel, Ausbeutung von Arbeitskräften, Menschenhandel. Es ging um so viel Geld, dass man sofort alle Beweise vernichtete, wenn das Risiko wuchs, erwischt zu werden. Hildur spürte, wie sie eine Gänsehaut bekam.

»Es geht also praktisch um alles, was von einem Ort zum anderen gebracht werden muss?«

Max nickte und erklärte, genauere Einzelheiten könne er nicht preisgeben. Er betonte, es sei jetzt äußerst wichtig, dass Manuel an seinen Arbeitsplatz zurückkehrte und sich eine Erklärung zurechtlegte, die seinen Boss zufriedenstellte. Aber von der Polizei dürfe niemand in irgendeiner Weise involviert sein.

»Du darfst ihm nicht helfen. Wenn die Ermittlung im Sande verläuft, ist das Leben und das Wohlergehen unzähliger Menschen in Gefahr.«

Hildur fühlte sich bedrängt. Manuel brauchte Hilfe. Jetzt bat Max sie, dem Opfer den Rücken zuzukehren. Er war schon die zweite Polizeikraft, die von ihr verlangte, Manuel im Stich zu lassen. Musste man wegen einer größeren Ermittlung das Schicksal eines Einzelnen vergessen? Sollte man jetzt einen einzelnen Menschen opfern, um die Chance zu verbessern, mehrere zu retten? Konnte das die richtige Entscheidung sein?

Hildur blickte Max nachdenklich an. Sein zerfurchtes Gesicht verriet, dass er nicht mehr jung war. Auf der Stirn hatten sich einige tiefe Sorgenfalten gebildet, und seine Augen ließen erkennen, dass sie zu viel gesehen hatten.

»Woher nimmst du immer noch die Kraft für den Job?«

Max drehte den Teelöffel in der Hand. Als er von sich selbst sprach, schien er sich ein wenig zu entspannen. Seine Worte kamen langsam und überlegt, aber er wirkte aufrichtig.

»Ich weiß nicht recht … Ich versuche mit meinem Team schon seit vielen Jahren, diese Scheißkerle zur Verantwortung zu ziehen. Wahrscheinlich kann ich einfach nicht aufgeben. Außerdem mag ich meine Arbeit. Sonst würde man das wohl nicht durchhalten. Und du? Hast du Familie?«

Hildur merkte, dass sie eine Hand auf den Bauch gelegt hatte. Sie hob sie schnell auf den Tisch und schüttelte den Kopf.

»Ich auch nicht. Wir sind wohl beide ziemlich erbärmliche Gestalten«, witzelte Max und fügte hinzu, Hildur habe ja noch Zeit. Er selbst werde bald sechzig.

Hildur erwiderte sein Lächeln. Irgendetwas an der Geschichte dieses Mannes weckte ihr Interesse. Ein Sechzigjähriger als verdeckter Ermittler war eher ungewöhnlich.

»Bist du nicht schon ziemlich alt für solche Einsätze? Könntest du nicht einfach im Büro sitzen und zuschauen, während Jüngere an der Basis arbeiten?«

»Ich wollte diesen Einsatz. Ich wollte den Sommer auf diesen Schiffen verbringen, die um Island herumfahren.«

Hildur lächelte. Im Sommer zeigte sich Island von seiner besten Seite. Das Meer war ruhig, der Himmel wolkenlos, und an den meisten Tagen brauchte man draußen keine Daunenjacke.

»Vom Meer aus sehen die Wasserfälle und Gletscher bestimmt toll aus«, meinte sie.

Max starrte eine Weile ins Leere. Hildur wartete. Sie hatte das Gefühl, dass er noch mehr sagen wollte.

»Das hier ist mein letzter verdeckter Einsatz. Ich habe ihn übernommen, weil ich diese Gegend sehen wollte. Das hat mit einer Frau zu tun. Sie war mir wichtig. Sie hieß Ruth Weider.«

Hildur hatte nicht die Angewohnheit, ihre Mitmenschen auszufragen oder über ihre eigenen Angelegenheiten zu schwatzen. Meistens schwieg sie. Auch jetzt nickte sie nur. Vielleicht brachte gerade ihre stille Anwesenheit die Menschen dazu, ihr Herz auszuschütten.

Max begann von seiner großen Liebe Ruth zu erzählen. Sie waren einige Jahre ein Paar gewesen, aber dann hatte sich im Leben der jungen Frau vieles verändert. Sie war in schlechte Gesellschaft geraten.

»Sie war ungefähr zehn Jahre jünger als ich und fand mich ein bisschen langweilig. Damit hatte sie ja auch recht. Im Vergleich zu ihr war ich ein Durchschnittsmensch und grauer als meine Haare heutzutage«, sagte Max und versank eine Weile in seinen Erinnerungen. Mit dreißig hatte er am Anfang seiner Polizeilaufbahn gestanden, in seiner Freizeit hatte er Hockey gespielt und im Fernsehen Fußball geguckt. Bad Religion zu hören war das Wildeste, was er kannte. Und das war seiner rastlosen Freundin zu wenig.

»Sie hat anderswo nach spannenden Erlebnissen gesucht. Irgendwann kamen alle möglichen Rauschmittel ins Spiel. Wegen der Drogen hat sie wahnsinnige Schulden gemacht. Als sie clean wurde, ist sie auf der Suche nach Arbeit durch Europa gereist und hat versucht, ihre Schulden abzuzahlen. Wir hatten abgemacht, in Kontakt zu bleiben. Sie versprach, mir Briefe zu schicken und die Adresse mitzuteilen, unter der ich ihr antworten konnte.«

Hildur stellte immer noch keine Fragen. Sie sah Max nur an. Nicht direkt in die Augen, denn das wäre aufdringlich gewesen, sondern irgendwo in die Kinnregion.

»Es kamen drei Briefe. Danach habe ich nichts mehr von ihr gehört. Sie ist … tja, sie ist einfach verschwunden.«

»Wie meinst du das? Wohin verschwunden?«, fragte Hildur interessiert.

»In ihren beiden ersten Briefen schrieb sie, sie sei in einer englischen Hafenstadt, und im dritten stand, dass sie nach Island gezogen war und in einer Fischfabrik arbeitete. Dem Brief nach war ihre Adresse in Flateyri. Ich habe bei der Fischfabrik angerufen, aber dort hat man mir gesagt, Ruth sei verschwunden. Angeblich war das ganz normal. Viele ausländische Saisonarbeiter machten sich einfach davon.«

Hildur wusste, wovon Max sprach, und sagte ihm das auch. So etwas kam immer noch vor: Junge Leute übernahmen Sommerjobs in Reitställen und bei Firmen, die Busausflüge organisierten, bekamen ihren Lohn schwarz auf die Hand, und irgendwann hatten sie keine Lust mehr und verschwanden. Von dem Geld, das sie bekommen hatten, reisten sie durch Island und kehrten dann nach Hause zurück.

»Das war nicht typisch für sie«, erwiderte Max. »So abenteuerlustig Ruth auch war, wenn es um die Arbeit ging, war sie immer zuverlässig.«

Max hielt es für unmöglich, dass sie einfach verschwunden wäre, ohne irgendwen zu informieren.

»Vor allem mich. Wir waren zwar nicht mehr zusammen, aber sie hat mir wahnsinnig viel bedeutet. Na, jedenfalls habe ich versucht, über die Behörden etwas zu erfahren, doch niemand hatte irgendwelche Informationen über Ruth Weider. Sie hatte offenbar keine offizielle Einreisemeldung gemacht. Alle haben nur immer wieder dasselbe gesagt wie du: Ausländer verschwinden nun mal.«

Hildur entschuldigte sich für ihre Worte.

»Ich wollte damit nur sagen, dass der schnelle Wechsel der Saisonkräfte wirklich typisch ist. Früher in der Fischindustrie, heute vor allem in der Tourismusbranche.«

Max nickte.

»Man hat auch angedeutet, sie hätte sich womöglich das Leben genommen, aber auch das kann ich nicht glauben. Ich weiß nicht, ob das alles irgendeinen Sinn ergibt. Ich wollte nur den Ort sehen, an dem sie sich aufgehalten hat, bevor ihre Spur verschwand. Wahrscheinlich suche ich hier Frieden für meine Seele.«

Das verstand Hildur nur zu gut. Seit dem Verschwinden ihrer Schwestern vor Jahrzehnten war ihr Leben von Unruhe und Melancholie geprägt gewesen. Auch nachdem sie ihre Schwestern wiedergefunden hatte, war die Unruhe geblieben. In den letzten Jahren war zu vieles passiert, das sie nicht zu fassen bekam.

Manches hatte sich geklärt, aber zu wenig. Hildur glaubte, dass Björk unschuldig im Gefängnis saß. Ihr war unbegreiflich, aus welchem Motiv heraus ihre Schwester Verbrechen gestand, die sie nicht begangen hatte.

Die Kellnerin räumte die leeren Kaffeetassen ab und fragte, ob sie noch etwas bestellen wollten. Beide lehnten dankend ab. Max musste sich bald wieder unter die Touristen mischen, damit seine Abwesenheit keine Fragen aufwarf. Auch für Hildur wurde es Zeit, zur Polizeistation zurückzukehren.

Hildur dachte immer noch über das nach, was Max ihr über seine Freundin erzählt hatte. Vielleicht könnte sie in der Datenbank nachsehen, wer in dem Fall damals ermittelt hatte – oder ob überhaupt ermittelt worden war.

»Wann genau ist sie verschwunden, und wie alt war sie?«

Max' Kinn zitterte ein wenig. Die Zeit heilte vieles, aber über den größten Schmerz half auch sie nicht hinweg.

Max beschrieb Ruths Schönheit und ihre langen rotbraunen Haare. Er war nie darüber hinweggekommen, dass Ruth ihn verlassen hatte. Zum Glück hatten sie sich sehr regelmäßig geschrieben, bis Max nach dem letzten Brief im Herbst 1994 keine Verbindung mehr zu ihr bekommen hatte. Ruth war damals fünfundzwanzig gewesen.

50

Die Abendsonne stand tief am Himmel und färbte das Dorf orangerot. Zwei lange Schatten näherten sich dem Schwimmbad. Jakob hatte die Badesachen für sie beide und für Matias außerdem Zahnbürste und Schlafanzug in eine große Stofftasche gepackt. Das Schwimmbad war an Sommerabenden bis zehn Uhr geöffnet. Wenn Matias mit geputzten Zähnen und im Schlafanzug nach Hause kam, dauerte es weniger lange, ihn ins Bett zu bringen. Jakob hatte Guðrún vorgeschlagen mitzukommen, aber sie wollte lieber zu Hause bleiben. Jakob kannte auch den Grund: Matias und Guðrún hatten Krach gehabt. Guðrún hatte Matias nach dem Essen gebeten, sein Geschirr in die Spülmaschine zu stellen. Daraufhin hatte Matias gesagt, Guðrún habe ihm gar nichts zu befehlen, sie sei ja nicht seine Mutter. Jakob hatte ihn aufgefordert, sich zu entschuldigen, aber der Junge war nur in sein Zimmer gerannt und hatte die Tür hinter sich zugeknallt. Es war Jakob nicht entgangen, wie verletzt Guðrún war. Zum Glück wurde sie Matias gegenüber nie laut. Jakob bewunderte ihre Engelsgeduld.

Er mochte das charmante kleine Schwimmbad, das in den 1940er Jahren gebaut worden war. Die alten Holztüren und abgetretenen Bodenfliesen legten Zeugnis von der Vergangenheit ab, und die hohen Sprossenfenster gaben den Blick auf die schöne Gebirgslandschaft frei.

Jakob ging mit Matias die Treppe zum Schalter hinauf und kaufte seine Eintrittskarte. Kinder durften das Schwimmbad kostenlos benutzen. Heute war Herrensauna. Die Umkleideräume für Männer und Frauen wechselten täglich den Platz, denn die einzige Sauna befand sich hinter dem Umkleideraum auf der rechten Seite.

»Willst du heute vom Sprungbrett springen?«

Matias reagierte nicht auf die Frage, sondern öffnete nur wortlos die Tür zum Umkleideraum. Jakob bemühte sich, seine Miesepetrigkeit zu ignorieren.

Es war schon neun Uhr, aber Jakob hatte Lust auf einen Schluck Kaffee. Er hatte vor, sich zu Hause noch eine Weile mit dem Material für die nächste Juraprüfung zu beschäftigen, und das Koffein würde ihm helfen, wach zu bleiben. Im Schwimmbad konnte man sich aus einer Thermoskanne in der Ecke gratis Kaffee holen. Jakob stieg mit dem Plastikbecher in der Hand in das Heißwasserbecken und sah zu Matias hinüber, der immer wieder ins Wasser hüpfte und längst nicht mehr so mürrisch dreinblickte.

Im Becken saßen außer Jakob noch zwei Männer. In dem einen erkannte er den Verkäufer von der Tankstelle, den anderen hatte er noch nie gesehen. Jakob wechselte mit dem Unbekannten einige Worte über den schönen Sommerabend und die bevorstehenden Ferien. Der Mitarbeiter der Tankstelle saß stumm daneben. Nach einer Weile stand er auf, nickte wortlos zum Abschied und machte sich auf den Weg zur Umkleide.

Jakob erkundigte sich, woher der Neue kam. Es war völlig normal, im Heißwasserbecken solche Fragen zu stellen. Hier saß man Seite an Seite, redete über Politik, tauschte Neuigkeiten aus und klagte über die hohen Zinsen für den Wohnungskredit.

»Ich heiße Ómar, ich habe vor ein paar Wochen als Assistenzarzt im Krankenhaus angefangen.«

Jakob stellte sich ebenfalls vor und erzählte, er arbeite bei der Polizei.

»Innen- oder Außendienst?«

Jakob antwortete, er mache beides, je nachdem, was anlag.

»So ist es ja auch bei uns Ärzten.«

Ómar erzählte, er habe in Reykjavík als Internist gearbeitet. In dem kleinen Krankenhaus hier auf dem Land mache er Kaiserschnitte, vernähe Wunden und höre sich die Sorgen einsamer Menschen an. Jeder Tag sei anders.

»Am Dienstag und teilweise auch am Mittwoch habe ich Sehtests im Seniorenheim gemacht. Bei denjenigen, die auf See gearbeitet haben, gibt es oft Probleme mit dem Gehör, aber den alten Leuten bereitet auch die Sehkraft Sorgen. Es ist schön, so unterschiedliche Aufgaben zu erledigen«, plauderte Ómar. Dann gab er sich einen Ruck und fragte nach Helga, über die in der Klinik Gerüchte kursierten.

»Was denken Sie, wurde die alte Frau ermordet?«

Jakob schwenkte seinen Becher und trank den mittlerweile nur noch lauwarmen Kaffee aus. Er blickte zu Matias hinüber, der gerade aus dem Becken geklettert war und erneut zum Sprungbrett lief. Sie winkten sich zu. Jakob spürte, dass seine Anspannung nachließ.

»Im Moment untersuchen wir nur Diebstähle. Zu allem anderen kann ich nichts sagen, weil wir noch mitten in der Arbeit stecken.«

Ómar nickte nachdenklich.

»Ich war heute zur ärztlichen Visite im Seniorenheim. Eine der Bewohnerinnen, Katla Karlsdóttir, hat über die Polizei gesprochen.«

Jakob runzelte die Stirn. Hildur hatte eine Katla erwähnt, die nicht mit der Polizei reden wollte.

»Sie hat gesagt, der Polizei traue sie nicht, dafür aber den Ärzten und speziell den männlichen Ärzten«, fuhr Ómar schmunzelnd fort, »und dann hat sie gefragt, ob ich die Polizistin, die im Seniorenheim war, für vertrauenswürdig halte. Als ich das bejahte, hat Katla gesagt, dann wolle sie mit dieser Polizistin sprechen.«

Jakob bedankte sich bei Ómar. Er nahm sich vor, Hildur gleich am nächsten Morgen zu informieren.

Nach dem Schwimmen saßen Jakob und Matias zu zweit in der Sauna. Jakob goss Wasser auf. Der Dampf war weich und feucht. Die Holzplanken der Schwitzbank knarrten, und die warme Wand tat dem Rücken wohl.

»Du, Papa?«, fragte Matias leise. Er saß mit dem Rücken zu Jakob auf der Bank.

»Was denn?«, fragte Jakob zurück.

»Könnte Hildur nicht zu uns ziehen? Ich mag sie lieber als Guðrún.«

Jakob wusste nicht, was er antworten sollte. Er hatte zwar gemerkt, dass Hildur und Matias sich gut verstanden, aber nicht geahnt, dass Matias Guðrún nicht mochte.

»Na ja …« Jakob suchte nach Worten und goss noch einmal Wasser auf, um Zeit zu gewinnen. Die Beziehungsmuster in Patchworkfamilien hatten es in sich. Vielleicht glaubte Matias, dass Guðrún ihm die Aufmerksamkeit seines Vaters streitig machte?

»Ist es denn nicht schön, dass wir eine gute Freundin wie Hildur haben?«

Matias brummte etwas, das Jakob als Zustimmung deutete.

»Sie kann uns so oft besuchen, wie sie möchte, und wir haben ja abgemacht, dass du immer zu ihr gehen darfst.«

Matias legte den Kopf in den Nacken und sah seinen Vater an.

»Ja. Aber sie könnte doch auch mal über Nacht bleiben«, sagte er.

Jakob gab sich alle Mühe, nicht zu lächeln. Der Junge meinte es ernst.

»Natürlich kann sie auch mal bei uns übernachten. Wir können das Sofa im Wohnzimmer ausziehen«, antwortete er.

Damit schien Matias zufrieden zu sein. Er nickte und erklärte, er gehe schon mal duschen und würde sich dann abtrocknen.

»Ich mach noch einen Aufguss und komme dann nach«, sagte Jakob. Als Matias gegangen war, begann er Wasser auf den Ofen zu kippen. Der heiße Dampf legte sich auf seine Schultern und wärmte seinen Rücken. Der Aufguss tröstete ihn.

51

JUNI 2022 REYKJAVÍK

Es ging auf acht Uhr zu. Hildur und Rósa waren am frühen Abend nach Reykjavík aufgebrochen. Am nächsten Morgen wollten sie Björk im Gefängnis besuchen. Bei der Arbeit ging es zwar gerade hektisch zu, doch Hildur war nicht bereit, auf diese Besuche zu verzichten.

Die kurvenreiche Straße machte schon zum dritten Mal einen Bogen zur innersten Bucht eines Fjords und führte an der Zufahrt zum Bauernhof Hvítanes vorbei. Sie waren schon seit einer Stunde unterwegs und hatten knapp siebzig Kilometer zurückgelegt. Es gab zwar nur wenig Gegenverkehr, aber wegen der Schafe, die am Straßenrand weideten, konnte man nicht mit voller Geschwindigkeit fahren.

»Würdest du uns da im Café Waffeln und Kaffee zum Mitnehmen holen? Ich könnte inzwischen im Gefängnis anrufen und sicherstellen, dass wir morgen früh außerhalb der Besuchszeit kommen dürfen«, schlug Hildur vor. An der Fahnenstange vor dem Café wehte die isländische Flagge. Auf dem Hof standen ein paar Gartentische mit Bänken. Niedlich wie auf einer Ansichtskarte, dachte Hildur. »Mit Schlagsahne und Marmelade«, rief sie ihrer Schwester nach.

Während des Aufenthalts in Reykjavík würden sie mehrere Dinge erledigen können. Emma hatte mitgeteilt, sie habe neue

Befunde zu den Toten und den Stoffresten aus der Grube. Sie hatte eine Videokonferenz mit Beta und Jakob vereinbart, aber Hildur hatte von ihrer Chefin die Erlaubnis bekommen, ebenfalls daran teilzunehmen. Rósa konnte währenddessen in der Stadt Außenfarbe für die Renovierung besorgen. Die Farbe, mit der das Hauptgebäude von Kotsdalur gestrichen werden sollte, war im ganzen Land ausverkauft. Zu guter Letzt hatte sich eine kleine Eisenwarenhandlung am Rand von Reykjavík gefunden, die noch ein paar Eimer von genau der Farbe auf Lager hatte, die Rósa suchte. Nicht zuletzt gab die gemeinsame Fahrt nach Reykjavík den Schwestern Gelegenheit, Björk gemeinsam zu besuchen. Das war ihnen wichtig.

Bald kam Rósa zurück. Hildur zog den Getränkehalter zurecht und nahm die Pappteller entgegen.

Mit der einen Hand lenkte sie den Wagen zurück auf die Straße nach Süden, mit der anderen schob sie ein Stück Waffel, von dem Sahne tropfte, in den Mund.

»Erzähl mir von den Skeletten«, bat Rósa und reichte ihrer Schwester eine Papierserviette.

Hildur schluckte das Waffelstück herunter, bevor sie antwortete.

»Vorläufig unmöglich zu sagen, wann sie vergraben wurden.«

»Wann sind unsere Eltern nach Kotsdalur gezogen?«, fragte Rósa und biss in ihre Waffel.

»Nach dem genauen Datum müssten wir beim Einwohnermeldeamt fragen, aber es war jedenfalls irgendwann Anfang der Achtzigerjahre.«

Im Auto war es leicht, auch über schmerzhafte Dinge zu sprechen, weil man gewissermaßen allein sprechen durfte. Man brauchte dem anderen nicht ständig in die Augen zu sehen. Hildur erzählte, sie habe von Helga gehört, dass Rakel den Hof von ihren Eltern geerbt hatte. Tinna hatte Geld geerbt und sich davon ihre Wohnung in Ísafjörður gekauft. Die dritte Schwester, Hulda, war schon vor dem Tod der Eltern aus Island weggezogen und hatte das Erbe ausgeschlagen. Rúnar wiederum hatte als einziges Kind seiner Eltern deren einziges Eigentum geerbt: ein kleines Fischerboot. Rúnar und Rakel hatten sich bei einem Tanzabend im Dorf kennengelernt und waren zusammengekommen. Dann war Rakel schwanger geworden, und sie waren praktisch gezwungen gewesen, zu heiraten. Ungefähr so war es gelaufen. Eine ganz gewöhnliche isländische Geschichte.

Eine Weile aßen die Schwestern wortlos ihre Waffeln. Unmittelbar neben der Straße ragten die graubraunen Berge steil auf. Hier und da liefen kleine Rinnsale an den Bergwänden herunter, flossen zu Bächen zusammen und trugen die Trollmilch ins Meer. So erzählte man es sich: Im Inneren der Berge wohnten Trolle, Riesen der Dunkelheit, die vor dem Sonnenlicht geflohen waren. Wenn die Trolle ihre Kinder stillten, floss ein Teil der Trollmilch durch die Bergwände in die Natur.

»Was glaubst du, wussten unsere Eltern von den Knochen?«, fragte Rósa.

Hildur zuckte die Achseln. Sie wusste letztlich ziemlich wenig über den Alltag ihrer Eltern. Und über die Ermittlungen durfte sie nicht sprechen.

»Ich erinnere mich fast gar nicht mehr an unsere Mutter«, sagte Rósa. In ihrer Stimme lag keine Verbitterung oder Traurigkeit. Im Lauf des Frühjahrs und Sommers hatten die Schwestern sich einige Male über ihre Kindheit unterhalten. Rósa dachte nicht gern an Vergangenes zurück, aber bei diesen kurzen Gesprächen hatte Hildur den Eindruck gewonnen, dass Rósa wusste, dass ihre Mutter Hildur nicht bevorzugt hatte, als sie die beiden jüngeren Mädchen auf die Färöer brachte. Hildur war schlicht am Tag der Abreise zu krank gewesen, um mitzukommen.

»Ich habe nie eine vernünftige Erklärung bekommen, warum wir weggebracht werden mussten«, fuhr Rósa fort.

Über diese Frage hatte auch Hildur sich in unzähligen schlaflosen Nächten und düsteren Momenten an ihren freien Tagen den Kopf zerbrochen.

»Wir bekommen nicht auf alle Fragen eine Antwort. So ist es einfach«, sagte sie.

Helga hatte Hildur erzählt, dass Rakel damals alle ihre Kinder auf die Färöer bringen und auch Helga mitnehmen wollte. Der Plan war gescheitert, weil Helga es nicht über sich gebracht hatte, ihren Mann zu verlassen. Aber warum die Kinder aus dem Haus gebracht werden mussten, wusste Hildur nicht. Wenn Rakel sich von Rúnar trennen wollte, hätte es doch bestimmt einen leichteren Weg gegeben. Das Vorgehen ihrer Mutter erschien ihr unsinnig. Aber in den Menschen ging alles Mögliche vor, was nach außen nicht sichtbar war. Hildur glaubte, dass niemand einen anderen Menschen jemals gut genug kannte, um dessen Gemütsbewegungen und Taten restlos zu verstehen. Letzten Endes war jeder allein auf der Welt.

Im Tal an der Bucht Skötufjörður wuchs leuchtend grünes Gras. An den Nordwänden der Berge hinter dem Tal lag noch Schnee. Er schmolz auch im Sommer nicht. Matias hatte vor ein paar Wochen gemeint, die weißen Schneehaufen an den Bergwänden sähen aus wie Vanilleeis und die Berge selbst wie Schokoladenkuchen. Der Gedanke an die Nachtischlandschaft amüsierte Hildur.

»Ich glaube, Rakel hat ihr Bestes versucht, aber es hat nicht ganz gereicht. Gute Absichten führen manchmal zu Katastrophen. Das sehe ich bei der Arbeit nur allzu oft«, sagte Hildur. Sie beugte sich vor, um das Brillenetui aus dem Handschuhfach zu nehmen, und setzte die sportliche Sonnenbrille auf. »Sobald ich kann, erzähle ich dir mehr über die Skelette in Kotsdalur, aber ich würde vorschlagen, dass wir Björk noch nichts davon sagen. Sie hat auch so schon genug, worüber sie nachdenken muss.«

Rósa war derselben Meinung.

Sie übernachteten in einem preisgünstigen Kettenhotel am Stadtrand. Das Frühstück war ausgesprochen bescheiden: ein in Plastikfolie gewickeltes Käsebrötchen und eine Tasse Kaffee. Nach dem anspruchslosen kulinarischen Erlebnis fuhren sie zum Gefängnis. Björk, die ein grün kariertes Flanellhemd und eine lockere Cargohose trug, erwartete sie und warf einen interessierten Blick auf die Taschenbücher, die Hildur an einer Tankstelle für sie gekauft hatte. Ein paar isländische Krimis und die neueste isländische Übersetzung von Stephen King.

»Wie geht es dir?«, fragte Rósa.

Björk strich sich über die kurzen Haare und zuckte die Achseln.

»Wie soll es schon gehen. Ein Tag ist wie der andere ...«

»Und in der Schule?«, erkundigte Hildur sich ihrerseits.

Björk lachte auf.

»Ihr habt aber viele Fragen.«

Björk hatte sich vorgenommen, die Fortbildung, die sie begonnen hatte, möglichst schnell zu absolvieren.

»Da gibt es auch nichts zu berichten. Lesen und Aufgaben machen, das ist alles. Erzähl mir lieber, wie du mit der Renovierung in Kotsdalur vorankommst, Rósa. Ist der Abwassertank schon an seinem Platz?«

Hildur beobachtete Rósa, die ganz locker blieb.

»Der Scheißtank steht immer noch auf dem Hof. Dem Baggerfahrer ist irgendwas dazwischengekommen. Heute hole ich in Kópavogur die letzte Außenfarbe«, antwortete Rósa und erzählte dann von ein paar kleinen Pannen, zum Beispiel von dem Stück Dachblech, das der Wind ins Meer getragen hatte.

Hildur versank in ihre eigenen Gedanken. Unterdessen riss Rósa offenbar einen derben Witz über den Baggerfahrer. Hildur hatte nicht mitbekommen, worum es ging, sah aber, dass Björk lächelte. Es ärgerte sie, dass sie selbst Björk nie zum Lachen brachte.

»Erinnerst du dich, dass ich dir beim letzten Mal Yrsas neuesten Krimi gebracht habe?«

Björk sah Hildur ernst an.

»Willst du ihn zurück?«

Darum ging es Hildur nicht. Ihr war etwas in Erinnerung geblieben, was Björk damals gesagt hatte. Vor der Abreise nach Reykjavík hatte sie ein paar Fakten überprüft.

»Du hast mir erzählt, dass du an Yrsas Krimi-Rundgang in Reykjavík teilgenommen hast.«

Rósa sah die neben ihr sitzende Hildur an und runzelte die Stirn.

»Sie hat uns zu den Szenen ihres ersten Kriminalromans geführt«, sagte Björk und ließ den Blick über die Rückwand des Besuchszimmers wandern.

Hildur wusste, dass Björk über ihre Worte nicht erfreut sein würde. Ausflüchte waren zwecklos, sie kam sofort zur Sache.

»Yrsa hat im letzten Winter nur einen einzigen Krimi-Stadtrundgang organisiert. Und zwar am 10. Dezember.«

Die Autorin hatte Hildur das Datum telefonisch bestätigt.

»Und?«, fragte Björk in scharfem Ton.

»Das ist genau der Tag, an dem jemand versucht hat, Hlín an der Pferdeweide zu ermorden«, erklärte Hildur und machte eine kurze Pause, um die Information bei Björk einsinken zu lassen.

Hildurs Bekannte, die investigative Journalistin Hlín Jónsdóttir, zählte zu den Opfern der Misshandlungs- und Mordserie, mit der sich die Polizei im letzten Jahr befasst hatte. Hlín war dem illegalen Handel mit Stutenblut auf die Spur gekommen und bei ihrer Recherche vor Ort sinnloser Gewalt zum Opfer gefallen. Sie war dem Tod nah gewesen. Die Tierschützer, die gegen den Bluthandel eintraten, und die Reporterin, die rund um das Blutbusiness recherchiert hatte, waren von unbarmherzigen Gewaltverbrechern verfolgt worden. Rósa war in den illegalen Bluthandel verwickelt gewesen, und anfangs hatten alle sie auch für die

Schuldige an den Gewalttaten gehalten. Die zuständigen Ermittler waren überzeugt gewesen, dass Rósa Aktivisten und Reporter, die ihre Geschäftstätigkeit störten, aus dem Weg räumte. Dann hatte auf einmal Björk die Schuld auf sich genommen. Sie war verurteilt worden. Hildur hatte Björks Schuld von Anfang an bezweifelt, und nun hatte sie ihre Schwester bei einer Lüge ertappt.

»Du kannst die Verbrechen, für die du hier sitzt, nicht begangen haben. Warum willst du das nicht zugeben?«, fragte Hildur.

»Ich will zurück in die Zelle«, rief Björk wütend.

Sie schnappte sich die Bücher und stand so heftig auf, dass ihr Stuhl umkippte. Das Poltern ließ den Wächter herbeieilen.

»Warum hast du die Schuld für etwas auf dich genommen, was du nicht getan hast?«

Björks Augen verengten sich zu schmalen Schlitzen. Sie rümpfte die Nase und zog die Oberlippe hoch, sodass ihre Schneidezähne zum Vorschein kamen.

»Vielleicht erinnere ich mich falsch! Vielleicht war ich gar nicht auf dem Rundgang. Es war nur ein Plan, aus dem nichts wurde.«

Hildur wusste, dass das nicht stimmte. Die Autorin erinnerte sich an ihre Schwester. Björk war ihr im Gedächtnis geblieben, weil sie so viele detaillierte Fragen gestellt hatte. Hildur war im Begriff zu widersprechen, aber Björk hob die Hand und schüttelte heftig den Kopf.

»Danke für die Bücher, aber sag jetzt kein Wort mehr. Warum kannst du mich nicht einfach in Ruhe lassen?«

Dann verschwand Björk mit dem Wächter im Gefängnistrakt. Hildur stützte den Kopf auf die Hände. Der Misserfolg schnitt ihr ins Herz.

Rósa zupfte sie am Ärmel und stellte trocken fest, es sei Zeit zu gehen.

»Björk will nicht darüber reden. Sie hat die Taten gestanden und damit basta. Warum musst du deine Nase in Dinge stecken, die dich nichts angehen?«

Hildur stand auf und schob ihren Stuhl an den Tisch. Dann hob sie den Stuhl auf, den Björk umgestoßen hatte, und stellte auch ihn an seinen Platz.

»Hältst du sie für schuldig?«, fragte sie Rósa.

Rósa baute sich vor ihr auf und stupste mit dem Zeigefinger leicht gegen ihre Brust.

»Natürlich nicht.«

Hildur verstand überhaupt nichts mehr.

»Aber Björk hat beschlossen, die Sache so zu erledigen. Sie hat mich gebeten, ihr zu vertrauen. Das sind wir ihr schuldig.«

»Aber ich verstehe nicht …«, begann Hildur, doch Rósa unterbrach sie, indem sie mit dem Fuß aufstampfte und sagte, Hildur benehme sich wie ein kleines Kind, das nicht einsehen will, dass es heute keine Süßigkeiten mehr gibt.

»Niemand hat dich gebeten, irgendwas zu verstehen. Björk hat ihre Wahl getroffen, und das müssen wir respektieren.« Rósas Miene verhärtete sich, ihre Hände ballten sich zu Fäusten. Sie trat einen Schritt zurück, als müsste sie kämpfen, um die Contenance zu wahren. »Wer kennt sie besser, du oder ich?«, fragte sie in scharfem Ton.

Diese unerwartete Wendung verunsicherte Hildur. Sie wusste nicht, was sie sagen sollte.

»Antworte«, forderte Rósa und trat einen weiteren Schritt zurück. Die Distanz zwischen ihnen wuchs. Hildur tat ihr Bestes, um den Riss, der sich zwischen ihnen aufgetan hatte, zu schließen.

»Du«, sagte sie leise.

Rósa warf den Kopf ein wenig nach hinten. Ihre Miene blieb hart. Hildur fühlte, wie ihr gesamter Körper sich verkrampfte. Die Situation war undurchsichtiger, als sie angenommen hatte.

52

20. Februar

Hallo Max!

Die Arbeit geht weiter. Die Tage wiederholen sich, die Fische stinken, die Zigaretten auch, und du lässt nichts von dir hören. Warum antwortest du mir nicht?

Ich bin heute wegen der Duschzeit mit einer Rumänin in Streit geraten. Stell dir mal vor! Man zwingt uns, beengt zu wohnen, wir arbeiten wie Maschinen, und in der Fischbude haben wir nur eine einzige funktionierende Dusche. Vor dem Bad standen schon mehrere Leute Schlange. Ich habe angeblich zu aggressiv geklopft, und die Frau wollte sich auf mich stürzen wie ein Tier. Zum Glück waren noch andere in der Schlange. Wir haben sie gemeinsam dazu gebracht, sich zu beruhigen.

Die Hälfte der Arbeitskräfte und der Leute im Wohnheim sind Hiesige. Die meisten von uns Ausländern sind über Arbeitsvermittler hergekommen. Ich nicht.

Anfangs ging alles ganz gut, weil ich unglaublich viel geschafft habe. Und ich ackere immer noch wie ein Pferd! Wenn es sein muss, kann ich den ganzen Tag lang Kabeljauköpfe abschneiden. Den Fisch packen, Fisch in die Maschine, Kopf ab. Fisch packen, Fisch hochhalten, Kopf ab. Ich halte den Fisch höchstens ein paar Sekunden in der Hand. Zusätzlich zum Stundenlohn bekommt man einen Bonus für die verarbeiteten Kilos. Das treibt einen an, ordentlich zu schuften.

Meinen Lohn für die letzten Wochen habe ich noch nicht bekommen, weil ich angeblich so schwierig bin und zu viel Einfluss auf unsere Lebensbedingungen nehmen will. Ich muss beengt wohnen. Es gibt wenig Platz und überhaupt keine Privatsphäre. Ich stehe den ganzen Tag in der Fabrik, arbeite viel, und abends falle ich betrunken ins Bett. Hier muss man saufen, sonst hält man nicht durch. In der Fischbude ist es kalt, weil die elektrischen Heizkörper nicht richtig funktionieren. Der Leiter des Wohnheims nimmt unsere Beschwerden nicht ernst.

Ich habe vor, bald abzuhauen. Mein Freund war anfangs so aufmerksam und nett. Er hat mir geholfen, Arbeit zu finden, und mir den Platz im Wohnheim besorgt. Aber jetzt weiß ich, dass ich die falsche Wahl getroffen habe. Er ist ein Monster.

Du bist ein Guter, das weiß ich jetzt.

R.

53

JUNI 2022 REYKJAVÍK

Beide schwiegen, als sie vom Parkplatz des Gefängnisses fuhren. Hildur hatte das Radio eingeschaltet. Im zweiten Kanal des staatlichen Rundfunks sang eine raue, verlebte Soulstimme über Frauen, die lachten wie der Ozean. Wenn man so eine Frau betrog, raubte sie einem die Seele und verschwand mit ihr. Hildur hörte im Hintergrund das zarte Vibrieren einer Mundharmonika.

Sie warf einen Seitenblick auf Rósa, die einen großen Teil ihres Lebens am Rand der Gesellschaft verbracht hatte, im Schutz dunkler Schatten, und die während ihrer ganzen Kindheit ihre kleine Schwester beschützt hatte. Sie war Björks Schutz und Schirm gewesen. Die beiden waren bei ihrer stillen, in ihrer eigenen Welt versunkenen Tante Hulda aufgewachsen, die ihnen bis zum Ende fremd geblieben war. Rósa hatte ihre Jugend nicht ausleben können, weil sie ihrer Schwester geholfen hatte. Und nachdem heißes Bratfett Rósas Gesicht zerstört hatte, hatte sie sich mehr und mehr abgekapselt. Die Erwachsenen hatten sie angestarrt, die Kinder hatten sich vor ihr erschrocken und getuschelt, sie sei ein Ungeheuer. Rósa hatte immer hart gearbeitet, und beim Abzapfen von Stutenblut war sie besonders fleißig und effizient gewesen. Die Arbeit hatte ihre Schattenseiten, aber Hildur vermutete, dass Rósa trotzdem irgendwie Gefallen daran gefunden hatte. Als die Zeitungsberichte ans Licht brachten, dass es sich um ein schmutziges Geschäft handelte, war Rósa ungewollt ins Scheinwerferlicht geraten. Die Medien hatten immer wieder über sie berichtet. Inzwischen, knapp ein halbes Jahr später, hatte sich der Trubel gelegt, und Rósa wurde in Frieden gelassen. Sie genoss es, in Kotsdalur zu leben und das Haus zu renovieren.

Hildurs Gerechtigkeitsgefühl ließ sie kaum ertragen, dass Björk unschuldig im Gefängnis saß und sich mit ihrer Lage abzufinden schien. Rósa dagegen empfand Björks Entscheidung offenbar nicht als quälend. In Zukunft würde Hildur sich bemühen, in Rósas Anwesenheit nicht über Björks Angelegenheiten zu reden, um ihr Verhältnis zu Rósa nicht zu verderben.

Sie setzte Rósa vor dem Eisenwarengeschäft ab und sagte, sie werde sie in ein paar Stunden in dem Café im benachbarten Gartengeschäft abholen. Rósa brummte eine einsilbige Antwort, die Hildur als Zustimmung deutete.

Dann machte sich Hildur auf den Weg ans andere Ende von Reykjavík. Das dreistöckige Kriminallabor Islands lag an der Hofsvallagata, der Hauptstraße des westlichen Zentrums, das als ziemlich teures Wohngebiet bekannt war. Das Kriminallabor gehörte zur Universität von Island, befand sich aber in einem separaten Gebäude in einiger Entfernung vom Campus. In ihrer Studienzeit hatte Hildur in dieser Gegend gewohnt, in der Nähe des Schwimmbads Hofsvallagata.

Als Hildur vorhin Emma angerufen und ihr gesagt hatte, dass sie eine halbe Stunde früher als erwartet käme, hatte sie erfahren, dass auch der Rechtsmediziner gerade im Kriminallabor war. Obduktionen und Untersuchungen zur Todesursache wurden in den Räumlichkeiten des Zentralkrankenhauses im alten Zentrum von Reykjavík durchgeführt. Sie hatten abgemacht, sich zu dritt im Kriminallabor zu treffen.

Der Knochenfund hatte mit der Vergangenheit zu tun, und die Vergangenheit interessierte Hildur. Ihr Verhältnis zur Vergangenheit war allerdings widersprüchlich. Wenn man Vergangenes ständig ausgrub, begann es zu stinken. Trotzdem war sie gegen ihre Neugier machtlos.

»Da ist ja meine Lieblingspolizistin!«

Der fröhliche Gruß riss Hildur aus ihren Gedanken. Axt-Hákon erwartete sie in der Eingangshalle. Der große Mann nahm Hildur väterlich in die Arme.

»Vier ganze Skelette. So ein Fund ist mir in meinem ganzen Leben noch nicht untergekommen«, sagte Axt-Hákon eifrig, als sie in den langen Korridor einbogen.

»Wieso sind denn hier mitten im Sommer so viele Leute?«, fragte Hildur und blickte sich um.

Der Rechtsmediziner zuckte mit den Schultern und sprach von europäischen Sommerkursen und einem internationalen Austauschprogramm.

Die Tür zum Besprechungszimmer stand offen, und sie betraten den Raum. Emma schaltete den Bildschirm und die Kamera auf dem Tisch ein, damit auch Beta und Jakob an der Sitzung teilnehmen konnten. Hildur ging zu dem Mann, der am Tisch saß, und gab ihm die Hand. Es stellte sich heraus, dass der wortkarg und ein wenig knorrig wirkende Kollege Magnús Magnússon war, der neue Direktor des Labors.

»*Jaejja*. Ihr habt uns reichlich Arbeit verschafft, so kurz vor den Sommerferien«, sagte der Direktor zum Bildschirm.

»Im Westen ist immer was los«, gab Beta zurück.

Emma zeigte ein Foto von einem Skelett, das auf einem metallenen Arbeitstisch lag, und kam direkt zur Sache. Ihr zügiges Vorgehen gefiel Hildur. Emma begann mit einer kurzen Rekapitulation: Alle Skelette waren gut erhalten. In der kalten Erde ging die Zersetzung langsam vor sich. An den Skeletten fehlten nur einige Handknochen. Emma erklärte den Sachverhalt etwas genauer, denn unter den Anwesenden hatte nur Jakob genauere Anatomiekenntnisse.

»Beim Menschen befindet sich mehr als ein Viertel der Knochen an den Händen. Zum Teil sind sie sehr klein, daher ist es meiner Meinung nach nicht allzu verwunderlich, dass einige verschwunden sind. Vielleicht haben sie sich durch die Bewegungen kleiner Nagetiere verschoben. Wer weiß.«

Dann machte Emma eine kurze Pause und wechselte das Bild.

»Ich habe an den Hand- und Armknochen der Skelette jedoch einige Einzelheiten festgestellt, die euch eventuell bei der Identifizierung der Opfer helfen können.«

Emma zeigte mit dem Laserpointer auf den rechten Arm eines Skeletts. Den Vermerken neben dem Foto war zu entnehmen, dass es sich um das Skelett einer bisher unbekannten, etwa zwanzigjährigen Frau handelte.

»Dieser Bruch ist *ante mortem.* Er ist also lange vor dem Tod entstanden. Am Knochen sind deutliche Zeichen für Verheilung zu sehen. Falls die Tote jemals identifiziert wird, kann dieser Befund ihre Identität bestätigen. Der Bruch befand sich am Radius, also an der Speiche des rechten Arms.«

Hildur notierte sich den Befund. Allerdings hatten sich wohl ziemlich viele Menschen im Lauf ihres Lebens den Arm gebrochen.

»Es tut mir leid, mehr kann ich über diese Tote nicht sagen. Aber die anderen …«

Erneut wechselte Emma das Bild. Nun war das Skelett eines etwa fünfzigjährigen Mannes zu sehen, dem die linke Hand fehlte.

»Das hier ist eindeutig *perimortal.* Den Fall hatte ich ja schon an der Grube erwähnt. Der Bruch ist ganz kurz vor dem Tod entstanden, kann also mit dem Tod zusammenhängen. Die Bruchstellen an den Knochen zwischen Handgelenk und Ellbogen sahen auf den ersten Blick glatt aus, aber ich habe sie vorsichtshalber unter dem Mikroskop überprüft«, erklärte Emma und vergrößerte das Bild.

Das rote Licht des Laserpointers glitt über die raue Oberfläche.

»Ein lebender Knochen ist feucht. Wenn er bricht, sind die beiden Enden uneben.«

»Meinst du, der Mann ist daran gestorben, dass er seine Hand verloren hat?«, fragte Beta.

Der Rechtsmediziner ergriff das Wort.

»Das können wir nicht mit Sicherheit sagen. Der Verlust der Hand kann die Todesursache gewesen sein. Es ist aber auch möglich, dass er unmittelbar danach einen Herzinfarkt oder eine Gehirnblutung bekam oder ertrunken ist. Es gibt viele Möglichkeiten.«

Hildur nickte und versuchte in Gedanken, einzelne Alternativen auszuschließen. Die nächsten Fragen stellte Jakob.

»Und wenn es nach dem Tod passiert ist? Vielleicht weil die Baggerschaufel den Arm getroffen hat? Oder als ihr die Knochen aus der Grube geholt habt?«

Emma hielt das für unwahrscheinlich, denn in diesem Fall wäre die Bruchstelle viel glatter.

»Wie mag die Hand abgetrennt worden sein?«, überlegte Hildur laut.

Emma hatte diese Frage offenbar erwartet, denn sie hatte die Antwort parat.

»Der Bruch ist schief, und die Knochen sind an unterschiedlichen Stellen zerbrochen. Ich kann es nicht mit Sicherheit sagen, aber ich glaube, dass die Hand irgendwie zerschlagen wurde. Vielleicht ist irgendetwas Schweres darauf gefallen oder sie ist irgendwo stecken geblieben und abgerissen.«

Hildur nickte interessiert. Emma beherrschte ihr Fach.

»Als Vergleichsfall zum vorigen ... Hier ist das Skelett der zweiten jungen Frau. An ihrer linken Hand fehlen einige Fingerknochen, und den Spuren nach ist auch das kurz vor dem Tod passiert, *perimortal.*«

Hildur kniff die Augen zusammen, um das Bild klarer zu sehen.

»Interessant ist bei diesem Fall, dass die Bruchstelle sehr sauber ist. Ich würde sagen, beinahe zu sauber. Allem Anschein nach hat es sich um eine äußerst scharfe Klinge gehandelt. Eine Schneidemaschine, ein Häcksler, ein großes Messer und viel Kraft. Ein schnelles und scharfes Gerät. Mit einer Motorsäge entsteht so etwas nicht.«

Hildur wälzte die Gedanken in ihrem Kopf. Drei der vier Skelette waren irgendwie beschädigt. Das konnte kein Zufall sein. Die Skelette waren nicht zufällig auf dem Hof Kotsdalur gelandet. Jemand hatte die Toten vergraben. Aber was halfen ihnen diese Informationen? Hatten sie es hier mit Morden zu tun, mit Folterungen – oder womit?

»Leider sind an den Knochen keine Verletzungen zu sehen, die auch nur ansatzweise Aufschluss über die Todesursachen geben könnten«, sagte Axt-Håkon und bewegte sein Kinn hin und her.

»Aber es gibt noch ein paar Kleinigkeiten, die hier im Labor untersucht werden«, fügte er mit einem tiefen Seufzer hinzu.

Es war typisch für Axt-Håkon, Informationen einen Augenblick lang zurückzuhalten, damit alle aufmerksam auf das warteten, was er gleich sagen würde.

»Wir haben natürlich auch alles andere untersucht, was in der Grube gefunden wurde, und ich muss sagen, dass es nicht viel war. Diese silbernen Ohrringe auf dem Bild und die kleinen Stoffstücke, die unter einem der Skelette lagen.«

Hildur spürte, dass sich ihre Sinne schärften. Emma hatte wieder das Bild gewechselt.

»Unsere Mitarbeiter haben den Ohrschmuck genauer untersucht, aber darüber gibt es nichts Interessantes zu berichten. Dutzendware. Auf der Welt gibt es unzählige Ohrringe dieser Art«, erklärte Emma.

Die Kleidung interessierte Hildur mehr als der Schmuck. Sie wusste, dass Kleidungsstücke nicht sehr schnell zerfielen. Entweder waren die Toten vor so langer Zeit begraben worden, dass von ihrer Kleidung nichts mehr übrig war, oder man hatte sie nackt in die Grube gelegt. Wenn also doch Stoffreste gefunden worden waren … Beta interessierte sich ebenfalls genau für diesen Punkt.

»Aus welchem Material ist der Stoff?«, fragte sie.

Axt-Hákon antwortete als Erster.

»Es handelt sich nicht um Textil, sondern um reines Gummi. Größtenteils vermodert, aber kleine Reste sind erhalten geblieben.«

Die Stücke auf dem Foto waren erheblich verschlissen und ließen nicht erkennen, wozu sie ursprünglich gehört hatten. Hier und da war ein wenig hellgelbe Farbe zu sehen.

»Und wie lange …«, begann Beta, doch Axt-Hákon fiel ihr ins Wort.

»Es hängt von der Qualität des Gummis ab, aber in der Regel zerfällt Naturgummi in ungefähr zwanzig bis fünfzig Jahren. Das könnte einen Hinweis darauf geben, wann die Leichen vergraben wurden.«

Mindestens einer der Toten war also höchstwahrscheinlich im Zeitraum zwischen 1970 und 2000 begraben worden. Natürlich war es auch möglich, dass man lediglich die Gummikleidung in die Grube geworfen hatte, aber es schien logischer, dass mit der Kleidung auch ihr Träger dort gelandet war. Sie waren gerade einen kleinen Schritt vorwärtsgekommen.

»Basteln wir weiter an dem Puzzle«, sagte Beta, verabschiedete sich von Reykjavík und kappte die Verbindung.

Hildur zerknüllte ihren leeren Pappbecher und dachte über die Gummireste nach. Dicker Naturgummi. Es konnte ein Stück von einer Schutzplane sein oder vielleicht der Rest einer Schuhsohle oder eines Gummihandschuhs. Taucher verwendeten Gummianzüge … und Gummi gab es auch in Arbeits- oder Schutzkleidung … Hildur spürte, dass sie sich der Lösung näherte.

54

Nachdem sie das Kriminallabor verlassen hatte, ging Hildur die Hofsvallagata in südlicher Richtung hinunter in Richtung Meer. Hinrik Rökkvason wohnte gut einen Kilometer weiter an der Uferstraße.

Irgendetwas an Hinrik Rökkvasons bärbeißigem Benehmen ließ Hildur keine Ruhe. Alle Angehörigen hatten auf die Fragen nach ihren betagten Verwandten und deren verschwundenen Wertgegenständen verblüffend gleichgültig reagiert, aber sie hatten immerhin normal mit Hildur gesprochen, nur Hinrik hatte sie angeschnauzt. Da sie nun ohnehin in Reykjavík war, wollte sie ihm einen Besuch abstatten. Es war inzwischen später Nachmittag, also war er vielleicht schon von der Arbeit zurück.

Am Meer, hinter einigen massiven Eichen, ragte eine prachtvolle weiße Villa auf. Ein hoher Holzzaun lief um das ganze Grundstück, aber das breite Eisentor war offen. In dem japanisch inspirierten Garten plätscherten ein kleiner Bach und zwei Springbrunnen, umgeben von einem harmonischen Arrangement aus schwarzen und grauen Steinen. Das Gras war kurz geschnitten. Die mit Gartenmöbeln bestückte Terrasse am Haus fügte sich nahtlos in die Umgebung ein.

Vor dem Haus, neben der Terrasse, standen zwei E-Autos der Marke Polestar nebeneinander an den Ladesäulen. Auf der Suche nach dem Eingang wäre Hildur beinahe gegen das eine gestoßen. Sie fand die Haustür, aber keine Klingel. Nach einer Weile ertönten dennoch Geräusche. Zuerst ein klirrender Signalton, dann eine kalte Frauenstimme, die fragte, wer an der Tür stehe. Hildur führte den Mund nah an die kleine schwarze Öffnung in der Holztäfelung, hinter der sie ein Mikrofon vermutete, und nannte ihren Namen. Die Stimme antwortete: *Door unlocked. Welcome.*

Die geräumige Eingangshalle dominierte ein vielfarbiges gut zwei Meter breites abstraktes Gemälde. Darunter stand eine antik aussehende Vase mit zwei trockenen Zweigen darin.

»Würden Sie nach oben kommen?«

Es war keine Bitte, sondern ein Befehl. Hildur zog ihre Joggingschuhe aus, die ihre besten Laufkilometer längst hinter sich hatten, und ging hinauf. Auf dem Weg hierher war sie zügig gegangen und ins Schwitzen gekommen. Ihre Tennissocken hinterließen feuchte Flecken auf den aus durchsichtigen Glasplatten gefertigten Stufen.

Hildur war sich nicht sicher, ob Henrik noch wohlhabender hätte aussehen können. Dichte dunkle Haare, ein getrimmter Bart und ein Anzug, der so perfekt an dem mittelmäßig muskulösen Körper saß, dass er leger wirkte. Der Druck seiner gepflegten Hand war so wie die Stimme des Mannes: freundlich, aber fest und distanziert.

»Sie sind tatsächlich gekommen«, lachte der Mann und forderte Hildur auf, Platz zu nehmen. »Ich war ein bisschen barsch, als Sie angerufen haben. Tut mir leid. Es war ein harter Tag.«

»Macht nichts. Ich pflege, nicht gleich aufzugeben«, antwortete Hildur und holte ihr Notizbuch aus der Tasche.

Hinrik lächelte schalkhaft und sah ihr in die Augen. Hildur erzählte, sie sei wegen eines beruflichen Termins in der Hauptstadt und habe sich gedacht, bei der Gelegenheit auch mit Hinrik zu sprechen.

»Die Alternative wäre gewesen, Sie zur Befragung ins Polizeigebäude von Reykjavík zu holen. Ich dachte mir, so wäre es angenehmer für Sie«, sagte Hildur und lächelte betont freundlich. Auch sie konnte ihr Gegenüber verarschen, wenn es sein musste. Hinrik schwieg. Das Lächeln auf seinem Gesicht war ein wenig eingefroren. Schließlich nickte er, was Hildur als Aufforderung verstand, zur Sache zu kommen und anschließend zu verschwinden.

»Ihr Vater Rökkvi wohnt in Ísafjörður im Seniorenheim. Seine Rolex ist verschwunden«, begann sie.

Sie berichtete Hinrik dasselbe wie schon am Telefon: Im Seniorenheim waren vermutlich Diebe gewesen, und die Polizei erstellte für die Ermittlungen eine Liste der verschwundenen Gegenstände und Geldbeträge. Man brauchte detaillierte Angaben über die Wertgegenstände, um sie identifizieren zu können, falls die Diebesbeute gefunden wurde.

Vor ihrer Abreise nach Reykjavík hatte Hildur noch einmal mit Rökkvi gesprochen und weitere Einzelheiten erfahren. Auch deshalb hatte sie Hinrik aufsuchen wollen.

»Es fehlen auch fast vierhunderttausend Kronen Bargeld. Das entspricht beinahe einem Nettomonatsgehalt.«

»Na, das ist ein ziemlich kleines Gehalt«, merkte Hinrik an und strich sich nachdenklich über den prachtvollen Bart. Dann stand er auf, ging zu der Kommode an der längsten Wand des Wohnzimmers und zog die oberste Schublade auf.

»Ich habe meinem Vater die Uhr zum siebzigsten Geburtstag geschenkt und die Quittung natürlich aufbewahrt.«

Er suchte eine Weile in einer schwarzen Plastikmappe.

»Hier ist sie. Eine Rolex Daytona mit grünem Zifferblatt. Armband und Gehäuse 18 Karat Gold. Sie können ein Foto davon machen, wenn Sie wollen«, sagte Hinrik und reichte Hildur die Quittung.

Hildur murmelte ein Dankeschön.

»Ich habe die Uhr seit Jahren nicht mehr an Vaters Arm gesehen. Vielleicht hat er sie aus Versehen ins Klo fallen lassen. Ich hatte ihm angeboten, mich um die Uhr zu kümmern, aber das wollte er partout nicht.«

»Und das verschwundene Geld, klingelt da etwas? Ist Ihr Vater in punkto Geld penibel?«

Hinrik lachte auf, als hätte Hildur einen guten Witz erzählt.

»Er war immer schon geizig. Als ich klein war, haben wir uns zu viert eine Banane geteilt, und neue Kleider wurden nie gekauft, obwohl das Geld dafür gereicht hätte.«

Hildur hielt die Quittung in der Hand und überlegte. Rökkvi hatte sein Geld also wohl nicht für Einkäufe vergeudet.

»Könnte er irgendwem Geld geliehen haben?«, fragte sie und setzte sich in dem Sessel mit der hohen Rückenlehne zurecht.

Das hielt Hinrik für unwahrscheinlich. Sein Alter habe nie irgendwem Geld geliehen.

»Außer, wenn es ihm Zinsen einbrachte«, fügte er hinzu.

Hildurs Blick fiel auf die Fotos, die über der breiten Kommode hingen. Die Neugier siegte. Sie stand auf und ging hin, um sie sich genauer anzusehen.

Auf allen Bildern posierten Menschen in einem Hafen, auf Fischtrawlern oder in einer Fischfabrik. Man sah sofort, dass es alte Aufnahmen waren. Die Farben waren blasser und die Umrisse weniger scharf als auf heutigen Fotos.

»Aus den Anfangszeiten meines Unternehmens«, sagte Hinrik stolz.

»Ich wusste gar nicht, dass Ihr Unternehmen auch an den Westfjorden tätig ist.«

Hildur hatte einige Berge erkannt. Vor allem die Form eines der Berge war unverkennbar. Auf dem Foto ragten nebeneinander mehrere Berge mit spitzen Gipfeln auf, deren höchster Kaldbakur hieß.

In den ersten Jahren der Republik Island hatten die wohlhabendsten Menschen an den Westfjorden gelebt, weil die Bedingungen für den Fischfang dort optimal waren. Es gab reichlich Küste, und die langen Fjorde schützten vor dem Wind. Man gelangte schnell aufs Meer.

Hinrik tippte mit dem Zeigefinger auf ein Foto, auf dem zwei Personen, dem Aussehen nach Vater und Sohn, sich an die Tür eines Fischlagers lehnten.

»War. Jetzt nicht mehr. Als mein Vater endlich in Rente ging, habe ich die Leitung des Familienunternehmens übernommen und die gesamte Tätigkeit hier in die Hauptstadt verlegt. Ziemlich bald danach ist der Alte ins Seniorenheim gezogen.«

Schweigend betrachtete Hinrik die Fotos an der Wand. Dann wandte er Hildur das Gesicht zu und sah ihr fest in die Augen.

»Mein Vater hat ein Laster. Er wettet. Manchmal mehrmals in der Woche. Vom Seniorenheim ist es nicht weit bis zum Kiosk. Vielleicht ist sein Geld bei einem Wettbüro gelandet.«

Diese Auskunft war eine bittere Enttäuschung. Hildur musste sie natürlich noch überprüfen, aber wenn Rökkvi sein Geld tatsächlich verspielt hatte, war es nicht gestohlen worden. Na, jeder Stein muss umgedreht werden, dachte Hildur und richtete ihre Aufmerksamkeit wieder auf die Fotos. Sie fand es faszinierend, Momentaufnahmen aus der Vergangenheit von Orten zu sehen, die sie kannte. Der Junge, der vor dem Trawler stand, war zweifellos Hinrik. Der Blick genauso grimmig, die Augenbrauen genauso buschig wie heute. Rökkvi hätte Hildur nicht erkannt.

»Sie haben die Quoten in den Süden verkauft, stimmt's?« Hildurs Stimme klang bissig.

Hinriks geschliffene Erscheinung bekam einen kleinen Riss.

»Ja. Man muss das Kapital dahin bringen, wo es am meisten abwirft. In diesem Land wird das Gehalt von siebzig Prozent der

Bevölkerung mit dem Geld bezahlt, das dreißig Prozent erwirtschaften. Auch Ihres«, sagte Hinrik.

Hildur schluckte ihren Ärger herunter. Natürlich wusste sie, dass die Mehrheit der Isländer im öffentlichen Sektor arbeitete. Sie war sich allerdings nicht sicher, ob der Anteil tatsächlich so groß war, aber wie auch immer, auf der Insel lebten nun einmal wenig Menschen und man wollte das ganze Land besiedelt halten.

»Wenn Sie auf dem Land einen Autounfall haben, brauchen wohl auch Sie einen Krankenwagen. Oder würden Sie sich lieber ein Taxi bestellen?«

Hinrik räusperte sich.

»Sie sind jedenfalls nicht auf den Mund gefallen. Ich mag Leute, die eine eigene Meinung haben, auch wenn sie anders ist als meine.«

Hinriks Stimme klang aufrichtig. Vielleicht war er doch nicht so abstoßend, wie Hildur bisher gedacht hatte. Manchmal täuschte der erste Eindruck.

Hildur fotografierte die Quittung mit ihrem Handy und legte sie auf die Kommode. Als Hinrik sich abwandte, um die Quittung in die Schublade zurückzulegen, knipste sie rasch die Fotos an der Wand, ohne dass er es merkte. Sie wollte ein paar Einzelheiten klären.

Beim Aufbruch bemerkte Hildur an der Wand des Treppenhauses eine bunte und sehr traditionelle Kreuzsticharbeit. Sie hob sich so schroff von der modernen und minimalistischen Inneneinrichtung ab, dass Hildur sich einen Kommentar nicht verkneifen konnte.

»Eine schöne Kreuzsticharbeit«, sagte sie und nickte zu dem Bild hin.

Die Stickerei zeigte eine traditionelle isländische Landschaft: schäumendes Meer, zwei Fischerboote und im Hintergrund schneebedeckte Berge.

Oberhalb der Landschaft war ein Satz gestickt, den in Island jeder kannte. Er stammte aus der Lieder-Edda:

Orðstír deyr aldregi.

Der gute Ruf stirbt nie.

»Ach, das. An der Wand im Seniorenheim war kein Platz dafür, also habe ich es hierhergebracht«, sagte Hinrik und wischte sich ein unsichtbares Staubkorn vom Jackett. »Es ist das Lieblingsbild meines Vaters. Ihm war es wichtig, seinem Ruf gerecht zu werden. Man darf niemals seine Ehre verlieren.«

55

Als Hildur durch das Gartentor auf die Straße trat, klingelte ihr Handy. Rósa teilte ihr mit, sie brauche eine Stunde länger für ihre Einkäufe, also verschoben sie ihr Treffen. Das war Hildur ganz recht: Nun hatte sie Zeit, Kristína und Óskar den Autoschlüssel zurückzubringen, den Jakob versehentlich eingesteckt hatte. Eigentlich hatte sie ihn schon früher per Post schicken wollen, es dann aber vergessen. Sie würde die Sache jetzt erledigen.

Die Wohnsiedlung am Seeufer wirkte still. Die Häuser waren dunkel, und es waren keine Autos zu sehen. Viele Isländer verbrachten jetzt gerade ihren Urlaub im Sommerhaus oder im Ausland. Vor einem Haus parkte jedoch ein Wagen, den Hildur kannte. Die beiden waren zu Hause.

Hildur ging über die Steinplatten zur Haustür und klingelte. Beide kamen an die Tür. Sie standen Seite an Seite, als suchten sie Schutz beieinander. Der Anblick war tröstlich. Die Falten in ihren Gesichtern waren tiefer geworden, die geschwollenen Augen zeugten von schlaflosen Nächten oder vergossenen Tränen. Vermutlich von beidem.

»Ich bin gerade auf der Durchreise und wollte Ihnen den hier bringen«, sagte Hildur und hielt den beiden den Schlüssel hin. Óskar nahm ihn entgegen.

»Ach so, ja, danke«, brachte er heraus. Es schien ihn zu überraschen, dass Hildur den Schlüssel persönlich ablieferte.

Hildur wollte nicht aufdringlich sein und die Zeit des Ehepaars nicht unnötig in Anspruch nehmen, hielt es aber für notwendig, sich zu erkundigen, wie es den Eltern ging. Der Tod eines Kindes war ein schwieriges Thema, aber man durfte trotzdem nicht schweigen. Die Angehörigen empfanden es als verletzend, wenn ein Gesprächspartner den Tod einfach ignorierte und auf andere Themen auswich. Noch schlimmer war es, wenn einem der nahe Angehörige eines Toten auf der Straße entgegenkam und man vorgab, ihn nicht zu kennen. Im Laden schoben manche ihren Einkaufswagen in einen anderen Gang, um dem Trauernden nicht zu begegnen. Das war grausam.

»In Anbetracht der Umstände kommen wir zurecht«, antwortete Kristína.

Hildur nickte. Kristína bedankte sich für den Schlüssel und fügte zögernd hinzu:

»Mögen Sie vielleicht einen Kaffee? Wir wollten uns gerade an den Tisch setzen.«

Hildur bedankte sich für die Einladung und sagte, sie trinke gern eine Tasse, wenn es keine Mühe mache.

Das Wohnzimmer war schlicht eingerichtet. Holzregale mit Büchern und Ziergegenständen, eine massive beige Sitzgruppe, ein Teppich in marokkanischem Stil.

»War die Beerdigung schon?«

Bei der Frage zuckten die beiden zusammen, doch dann entspannten sich ihre Mienen ein wenig. Dass Hildur es wagte, so direkt über den Tod zu sprechen, war offensichtlich erleichternd.

»Gestern«, sagte Kristína leise.

Hildur nickte und ließ das Thema ruhen, weil Kristína und Óskar nicht weiter darüber sprachen.

»Können Sie schlafen und essen?«

Kristína und Óskar sahen sich an und nickten.

»Ich muss Beruhigungsmittel nehmen«, sagte Óskar.

Hildur antwortete, das sei ganz normal. Den meisten Menschen halfen Beruhigungsmittel über die schlimmste Zeit hinweg.

Dann brach Óskar plötzlich ohne Vorwarnung in Tränen aus und vergrub das Gesicht in den Händen. Sein Rücken zuckte. Er krümmte sich gequält zusammen. Kristína blieb ruhig. Offenbar erlebte sie diese Szene nicht zum ersten Mal. Sie beugte sich zu ihrem Mann hin und streichelte seinen Rücken.

»Ich … ich hätte nie zurückkommen dürfen. Diese verdammte Insel ist schuld an dem, was passiert ist«, stammelte Óskar.

Hildur verfolgte die Situation von außen. Es kam ihr vor, als würde sie immer weiter und weiter davontreiben, hinaus aus dem stylishen Wohnzimmer, und hoch oben in der Luft schweben, von wo aus die in unterschiedlichen Farben gestrichenen Hausdächer aussahen wie eine Flickendecke in der grünen Sommerlandschaft. Sie hatte gerade begriffen, wieso der Mann ihr so bekannt vorgekommen war.

Das gerahmte Familienfoto, das in Kristínas und Óskars Bücherregal neben der Jubiläumsausgabe der isländischen Sagas stand, hatte die Bestätigung geliefert. Hildur hatte das gleiche Foto schon einmal gesehen. Das war mehr als zwei Jahre her, aber im Hinblick auf Fotos hatte sie ein hervorragendes Gedächtnis. Damals hatte sie zusammen mit Jakob eine Frau besucht, deren Mann – ein Jurist – in einem Parkhaus in Reykjavík ermordet worden war.

»Sie sind also das zweite Kind von Kolfinna und Heiðar«, sagte sie.

Óskar schniefte und blickte vorsichtig zu Hildur auf. Er war überrascht und brachte kein Wort heraus. Kristína legte die Arme um ihren Mann.

»Ich habe vor drei Jahren im Mordfall Heiðar ermittelt«, erklärte Hildur. Genau genommen hatte sie im selben Zusammenhang in zwei weiteren Mordfällen ermittelt. Das Motiv hatte mit dem Erbgut zu tun. Es war ein kniffliger Fall gewesen, der trostlose menschliche Schicksale ans Licht gebracht hatte. Hildur hielt es jedoch nicht für nötig, genauer darauf einzugehen. »Ihr Kind …«, begann sie, war aber nicht fähig, den Satz zu Ende zu führen. Ihr war klar, dass die Eltern es schon wussten. Heiðar war wegen einer genetisch bedingten Krankheit ermordet worden. Die in Island äußerst selten anzutreffende Krankheit, die durch einen Gendefekt ausgelöst wurde und zum Schlaganfall führte, vererbte sich nicht automatisch auf die Kinder des Genträgers. Nur manchmal.

»Ich … ich bin meines Wissens nicht krank und meine Schwester, die im Ausland lebt, auch nicht«, stieß Óskar hervor und brach erneut in Tränen aus.

Eine Weile sprach niemand. Kristína strich ihrem Mann über den Rücken und reichte ihm ein Taschentuch. Mit feinfühligen Gesten stützte sie ihren Mann. Hildur wusste, dass die Trauer sich wandelte. Der stärkere Part musste Stütze sein, und in diesem Moment war Kristína die Stärkere. Die Zeit würde dazu beitragen, dass die Rollen irgendwann wechselten.

Óskar wischte sich mit dem Taschentuch über das Gesicht und richtete sich auf. Er schaffte es jedoch nicht, Hildur in die Augen zu sehen, sondern starrte auf den Tisch.

»Meine Mutter hat mir von Vaters Krankheit erzählt und mich gewarnt, aber ich habe nicht auf sie gehört. Wir haben uns so sehr ein Kind gewünscht. Ich habe an ein glückliches Los geglaubt. Ich glaubte, wir hätten es verdient.«

56

JUNI 2022 ÍSAFJÖRÐUR

Die Rückfahrt an den heimatlichen Fjord verlief glatt. Sie hatten noch einmal im selben Kettenhotel übernachtet, waren schon vor dem Frühstück aufgebrochen und hatten sich an einer Tankstelle Kaffee und Croissants geholt. Rósa hatte im Auto weitergeschlafen, während Hildur sich auf der Fahrt einen Podcast über die Geschichte Islands angehört hatte, in dem es um die Beziehungen zwischen isländischen Frauen und amerikanischen Soldaten während des Zweiten Weltkriegs ging.

»Ich halte kurz bei mir zu Hause, um meine Surfsachen zu holen, und bring dich dann nach Hause«, sagte Hildur zu Rósa, die auf dem Beifahrersitz Arme und Beine dehnte. Rósa war aufgewacht, kurz bevor die Straße zum Fjord abbog.

Die gerade aktualisierte Wellenprognose versprach mittelprächtige Wellen am Strand von Kotsdalur. Spektakuläre Action war nicht zu erwarten, aber ein ruhigeres Tempo war auch nicht schlecht. Hildur hatte vor, nach dem Surfen Katla zu besuchen. Jakob hatte ihr am Morgen am Telefon erzählt, die alte Frau wolle sie sehen. Was hatte sie wohl umgestimmt?

Gut eine Stunde später stand Hildur im Nassanzug im Meer und blickte zum Horizont. Die Wellen waren perfekt. Das Wasser reichte Hildur bis zur Hüfte. Sie legte sich bäuchlings auf das Surfbrett und begann zu paddeln. Sie spürte den Widerstand des

Wassers in ihren Armen und Schultern, als sie auf dem Meer vorwärts glitt. Das Surfbrett entfernte sich Zug um Zug vom Ufer. Bald hob eine kleine Welle es hoch. Als es wieder sank, spritzte das Meerwasser Hildur ins Gesicht, das die Neoprenhaube freiließ. Es brannte ihr in den Augen, und sie paddelte doppelt so kräftig weiter.

Dann stützte sie sich mit den Händen ab und stemmte sich kurz hoch auf die Knie, um besser zu sehen. Sie spähte nach vorn und beschloss, hier zu warten. Die Bewegung des Meeres erinnerte sie an ein Laken auf der Wäscheleine. Die Bewegungen waren rund und vertraut, und doch konnte man sie nicht restlos vorhersehen. Hildur drehte das Brett und richtete den Blick nach hinten. Sie hatte alles so richtig gemacht, wie sie nur konnte, aber der Rest hing vom Zufall ab.

Das Brett schaukelte auf dem Wasser. Dann sah Hildur eine symmetrische lange Welle heranrollen. Sie stand halb auf, hielt sich aber weiterhin am Brett fest. Als die Welle genau an der richtigen Stelle war, ließ sie los und richtete sich ganz auf. Das Brett bewegte sich auf dem Wasser vorwärts, schräg zum Ufer hin. Einen Augenblick lang hatte Hildur das Gefühl, sich von allem anderen gelöst zu haben: von der Arbeit, den Skeletten, Björks Aufsässigkeit, Helgas Tod, Óskars und Kristínas Trauer, von Anton und der Schwangerschaft. Der stille Moment dauerte weniger als eine Minute. Dann war sie am Ufer.

Hildur musste lächeln. Was sie beim Surfen am meisten faszinierte, war gerade die Freiheit. Selbst wenn man noch so gut vorbereitet war, reichten die eigenen Kräfte und das eigene Wissen nur bis zu einem gewissen Punkt. Danach musste man einfach loslassen. Man musste sich die Erlaubnis geben, frei zu sein. Hildur fühlte sich stark. Jetzt war sie sich sicher, was sie tun musste.

Hildur klemmte sich das Brett unter den Arm und ging zu ihrem Wagen. Die Wohlfühlhormone, die das Surfen freigesetzt hatte, würden für den Rest des Tages im Körper nachwirken. Hildur befestigte das Brett am Dachgepäckträger und begann dann, ihren eng anliegenden Nassanzug auszuziehen. Sie rollte ihren Zopf zusammen und drückte das Wasser aus den Haaren. Mist. Erst jetzt merkte sie, dass ihr die schwarzen Müllsäcke ausgegangen waren. Wo sollte sie nun ihren nassen Surfanzug verwahren? Da fiel ihr das Werkzeug für den Reifenwechsel ein. Es lag in einer großen Stofftasche, zusammen mit einer klappbaren Schneeschaufel, einem Seil und regenfester, reflektierender Signalkleidung. Sie könnte den Surfanzug in die Regenjacke wickeln.

Hildur zog den Reißverschluss der großen Tasche auf und holte die ganz unten liegende gelbe Regenjacke heraus. Sie rollte ihren weichen Neoprenanzug fest zusammen und legte ihn in die Jacke. Irgendwo weiter weg mähte ein Schaf. Hildur malte mit dem Finger Muster auf die nass gewordene Innenseite der Regenjacke. Sie merkte, dass sie etwas Wichtiges entdeckt hatte. In aller Eile schlug sie den Kofferraum zu, sprang in den Wagen und ließ den Motor an. Sie musste so schnell wie möglich ein bestimmtes Detail überprüfen.

57

Die Klimaanlage surrte leise. Vom Ende des Korridors kamen gedämpfte Stimmen. Hildur klopfte behutsam an Katlas Zimmertür.

Katlas Blick war neugierig. Das knielange getüpfelte Leinenkleid verhüllte ihre rundlichen Arme. Die beiden obersten Knöpfe am Hals waren offen. Das große fast herzförmige Muttermal an der rechten Wange fiel einem jedoch als Erstes auf, wenn man sie ansah.

»Da bist du ja«, sagte Katla und drehte ihren Rollator zur Seite, um Hildur Platz zu machen. Sie stützte sich beim Gehen auf den Rollator und kam nur mühsam vorwärts. Ihre Schritte waren langsam und flach, die Fußsohlen schleiften über den Boden.

Hildur wartete, bis die Frau sich hingesetzt hatte. Dann nahm sie neben ihr Platz.

»Sie wollten mit mir reden?«

Katla zupfte an der Spitzenborte am Saum ihres Leinenkleides.

»Ich habe gehört, wie ihr über diesen Knochenfund gesprochen habt, als ihr hier wart«, sagte sie.

Hildur überlegte kurz. Es konnte sein, dass sie mit Jakob über die Grabungen in Kotsdalur geredet hatte, als sie vor ein paar Tagen im Seniorenheim gewesen waren. Katla hatte offenbar ein gutes Gehör. Hildur wusste, dass es nur eine Frage der Zeit war, wann irgendein Reporter, zum Beispiel ein entfernter Bekannter des Baggerfahrers, die Geschichte aufgreifen und genauer nachhaken würde. Aber zumindest bisher hatten die Medien sich nicht gemeldet.

Katla setzte sich auf ihrem Stuhl zurecht.

»Mein Gehör funktioniert gut, seit ich das Ding da bekommen habe«, sagte sie und zeigte auf ihr Hörgerät. »Du bist doch eins von den Kotsdalur-Mädchen, oder? Ich komme aus derselben Gegend. Ich erinnere mich an dich. Du hattest zwei jüngere Schwestern, stimmt's?«

Hildur nickte. »Kanntest du meine Eltern?«

»Nicht näher.« Katla schüttelte den Kopf. »Ich habe bei deiner Mutter diese Pflegesalben gekauft, wie die Hälfte aller Frauen in der Gegend. Deinen Vater kannte ich vom Sehen. Ich war in der Fischfabrik beschäftigt. Dein Vater hat für denselben Chef gearbeitet. Hieß er Rúdólf?«

»Rúnar«, korrigierte Hildur.

»Ach ja, richtig!« Katla schlug ihre molligen Hände zusammen. Sie schüttelte sich vor Lachen, sichtlich froh, in ihren Erinnerungen zu graben. Von der Unfreundlichkeit, die Hildur bei ihren vorigen Besuchen erlebt hatte, war keine Spur mehr übrig.

»Hast du Helga gut gekannt? Ich habe mitbekommen, dass du oft bei ihr warst«, sagte Katla.

Hildur bejahte und fragte, warum sie Katla bei ihren Besuchen nie begegnet war.

»Anfangs wolltest du kein Wort mit mir reden. Warum eigentlich nicht?«

Katla senkte den Blick auf ihre Hände und befingerte wieder den Spitzensaum an ihrem Kleid. Sie erzählte von ihren entfernten Verwandten, die sie vor knapp einem Jahr gegen ihren Willen in das Seniorenheim verfrachtet hatten. Die Verwandten hatten gemeint, die alte Frau käme in ihrem Häuschen nicht mehr allein zurecht, während sie selbst liebend gern dort wohnen bleiben und sich allein durchschlagen wollte.

»Ich fühle mich in Gesellschaft anderer Leute nicht wohl, ich bin am liebsten für mich allein.«

»Warum?«, versuchte Hildur das Gespräch in die gewünschte Richtung zu lenken.

»Weil man hier keinem trauen kann außer sich selbst. Und ich habe Angst.«

Die Antwort kam direkt und ohne Zögern. Hildur horchte auf.

»Du brauchst keine Angst zu haben.«

Katla lächelte auf eine Art, die Hildur verlegen machte. Was gab ihr das Recht, die Gefühle anderer Menschen zu beurteilen?

»Ich habe gehört, wie du mit diesem gut aussehenden Polizistenkerl über die Knochen geflüstert hast. Und ich habe auch gehört, worüber du mit Helga gesprochen hast, wenn du hier bei ihr warst. Ich weiß, was passiert ist. Der nette Arzt hat mir erzählt, dass du eine vertrauenswürdige Polizistin bist.«

Hildur sagte nichts, denn sie wollte die Frau nicht unterbrechen. Sie nickte, um zu zeigen, dass sie zuhörte.

Katla senkte die Stimme, bis Hildur ihr Geflüster kaum mehr verstehen konnte.

»Er ist wie eine Spinne, die ihr durchsichtiges Netz von einem Ufer des Fjords zum anderen spinnt. Und wenn man dann fliehen will, entkommt man nicht mehr.«

Ihre Miene hatte sich verdüstert, und sie blickte sich um, als wollte sie sich vergewissern, dass ihnen niemand zuhörte. Von was für Spinnen sprach sie?

»Wen meinst du?«, fragte Hildur.

Katla schüttelte resolut den Kopf.

»Er ist furchtbar schlau. Ich kann nicht mehr sagen.«

Hildur versuchte, ihr mehr zu entlocken, aber vergeblich.

Also lenkte sie das Gespräch vorübergehend in eine andere Richtung.

»In der Eingangshalle des Seniorenheims hängen alte Fotos aus dieser Gegend. Es ist auch eins von der Fischfabrik Hagfiskur dabei. Darauf habe ich dich erkannt«, sagte sie und strich sich über die Wange. Katlas großes herzförmiges Muttermal war auf dem Bild deutlich zu sehen.

»Ja«, sagte Katla. Sie erzählte, sie habe Anfang der 1980er Jahre in der Fabrik angefangen und 1998 aufgehört, als der Betrieb endgültig geschlossen und die Tätigkeit in den Süden verlegt wurde. »Als Abschiedsgeschenk habe ich einen Silberlöffel bekommen.«

Sie trank einen Schluck Wasser aus dem Glas, das auf dem kleinen Sofatisch bereitstand, und schob ihre breitrandige Brille zurecht.

»Dieses Teufelsgesetz hätte man nie erlassen dürfen«, fauchte sie und schlug wie zur Bekräftigung ein paarmal auf die Armlehne ihres Stuhls. Ihre Augen funkelten, als sie flüsterte: »Aus dem Eigentum des Volkes haben sie das Eigentum einiger weniger gemacht. Die Dörfer leerten sich, und auch hier wurden ziemlich viele arbeitslos. Vorher lief alles gut.«

»Hat das irgendwas mit den Knochenfunden zu tun?«, fragte Hildur. Sie versuchte, das Gespräch voranzubringen, ohne die alte Frau allzu sehr zu drängen.

»In der Fabrik gab es Unfälle«, sagte Katla und sah Hildur vielsagend an.

»Kommen die in Fabriken nicht immer mal vor?«, fragte Hildur.

Katla hob frustriert die Hand. »Lass mich ausreden.«

Hildur stellte fest, dass ihre Taktik, die Zweifelnde zu spielen, Wirkung zeigte. Jetzt wollte Katla reden.

Wenn es kein schwerer Unfall war, wurde die Arbeitskraft mit

Schmerzmitteln und ein paar Pflastern nach Hause oder in die Fischbude geschickt, berichtete sie. Bei schweren Unfällen wurde der Krankenwagen gerufen.

»Außer ...«, sagte Katla und klopfte mit dem Zeigefinger gegen das Wasserglas in ihrer Hand, »... wenn das Opfer ein Ausländer war.«

Ein kalter Schauder durchlief Hildur.

»Wieso?«

Katla schnaubte und blickte eine Weile auf den Boden, als würde sie nach den richtigen Worten suchen. Dann seufzte sie tief und sah zu Hildur auf.

»Für die wurde nie ein Krankenwagen gerufen. Sie ... sie kamen nach ihrem Unfall einfach nicht mehr zur Arbeit.«

»Hat denn niemand darauf geachtet?«, fragte Hildur.

Katla schüttelte den Kopf.

»Die Ausländer hat keiner vermisst. Manche sind sang- und klanglos in ihre Heimat zurückgekehrt, wenn sie wieder gesund waren, deshalb hat man sich nicht gewundert, wenn irgendwer nicht mehr am Fließband erschien. Der Marktwert des Unternehmens ist ja höher, wenn es seine Arbeitnehmer nicht ums Leben bringt. So läuft das doch, oder? Die Statistik sah besser aus, wenn die Unfälle von Ausländern nirgendwo registriert wurden.«

Hildur nickte.

»Ich hatte schon damals gute Ohren. Ich weiß alles. Aber ich habe den Mund gehalten, weil ich die Stelle brauchte«, sagte Katla. Ein listiges schiefes Lächeln trat in ihr Gesicht, verschwand jedoch gleich wieder. »Und ich hatte keine Beweise. Ich dachte, vielleicht tratschen meine Kollegen bloß.«

Katla strich sich mit der freien Hand über das linke Ohr.

»Aber als ich jetzt von diesen Knochen gehört habe ... Da dachte ich, verflixt noch mal, vielleicht stimmen die alten Gerüchte doch!«

Sie machte eine kleine Pause. Das herzförmige Muttermal zitterte, als ihre Mundwinkel sich anspannten. Sie nickte zu ihrem Nachttisch hin.

»Guck mal in die obere Schublade. Ganz zuunterst liegt ein großer brauner Umschlag. Nimm den an dich.«

Die Schublade knarrte, als Hildur sie aufzog. Der Umschlag war unverschlossen. Darin lagen einige glatte, von Hand beschriebene Blätter, allem Anschein nach Briefe. Sie verstand praktisch nur die Grüße am Anfang und am Schluss. Die Adresse auf der Rückseite der Briefe kannte sie.

»Ich habe neben der Fabrikarbeit den Postverkehr erledigt und die Büros geputzt. Aus irgendeinem Grund wurden diese Briefe nie abgeschickt. Ich habe sie im Papierkorb gefunden und aufbewahrt. Ich kann Deutsch, daher habe ich gleich verstanden, worum es ging.«

Hildur sah Katla fragend an.

»Du hast die Briefe all die Jahre aufbewahrt?«

Katla nickte lächelnd. Sie war sichtlich zufrieden mit sich selbst.

»In den Briefen war Liebe herauszulesen. Und auch, dass der Chef böse war, genau wie ich immer gedacht hatte.«

Katla erzählte, als sie die letzten Briefe gefunden hatte, sei die Absenderin nicht mehr in der Fischbude gewesen.

»Auf der Rückseite standen der volle Name und die Anschrift. Ich habe mich in der Fischbude nach der Frau erkundigt, aber dort hat man mir gesagt, Ruth Weider sei vor ein paar Wochen ausgezogen.«

Hildur musste kurz die Augen schließen. Zu viele Fragen kamen gleichzeitig hoch. Hatte Katla mit niemandem über diese Briefe gesprochen? Hatte sie nicht versucht, die Schreiberin zu finden? Hatten die Briefe nicht in Umschlägen gesteckt, und waren diese Umschläge nicht adressiert gewesen?

Katla nahm die Brille ab und polierte die Gläser am Rocksaum.

»Man kam am besten klar, wenn man sich nur um seine eigenen Angelegenheiten kümmerte. Und in der Fischbude wusste niemand, wohin das Mädel gegangen war. Zurück nach Hause wahrscheinlich. Das hat der Chef denen geantwortet, die nach ihr gefragt haben. Ich habe es gehört.«

Sie setzte die Brille wieder auf und sah Hildur forschend an.

»Und Umschläge waren nicht dabei.«

Katla berichtete, dass die Arbeitskräfte der Fabrik, die Post ins Ausland schicken wollten, den Brief und einen separaten Zettel mit der Anschrift ins Büro brachten. Die Leute im Büro kümmerten sich um die Sendungen, und die Portokosten wurden vom Gehalt abgezogen.

»Der Chef hat die ganze Post durchgesehen. Er wollte bestimmt nicht, dass diese Briefe abgeschickt wurden. Wahrscheinlich sind sie deshalb einer nach dem anderen im Papierkorb gelandet. Entweder war der Chef eifersüchtig oder er wollte seinen Ruf schützen. Mich haben diese Briefe gefesselt, deshalb habe ich sie jedes Mal aus dem Müll geholt und gelesen. Ich kannte die Adresse ja nicht, aber ich hätte sowieso nicht gewagt, dem Chef zu trotzen und sie abzuschicken.«

Hildur verdaute das Gehörte. Sie hatte nur noch eine Frage.

»Erinnerst du dich an die Arbeitskleidung, die in der Fabrik verwendet wurde? Könntest du sie beschreiben?«

58

13. März

Lieber Max,

ich habe immer noch keine Antwort von dir. Das stimmt mich traurig. Hier hat sich alles zum Schlechten entwickelt.

Ich habe die Kilopreise für Fisch verfolgt. Unter den Arbeitern wird getuschelt, dass der Chef noch reicher ist, als ich dachte. Die Arbeiter haben nichts davon. Das Dach des Wohnheims ist immer noch undicht. Die Arbeitstage wurden verlängert, und ich habe seit Langem meinen Lohn nicht mehr pünktlich bekommen. Angeblich bin ich nicht gehorsam genug. Ich soll nicht andauernd Forderungen stellen. Sonst fühlt der Mann sich mies, behauptet er. Er hat schon lange nicht mehr gesagt, dass er mich liebt. Hier ist er der Boss, in jeder Hinsicht. Wenn ich nicht tue, was er sagt, komme ich angeblich ins Gefängnis. Ich bin illegal eingereist, auf einem Fischtrawler, und deshalb habe ich nicht einmal einen offiziellen Arbeitsvertrag. Ich bekomme keine Personenkennziffer. Ich bekomme nichts. Er erpresst mich. Ich bin nur für ihn da. Das sagt er mir jeden Abend. Er sagt, ich gehöre ihm, weil er mich von der Straße geholt hat.

Ich habe meinen Beschluss gefasst. Noch vor Ende dieses Monats verschwinde ich von hier. Ich komme zu dir zurück, wenn du mich noch willst und wenn ich genug Geld für die Reise habe. Könntest du mir helfen, wenigstens dieses eine, dieses letzte Mal?

Ich habe hier viel nachgedacht, über alles Mögliche. Eine sichere und stabile Beziehung ist besser als pausenlose Abenteuer. Wenn ich an dich denke, ertrage ich diese schwierige Lage. Ich habe begriffen, dass ich dich liebe.

R.

59

JUNI 2022 ÍSAFJÖRÐUR

Jakob hörte Hildur ins Zimmer poltern. Er wies sie darauf hin, dass aus ihren Haaren Wasser auf die Tastatur tropfte.

»Draußen regnet es«, murmelte Hildur, nahm ein Gummiband aus dem Stiftehalter auf ihrem Schreibtisch und band ihre Haare zusammen. Dann loggte sie sich in ihren Computer und in die LÖKE-Datenbank der Polizei ein.

»Die Botschaften haben die Zahnsache schnell erledigt. Jetzt kennen wir zwei der Toten«, sagte Jakob zufrieden. Hildur blickte auf. Die zügige Abwicklung hatte Jakob überrascht, denn solche internationalen Anfragen nahmen manchmal Monate in Anspruch. Er rollte seinen Bürostuhl neben Hildurs und legte zwei Dokumente auf den Schreibtisch.

»Warte, ich muss zuerst unbedingt etwas nachprüfen«, sagte Hildur und richtete den Blick wieder auf ihren Computer.

Jakob platzte fast vor Ungeduld. Er brannte darauf, Hildur zu berichten, was er erfahren hatte. Vor einer Weile hatte er jubelnd die Arme hochgerissen, als er hörte, dass der Zahnstatus eines der beiden weiblichen Opfer mit den Angaben aus Madrid übereinstimmte. Außerdem hatte er erfahren, dass Catherine Martin Ruiz in ihrer Jugend geritten war. Dabei hatte sie sich mit 14 die Speiche gebrochen. Nun würde Catherine endlich im Familiengrab beigesetzt werden können.

Jakob hörte Hildur leise fluchen.

»Hör dir das an«, sagte sie, aber Jakob unterbrach sie. Er hatte angefangen, also durfte er als Erster Bericht erstatten.

Als er von den Informationen über Catherine erzählte, veränderte sich Hildurs Miene. Es kam Jakob vor, als wäre Hildur in irgendeine andere Welt versunken.

»Zur Zeit ihres Verschwindens hatte die Frau ungefähr ein Jahr in Island gewohnt. Sie hatte Arbeit in der Fischfabrik Hagfiskur bekommen. Ihre Eltern und ihr Bruder lebten in Madrid. Catherines Mutter erstattete eine Vermisstenanzeige, als ihre Tochter nicht wie üblich am Sonntag zu Hause anrief. Catherines Kolleginnen waren sich sicher, dass sie abgereist war. Sie hatte offenbar erwähnt, sie würde früher als geplant nach Hause zurückkehren.«

Hildur blickte zu den Dokumenten hin, die Jakob auf den Tisch gelegt hatte.

»Du hattest von zwei Toten gesprochen.«

Jakob griff nach seinem Notizblock. Die Freude über seinen Erfolg machte sich als leichtes Prickeln im ganzen Körper bemerkbar.

»Es war der Jan, den du erwähnt hattest«, sagte er und las aus seinen Notizen vor.

Der Pole Jan Nowak war im Alter von fünfzig Jahren in Island verschwunden. Er hatte Ende der 1980er Jahre über eine Arbeitsvermittlung eine Stelle in einer Fischfabrik an den Westfjorden bekommen.

Jakob hatte mit Jans Sohn telefoniert. Der Sohn erinnerte sich, dass seine Mutter erzählt hatte, der Vater habe sich bei der Arbeit verletzt. Seine Hand war in die Filiermaschine geraten und abgerissen.

»Seine Kollegen sagten, man habe Jan sofort nach dem Unfall zum Arzt gebracht. Dann sei er für längere Zeit krankgeschrieben worden und habe beschlossen, nach Hause zurückzukehren.«

»Aber da ist er nicht angekommen«, vermutete Hildur.

Jakob nickte und berichtete, Jans Frau habe die Geschichte nicht geglaubt, da es keine Beweise für Jans Abreise gab. Ihr war nichts anderes übrig geblieben, als eine Vermisstenanzeige zu erstatten. Es wurde jedoch keine Ermittlung eingeleitet, weil so viele in der Fabrik dasselbe sagten: Jan hatte sich verletzt und war dann einfach verschwunden.

»Der alte Zeitungsbericht ... Helga hatte recht«, sagte Hildur.

»Es kann doch kein Zufall sein, dass die beiden Verschwundenen denselben Arbeitgeber hatten«, meinte Jakob.

Hildur wies ihn darauf hin, dass fast das ganze Dorf in derselben Fabrik gearbeitet hatte.

»Aber ein Zufall war es nicht, guck dir das hier an«, sagte sie und klickte die Datei an, die sie im LÖKE gesucht hatte. Jakob stand hinter Hildur und beugte sich vor, um das Foto auf dem Bildschirm zu betrachten. Hildurs feuchte Haare rochen nach Meer.

»In der Grube wurden ja einige Stoffstücke gefunden, die im Kriminallabor analysiert wurden«, rekapitulierte sie.

Schwerer Gummi wurde auch heute noch für die Arbeitskleidung verwendet, wenn bei der Arbeit beträchtliche Nässe und Kälte herrschte, wie zum Beispiel auf Fischtrawlern, aber auch in Fischfabriken.

»Innen Wolle, außen Gummi.«

Jakob betrachtete das Bild genauer. Es war dasselbe, das sie gestern bei der gemeinsamen Besprechung gesehen hatten. Die Stücke waren stark verschlissen, aber auf der gelben Oberfläche waren verblasste schwarze Linien zu erkennen. Hildur zeigte darauf und sagte, sie habe Arbeitskleidung mit diesem Muster, dünne Linien auf gelbem Grund, auf zwei verschiedenen Fotos gesehen.

»Erinnerst du dich an die Rolex, die aus dem Seniorenheim verschwunden ist?«, fragte sie.

Sie erzählte von ihrem Besuch bei Hinrik. Jakob grinste. Er war nicht überrascht. Wenn jemand nicht bereit war, am Telefon mit Hildur zu sprechen, setzte sie sich ohne mit der Wimper zu zucken ins Auto, um fünfhundert Kilometer weit zu fahren und bei dem Typ an der Tür zu klingeln.

»Ich habe dieses Muster auf einem Foto an der Wand des Seniorenheims gesehen, das Arbeitskräfte der Fischfabrik zeigt, und …«

Hildur holte ihr Handy hervor, suchte die Aufnahmen heraus, die sie gemacht hatte, und hielt Jakob das Handy hin. Er starrte auf das alte Farbfoto aus dem Hafen. Ihm war sofort klar, was daran bedeutsam war.

»… und auf den Bildern, die ich in Hinriks Wohnzimmer in Reykjavík gesehen habe. Die Stoffstücke stammen von der Kleidung der Fabrikarbeiter von Hagfiskur.«

Jakob setzte sich auf seinen Bürostuhl. Irgendetwas an dem, was Hildur gesagt hatte, schien ihn aus der Fassung gebracht zu haben.

»Dazu ist mir gerade etwas eingefallen«, ächzte er, griff nach seinem Handy und suchte auf der Webseite der Dorfklinik nach der Telefonnummer.

Als Jakob im Schwimmbad den Arzt Ómar kennengelernt hatte, der als Urlaubsvertretung im Krankenhaus arbeitete, hatten dessen Worte über Katla seine ganze Aufmerksamkeit in Anspruch genommen, und er hatte darüber vergessen, was Ómar außerdem gesagt hatte.

»Ómar hat mir von den Sehtests erzählt. Ich muss sofort etwas nachprüfen«, sagte er und hob das Handy ans Ohr.

Er bat die Zentrale der Klinik, ihn mit Ómar zu verbinden.

»Sie haben mir von den Sehtests im Seniorenheim erzählt und auch die Wochentage erwähnt, an denen sie stattfanden, erinnern Sie sich?«, sagte Jakob und sprach sofort weiter. »War vielleicht einer der Bewohner gerade bei Ihnen, als ich den alten Leuten die Fingerabdrücke abgenommen habe?« Er sah in seinen Notizen nach und nannte das genaue Datum und die Uhrzeit.

Ómar brauchte nicht lange zu überlegen. Die Antwort kam rasch.

»Na ja, ich habe mich ein bisschen über seinen Eifer gewundert«, begann er und erzählte, einer der Senioren habe darauf bestanden, ohne Voranmeldung zum Sehtest zu kommen.

Jakob lief es kalt den Rücken herunter.

»Er hatte sich gerade erst eine neue Brille angeschafft, als er in Reykjavík war, wollte aber trotzdem zum Sehtest. Um sicherzugehen, dass die neuen Gläser die richtige Stärke hatten. Ich habe es nicht über mich gebracht, ihn wegzuschicken.«

»Sie haben den Mann also untersucht?«, vergewisserte sich Jakob.

Ómar sagte, er habe in dem Moment nichts Wichtigeres zu tun gehabt.

»Um wen handelt es sich?«, fragte Jakob, obwohl er die Antwort schon wusste.

60

»Möchten Sie Kaffee oder Tee?«, fragte Hildur den alten Mann, der im Besprechungsraum am Tisch saß.

»Die junge Dame hat pralle Schenkel, aber kann sie guten Kaffee kochen?«, sagte Rökkvi Baldursson und zwinkerte Jakob zu, der ihm gegenübersaß. Zwischen den beiden standen ein Laptop und eine kleine Kamera auf dem Tisch.

Hildur hatte geahnt, dass Rökkvi versuchen würde, sich mit Jakob zu verbünden. Deshalb hatten sie beschlossen, dass Jakob der nette Mann sein sollte, der das Reden übernahm, während Hildur sich im Hintergrund hielt.

Jakob und Hildur hatten keinen Beweis dafür, dass Rökkvi in irgendetwas verwickelt war. Ihnen fehlte das entscheidende Puzzleteil. Sie hatten einen Plan entwickelt und hofften, dass er aufgehen würde. Zwar hatten sie einen starken Verdacht, doch sie brauchten Beweise. Wenn sie zu schnell vorgingen und ihre Karten zu früh auf den Tisch legten, hätte Rökkvi Zeit, sich Erklärungen einfallen zu lassen.

Hildur ging, um Kaffee und Zubehör aus der Küche der Polizeistation zu holen. Da sie wusste, dass Rökkvi ihr nachblicken würde, wackelte sie bewusst mit den Hüften.

Beta war gerade auf einem Seminar in Reykjavík. Hildur hatte sie angerufen und über die neue Wende in der Ermittlung informiert. Katlas Erzählung hatte Hildurs Verdacht verstärkt und Verbindungen zwischen einzelnen Punkten hergestellt. Beta hatte Hildurs und Jakobs Vorschlag abgesegnet.

»Bitte sehr«, sagte Hildur, als sie aus der Küche zurückkam. Sie stellte drei Kaffeetassen, Zuckerdose, Milch und eine Packung Kekse auf den Tisch.

»Fangen wir Männer an«, sagte Jakob und schaltete die Kamera ein. Er las die Formalitäten vor, mit denen jede Vernehmung begann, und notierte Rökkvis Kontaktdaten.

Rökkvi saß locker und entspannt am Tisch. Ab und zu strich er sich über die gepflegten, dichten silbergrauen Haare. Über seinem Hemd trug er einen violetten Pullunder. Seine Hose saß perfekt. Er sah viel jünger aus, als er war.

»Wir ermitteln also im Todesfall Helga Ingimarsdóttir, und Sie werden als Zeuge vernommen«, begann Jakob.

Rökkvi verzog keine Miene. Er goss ein wenig Milch in seinen Kaffee und rührte um.

»Ich dachte, es geht um diese Diebstähle«, sagte er und zog die Augenbrauen hoch. Er blickte auf seinen Kaffee, als hätte er etwas Wichtiges in die Tasse fallen lassen. »Traurig, dass sie gestorben ist, aber sie war ja schon recht alt. Wie könnte ich Ihnen in dieser Sache helfen?«

»Kannten Sie Helga gut?«, fuhr Jakob fort, ohne auf Rökkvis Fragen einzugehen.

Rökkvi hob die Tasse an den Mund und trank. Seine Bewegungen waren betont langsam.

»Wenn ich als Zeuge vernommen werde, muss ich doch wissen, um welches Verbrechen es geht.«

Hildur wusste, dass Rökkvi nicht dumm war. Er verstand es, die richtigen Fragen zu stellen. Sie waren gezwungen, ihm mitzuteilen, in welcher Richtung sie ermittelten.

»Wir haben den Verdacht, dass Helga einem Verbrechen zum

Opfer gefallen ist«, sagte Jakob mit fester Stimme und wiederholte seine Frage.

»Ich wusste, wer sie war, aber gekannt haben wir uns nicht. Wir haben gelegentlich ein paar Worte miteinander gewechselt, mehr nicht«, antwortete Rökkvi, trank noch einen Schluck Kaffee und sah Hildur in die Augen. »Schmeckt gut.«

»Es sieht ganz danach aus …«, begann Jakob und legte eine kurze dramatische Pause ein. Er blickte auf seine Papiere und sah dann Rökkvi an. »… dass Helga erstickt wurde.«

Rökkvi drehte seine Kaffeetasse und betrachtete scheinbar konzentriert das Blumenmuster.

»Wie schrecklich. Hat das irgendwie mit den Diebstählen zu tun?«

»Möglicherweise. Wir glauben, dass wir einen Teil der Beute gefunden haben.«

Hildur sah, dass Jakobs Worte bei Rökkvi ein winziges Zucken auslösten. Seine Gesichtsmuskeln entspannten sich ein wenig.

Hildur hatte vom ersten Tag an gewusst, dass aus Jakob ein hervorragender Polizist werden würde. Als sie das Personal des Seniorenheims und der Klinik überprüft hatten, hatte Jakob genau kontrolliert, wer in letzter Zeit Auslandsreisen unternommen hatte. Dass Jódís in den letzten zwei Jahren mehrmals nach Schottland gereist war, hatte seine Aufmerksamkeit geweckt, denn Jódís hatte dort keine Verwandten. Jakobs Untersuchungen hatten bestätigt, was Hildur zuvor erfahren hatte: Jódís hatte große finanzielle Probleme. Offenbar hatte die Gelegenheit sie zur Diebin gemacht.

In Island gab es nur ein Pfandleihhaus, aber in Glasgow fanden sich mehrere, und nach Schottland wurden Billigflüge angeboten. Jakob hatte bei allen Pfandhäusern angerufen und den größten Teil der verschwundenen Wertgegenstände dort gefunden. Darunter auch Rökkvis Rolex. Sie würden die Ermittlungen gegen Jódís bald einleiten, aber noch war die Zeit nicht gekommen.

Hildur schob Rökkvi das Foto einer Rolex hin, das eines der Glasgower Pfandhäuser geschickt hatte. Auf dem Bild waren Name und Standort der Pfandleihe zu sehen.

»Sie müssten die Uhr identifizieren. Erkennen Sie sie wieder?«, fragte sie.

Rökkvis verblüffte Miene wirkte echt. Er starrte auf das Foto und lächelte dann breit.

»In Schottland? Ich habe sie also doch nicht verloren, sondern sie … sie wurde mir gestohlen?«

Jakob bestätigte, so sei es. Die Uhr werde schnellstmöglich zurückgegeben.

»Wer hat sie denn gestohlen?«, fragte Rökkvi. Er konnte seine Neugier kaum verbergen.

Jakob antwortete, die Ermittlungen dauerten noch an, aber sie würden die Tatperson finden und dann auch Rökkvi informieren.

Als Nächste ergriff Hildur das Wort. Sie sagte, die Polizei halte es für sehr wahrscheinlich, dass Helga aufgewacht war, als der Dieb in ihr Zimmer kam, und versucht hatte, um Hilfe zu rufen.

»Es kann sein, dass der Dieb fürchtete, erwischt zu werden, und Helga getötet hat, indem er ihr ein Kissen auf das Gesicht drückte.«

Rökkvi hörte aufmerksam zu und riss keine Witze mehr.

»Ihr Zimmer liegt am selben Flur wie Helgas, nur zwei Türen weiter. Haben Sie in der Nacht von Helgas Tod irgendetwas Ungewöhnliches gesehen oder gehört?«

Rökkvi runzelte die Stirn und zupfte sich am Ohrläppchen. Er schien nachzudenken.

»Nicht dass ich wüsste. Dank Melatonin und Ohrstöpseln schlafe ich ziemlich fest.«

Jakob schrieb Rökkvis Antwort auf und erklärte dann, die

Vernehmung sei beendet und Rökkvi könne gehen, sobald er das Protokoll unterschrieben habe.

Hildur beobachtete Rökkvis Bewegungen. Sie entdeckte keine Anzeichen von Nervosität oder Unschlüssigkeit. Rökkvi las das Vernehmungsprotokoll durch und unterschrieb es.

»Hol's der Teufel, ihr seid wirklich gut. Ich war mir sicher, dass ich die Uhr verloren hatte, aber ihr habt sie gefunden. Nochmals vielen Dank«, sagte er.

Nachdem er den Besprechungsraum verlassen hatte, warf Hildur Jakob einen Blick zu und lächelte verhalten. Sie hatten es geschafft. Hildur zog Schutzhandschuhe an, griff nach der Kaffeetasse, die Rökkvi in der Hand gehalten hatte, und steckte sie in einen verschließbaren Plastikbeutel.

»Mit diesen Abdrücken kriegen wir das Arschloch.«

61

Nach Rökkvis Befragung fuhr Hildur zu Guðrúns Wollgeschäft. Jakob tauschte sich in einer Videobesprechung mit dem Ermittlungsteam in Reykjavík über die Sommerhauseinbrüche aus und ging deshalb nicht ans Telefon. Matias war beim Fußballtraining weggelaufen. Er hatte die Plastikkegel weggekickt, war ins Dorfzentrum gerannt und in Guðrúns Laden gelandet.

Guðrún stand am Ladentisch und drehte ein Wollknäuel in den Händen, als wüsste sie nicht, was sie damit tun sollte. Sie nickte zur linken hinteren Ecke des Ladengeschäfts hin.

Matias saß auf einem Karton mit dem Logo einer Spinnerei und tippte konzentriert auf seinem Handy. Er trug seine Trainingskluft. Das Spielertrikot des örtlichen Fußballvereins war blau mit weißen Sponsorenlogos. Die Fußballstrümpfe reichten bis zur Mitte der dünnen Waden.

Hildur rief nach Matias. Er sah vom Handy auf. Sein Blick war neugierig.

»Fahren wir ein bisschen durch die Gegend?«

»Bist du im Polizeiauto gekommen?«

Hildur bejahte und bat Matias, schon vorzugehen.

»Die Türen sind offen, du kannst dich vorne hinsetzen, wenn du versprichst, nichts anzufassen.«

Matias nickte.

»Ich komme gleich nach.«

Der Junge sprang vom Karton und rannte nach draußen. Hildur blickte ihm nach. Sie hatte die Autoschlüssel, es konnte also nichts passieren.

Guðrún lehnte sich an das Regal hinter ihr und schüttelte den Kopf.

»Was hat der Junge bloß? Ich bekomme gar keinen Kontakt zu ihm. Er ist vom Fußballplatz hergerannt, wollte aber nicht mit mir reden.«

Hildur blieb neben der Ladentür stehen. Von dort hatte sie durch das Schaufenster unverstellte Sicht auf das Auto.

»Er weiß nicht, wer er ist.«

Guðrún sah sie fragend an.

»Mache ich irgendwas falsch? Ich gebe mir solche Mühe, nett zu ihm zu sein, aber … aber ich habe das Gefühl, dass ich immer etwas Falsches sage«, schniefte sie.

Nach Hildurs Meinung war Matias' Verhalten ganz normal. Ein neuer Ort, neue Menschen, eine neue Sprache. Eine neue Familie. Was konnte man da anderes erwarten als Abwehr?

»Lass ihm Zeit, das ist das Einzige, was hilft.«

»Wie lange?«

Hildur verlagerte das Gewicht von einem Bein aufs andere. Sie warf wieder einen Blick auf das Auto. Matias saß stocksteif auf dem Beifahrersitz.

»Da gibt es keine Regeln. Mindestens ein Jahr.«

Es war schwierig zu erklären, wie etwas Neues zu etwas Vertrautem wurde, aber ein Jahr war eine gute Faustregel. Wenn man die Feiertage, das Ende des Schuljahres und Ostern einmal erlebt hatte, war es beim nächsten Mal schon leichter.

Hildur wusste, dass Jakobs Besprechung spätestens in einer halben Stunde zu Ende sein würde. Sie riet Guðrún, den Laden früher zu schließen, nach Hause zu gehen und sich zu entspannen.

Jakob würde auch bald dort sein. Dann zog sie die Tür hinter sich zu und lief über die Straße zum Wagen.

Sie setzte sich auf den Fahrersitz und steckte den Schlüssel ins Zündschloss.

Matias fing sofort an, sich nach den Knöpfen am Armaturenbrett zu erkundigen. Er wollte genau wissen, was passierte, wenn man darauf drückte. Hildur erzählte ihm von der Lüftung, dem Blaulicht, dem Öffnen der Motorhaube und den Funktionen des Polizeifunks.

»Hier in der Nähe ist der kürzeste Tunnel der Welt. Wenn man da drinnen auf die Hupe drückt, klingt das total cool. Fahren wir da hin?«

Matias nickte begeistert.

»Wenn ich auf die Hupe drücken darf«, sagte er. Er musste den Kopf in den Nacken legen, um Hildur unter seiner Schirmmütze hervor ins Gesicht sehen zu können.

»Aber zuerst musst du dich anschnallen«, entgegnete Hildur und ließ den Motor an.

Als Matias sich zur Seite drehte, um nach dem Sicherheitsgurt zu greifen, erblickte Hildur seinen zarten Nacken und den flaumigen Haaransatz. Der Nacken war der eines kleinen Kindes, die Schirmmütze die eines großen Jungen. Die Finger waren nicht mehr mollig, aber die Wangen noch kindlich rund. Das Wesen des Jungen erinnerte an ein Fohlen, das gerade eben zum ersten Mal aufgestanden war, aber schon jetzt schnell dahinsprang.

Der Anblick machte Hildur konkret bewusst, wie die Zeit verging, und sie spürte einen Kloß im Hals. Dann schluckte sie ihn herunter und schnallte sich ebenfalls an.

62

Am nächsten Morgen saßen Hildur und Jakob erneut mit Rökkvi im Besprechungsraum der Polizeistation. Rökkvi hatte gerade fertig gefrühstückt, als sie bei ihm aufgetaucht waren und ihn gebeten hatten mitzukommen. Hildur hatte Rökkvis Verärgerung gespürt, aber er hatte seine Gefühle geschickt verborgen.

Als sie über den Hof des Seniorenheims zum Polizeifahrzeug gingen, hatte Hildur Katla gesehen, die am Fenster stand und ihnen nachblickte. Hildur war sich sicher, dass ein leises Lächeln über das zerfurchte Gesicht der alten Frau geflogen war.

Im Besprechungsraum legte Rökkvi seinen Filzhut auf den Tisch und seine Jacke über die Lehne eines freien Stuhls. Diesmal bot man ihm keinen Kaffee an.

»Haben Sie die Uhr so schnell zurückbekommen?«, fragte er.

Jakob beantwortete die Frage nicht, sondern verlas die einleitenden Worte zur Vernehmung. Hildur beobachtete Rökkvis Reaktion, als Jakob sagte, er stehe unter Verdacht, Helga getötet zu haben. Rökkvi verzog keine Miene.

»Also dann, Rökkvi. Erzählen Sie mal, wie sich ihr Arbeitsleben gestaltet hat«, begann Jakob.

Sie wussten über Rökkvis Arbeit Bescheid, wollten aber hören, was er selbst darüber berichtete. Rökkvi hatte früher einen großen Trawler besessen und im Nachbardorf eine Fischfabrik gegründet. Hildur und Jakob hatten alte Dokumente ausgegraben und Leute angerufen, die zu Rökkvis Zeit in der Region in Wirtschaft und Verwaltung eine Rolle gespielt hatten. Indem sie die einzelnen Informationen miteinander verbanden, hatten sie ein recht genaues Bild von Rökkvi Baldurssons Beitrag zum isländischen Wirtschaftsleben gewonnen.

»Abends tanzen, morgens Fische ausnehmen«, sagte Rökkvi nur und pfiff ein paar Töne einer Melodie, die Hildur nicht erkannte. »Ich war Fischer. Das heißt, eigentlich bin ich es immer noch. Der Fischgeruch verschwindet nie.«

Hildur warf einen Blick auf die Hände des Mannes. Sie sahen nicht gerade nach harter Arbeit aus. Ebenso wenig wie die seines Sohnes Hinrik Rökkvason, der eine Villa am Meer bewohnte. Die Arbeit auf See und in der Fabrik haben andere geleistet, dachte Hildur bei sich.

»Sie hatten früher ein großes Unternehmen in dieser Gegend«, führte Jakob das Gespräch weiter.

Jakob und Hildur wussten, dass sie Rökkvi wahrscheinlich nicht dazu bringen konnten, seine Beteiligung an den alten Taten zu gestehen. Trotzdem wollten sie hören, wie er reagierte.

Rökkvi setzte sich auf seinem Stuhl zurecht und wischte mit dem Zeigefinger über die Tischplatte, als suche er nach Staub.

»Das größte der Branche in Island. Mein Sohn macht da weiter, wo ich aufgehört habe.«

Hagfiskur war ein bedeutendes Unternehmen gewesen und hatte eine Menge Arbeitsplätze für die Menschen an den Westfjorden geschaffen. Rökkvi hatte Ende der 1980er Jahre eine große Fangquote bekommen. Sobald das Gesetz den Handel mit Fangquoten zuließ, hatte Rökkvi begonnen, den Fischern ihre kleinen Boote samt Quoten abzukaufen, hatte einige Jahre gewartet und ein riesiges Vermögen angesammelt, als die Quoten von den regional operierenden Fischtrawlern und Dörfern gelöst und in Aktien umgewandelt wurden. Hildur war in den alten Urkunden auf einen bekannten Namen gestoßen.

»Mein Vater hat Ihnen Anfang der Neunziger sein Boot verkauft«, sagte sie, ohne eine Miene zu verziehen.

Rökkvi grinste.

»Ich hatte schon überlegt, wieso Ihr Name mir so bekannt vorkam … Aber ja, so war es. Ich habe ihm die *Herdís* abgekauft. Ihre Mutter hat versucht, es zu verhindern, aber Ihr Vater hat sich durchgesetzt.«

Nun war es an Hildur, spöttisch zu lächeln.

»Meine Mutter hatte wohl recht.«

Rökkvi zuckte die Achseln und erklärte, das komme darauf an, aus wessen Perspektive man den Fall betrachte. Der Verlust des einen sei der Gewinn des anderen.

»Im Stillen habe ich Ihrem Vater oft gedankt. Aus meiner Sicht war es ein gutes Geschäft. Ich habe ein gutes Boot, Fische und einen loyalen Mitarbeiter bekommen.«

Hildur starrte Rökkvi wortlos an. Auch Jakob schwieg, wie sie vereinbart hatten. Sie hofften, auf diese Weise etwas aus dem Mann herauszubekommen. Im Allgemeinen ertrugen Menschen die Stille nicht lange, sondern versuchten sie zu füllen. Gerade dann äußerten sie sich am ehesten unbesonnen.

»Auch Ihr Vater hat seinen Teil bekommen«, fügte Rökkvi hinzu. »Ich habe ihn gut bezahlt.«

Hildur und Jakob wussten, dass die Verstöße gegen die Unfallverhütungsbestimmungen verjährt waren, ebenso wie die Körperverletzungen, die unterlassene Hilfeleistung und die Störung der Totenruhe.

Jetzt war jedoch Jakob an der Reihe, Dampf zu machen.

»Auf Rúnars Grundstück wurden vier Leichen gefunden. Es handelt sich um Ausländer, die Anfang der 1990er Jahre bei Ihnen gearbeitet haben. Alter, Ethnizität, Geschlecht und Zahnstatus stimmen mit Arbeitskräften Ihrer Fabrik überein. Was können Sie dazu sagen?«

Jakobs Worte entsprachen nur teilweise der Wahrheit. Sie hatten nicht jedes Opfer mit Sicherheit identifizieren können, verfügten aber über so viele gesicherte Einzelinformationen, dass sie so tun konnten, als wüssten sie mehr, als ihnen tatsächlich bekannt war.

Rökkvi straffte den Rücken und rückte seinen Stuhl näher an den Tisch heran.

»Davon weiß ich nichts. Rúnar war ein bisschen seltsam. Womöglich hatte er irgendwelche finsteren Geheimnisse.«

Dann lehnte er sich zurück und grinste.

»Jedenfalls haben Sie keine Beweise, also können wir wohl mit diesem Blödsinn aufhören?«

»Wie gut kannten Sie Ruth Weider?«, fragte Hildur schnell.

Die Frage traf Rökkvi überraschend. Er schwieg fast eine Minute lang und schien zu überlegen, was er sagen sollte. Dann antwortete er:

»Ziemlich gut. Sie hat sich in England als Hafenhure durchgeschlagen. Dort habe ich sie kennengelernt, als wir Kabeljau hingebracht haben. Ich habe ihr eine Stelle in meiner Fischfabrik gegeben. Das fleißige Mädchen hat tagsüber Fische ausgenommen und abends gevögelt. Sie war wild und unberechenbar. Vielleicht ist sie schwanger geworden und nach Hause zurückgekehrt. Mehr kann ich dazu nicht sagen.«

Hildur stellte zufrieden fest, wie aufgebracht Rökkvi klang. Ein wütender Mensch war leichter aus der Bahn zu bringen. Im Gefühlsüberschwang passierten die schlimmsten Fehleinschätzungen. Sie erklärte, in der Grube in Kotsdalur habe man auch kleine Stoffstücke gefunden und im Kriminallabor untersuchen lassen.

»Wir haben sie mit den Fotos verglichen, die im Wohnzimmer Ihres Sohnes und im Flur des Seniorenheims hängen. Die

Leute auf den Bildern tragen Arbeitskleidung in exakt derselben Farbe mit dem Logo der Firma. Die in der Grube gefundenen Stücke stammen von der Arbeitskleidung von Hagfiskur. Genau von der, die in den 1980er und 1990er Jahren in Ihrer Fabrik benutzt wurden.«

Rökkvi schüttelte den Kopf. Ein höhnisches Lächeln hatte sich auf sein Gesicht gelegt.

»Irgendwelche alten Fetzen? Mit mehr können Sie nicht aufwarten? Diese alten Geschichten können Sie mir nicht anhängen«, fauchte er und sah Jakob an, als hätte der den Verstand verloren. »Wenn Sie sonst keine Fragen haben …«

»Doch, die haben wir«, sagte Hildur und erkundigte sich, ob Rökkvi beim Schlafen ein Kopfkissen benutze.

Rökkvi rieb sich das Gesicht und erklärte die Frage für absurd.

»Wir entscheiden, was wir fragen. Und Sie müssen antworten«, versetzte Hildur.

Rökkvi seufzte.

»Ja, ich benutze eins.«

Seine Miene deutete darauf hin, dass er ahnte, welche Richtung das Gespräch nahm. Da er keinen Rückzieher mehr machen konnte, schwieg er.

»Sie waren Helgas Nachbar im Seniorenheim. Helgas Zimmer war nur ein paar Meter von Ihrem entfernt. Auf dem Flur gibt es keine Überwachungskamera. Die Zimmertüren sind nicht abgeschlossen.«

Rökkvi starrte vor sich hin. Jakob warf wieder einen Blick auf seine Papiere und fügte hinzu, es sei ganz einfach, von einem Zimmer ins andere zu kommen.

»Rufen Sie mir ein Taxi, ich fahre jetzt ins Seniorenheim zurück. Ich habe es nicht nötig, hier herumzusitzen und mir alberne Andeutungen anzuhören.«

Jakob legte beide Hände auf den Tisch.

»Immer mit der Ruhe, lassen Sie mich ausreden«, sagte er. Dann zog er ein Papier aus seiner Mappe. »Auf dem linken Bild ist einer der Fingerabdrücke, die an Helgas Bettrand gefunden wurden. Der Abdruck war eindeutig. Der Mörder hatte seine linke Hand um die Aluminiumstange am Bettrand gelegt, um mit der rechten das Kissen an seinem Platz zu halten.«

Nun zeigte Jakob auf das rechte Bild.

»Dieser Fingerabdruck stammt von der Kaffeetasse, die Sie gestern in der Hand hatten«, erklärte er. »Die Abdrücke stimmen überein.«

Sie hatten am Morgen die Bestätigung des Kriminallabors bekommen. Zum Glück war der Vergleich so schnell wie nur möglich durchgeführt worden. Hildur wartete einen Moment, um Jakobs Worte einwirken zu lassen. Die Haltung des alten Mannes war nicht mehr ganz so straff.

»Ich hatte Helga ein paar Tage vorher besucht, vielleicht sind die Abdrücke da entstanden«, versuchte Rökkvi sich herauszureden.

»Das stimmt nicht. Helga hätte mir davon erzählt«, erwiderte Hildur trocken und legte die Finger auf die Tastatur ihres Laptops. Sie begann zu schreiben, während sie weitersprach: »Ich habe Helga am Abend vor ihrem Tod besucht. Anfangs hielt ich ihre Worte für sinnloses Gerede. Sie erzählte von Gespenstern, die zu ihr kamen, und erwähnte die verschwundenen Ausländer.«

Hildur erinnerte sich, dass Helgas Zimmertür zu dem Zeitpunkt offen stand. Wenn Katla das Gespräch gehört hatte, war es sehr gut möglich, dass auch Rökkvi es mitbekommen hatte.

»Sie hatten Angst, dass Helga ihre Geschichten auch anderen erzählen und damit Ihrem Ruf schaden würde … und dem Ihres Sohnes. Sie fürchteten, dass alle von den verschwundenen ausländischen Arbeitskräften erfahren würden. Also haben Sie das Kissen aus Ihrem Zimmer mitgenommen, es auf Helgas Gesicht gelegt und so lange zugedrückt, bis sie aufhörte zu atmen.«

Hildur machte eine kurze Pause. Sie sah, wie Rökkvi in sich zusammensank. Sein Rücken war krumm geworden.

»Sie haben nur einen großen Fehler gemacht. Sie haben Ihr Kissen neben Helga liegen gelassen«, sagte Hildur.

Rökkvis Gesicht war eine Spur blasser geworden. Er wirkte plötzlich ungeheuer alt. In seinen Augen glühten jedoch immer noch Willenskraft und Zielstrebigkeit.

»Letzten Endes geht es auch um Geld. Ein kanadischer Investor führt gerade eine Bewertung des Unternehmens durch, das Ihr Sohn leitet. Sie wollten nicht, dass Ihre alten Taten ans Licht kamen. Sie wollten nicht nur Ihren eigenen Ruf schützen, sondern auch den Ruf und das Vermögen Ihres Sohnes.«

Hildur bemerkte, dass Rökkvis Adamsapfel sich schneller auf und ab bewegte. Er rieb an seiner Kehle, als wolle er eine Schlinge lockern, die sich zusammenzog.

»Als ich bei Ihrem Sohn war …«, fuhr Hildur langsamer fort, »… habe ich das Bild gesehen.«

Rökkvis Lieblingsbild hing im großen Wohnhaus seines Sohnes. *Der gute Ruf stirbt nie*, stand darauf.

»Sie sind ein Ehrenmann, Rökkvi. Sie haben Helga ermordet, weil Sie Ihren guten Ruf nicht verlieren wollten. Der ist letztlich das Einzige, was von uns bleibt, wenn wir das Zeitliche segnen.« Und nach einer kurzen theatralischen Pause fügte sie hinzu: »Ich glaube, dass Sie das Kissen nach Helgas Tod auf ihrem Bett gelassen haben, weil sie nicht fähig waren, es anzusehen. Einen Menschen eigenhändig zu ermorden, bringt selbst knallharte Burschen aus der Fassung. Auch Sie sind letzten Endes schwach. Ein schwacher Ehrenmann.«

63

Die dicke Karamellglasur knackte zwischen den Zähnen. Hildur war in den Laden gegangen und hatte für sich selbst und Jakob Eis geholt. Ihre Zusammenarbeit hatte reibungslos funktioniert. Rökkvi hatte geglaubt, alles zu bekommen, was er nur wollte. Er hatte sich für unantastbar gehalten, hatte deshalb einen Fehler gemacht und Helga ermordet. Die arme Frau hatte sterben müssen, weil Rökkvi seinen Ruf um jeden Preis schützen wollte. Kleine Katastrophen, mit deren Hilfe man große Katastrophen zu verhindern versucht, verwandeln sich in noch größere Katastrophen. Wie kurzsichtig und dumm, dachte Hildur und drehte ihr Eis am Stiel. Sie nagte immer die Glasur ab, bevor sie sich dem Inneren widmete.

Die Fingerabdrücke am Bettrand hätten allein nicht ausgereicht, um Anklage zu erheben, aber das wusste Rökkvi nicht. Sie hatten ihm eine Falle gestellt, und er war hineingetappt. Der alte Mann hatte ein Geständnis abgelegt. Er hatte die Andeutung, er sei schwach, nicht ertragen.

»Das war mein einziger Fehler. Ansonsten war es ein perfekter Mord«, hatte Rökkvi gesagt und sich damit für den Rest seines Lebens ins Gefängnis geredet.

Am Vormittag hatten zwei Streifenpolizisten ihn nach Reykjavík gebracht, wo er auf den richterlichen Haftbefehl warten sollte.

Die Ermittlungsleiterin Beta hatte bereits mit dem Staatsanwalt gesprochen. Sobald Hildur die Unterlagen über die Vorermittlung fertiggestellt hatte, würden sie an den Staatsanwalt geschickt werden, der dann über die Anklageerhebung entscheiden würde.

Der Fall schien klar. Neben den Indizienbeweisen konnten sie ein Motiv vorlegen, zudem hatte der Verdächtige die Tat gestanden. Rökkvi war schon über achtzig, hatte also nicht mehr sehr lange zu leben. Aber sein Alter hatte keinerlei Einfluss auf die Ermittlung und die Anklageerhebung, vermutlich ebenso wenig auf das Urteil. Rökkvi war nicht krank, sondern für sein Alter sogar in ausgesprochen guter Kondition.

»Ärgerlich, dass wir ihn für den Tod der Arbeiter nicht belangen können«, sagte Jakob, während er seine Schokoladeneistüte aß.

Hildur teilte seinen Ärger. Obwohl ziemlich sicher war, dass die Opfer in der Fischfabrik gestorben waren, konnte man Rökkvi für ihren Tod nicht mehr zur Verantwortung ziehen. Auf Mord stand lebenslänglich, dieses Verbrechen verjährte nie. Aber zu ermitteln, ob Rökkvi einen der Toten, die in der Grube gefunden worden waren, ermordet hatte, wäre nach Ansicht des Staatsanwalts eine Vergeudung von Ressourcen gewesen.

Hildur hatte sich nicht anmerken lassen, wie sehr Rökkvis grausames Verhalten gegenüber ihrer Familie sie verletzt hatte. Rökkvi hatte behauptet, Rúnar habe die Toten auf seinem Hof vergraben.

»Er hat für mich gearbeitet«, hatte Rökkvi erklärt und Hildur vielsagend angesehen. Mehr hatte er nicht über Rúnar preisgegeben, doch das war auch nicht nötig gewesen. Hildur hatte begriffen. Rúnars Geldnot und seine Abhängigkeit vom reichsten Mann im Dorf hatten ihn vermutlich in die Finsternis gestürzt. Zum ersten Mal sah Hildur die Gründe, die hinter dem Verhalten ihres Vaters steckten. Sie hieß sein Verhalten nicht gut, aber sie verstand es. Ihr Vater hatte mit den Geldproblemen, die er selbst verursacht hatte, und mit der Scham darüber leben müssen. Was alles sich mit seiner Abhängigkeit von Rökkvi verbunden hatte, konnte Hildur allenfalls ahnen.

Nachdem Jakob sein Eis aufgegessen hatte, hob er den Pullover hoch, an dem er gerade arbeitete, und sah sich die Maschen aus der Nähe an.

»Hätten wir Rökkvi noch etwas mehr unter Druck setzen sollen?«, fragte er bekümmert.

Wenn Rökkvi jetzt fähig war, einen Mord zu begehen, hatte er vielleicht auch in jüngeren Jahren gemordet.

»Er stirbt auf jeden Fall im Gefängnis«, sagte Hildur und tröstete damit zugleich sich selbst. Dann konzentrierte sie sich darauf, das Ermittlungsprotokoll zu schreiben. Die Arbeit erforderte äußerste Sorgfalt, es durften keine Fehler passieren.

Wenn sie das Dokument fertiggestellt hatte, wollte sie nach Reykjavík fahren, um sich persönlich Rökkvis Unterschrift zu holen.

Zwei Stunden später unterbrach das Klingeln ihres Handys Hildurs Arbeit. Eine deutsche Nummer.

»Hallo, Max hier. Ich habe deine Nachricht bekommen. Hast du jetzt Zeit, mich zu treffen?«

Max erzählte, er fahre bald nach Reykjavík, um rechtzeitig an Bord des nächsten Kreuzfahrtschiffes gehen zu können.

Hildurs Gedanken flogen zu Manuel, der sich immer noch in Andris Sommerhaus versteckte.

»Komm zur Polizeistation. Graues Gebäude, zweiter Stock. Es gibt Kaffee.«

Hildur las noch einmal durch, was sie geschrieben hatte, und ging dann in die Küche. Als sie das Kaffeepulver in den Filter gab, hörte sie auf dem Flur unsichere Schritte und die Stimmen von zwei Menschen. Sie schienen Finnisch zu sprechen. Hildur spähte auf den Flur und erblickte ein altes Paar, das in der Tür zu ihrem und Jakobs Dienstzimmer stand. Die silbergrauen Haare der Frau waren zum Pagenkopf geschnitten. Der breitschultrige Mann trug einen langen Sommermantel und hielt eine lederne Aktentasche in der Hand. Beide standen mit dem Rücken zu Hildur. Sie verstand die Worte nicht, hörte aber, dass Jakob ungewöhnlich laut sprach.

Hildur trat näher an sie heran. Die beiden hatten ihre Schritte offenbar gehört, denn sie drehten sich zu ihr um.

»Entschuldigung, ist alles in Ordnung?«, fragte Hildur auf Englisch. Sie hatte den Mann und die Frau noch nie gesehen, aber das breite Kinn des Mannes und die Augen der Frau sagten genug.

»Sind Sie Jakobs Eltern?«, fragte Hildur und stellte sich vor.

Sie warf einen Blick auf Jakob, der mit geballten Fäusten hinter seinem Schreibtisch stand.

»Ja, es sind meine Eltern, und sie wollen gerade gehen«, antwortete Jakob mit gepresster Stimme auf Englisch.

Die Frau und der Mann wechselten einen ratlosen Blick und lächelten Hildur dann entschuldigend an.

»Wir wollen keine Szene machen. Es ist wohl besser, wenn wir gehen«, sagte die Frau. Der Mann nickte bedrückt.

Die Frau sah noch einmal zu Jakob hin und sagte etwas auf Finnisch. Dann gingen die beiden. Hildur blickte ihren krummen Rücken nach.

»Was war das denn?«

Jakob ließ sich auf seinen Bürostuhl fallen und rieb sich das Gesicht.

»Ich verstehe das überhaupt nicht. Wie können sie es wagen, hier aufzukreuzen? Sie … Warum können sie mich nicht einfach in Ruhe lassen?«

Nun begriff Hildur.

»Die Textnachrichten waren also …?«

Jakob nickte.

»Die beiden sind eine Plage. Ich habe seit einer Ewigkeit nicht mehr auf ihre Nachrichten geantwortet. Aber ich hätte nie gedacht, dass sie sich die Umstände machen herzukommen.«

Hildur setzte sich ebenfalls hin und blickte auf ihre Uhr. Max würde bald hier sein.

»Was wollten sie denn?«

Jakob lachte fassungslos auf und schüttelte den Kopf.

»Sie haben sich für alles entschuldigt und wollten, dass ich ihnen noch ein letztes Mal helfe.«

Hildur wartete auf die Fortsetzung, doch da waren im Flur wieder Schritte zu hören. Max Meyer näherte sich zielstrebig.

Kurz darauf saß Max im Besprechungsraum. Hildur hatte auch Jakob dazu gebeten, weil er ohnehin genauso viel wusste wie sie selbst.

Max hatte zwar Bedenken, fügte sich aber notgedrungen und starrte Jakob an, der gerade einem Pulloverkragen den letzten Schliff gab.

»Ich habe noch nie einen Mann stricken gesehen.«

»Na, dann schau genau hin, vielleicht lernst du was«, sagte Jakob breit grinsend.

Max erzählte, er sei einige Tage an Land gewesen, um gewisse Untersuchungen anzustellen. Worum es im Einzelnen ging, sagte er nicht.

Hildur bat ihn, genauer über die zwielichtigen Vorgänge auf den Kreuzfahrtschiffen zu berichten. Max verschränkte die Hände im Nacken und dehnte sich. Er schien die Lage abzuwägen. Hildur wollte nicht länger abwarten, sondern eröffnete das Gespräch mit ihrem wichtigsten Trumpf.

»Ich habe Informationen über Ruth Weider.«

Jakob schrak auf. Eine der Stricknadeln fiel klirrend zu Boden. Max' Miene verriet, dass auch er überrascht war. Er legte die Hände auf den Tisch und beugte sich vor.

»Was sagst du da?«, fragte er gepresst.

Hildur verzog keine Miene. Sie hielt eine Mappe in der Hand, deren Inhalt Max mit Sicherheit interessierte.

»Du zuerst. Bist du bei deinen Untersuchungen auf irgendetwas Neues gestoßen, das wir wissen sollten? Ich möchte wissen, was in meinem Dorf passiert.«

Max seufzte.

»Ich habe mein Wort gehalten und in Manuels Fall nicht weiter ermittelt. Wir haben uns auch nicht nach dem Mietauto erkundigt. Was willst du denn noch?«

Hildur sah Jakob an, der berichtete, die Ermittlung über die Ferienhauseinbrüche nähere sich dem Abschluss.

Jakob und Hildur hatten die Einbrüche in allen Einzelheiten beleuchtet. Sie hatten die Fälle an den Westfjorden mit denjenigen in Verbindung gesetzt, die in anderen Gegenden Islands gemeldet worden waren, und ein Muster entdeckt. Max schaute scheinbar gleichgültig zu, als die beiden eine große Landkarte auf dem Tisch ausbreiteten, auf der sie alle Einbrüche mit den genauen Daten vermerkt hatten.

»In die Ferienhäuser wird eingebrochen, aber es wird nichts gestohlen. Die Täter kommen hin und verschwinden wieder, ohne Beute.«

Jakob betonte die beiden letzten Worte, indem er mit dem Zeigefinger auf den Tisch klopfte. Dann gab er Max einen Print mit den Angaben über den Mietwagen, den die Wildkamera erfasst hatte, und den Personalien des Mieters.

Max überflog das Papier und zog eine Augenbraue hoch.

»Hol mich der Teufel … Den Namen kenne ich. Könnte ich die Videoaufnahme bekommen? Sie kann für die Ermittlung nützlich sein.«

Jakob versprach ihm das Video, sagte aber, auch sie wollten Informationen. Da die Polizei für die Sicherheit im Dorf verantwortlich war, mussten sie über alles auf dem Laufenden sein.

Max berichtete, dass die Kreuzfahrtschiffe im Abfahrtshafen beladen wurden. Für eine einwöchige Kreuzfahrt wurden Tausende Kilo saubere Wäsche, Lebensmittel, Getränke und Sonstiges an Bord gebracht.

»Alle Passagiere müssen durch eine Kontrolle, wenn sie an Bord kommen, und das Gepäck wird durchleuchtet. Die sonstige Fracht, zum Beispiel frische Laken oder Nahrungsmittel, wird nicht durchleuchtet. In den Zwischenhäfen gehen die Passagiere an Land. Und bei der Gelegenheit kann man alles Mögliche vom Schiff mitnehmen. Die Reedereien kontrollieren es nicht.«

Hildur begriff, worauf Max hinauswollte.

»Verbreitung illegaler Waren.«

»Ja. Es ist lächerlich einfach. Drogen, Bargeld, gestohlene Wertgegenstände, kleinformatige Kunstschätze, alle möglichen Sachen, die nicht viel Platz wegnehmen. Sie kommen mit den Warenlieferungen an Bord, und als Passagiere getarnte Bandenmitglieder bringen sie in den Orten an Land, wo die Schiffe für Tagesausflüge anlegen.«

Hildur wollte gerade etwas sagen, doch Jakob kam ihr zuvor:

»Die Sommerhauseinbrüche. Da geht es gar nicht darum, etwas zu stehlen, sondern etwas zu verstecken«, rief er und erzählte von seiner Entdeckung in Skálavík. Von der kleinen Grube unter der Terrasse.

»Ein typisches Täuschungsmanöver«, sagte Max und erklärte, das Muster werde außer in Island auch anderswo verwendet.

»Da bei den Einbrüchen nichts gestohlen wird, forschen die Polizei, die Versicherungsgesellschaften und die Besitzer nicht genauer nach. Später holen dann Bandenmitglieder aus dem Zielland die Sachen aus dem Versteck und liefern sie wie vereinbart weiter. Falls irgendein Nachbar Fragen stellt, können sie behaupten, sie kämen von der Versicherung oder von der Polizei und ermittelten in dem Einbruch, der vor ein paar Tagen passiert sei.«

»Ziemlich genial«, meinte Hildur. Vor aller Augen agieren und trotzdem im Verborgenen bleiben.

Max entgegnete, das Ganze sei bis ins Letzte durchdacht. Das Ergebnis jahrelanger Übung.

»Die Aufzeichnung der Wildkamera wäre eine große Hilfe für uns.«

Jakob holte einen schwarzen USB-Stick hervor und reichte ihn Max.

Max bedankte sich, steckte den Stick in die Innentasche seiner Jacke und zog den Reißverschluss zu.

»Wer sind die Täter denn? Sollten wir die isländische Zentralkripo darüber informieren?«

Max hob abwehrend die Hände.

»Auf keinen Fall. Noch nicht. Erst dann, wenn sie nichts mehr kaputtmachen kann«, sagte er und fuhr etwas weniger schroff fort: »Ich meine nur, hier kennt jeder jeden. Die Information würde von einem Cousin zum anderen durchsickern, und das dürfen wir nicht riskieren. Die Kontakte zwischen der obersten Polizeiführung und den Politikern sind hier einfach zu eng.«

Max hatte seine Hausaufgaben gründlich gemacht.

Jakob und Hildur lauschten seinem Bericht über die kriminelle Gruppierung, deren Gründer Deutsche und in Deutschland lebende Türken waren. Die Liga verfolgte keine ideologischen Zielsetzungen. Sie konzentrierte sich darauf, Geld zu machen.

»Sie arbeitet wie ein übernationales Mehrbranchenunternehmen. Die Marktgebiete sind genau aufgeteilt, und in den einzelnen Gebieten werden unterschiedliche Verbrechen begangen. In Deutschland sind die Einnahmequellen Schwarzarbeit und Steuerbetrug im Baugewerbe. Hier bei euch besteht die Tätigkeit hauptsächlich aus Drogenhandel, Transitbeförderung illegaler Diamanten und Schwarzhandel mit Stutenblut.«

Hildurs Herz machte ein paar überzählige Schläge. Ihre Beine wurden bleischwer.

»Was hast du gerade über den Bluthandel gesagt?«

»Aus dem Blut trächtiger Stuten gewinnt man Hormonpräparate für die Lebensmittelindustrie«, begann Max, aber Hildur unterbrach ihn.

»Das ist mir bekannt. Wir hatten letztes Jahr eine Ermittlung über Gewaltverbrechen, die damit zu tun hatten.«

Max nickte.

»Ich weiß von deinen Schwestern. Ich habe meine Quellen.«

Hildur schwieg.

»Es ist nur ein kleiner Teil der Tätigkeit der Gruppierung, aber unserer Einschätzung nach bringt der illegale Verkauf von Stutenblut hier einige Millionen Euro jährlich ein«, fuhr Max fort.

Hildur erkannte immer deutlicher, wie verlockend Island aus der Sicht der internationalen Kriminalität war. Es war ein abgelegenes, dünn besiedeltes Land, in dem die Menschen einander vertrauten. In den ländlichen Regionen war es leicht, unbemerkt Blut abzuzapfen, das dann an internationale Abnehmer verkauft wurde.

»Es war ein Glück, dass die Untersuchung zum geschäftlichen Aspekt des Bluthandels eingeschlafen ist. Wenn sie Gegenstand einer öffentlichen Ermittlung und damit publik geworden wäre, hätte das womöglich unser größeres Ermittlungsprojekt gefährdet.«

Hildur und Jakob wussten genau, wovon Max sprach. Bei den Misshandlungen und Kapitalverbrechen, die sie im letzten Jahr untersucht hatten, war es um Auseinandersetzungen zwischen Stutenblutsammlern und Tierschützern gegangen. Über das zwielichtige Geschäft mit Stutenblut hatten die Medien jedoch nicht berichtet.

»Wisst ihr, wer die Tätigkeit der Gruppierung in Island leitet?«, fragte Hildur scheinbar beiläufig und legte die Mappe, die sie in den Händen hielt, vor sich auf den Tisch.

Max betrachtete die Mappe.

»Wir mischen uns nicht in die Ermittlung ein, und die Information bleibt in diesen vier Wänden«, versprach Hildur.

Max wählte seine Worte mit Bedacht. Er beschrieb die Organisationsstruktur, die überall gleich war. Die Hauptakteure scheuten die Öffentlichkeit nicht. Sie waren unauffällig wirkende, normale Menschen, die mit der Masse verschmolzen.

»Dieses Gespräch hat nie stattgefunden, und ihr fangt nicht an nachzugraben, okay?«

Das versprachen Hildur und Jakob. Sie hatten ja gar nichts, dem sie nachgehen konnten.

»Wir halten es für wahrscheinlich, dass die Hauptakteure in Island, Árni Emilsson und María Magnúsdóttir, auf dem Land leben. Sie besitzen einen Bauernhof und sind im Tourismusgeschäft aktiv.«

Hildur merkte sich die Namen und schob die orangefarbene Mappe zu Max hin. Er versuchte sie rasch zu öffnen, aber Hildur legte eine Hand auf die Mappe und sah ihm in die Augen.

»Gab es an Ruths Knochen irgendetwas, woran man sie identifizieren könnte? Große Brüche, oder zum Beispiel Missbildungen?«

Max überlegte kurz, dann antwortete er in festem Ton:

»Ihr linker Zeigefinger war ungewöhnlich kurz. Die Kuppe ist abgebrochen, als sie ein Pferd beschlagen hat. Ich erinnere mich daran, weil ich sie ins Krankenhaus gebracht habe.«

»Wieso erinnerst du dich so genau, dass es die linke Hand war?«

»Sie hat sich fürchterlich darüber geärgert, weil sie Linkshänderin war.«

»War Ruth in Zahnbehandlung?«

Die Antwort kam schnell: »Ich glaube nicht, jedenfalls nicht als Erwachsene. Sie hatte Angst vor Zahnärzten.«

Hildur nickte und zog ihre Hand zurück. Max öffnete die Mappe und blätterte darin. Sie enthielt Fotos von den Überresten der zweiten, bisher nicht identifizierten jungen Frau, Hildurs Übersetzung von Emmas Gutachten und die alten Briefe, die Hildur von Katla bekommen hatte.

»Eine etwa zwanzigjährige Frau. Es kann Ruth sein oder auch nicht. Wir können es nicht mit Sicherheit feststellen, weil die linke Hand fehlt«, sagte Hildur und fügte hinzu: »Die Finger der linken Hand wurden nicht gefunden. Sie wurden kurz vor ihrem Tod mit einem scharfen Gegenstand abgetrennt. Aber diese Briefe beweisen immerhin, dass sie um die Zeit ihres Verschwindens hier war.«

Hildur erzählte, dass Katla die Briefe im Büro der Fischfabrik im Papierkorb gefunden und bis heute aufgehoben hatte.

»Katlas Mutter war Deutsche, daher spricht sie fließend Deutsch. Sie konnte die Briefe lesen und hat sie aufbewahrt. Weil die Briefe keine Umschläge und keinen Adressaten hatten, konnte sie sie nicht weiterschicken.«

Hildur sah die Rührung auf Max' Gesicht. Seine Augen waren feucht, als er vom letzten Brief aufblickte.

»Du hast sie gefunden.«

Hildur riet Max, trotz allem skeptisch zu bleiben. Ruth war an den Westfjorden gewesen, aber die Leiche, die in der Grube gefunden worden war, war nicht unbedingt ihre. Den Knochen hätte man eine DNA-Probe entnehmen können, aber sie hatten nichts, womit sie sie vergleichen konnten, denn Ruth hatte keine lebenden Verwandten mehr.

Max schlug die Mappe zu und reichte sie Hildur, die jedoch den Kopf schüttelte und sagte, er solle sie behalten.

»Das ist alles, was wir haben. Du hast das Recht, es zu wissen, auch wenn wir nicht völlig sicher sein können.«

»Letzten Endes ist wohl nichts völlig sicher«, sagte er und strich mit seinen kräftigen Fingern über die Mappe.

Eine Weile saßen sie still da, den Blick auf die Mappe geheftet.

»Manchmal muss man die Dinge einfach so akzeptieren, wie sie sind«, sagte Hildur dann.

Ihr wurde schwer ums Herz, wenn sie über Ruths Schicksal nachdachte: Ruth hatte in der Hoffnung auf ein besseres Leben ihr Glück gesucht. Sie war mutig gewesen und hinaus in die Welt gezogen. Hatte die Gelegenheiten beim Schopf gepackt. Aber das Leben hatte sie grausam behandelt.

Hildur erzählte Max noch, dass sich die Knochen in Gewahrsam des Rechtsmediziners befanden, der sie ihm möglicherweise nicht aushändigen konnte, weil sie nicht eindeutig identifiziert waren. Wenn Max versuchen wolle, Ruth zu bestatten, solle er am besten direkt mit dem Rechtsmediziner sprechen, dessen Kontaktdaten in der Innentasche der Mappe lagen.

»Wenn ich nur nicht zu langweilig für sie gewesen wäre. Wenn ich es geschafft hätte, sie bei mir zu halten«, sagte Max. Er sprach leise. Seine Worte waren an ihn selbst gerichtet, und Hildur hätte auch nichts weiter dazu sagen können. Sie hörte zu, das genügte.

Wie auf gemeinsamen Entschluss standen sie auf. Die Besprechung war beendet. Bevor Max den Besprechungsraum verließ, sagte Hildur: »Du findest den Beutel in der Toilette auf dem achten Deck. Ich habe ihn hinter die Zwischenwand geschoben. Du weißt, was du tun musst, nicht wahr?«

64

Hildur musste noch eine Sache erledigen, bevor sie am nächsten Morgen nach Reykjavík fuhr, und deshalb ging sie joggen.

Zu Beginn ihrer Runde kam sie an dem alten Friedhof vor der Dorfkirche vorbei, auf dem schon seit langer Zeit niemand mehr begraben worden war. Die über hundert Jahre alte Holzkirche war abgebrannt und an ihrer Stelle war Anfang der 1990er Jahre eine neue errichtet worden. Dabei hatte man die ältesten Gräber verlegen müssen. Jetzt wurden alle Verstorbenen auf dem neuen Friedhof an der innersten Bucht des Fjords beigesetzt.

Hildur fühlte sich auf Friedhöfen wohl, aus demselben Grund, aus dem sie die Nekrologe und die im Radio verlesenen Todesanzeigen mochte. Minister, Putzkräfte, Alte und Junge – von jedem blieb nach dem Tod ein und dasselbe übrig: eine leere Hülle, die zu Erde wurde. Die Angehörigen und die Gemeinschaft sorgten dafür, dass die Erinnerungen blieben. Deshalb fand Hildur es interessant, auf den Grabsteinen die Geburts- und Todestage der Menschen zu lesen, ihre Namen und all die anderen kleinen Informationsbröckchen. Ein Bauer aus Nes, geboren im Hochsommer 1922, war am Heiligabend 1979 gestorben. Auf dem Grabstein war zu lesen, dass seine Frau zwanzig Jahre länger gelebt hatte als er. Der Beginn des Lebens war Hildur fremd, das

Ende des Lebens war ihr viel vertrauter. In Gesellschaft der Verschwundenen und Toten fühlte sie sich sicher.

Hinter dem Friedhof wählte Hildur den Fuß- und Radweg. Beim Laufen dachte sie über die Frau des Bauern nach. War sie nach dem Tod ihres Mannes, also zwanzig Jahre lang, unglücklich gewesen? Oder hatte ihr unabhängiges, eigenständiges Leben erst begonnen, nachdem ihr Mann verstorben war?

Alle Menschen hatten ihr eigenes verborgenes Leben. Hildur dachte an Jakob. Sie wusste nicht, ob er sich doch noch einmal mit seinen überraschend aufgetauchten Eltern getroffen hatte. Seine Eltern hatten ihn um Hilfe gebeten, und Hilfsbedürftigen musste man helfen. Hildur hatte Jakob jedoch keine Ratschläge gegeben, denn sie wusste nicht, wie sie selbst sich in der entsprechenden Situation verhalten hätte. Auch in ihrem Leben gab es Ereignisse, von denen sie nie jemandem erzählt hatte, und falls sie alt wurde, würde ihr noch manches widerfahren, das sie für sich behalten würde. In diese Gedanken versunken, legte sie einen Kilometer nach dem anderen zurück, während die Vögel im Gebüsch am Fluss zwitscherten.

»Hallo, Kotelett!«

Manuel saß auf der Terrasse vor Andris Sommerhaus und winkte ihr zu.

»Kotelett?«, fragte Hildur.

»Na, Sie sind doch so …«, sagte Manuel und hob die Arme, um muskulöser zu wirken.

Hildur lachte auf. Ach, diese Venezolaner mit ihren Spitznamen.

Zwei Goldregenpfeifer liefen mit ruckenden Köpfen über den Hof, sahen sich eine Weile um und flogen dann auf. Es war einer der hellsten Tage des Jahres.

»Sie wollten mit mir reden«, sagte Manuel, das Gesicht zur Abendsonne gewandt.

Hildur holte einen zusammengefalteten Umschlag aus der Tasche ihrer Sportjacke und drehte ihn in den Händen.

»Ich kann nicht mehr erzählen, aber ich schwöre Ihnen, dass Sie nicht wieder auf das Schiff gehen sollten. Wir können Sie nicht beschützen.«

Manuel sah sie argwöhnisch an.

»Was bleibt mir denn anderes übrig? Sie haben doch gesagt, dass ich der Polizei vertrauen kann.«

Seine Stimme wurde lauter.

»Es würde mir helfen, wenn ich mit Ihnen rede, das haben Sie versprochen!«

Hildur hatte Max versprochen, die Ermittlung über organisierte Kriminalität, die das deutsche Bundeskriminalamt zusammen mit Interpol durchführte, nicht zu gefährden.

»Es handelt sich um einen großen Komplex. Die Ermittlung wird lange dauern«, hatte Max erklärt.

Es war, als hätte sich ein schwerer Stein auf Hildurs Herz gelegt. Das Ganze war so furchtbar schwierig. Es war ungerecht, wegen einer umfangreichen Ermittlung einen Menschen zu opfern. Schließlich hatte sie jedoch einen Ausweg gefunden.

»Manuel. Wenn das Kreuzfahrtschiff im Hafen anlegt, gehen Sie nicht an Bord.«

Manuel stöhnte auf.

»Ich muss aber! Sie merken es, wenn ich aus dem Krankenhaus nicht wieder zur Arbeit komme. Sie glauben, ich hätte gesungen, und dann geraten meine Eltern in Venezuela in Schwierigkeiten. Diese Leute haben ihre Fangarme überall. Ich kann ihnen nicht entkommen.«

Hildur bat Manuel, ihr genau zuzuhören.

»Auf dem Schiff glauben alle, dass Sie gestorben sind. Dafür habe ich gesorgt.«

Sie erzählte von ihrem Plan, den sie nun verraten konnte, da auch Max davon wusste. Hildur hatte Manuels blutige Kleidung heimlich aus dem Krankenhaus mitgenommen. Sie hatte sie in einen Beutel gestopft, den sie bei ihrem Besuch auf dem Schiff in der Toilette versteckt hatte.

»Bald glaubt man auf dem Schiff, dass Sie über Bord gesprungen sind.«

Max hatte versprochen, Manuels Kleider und Schuhe auf das Außendeck am Bug zu bringen. Das war sein Gegendienst für die Informationen über Ruth, die Hildur ihm besorgt hatte.

»Sie müssen in Island Asyl beantragen.«

Hildur erzählte, sie habe mit einer Bekannten gesprochen, die bei der Einwanderungsbehörde arbeitete und ihr inoffiziell einen Rat gegeben hatte.

»Meiner Meinung nach sollten Andri und Sie heiraten und das auch im Asylantrag erwähnen.«

Für Venezolaner war es nicht leicht, in Island Asyl zu bekommen, weil die Einwanderungsbehörde die Situation im Land als ungefährlich einstufte. Angehörige sexueller Minderheiten waren jedoch in letzter Zeit verfolgt worden.

Manuel hörte zu und erklärte dann, das sei ihm nur zu bekannt. Er hatte die Diskriminierung und die staatliche Unterdrückung im Alltag zu spüren bekommen. Das war einer der Gründe gewesen, weshalb er nach Arbeit im Ausland gesucht hatte.

Hildur riet Manuel, sich in ein paar Tagen, wenn die Kleider wahrscheinlich gefunden worden waren, als Asylbewerber zu melden. Sie reichte Manuel den Umschlag mit den Anleitungen für Asylanträge, die sie im Internet gefunden und ausgedruckt hatte.

»Sie sollten sich überlegen, bei der Heirat den Namen zu wechseln. Ein neuer Nachname bringt Anonymität. Und entfernen Sie alle Ihre Social-Media-Accounts«, fügte Hildur hinzu.

Manuel drehte den Umschlag in den Händen. Er wirkte verloren.

»Hoffentlich geht alles gut«, sagte Hildur und verabschiedete sich.

»Danke.«

Mehr sagte Manuel nicht, aber das war auch nicht nötig.

Man konnte es für ethisch geboten halten, einen Menschen zu opfern, wenn man dadurch hundert andere retten konnte. Aber ob eine Tat gut war, ließ sich nicht allein durch ihren Nutzen bestimmen. Der Zweck heiligte nicht immer die Mittel, fand Hildur. Jedenfalls war sie zutiefst dankbar dafür, dass es ihr gelungen war, diesen einen Menschen zu retten.

65

JUNI 2022 HÓLMAVÍK

Langsam bis drei zählen und sich dabei auf die Zehenballen stellen, eine kurze Pause, dann wieder bis drei zählen und die Fußsohlen auf den Boden senken. Wenn man das ein paarmal wiederholte, begann das Blut in den Waden zu zirkulieren. Bei langen Autofahrten musste man auch kurze Stopps nutzen.

Hildur war um sechs Uhr früh losgefahren. Jetzt war es halb neun und Zeit für eine Kaffeepause. Zu dem einzigen Lebensmittelgeschäft im Dorf Hólmavík gehörte eine kleine Imbissbude, in der es auch Eis, Gebäck von gestern und Kaffee aus der Thermospumpe gab.

»Die Brummifahrer haben die Kanne leer getrunken. Dauert einen Moment«, sagte der glatzköpfige Mann an der Theke und nickte zur Kaffeemaschine hin. Dann schrubbte er weiter am Sandwichgrill.

»Gibt es Sahne?«, fragte Hildur hoffnungsvoll, als der Kaffee durchgelaufen war.

»Nur Milch.«

Hildur hielt ihre Kreditkarte an den Zahlungsterminal, nahm ihren Kaffee und ging nach draußen. Ein paar Autos rasten vorbei. Hinter dem Laden rauschte das Meer, hinter dem Parkplatz waren die leerstehende Sparkassenfiliale und zwei Gebäude zu sehen, die ihre besten Tage hinter sich hatten. Dahinter schimmerte die große Einöde der Lavafelder, durch die sich die Straße schlängelte, die die Westfjorde mit dem Rest Islands verband.

Das Handy in Hildurs Tasche vibrierte. Sie stieg in ihren Wagen, ließ den Motor an und verband das Handy per Bluetooth mit dem Lautsprecher. Doch der wollte nicht funktionieren, dabei hatte sie ihn doch gerade erst ausgetauscht. Wieso geht heutzutage alles gleich kaputt, dachte sie und klopfte auf das Ding. Durch das Knistern hindurch war eine verunsicherte Frauenstimme zu hören, die Englisch sprach.

»Ist da Hildur Rúnarsdóttir?«

Hildur bejahte und stellte den Ton lauter. An der Kreuzung blinkte sie nach links, Richtung Reykjavík. Sie hatte noch drei Stunden Fahrt vor sich.

»Hier spricht Lisa Weber, erinnern Sie sich?«

Hildur runzelte die Stirn. Sie war sich nicht sicher. Der Name klang irgendwie bekannt. Auch die Art, wie die Frau Englisch sprach, weckte eine vage Erinnerung, die sie aber nicht gleich zu fassen bekam. Lisa Weber. Lisa … Ja, diesen Namen hatte sie schon einmal gehört.

»Wir sind uns im letzten Winter begegnet. Sie waren mit dem großen finnischen Polizisten auf dem Pferdegestüt. Mein Kollege Luka war gestorben, und deshalb haben Sie mich befragt …«

Da erinnerte Hildur sich an die junge Frau. Eine deutsche Pferdepflegerin auf dem Hof Seli in Nordisland. In einem Fischzuchtbecken im Fjord von Ísafjörður war eine von Fischen angefressene Leiche gefunden worden. Der Tote war der Slowene Luka. Anfangs hatten sie vermutet, sein Tod habe mit Drogenschulden zu tun, aber der Fall hatte sich als viel komplizierter erwiesen. Luka war ein Tierschützer gewesen und hatte versucht, dem illegalen Handel mit Stutenblut in Island ein Ende zu setzen. Die Hauptakteure des Stutenblutbusiness waren den Tierschützern jedoch auf die Spur gekommen und hatten sie zum Schweigen gebracht. Einige der Tierschützer waren durch Misshandlungen eingeschüchtert worden, aber Luka war gestorben.

»Sie hatten da diese Stuten …«, sagte Hildur.

Lisa freute sich darüber, dass Hildur sich an sie erinnerte, und erzählte, sie habe einige Monate in Deutschland verbracht. Sie war in ihre Heimat zurückgekehrt, um über Lukas Tod und über die psychische Belastung durch die Ermittlungen hinwegzukommen.

»Jetzt habe ich aber einen neuen Job in Island bekommen und bin seit Kurzem wieder hier. Ich trainiere Pferde in der Umgebung von Reykjavík. Ich rufe Sie an, weil …«

Lisas Stimme ging im Knistern des Lautsprechers unter. Verdammte Klapperkiste, fluchte Hildur und lenkte den Wagen an den Straßenrand. Die Straße verlief hier schnurgerade. Hildur konnte weit nach vorn und nach hinten sehen, und es waren keine anderen Autos in Sicht. Sie unterbrach die Verbindung zum Lautsprecher und hielt sich das Handy ans Ohr.

»Entschuldigung, ich sitze im Auto und das Bluetooth funktioniert nicht. Was hatten Sie gerade gesagt?«, fragte sie. Lisas Anruf weckte ein seltsames Gefühl.

»Nach meiner Rückkehr nach Island habe ich alte englischsprachige Nachrichten gelesen. Über diese grauenhaften Verbrechen gab es ziemlich viele Artikel …«

Hildur kannte die Zeitung, von der Lisa sprach. Das englischsprachige Gratisblatt enthielt Restaurant- und Ausflugstipps für Touristen. Neben Artikeln über Kultur und Sehenswürdigkeiten wurden auch Nachrichten über Themen veröffentlicht, die für Ausländer interessant waren. Die Ausnutzung von Islandpferden weckte auch bei Touristen Aufmerksamkeit.

»Damals im Winter, als die Ermittlung noch lief, war ich in Reykjavík und habe mit Ihren Kollegen gesprochen, ich erinnere mich nicht mehr genau an ihre Namen. Eine Bella und …« Lisa stockte.

»Beta und Tumi«, sagte Hildur. Die beiden hatten die Ermittlungen zu Luka und den anderen Opfern geleitet, während Hildur in Finnland war, um Jakob zu helfen.

Hildur ließ den Blick über das dunkelgraue Lavafeld wandern. Hier und da hatte sich auf dem Gestein grünes Moos festgesetzt, das verlockend weich aussah. Hildur spielte kurz mit dem Gedanken, auszusteigen und sich auf die Lava zu legen, den Kopf auf dem Mooskissen.

»Ich habe gehört, dass wieder Stutenblut abgezapft wird«, sagte Lisa. Jetzt klang ihre Stimme fest.

Hildur bestätigte, dass es Bluthandel gab.

»Das ist nicht ungesetzlich. Wenn man sich an die Vorschriften der Tierärzte hält und das Blut sachgemäß abnimmt, ist das eine ganz legale Tätigkeit.«

Sie hörte Lisa tief seufzen.

»Ich weiß. Aber die haben jetzt ein neues Stallmädchen, das das macht.«

»Wen meinen Sie mit *die*?«

Lisa schwieg einen Moment, dann sprach sie weiter.

»Ich habe erst viel später begriffen, dass meine früheren Arbeitgeber die ganze Zeit wussten, was da lief. Árni und María wussten die ganze Zeit Bescheid.«

Hildur spürte, wie es sie eiskalt überlief. Was hatte Lisa da gesagt? Árni und María … Hildur spulte in Gedanken ihr Gespräch mit Max ab. Auch Max hatte Árni und María erwähnt.

Sie machen einfach alles. Alles, was Geld bringt.

»Lisa, es ist wichtig, dass du dich exakt erinnerst. Hast du deine ehemaligen Arbeitgeber in letzter Zeit gesehen?«

Lisa erzählte, sie habe die beiden gestern zuletzt gesehen. Sie hatten im Reitstallgebiet von Reykjavík mit einer jungen Frau gesprochen, die ihnen zwei allem Anschein nach schwere Kanister übergeben hatte.

»Ich war gerade dabei, die Boxen auszumisten. Sie haben mich nicht gesehen, aber ich habe einen Teil von dem gehört, was sie gesagt haben. Sie haben dem Stallmädchen eingeschärft, sich genauer an die Termine zu halten, weil sie in China einen Großkunden haben … Es tut mir leid, dass ich nicht mehr hören konnte.«

Hildur presste ihr Handy fest ans Ohr. Sie war selbst im letzten Winter auf Árnis und Marías Gestüt gewesen, als sie mit Jakob im Todesfall Luka ermittelt hatte. Außerdem hatte sie vor einigen Jahren über die Einheit für verschwundene Kinder gelegentlich mit dem Paar zu tun gehabt, als sie dem Schicksal entlaufener Jugendlicher in der Region nachging. Árni und María besaßen auch ein Unternehmen, das Jugendheime und Feriencamps betrieb. Und jetzt, ein halbes Jahr später, tauchten dieselben Namen in einer Interpol-Ermittlung auf.

Lisas Stimme ließ erkennen, wie bekümmert sie war. Sie hatte Árni und María im Winter bei ihrem Gespräch mit Beta und Tumi erwähnt, aber die Namen waren nirgends vermerkt worden. Stattdessen hatten andere Informationen die Polizei auf Rósas Spur geführt, die schließlich unter dem Verdacht, die Tierschützer angegriffen zu haben, festgenommen worden war.

»Lisa, ich bin wirklich froh, dass Sie angerufen haben.«

Hildur konnte Lisa nichts von den anderen Verdachtsmomenten gegen Árni und María erzählen, aber sie wusste, dass Lisas Beobachtung extrem wichtig war.

Lisa machte sich Sorgen um das Schicksal der Pferde.

»Sie kümmern sich doch darum, dass diese Misshandlung der Pferde aufhört?«

Das versprach Hildur.

»Auf den Stutenhöfen werden ständig Stichproben gemacht. Die Tätigkeit wird immer sorgfältiger kontrolliert«, sagte sie und verabschiedete sich.

Hildur konnte geradezu hören, wie ihr ein großer Stein vom

Herzen auf das Lavafeld fiel. Sie wusste noch nicht, was sie tun sollte, aber es musste einen Weg geben, ihre Schwester aus dem Gefängnis zu holen, denn Björks Schuldlosigkeit stand nun außer Zweifel: Björk hatte ein Alibi und die Polizei hatte neue Verdächtige. Aber bevor Hildur irgendetwas unternahm, musste sie eine Sache hinter sich bringen. Die Sache, wegen der sie gerade nach Reykjavík fuhr.

66

JUNI 2022 REYKJAVÍK

Hi, Lady … Wie geht's? <3 Grüße von hier. Tag der Markierung …

Hildur saß auf einer Parkbank und hielt ihr Handy in der Hand. Auf der Bank neben ihr tranken zwei Stadtstreicher Rotwein aus der Flasche. Sie schienen die Sonne zu genießen, Hildur genoss sie nicht. Trotzdem hatte sie sich kurz hinsetzen müssen. Nach dem Termin in der Klinik war ihr übel geworden. Ihr Kreislauf schwächelte, und ihre Beine waren kraftlos. Sie würde eine Weile hier sitzen, die halbe Kebabrolle aufessen, die sie in der Handtasche hatte, und dann nach Hause zurückfahren.

Mit der Nachricht war ein Foto gekommen. Der gut aussehende Mann blickte direkt in die Kamera und strahlte übers ganze Gesicht. Neben ihm stand ein Rentier, in dem Hildur Maire erkannte. Maire war eins der ältesten Tiere in Antons Herde. Es war leicht zu erkennen, denn es hatte einen ganz weißen Kopf und dunkle Ohren.

Hildur starrte eine Weile auf Antons Nachricht und tippte irgendeine höfliche Antwort. Anton war dabei, die im Frühjahr geborenen Rentierkälber zu markieren. Im Herbst würde die Rentierscheidung folgen, dann die Zeit der Winterweide. Im Frühjahr das Kalben. Und so weiter. Hildur steckte das Handy in ihre Handtasche und holte die Kebabrolle heraus. Scharfe Soße und eine doppelte Portion Fleisch. In dem Restaurant beim

Parlamentsgebäude gab es immer noch die besten Kebabs des Inselstaates.

Hildur wusste, wie es weitergehen würde. Im Grunde hatte sie es von Anfang an gewusst. Anton würde nicht aus Lappland wegziehen, und das konnte sie gut verstehen.

Sie hätte sich einfach nie wieder mit Anton treffen dürfen. Die Hoteltreffs in Finnland sollten eine vergnügliche Abwechslung sein, und sie waren ja auch ein Vergnügen gewesen. Aber dann hatte das Schicksal eine andere Art von Regen aus den Wolken gepresst. Die gemeinsame Reise auf die tropische Insel war ein großer Fehler gewesen. Sie hätte Anton auf keinen Fall ins Herz schließen dürfen – und nicht schwanger werden dürfen.

Anton würde seine Rentiere nicht verlassen, und Hildur würde ihre Westfjorde nicht verlassen. Sie dachte an ihre alte Freundin Selma und deren Partner Greipur. Keiner der beiden war bereit gewesen, die zweitbeste Alternative zu akzeptieren. Hildur steckte den Rest des Kebabs in den Mund und zerknüllte die Verpackung.

Anton war ein netter Mann, aber er war nicht ihr Mann. Ihrer beider Leben war zu unterschiedlich. Hildur war froh, dass sie das jetzt verstand. Sie brauchte niemanden, der täglich um sie war. Jedenfalls nicht Anton.

Jetzt ist ein schwieriger Moment, aber es wird schon wieder, dachte sie bei sich. Sie drehte den Autoschlüssel in den Händen. Den Schlüsselanhänger hatte sie von ihrer Tante Tinna geschenkt bekommen. Tinna hatte Hildur zum achtzehnten Geburtstag ein Kreuzstichbild gestickt, auf dem Hildurs Name und eine Erklärung aus der alten skandinavischen Mythologie standen. Zum vorigen Geburtstag hatte Tinna einen nach der Kreuzsticharbeit angefertigten riesengroßen Schlüsselanhänger bestellt, damit Hildur ihre Autoschlüssel nicht mehr so leicht verlor. Nur noch knapp einen Monat, dann würde Tinna aus ihren Sommerferien nach Isafjörður zurückkehren. Hildur merkte, dass sie ihre Tante vermisste. Lächelnd betrachtete sie den Anhänger.

Hildur. Kampf. Eine Walküre im Dienste Ódins. Als Schlachtjungfer und Todesgeist entschied sie, wer im Kampf siegen und wer sterben sollte.

Hildur machte sich auf den Weg zu ihrem Wagen. Ihre Beine trugen sie, und ihre Gedanken waren klar. Sie hatte eine Wahl getroffen, die für sie die einzig richtige war. Sie war wieder allein. Die Leere fühlte sich gut an. Manchmal war es der größte Liebesbeweis, anzuerkennen, was man nicht wollte.

EPILOG

Im Spätwinter 1995 hatte es viele Stunden gedauert, die beiden übel zugerichteten Leichen aus dem Wagen herauszuholen. Die Polizisten hatten sofort bemerkt, dass keine der beiden angeschnallt gewesen war. Der Mann auf dem Beifahrersitz war zwischen dem völlig zerdrückten Vorderteil des Wagens und dem Sitz eingeklemmt. Der untere Teil der Leiche hatte sich in eine breiige Masse verwandelt, aber das Gesicht war erhalten geblieben.

Die Frau hatte noch schlimmere Verletzungen erlitten. Die Ermittler, die den Unfall untersuchten, waren zu dem Schluss gekommen, dass die von den Wellen scharf geschliffene vulkanische Gesteinsformation sich gerade da in den Wagen gebohrt hatte, wo die Frau saß. Der scharfkantige Stein hatte das Gesicht der Frau zerfetzt, und auch der Hinterkopf war stark verletzt. Die Polizisten hatten sich anfangs über die unzureichende Bekleidung der Frau gewundert, denn sie trug nur einen langen Rock, als sie gefunden wurde. Die stark beschädigten Leichen, der eiskalte Wind und die schwierige Rettungsoperation hatten jedoch letztlich ihre volle Aufmerksamkeit beansprucht.

Das Auto wurde anhand des Kennzeichens identifiziert, Rúnar anhand seines Gesichts und Rakel anhand ihrer langen Haare. Die Särge blieben bei der Beerdigung geschlossen, denn von Rakels Gesicht war nichts mehr übrig. Rúnar und die gesichtslose Frau, an deren linkem Zeigefinger die Hälfte fehlte, wurden nach der Aussegnung beigesetzt. Tinna und Hildur sangen ein Lied über Vögel.

Bei dem Aufprall hatte die Tür auf der Fahrerseite einen Riss bekommen und war aufgesprungen. Der Stoß hatte die richtige Stärke. Er war gerade so heftig, dass die Tür aufging und die Strömung die irdischen Überreste der Fahrerin erfassen konnte. Sie hatte die Leiche weiter hinaus aufs Meer getragen.

Nichts davon war Hildur bekannt, als sie siebenundzwanzig Jahre später im Hafen von Ísafjörður mit einer weißen Urne unter dem Arm ein kleines Fischerboot bestieg. Das Boot legte ab und tuckerte in die Bucht von Ísafjörður. Hildur hatte eine Todesanzeige über Helga zur Verlesung im Radio und anschließend einen Nekrolog für die Zeitung geschrieben. Nun würde sie Helga noch einen letzten Dienst erweisen. Helga hatte sich gewünscht, dass ihre Asche in der Bucht von Ísafjörður verstreut wurde.

Hildur stand an Deck, so wie sie es in ihrem Leben gelernt hatte zu stehen: fest auf beiden Beinen, den Blick zum Horizont gerichtet. Das Meer duftete, der Wind ließ ihre langen Haare flattern.

Das Boot drosselte das Tempo. Der Kapitän stellte den Motor ab, nickte Hildur aus dem Steuerhaus zu und schlug eine Zeitung auf. Eigentlich durfte man die Asche nicht ins Meer streuen, aber es gab immer die Möglichkeit, eine Zeit lang wegzuschauen.

Neben dem Boot schwamm ein hellgrauer Schwan, dessen Flügel leise klatschten, als er aufflog. Ein so schönes Geräusch hatte Hildur noch nie gehört. Sie öffnete die Urne und kippte sie. Wie aus dem Nichts machte sich eine kleine Bö in dem sommerlich stillen Abend bemerkbar. Der Wind erfasste den grauen Staub und wirbelte ihn durch die Luft. Dann legte sich die Brise so schnell, wie sie gekommen war, und die Asche rieselte langsam ins Meer. Sie verweilte einen Augenblick lang auf dem Wasser und versank dann im Unsichtbaren.

Aus dem Radio im Steuerhaus war die Stimme des Sängers Bubbi Morthens zu hören:

Ertrinke ich, ertrink' ich heute Nacht.
Und sollte man mich finden,
so komm doch an mein Grab.
Das wollt' ich dir noch sagen.

NACHWORT DER AUTORIN

Die Toten am Meer ist Sirkka gewidmet, meiner Großmutter mütterlicherseits. Sie starb in der Woche, als ich dieses Buch zu schreiben begann, genau ein Jahr nach dem Tod meiner Mutter. Den vorigen Band der *Hildur*-Reihe, *Der Schatten des Nordlichts*, hatte ich meiner Mutter gewidmet, die in der Woche starb, als ich ihn zu schreiben begann. Was kann man daraus schließen? Gar nichts. Das Leben ist in all seinen Facetten unbegreiflich.

Geschichten zu schreiben ist meine Art, ein wenig Sinn in die chaotische Welt zu bringen. Die meisten Schauplätze dieses Buches existieren wirklich. Die Gesetzgebung zum Fischereigewerbe wurde in Island Ende der 1980er und Anfang der 1990er Jahre erheblich abgeändert. Die Beschlussfassung über die Fangquoten ist immer noch eins der heißesten Eisen der isländischen Innenpolitik. Auch die Kreuzfahrtbranche weckt im heutigen Island lebhafte Diskussionen. Die im Buch angesprochenen gesellschaftlichen Themen sind zwar real, aber alle Ereignisse und Personen sind fiktiv. Das Dorf Flateyri existiert wirklich, aber dort hat es nie ein Fischfangunternehmen gegeben, das Hagfiskur geheißen hätte oder dem im Roman dargestellten ähnlich gewesen wäre. Kreuzfahrtschiffe laufen die Häfen Islands an, aber die im Roman erwähnten Kreuzfahrtschiffe und anderen Wasserfahrzeuge sind frei erfunden. Eventuelle Übereinstimmungen zwischen der Erzählung und der Wirklichkeit sind also reiner Zufall.

Mein herzlicher Dank an alle hilfsbereiten Menschen, die mich bei der Arbeit an diesem Buch unterstützt und meine Fragen zu allen möglichen Themen – von den Sicherheitskontrollen auf Kreuzfahrtschiffen bis zu Fischtrawlern und der menschlichen Anatomie – beantwortet haben. Besonders danke ich euch, Ingibjörg Elín Magnúsdóttir und Aldís Hilmarsdóttir, für eure Bereitschaft, meine Fragen über die Polizeiarbeit in Island zu beantworten. Dank an Tapio Koivukari, den Schriftsteller, Übersetzer, Pfarrer und ehemaligen Werklehrer an der Schule von Ísafjörður, für sein Wissen über die Fischerei. Falls sich Sachfehler in das Buch eingeschlichen haben, gehen sie natürlich allein auf mein Konto.

Ich danke meinem Verlag WSOY und dort besonders Timo Julkunen, Reetta Miettinen, Veli-Pekka Mattilainen, Laura Lyytinen, Mika Hänninen, Pirita Hietalahti, Mari Nieminen, Heidi Möksy und Kaarina Lehto, Silja Koivisto, Satu Sallantaus, Iina Moukola und Harri Mäki.

Mein besonderer Dank gilt Anna-Riikka Carlson, Verlegerin für finnische Literatur im Verlag WSOY, die sich von Anfang an für die *Hildur*-Reihe begeistert und ihr eine Chance gegeben hat! Dank an meine fantastische Verlagslektorin Hanna Pudas – sie ist und bleibt einfach die Beste! Der Senior Brand Managerin Satu Sirkiä danke ich für ihren großartigen Einsatz für die *Hildur*-Reihe. Meine Namensvetterin war mir in jeder Hinsicht eine unersetzliche Stütze.

Den Umschlag der finnischen Ausgabe hat der Grafiker Ville Laihonen entworfen. Danke, Ville! Das Cover ist magisch schön. Blühende Lupinen bedecken in Island im Sommer große Flächen. Sie wurden ursprünglich auf der Insel angepflanzt, um die Erde zu binden und Sandstürme und Erosion zu verhindern. Seitdem hat sich die Pflanze ungebremst verbreitet und wurde als schädlich klassifiziert. Kleine Katastrophen, mit denen man große Katastrophen zu verhindern sucht, wachsen sich nicht selten selbst zu großen Katastrophen aus. So geht es oft, wenn der Mensch versucht, die Natur zu beherrschen.

Meinem Literaturagenten Toomas Aasmäe bei meiner Agentur Bonnier Rights danke ich dafür, dass er die *Hildur*-Reihe auch einem internationalen Publikum zugänglich gemacht hat. Ebenso danke ich Ebba Erolin, Arja Siitonen und Nicole Myyryläinen bei Bonnier Rights. Dank an Lippo Luukkonen für juristische Hilfe. Ich danke meiner guten Freundin, der Schauspielerin und Sängerin Sanna Majuri, die das Hörbuch eingelesen hat.

Dank an meine Familie – an Björgvin, Saga und Seela und an meine Schwestern Suvi und Sini: Danke dafür, dass ihr euer Leben mit mir teilt.

Ísafjörður, im August 2024

Satu Rämö